本书为国家社科基金后期资助项目（项目号：15FWW013）

普罗旺斯的种树老人

——吉奥诺美学研究

The Old Man Planting Trees in Provence:
A Study of Giono's Aesthetics

陆洵 著

南京大学出版社

图书在版编目(CIP)数据

普罗旺斯的种树老人：吉奥诺美学研究 / 陆洵著
. 一 南京：南京大学出版社，2023.12
 ISBN 978-7-305-27588-3

Ⅰ. ①普… Ⅱ. ①陆… Ⅲ. ①让·吉奥诺—文学研究 Ⅳ. ①I565.064

中国国家版本馆 CIP 数据核字(2023)第 254571 号

出版发行	南京大学出版社
社　　址	南京市汉口路22号　　邮　编　210093
书　　名	**普罗旺斯的种树老人：吉奥诺美学研究** PULUOWANGSI DE ZHONGSHU LAOREN: JIAONUO MEIXUE YANJIU
著　　者	陆　洵
责任编辑	张婧妤
照　　排	南京南琳图文制作有限公司
印　　刷	苏州市古得堡数码印刷有限公司
开　　本	787 mm×1092 mm　1/16　印张 16.75　字数 325 千
版　　次	2023 年 12 月第 1 版　2023 年 12 月第 1 次印刷
ISBN	978-7-305-27588-3
定　　价	68.00 元
网　　址	http://www.njupco.com
官方微博	http://weibo.com/njupco
官方微信	njupress
销售热线	(025) 83594756

* 版权所有，侵权必究
* 凡购买南大版图书，如有印装质量问题，请与所购
　图书销售部门联系调换

刚刚诞生了一个写散文诗的维吉尔。

——安德烈·纪德

让·吉奥诺可能是现在唯一一位大自然的诗人。

——路易·阿拉贡

吉奥诺的全部作品都与自然融为一体，这些作品就是自然。

——勒克莱齐奥

目 录

绪 论 …………………………………………………………………… 1

第一章　吉奥诺的生平与创作 ………………………………………… 4
第一节　多姿多彩的艺术与波澜壮阔的人生 ……………………… 5
第二节　吉奥诺作品在中国的传播与接受 ………………………… 18

第二章　生态美学 ……………………………………………………… 24
第一节　生态世界的物质构成:有机生命与无机元素 …………… 26
第二节　重视绿意的生态伦理观 …………………………………… 85
第三节　法国生态文学的继承与发展 ……………………………… 97

第三章　时空美学 ……………………………………………………… 117
第一节　循环往复的时间要素 ……………………………………… 118
第二节　对比之中的二元空间构建 ………………………………… 137
第三节　普罗旺斯空间的虚构与乌托邦 …………………………… 146

第四章　生命美学 ……………………………………………………… 156
第一节　生命个体的英雄范式 ……………………………………… 156
第二节　人类群体的矛盾意识 ……………………………………… 164
第三节　人与自然:物我共生的美学境界 ………………………… 171

第五章　叙事美学 ································ 180
　第一节　叙事美学的两种风格 ······················ 180
　第二节　叙事美学的文学构建 ······················ 194

第六章　电影美学 ································ 218
　第一节　电影与写作的矛盾对立 ···················· 219
　第二节　《一个郁郁寡欢的国王》：自我编导的独特体验 ········ 226
　第三节　《种树的人》：他人演绎的全新发现 ············ 238

结语 ·· 247

参考文献 ···································· 251

绪　论

让·吉奥诺①(Jean Giono,1895—1970),法国作家、电影编导,被誉为"法国生态文学先驱",法国著名作家路易·阿拉贡由衷地称赞他是"大自然的诗人"②。吉奥诺的文学作品大都以法国普罗旺斯地区为背景,通过文本中的各种自然符号和人类符号来构建其文学审美意象。他书写自然,直言人生,其作品始终贯穿人的意象与自然符号,表现人与自然之间的哲理关系。他一生共创作了24部小说以及数量众多的散文集、专栏文章和戏剧剧本,并且是世界名著赫尔曼·麦尔维尔《白鲸》的法文版译者。凭借这些成功的作品,吉奥诺又跻身于他那个时代"最伟大的作家"之列,甚至被当时的文学评论界视作诺贝尔文学奖的有力竞争者。③ 这一时期的吉奥诺又登上法国文学的高峰:1953年,他的全部作品获摩纳哥文学大奖;1954年,他被选为龚古尔文学院院士;1964年,被选为摩纳哥大奖评审委员会委员。

在他那一代人中间,吉奥诺是第一位对电影着迷的文学作家,他把思绪经常指向摄像机,意识到摄像机适合意义的传递。④ 他非常敬佩具有"第七艺术"之称的电影有使观众沉浸在"兴奋"状态里的本领。⑤ 他从1937年就开始从事电影工作,后来甚至还建立了自己的电影公司。他根据自己的小说和新闻集构思创作电影剧本,为多部电影担任编剧和监制。1961年吉奥诺受邀担任戛纳电影节评委会主席,达到了他电影生涯的巅峰。他曾在报纸上撰文指出:"电影是门很难的艺术,但它可以以别样的方式来讲故

---

① 我国学者曾经把Giono分别音译为"纪奥诺""季奥诺"和"吉奥诺",现多采用最后一种译名。
② Laurent Fourcaut, *Le chant du monde de Jean Giono*, Éditions Gallimard, 1996, p.185.
③ Jacques Pugnet, *Jean Giono*, Paris, Éditions Universitaires, 1955, p.127.
④ 莫尼克·卡尔科-马赛尔、让娜-玛丽·克莱尔:《电影与文学改编》,刘芳译,文化艺术出版社,2005年版,第102页。
⑤ 莫尼克·卡尔科-马赛尔、让娜-玛丽·克莱尔:《电影与文学改编》,刘芳译,文化艺术出版社,2005年版,第84页。

事。"[1]对电影艺术的喜爱与实践表明吉奥诺其实并非传统意义上创作领域狭窄的文学作家,他对当时还非常新奇的电影艺术能够以敞开的胸怀接纳与吸收,说明他对文学艺术的喜爱发自内心,愿意不断探索文艺表现的新形式,思考文学与电影的互动关系。值得一提的是,由吉奥诺原著改编的电影获得过法国电影凯撒奖、奥斯卡最佳动画短片奖等国际殊荣。这也从侧面反映了吉奥诺作品经久不息的巨大魅力。

回望历史,当吉奥诺在1929年携《山冈》初登文坛时,便获得了文坛同行的认可,安德烈·纪德称赞他的作品具有"彻底的新意",对他"非凡的才华"感到"非常惊喜"[2],这位普罗旺斯的年轻人旋即受到了整个法国文坛的瞩目。1953年出版了《屋顶上的轻骑兵》[3],法国文学评论界认为它超过了表现同样瘟疫题材的加缪的《鼠疫》,甚至认为吉奥诺应该借此获得诺贝尔文学奖[4]……这个崇尚者的名单还可以绵绵不绝地继续,而多部法国文学史对这位普罗旺斯作家风格的解读呈现出多种面貌:在国内,郑克鲁认为他创作的是"乡土小说",并把"乡土文学推到了一个新阶段"[5];吴岳添认为他的作品属于反映社会现实的"社会小说"[6],深刻反映了人在社会中的境遇。而在法国,有人被他小说中"司汤达的气质吸引"[7];有人被他文字中"普罗旺斯的人文精神"[8]倾倒;有人甚至认为他的小说可以与《追忆似水年华》的最好篇章相媲美[9]。吉奥诺一生笔耕不辍,著述颇丰。他"深深扎根于故乡的土地,在自己想象的空间里信马由缰,描绘景色,塑造人物"[10],讲述普罗旺斯大地上的神奇故事。像《山冈》《一个郁郁寡欢的国王》《屋顶上的轻骑

---

[1] 参见维基百科 Giono 条目:http://fr.wikipedia.org/wiki/Jean_Giono。
[2] 这是纪德1929年3月5日写给吉奥诺的信中内容。参见 André Gide-Jean Giono, *Correspondance* 1929 – 1940, établie et annotée par Roland Bourneuf et Jacques Cotnam, Centre d'études gidiennes, Université de Lyon II, 1983, p. 3.
[3] 该小说国内译本(潘丽珍译,译林出版社,1998年版)的译名为《屋顶轻骑兵》。不过由于同名电影在国内读者和观众中具有很高的知名度,故本论文采用电影版译名:《屋顶上的轻骑兵》。
[4] Jacques Pugnet, *Jean Giono*, Paris, Éditions Universitaires, 1955, p. 127.
[5] 郑克鲁:《现代法国小说史》,上海外语教育出版社,1998年版,第417页。
[6] 吴岳添:《法国小说发展史》,浙江大学出版社,2004年版,第357页。
[7] Marc Sonnet, «Le Hussard sur le toit, une grandiose et puissante fresque romanesque de Jean Giono», *l'Écho libertaire*, 3 mars 1952.
[8] Maurice Reinhard, «Avec *Le Hussard sur le toit*, Giono réussit le difficile roman de l'aventure héroïque», *Le Journal du soir*, 12 mars 1952.
[9] Michel Gramain, «*Le Hussard sur le toit*: Réception du roman (1951 – 1952)», *Revue Giono* (2010), p. 176.
[10] 杨光正:《纪奥诺小说的想象空间——潘神三部曲的主题批评》,上海三联书店,2010年版,序言。

兵》等作品已经成为20世纪法国文学的经典著作。透过四十余年创作生涯中所创作的作品,我们看到的吉奥诺既是一名创作流畅的文字高手,又是一名不断对创作技巧和创作风格求新求变的作家。他的作品具有穿越时空的魅力,始终贯穿自然世界和人类世界。吉奥诺首先是在普罗旺斯观察到这两个世界,然后通过阅读古希腊文献并借助文学的想象而对其加以重新塑造。这两个世界被吉奥诺用来描绘人在自然世界和人类社会中的境遇,以及人类所面对的道德问题和伦理问题。

吉奥诺自童年起就与大地亲近,与天地间的自然力量亲近。在他前期的文学创作中,他追求一种"抒情"的作品风格,歌唱大自然和乡村生活。"二战"后,他的主要作品为"编年体"小说和"轻骑兵"系列,关注的重点转向人类生存条件中所固有的荒诞和烦恼。他参加过"一战",亲身体验到战争的残酷和非人道,并且有过两次被监禁的经历,这些特殊的经历显然改变了他对世界和对人的看法。如果说"大自然"是他早期作品的讴歌对象,那么"人"则成为他后期作品的探索主题。吉奥诺虽然自身陷于困境,但依然书写自然,直言人生,以清晰和质朴的风格说话,作品完美有度,终获学界和大众的广泛赞誉。吉奥诺晚年在其代表作《种树的人》中写下这样的结尾:"一个普通的男人,依靠一己的体力和智力,竟也能在荒山野岭建起迦南圣地。这让我觉得,做人终究是件美好的事。"[①]他对小说中种树老人的评价何尝不是对自己一生的定论?可以说,吉奥诺这位"静止不动的旅行者"靠着一己之力,在法国普罗旺斯高原建起了一座熠熠生辉的文学圣殿。

[①] [法]让·吉奥诺:《种树的人》,曹杨译,人民文学出版社,2016年版,第52页。

第一章　吉奥诺的生平与创作

　　任何文学作品的产生,除了与作者的审美情趣、叙事技巧有关之外,还必然与作者本人的成长环境及人生阅历等现实因素有关。这些现实往往在很大程度上解释了作品孕育与成形的缘由,吉奥诺的文学创作历程也不例外。吉奥诺之所以能够成为法国当代著名作家,涉足小说、电影、戏剧等多个艺术创作领域,显然与他本人的成长环境也经历是分不开的,与20世纪法国历史进程和社会现实是分不开的。从表面上看,吉奥诺的人生道路非常简单,一生几乎从未离开过自己的故乡马诺斯克。但在他俭朴的生活外表下面实则蕴含着不简单的人生。吉奥诺从小生活在法国南部乡村,经常行走在普罗旺斯高原,听牧羊人讲述古老的传说。而父亲的朗朗诵读让他领略到了维吉尔的诗意空间和荷马的神秘天地,从而为他打开了文学启蒙之门。即便在辍学参加工作后,他依然保持着阅读古典名著的习惯。"一战"期间,他应征入伍。这段经历对他的人生观造成了不可磨灭的影响;而"二战"期间两次入狱的灰暗遭遇又让他更深刻地直面"惨淡的人生"。这些不同寻常的人生体验促使他养成了关注历史事件和社会变迁的习惯。因此,我们看到,尽管吉奥诺一生都在天地间行走,大自然也一直都是他作品中恒久的存在,但他的笔尖始终徘徊着对人性思索的深刻感悟。"二战"前他描写不安的乡村与大自然的狂欢,描写人对自然关系的寻觅;而"二战"后又刻画别样的普罗旺斯,探索人性的悲剧因素,剖析社会的集体意识。可以说,吉奥诺五彩斑斓的诗意世界实际上是20世纪的风风雨雨在他的文学创作生涯中打下的深刻烙印。所以,全面了解吉奥诺其人其事,对于全面分析吉奥诺的作品,准确掌握吉奥诺美学思想无疑是必要的研究基础。

第一章　吉奥诺的生平与创作

第一节　多姿多彩的艺术与波澜壮阔的人生

一、大山里的童年与青春

当我们以 21 世纪的现代目光去回顾法国 20 世纪文学史的时候,会发现这样一个现象:法国 20 世纪上半叶的作家大致分为三代。第一代作家基本出生于 19 世纪 70 年代,如普鲁斯特、纪德等人。他们大致在 20 世纪 10 年代出版自己的作品,这些作品昭示了法国文学的现代性。第二代作家出生于 19 世纪末,如吉奥诺、马尔罗、塞利那、阿拉贡等人,他们的作品通常发表于"一战"后。第三代作家大致出生于 20 世纪 30 年代,如新小说派的罗伯-格里耶、布托尔等人。他们的主要作品基本上都发表于"二战"之后。

1895 年 3 月 30 日,让·吉奥诺出生于法国普罗旺斯地区的马诺斯克镇。他的一生都在马诺斯克度过,这是一个杜朗斯河流域的小城。吉奥诺的日常生活简单朴素,为人和蔼可亲、幽默诙谐,是标准的好丈夫、好父亲;而他的文学世界丰富多彩,饱含力量,他也被誉为"法国 20 世纪最伟大的作家之一"。

1929 年,年轻的吉奥诺携《山冈》一书登上法国文坛,随即获得了纪德的大力赞赏,被后者誉为"写散文诗的维吉尔"[1],这部小说也获得美国布伦塔诺奖[2]。之后三年,吉奥诺又有几部作品面世,相继获得诺特克利夫奖[3]、荣誉军团骑士勋章等殊荣。吉奥诺的一切荣誉都来得那么早,在他那么年轻的时候。如果他受书香门第的精心栽培或是贵族世家的优雅熏陶倒也罢了,可他却来自法国南方村镇一个普通得不能再普通的家庭。

吉奥诺的父亲是一位鞋匠,母亲是烫衣女工。吉奥诺从小就非常向往他祖父皮特罗·安托尼奥的传奇历险。他祖父也叫作让-巴蒂斯特,1795 年出生在伊夫雷亚以西的皮埃蒙特的一个小村庄里。让-巴蒂斯特是不是在 19 世纪早期参加过意大利秘密组织烧炭党?是不是投身过意大利的解

---

[1]　罗国林:《让·齐奥诺的创作道路》,载《当代外国文学》,1984 年第 1 期,第 37 页。
[2]　布伦塔诺奖(Brentano)是一项美国文学奖,由布伦塔诺书店于 1928 年设立,奖金总额为 1 000 美元。这项文学奖旨在鼓励发展美、法两国的文学交往。吉奥诺凭借其 1929 年出版的《山冈》,成为第一位获此奖项的法国作家。
[3]　诺特克利夫奖(Northcliffe)是一项英国文学奖,由诺特克利夫女士设立,相当于法国的费米娜奖。

放事业？他是不是因为革命行为而被判死刑？是不是被迫流亡法国？这些我们已经无从知晓，但我们知道这名意大利流亡者参加了法国外籍军团，在1836年以军医的身份奔赴阿尔及利亚霍乱疫区的前线。我们看到的《一个人物之死》中的安杰洛是《屋顶上的轻骑兵》中的安杰洛①的孙子，吉奥诺以这样的方式向他的祖父致敬。

如果说吉奥诺未曾谋面的祖父是他创作的冒险小说中的人物原型的话，那么他的父亲则是他精心打造的理想化形象。尤其是在《蓝衣老让》这部小说中，他的父亲善良、慷慨，工作认真负责，喜爱文学，通晓法语和意大利语，看过《圣经》《奥德赛》，读过马莱布和拉马丁的诗篇，崇拜伏尔泰、卢梭和雨果。吉奥诺的母亲波利娜则是一名典型的家庭主妇，为人实在，勤俭持家。吉奥诺曾经在一张家庭老照片的背面这样写道："我的父亲是个了不起的人，我的母亲也是。"②

根据吉奥诺的回忆，他"非常光明和幸福"的童年生活是在自己家的大房子里度过的，虽然这个房子阴暗潮湿，有点破旧。在房子一楼，他母亲波利娜开了一个烫衣作坊。下雨时，屋子里会漏水，水珠落在大小不一的容器内，发出的滴滴答答的水声反倒激起了吉奥诺对音乐的感觉。如同《伟大的征程》中的叙述者，吉奥诺身处逆境却从不抱怨。实际上，这样的逆境正是生活赋予他的人生阅历，是值得体验的人生经验。只有经历过这样的体验，才能真正体会到写作带来的人生乐趣。

五岁时，吉奥诺被家人寄养在修道院的嬷嬷那里，就读于圣夏尔寄宿小学。他在那里待了两年。为了满足他那虔诚善良的母亲的心愿，吉奥诺之后开始在圣索弗教区学习基督教教义，但在他初领圣体之后，便放弃参加这些宗教活动了。不过，他还是继续读他父亲给的《圣经》，这是他父亲最喜爱的作品，不过他父亲并不信教。他父亲认为"宗教和上帝毫不相干"，而《圣经》就是一本"富有诗意"的书。③ 1902年，吉奥诺进入马诺斯克学校，他在那里的十多年间，和路易·大卫、亨利·弗吕谢尔结下了友谊。1901年夏天，吉奥诺在离马诺斯克十几千米远的一位牧民家小住了一段时间。在这期间，他对大自然的壮美有了更加直观的感受，对一些动物的生活习性也有

---

① 潘丽珍在1998年南京译林版的《屋顶轻骑兵》中译为"昂热洛"，在2014年上海译文版中译为"安杰洛"。考虑到中文译名的使用习惯，本文均采用后一种译名。
② Henri Godard, *Giono: Le roman, un divertissement de roi*, Gallimard, 2004, p.70.
③ Jacques Pugnet, *Jean Giono*, Paris, Éditions universitaires, 1955, p.14.

了更加深入的了解。11岁时,他的父亲让他"带着自己存下的零用钱"①,独自一人外出旅行。他在巴农住的是小客栈,之后徒步旅行,跟着一群马贩子去赶集市。他牵着马的缰绳,跟着他们一路前行,一直走到阿尔比恩平原的另一端,走到德龙省的赛德龙地区。天真无邪的心灵,无拘无束的漂泊,和路人萍水相逢,与骏马驰骋天地,此时的少年吉奥诺正是之后《伟大的征程》中那位叙述者的原型。

1910年,吉奥诺15岁,他创作了自己平生第一份文本,后收录进《活水》中。过了一年,他开始撰写《天使》,这部小说具有中世纪风格,虽历经多次修改,但直到1923年依旧没有完成。此时,他的父亲病倒了。他在自己编撰的《维吉尔诗选》的前言中写道②:

> 我父亲有了我,他是老来得子。
>
> 一天晚上,我父亲从床上起来后跌倒在地上。时至今日,那记巨大的跌倒声依然萦绕在我耳边。就在我和我母亲大声喊叫的时候,他立刻又恢复了知觉……他朝我们笑着。翌日,我看到了童年美妙的时光不曾让我看到的东西。我母亲经营的烫衣作坊每周可以赚30到40法郎。淡季的时候可赚20到25法郎。我父亲在家里二楼一间又黑又冷的房间里做鞋补鞋,每个月赚的也几乎同样多。我再也无法忽视他默默无闻地用尽他最后一丝力气来赚钱养活我们……
>
> 1911年10月28日,我进入巴黎国家贴现银行马诺斯克办事处,做了名跑腿的业务员,每月工资30法郎。11月30日,我把一枚20法郎金币和一枚10法郎金币放在了晚餐桌上。漏雨的家得救了。

吉奥诺和他的同学路易·大卫组织过昙花一现的艺术社团,不过对于吉奥诺的家庭而言,并不宽裕的家境注定让他从一开始就无法充分享受到文学土壤的滋养。中学期间,他和朋友亨利·弗吕谢尔一起看英国小说。后来踏上工作岗位后,他用微薄的薪水购买希腊戏剧的简装本以及荷马和维吉尔的著作,但他不买当时新出版的流行读物,因为这些读物对他而言过于昂贵。吉奥诺靠着阅读古代经典著作感悟文学的魅力,可以说,他在文学道路上几乎是自学成才。几年之后,他完成了第一部小说《奥德赛的诞生》,

---

① *Entretiens Jean Giono Jean Carrière*, dans *Jean Giono, qui êtes-vous*, édition de La Manufacture, 1985.

② Jean Giono. *Œuvres romanesques complètes*: Vol. III., Paris: Gallimard. 1974, pp. 1040-1041.

这部小说的创作初衷便是为了纪念自己那段阅读古典名著而获得文学滋养的青少年时光。值得一提的是,《奥德赛的诞生》虽然是吉奥诺第一部完成的小说,却并不是第一部出版的小说,后来它在《潘神三部曲》获得成功之后才得以出版。

第一次世界大战爆发时,吉奥诺认识了马诺斯克中学老师艾丽丝·莫朗。这位美丽端庄的普罗旺斯姑娘后来成了他相濡以沫的人生伴侣。

二、战争中的恐怖体验

吉奥诺之所以成为作家,也许有着众多的偶然性。但他的作品中时时体现出对人的思考,则与他亲身经历"一战"有着必然的联系。法国著名历史学家乔治·杜比对此有过高度的总结:"1925—1929 年产生了法国文学最近一代的伟大作家;作为战争的见证者或参加者,他们的青少年时代是在战争的影响下度过的。"[1]因此,像吉奥诺这些经历过战争的作家,他们"都是那个时代的见证人",他们"都关心自己的时代",而不会去"蔑视自己所处的时代"[2]。"一战"成为永远刻在他们身上的烙印,成为挥之不去的梦魇。乔治·杜比禁不住为这些作家当年的青葱岁月发出这样的感叹:"1916 年的 20 岁的年轻人活得容易吗?"[3]而 1916 年,正是"一战"战事最为频繁和惨烈的一年,协约国与同盟国鏖战正酣,在凡尔登战役和索姆河战役中展开激烈的厮杀。而这一年,吉奥诺 21 岁,正随部队在凡尔登激战。

由于"体质羸弱",吉奥诺并没有被立刻动员入伍,直至 1915 年 1 月他才以二等步兵的身份在布里昂松(Briançon)入伍,然后于 1915 年 4 月随部队格勒诺布尔第 140 师奔赴前线。他拒绝参加预备军官培训班。他讨厌战争,这并非因为来自内心的恐惧,而是厌恶战争中泯灭人性的残酷搏杀。事实上,他参加过最严酷的战斗,包括举世闻名的凡尔登战役。在大部分时间里,吉奥诺都要在泥泞不堪的战壕里隐蔽、射击,或是前进,或是撤退,时刻面临着生死考验,这让他的内心极端恐惧,满是疲惫。这时的他已经不再是战前那位内心平和的南方小伙了,他只能依靠时间来冲刷这一切。随着战事的胶着,战争也显得越来越残酷,吉奥诺的生命也屡屡遇到致命的威胁。

---

[1] [法]乔治·杜比:《法国史》(中卷),吕一民等译,中国出版集团、商务印书馆,2014 年版,第 1290 页。

[2] [法]乔治·杜比:《法国史》(中卷),吕一民等译,中国出版集团、商务印书馆,2014 年版,第 1290 页。

[3] [法]乔治·杜比:《法国史》(中卷),吕一民等译,中国出版集团、商务印书馆,2014 年版,第 1290 页。

他差点被炸弹炸死,几乎被毒气撂倒,最后他是"所在连队中 11 名幸存者之一"①。而他的朋友路易·大卫则在凡尔登战役中阵亡。

1914—1918 年的"一战"确实给吉奥诺的心灵带来了巨大的冲击,这段经历促使他日后孕育出和平主义和反战主义思想,也深刻影响了他对历史和人性的看法。打开吉奥诺写于 1934 年《拒绝服从》的小册子,直面战争的恐惧感便扑面而来:"我无法忘却战争,虽然我很想忘却……我的眼前又浮现出战争的身影,感受到战争的气息,听到战争的声音,我还在遭受着战争的痛苦。我害怕了。"②在吉奥诺奔赴前线的前几个月,他在家书中丝毫不提自己面临的危险,免得让年迈的父母替自己担心,因为吉奥诺是家里的独子。不过从 1917 年起,他在信中也会提及生活的艰苦,提到供养的困难,但他依然不提战争的恐怖和内心的恐惧。直到十多年后,他才在自己的小说《大畜群》中把当年残酷的景象用艺术的手段真实地还原了出来。战争中那股"令人恶心的死亡气息"③贯穿了吉奥诺中后期的大部分作品,除了《大畜群》之外,还有《活水》《一个人物之死》《诺亚》《天堂的碎片》《屋顶上的轻骑兵》等。

虽然,吉奥诺无法在信中向父母诉说战争中经历的恐惧和残酷,但他还是在努力适应已经到来的部队生活,努力在残酷和恐惧中寻觅人性的光芒。当部队里询问是否有人愿意当信号发射的志愿者时,他报名参加了,成了一名通讯员,因此他和一位名叫"米歇尔"的俄国士兵结下了深厚的友谊,这名士兵的形象后来出现在吉奥诺的作品《怜悯的寂寞》(后译作《世态炎凉》)中。在部队的生活里,每每有空闲时间,吉奥诺便沉浸在文学世界中,在战壕中读着《巴马修道院》来安慰自己的内心,即兴向他的同伴们说个故事,或是和他们讲讲雨果的《悲惨世界》,以抚慰他们饱受战争煎熬的心灵。吉奥诺从事的这项叙述工作,受到了他的队长维登的鼓励,这让吉奥诺感动不已。吉奥诺在《大畜群》中生动刻画了维登这个人物,这位队长也是《一个郁郁寡欢的国王》中警察队长朗格鲁瓦的原型。

1918 年 11 月 11 日,"一战"停战。作为"一个乡村占优势的国家",法国获得了"一种相对落后的半手工业经济对当时名列前茅的工业经济的胜

---

① 陈振尧:《法国文学史》,外语教学与研究出版社,1989 年版,第 394 页。
② Katia Thomas-Montésinos,«Jean Giono et la guerre de 14 - 18:une expérience tragique et féconde»in *Revue Giono*,n° 2,2008,p. 199.
③ Katia Thomas-Montésinos,«Jean Giono et la guerre de 14 - 18:une expérience tragique et féconde»in *Revue Giono*,n° 2,2008,p. 207.

利"①。但法国为这场胜利所付出的代价也极其惨痛:"140万人死亡或失踪,占法国劳动人口的10%"②。因此,"社会的各个阶层都受到了打击,但农民和自由职业者所受的损失比其他阶层受创更重"③。在战争的残酷中侥幸生还的吉奥诺,脱下军装回到了故乡马诺斯克。这段参军的经历给他的人生造成了"巨大的创伤",他眼见着自己的亲密战友在身边倒下,内心深处被战争的野蛮和残酷震撼。亲历战争的创伤,使吉奥诺深知"战争浩劫带来的是和平生活丧失殆尽,物质文明荡然无存,人道主义瓦解和破灭,人们对社会发展感到彷徨和怀疑,对人生价值采取悲观态度和否定态度"④。战火纷飞的岁月让吉奥诺想到的不是杀敌报国的荣耀,而是渴望和平安宁的生活,渴望回到他的故乡普罗旺斯。因此,当他脱下军装返回故乡,开始提笔创作时,没有首先去描写"那场腥风血雨的战争,而是描写普罗旺斯的旖旎风光,就是非常自然的"⑤。从某种意义上说,这场战争间接地促使一位"写散文诗的维吉尔"的诞生。

三、初出茅庐的文学荣耀

1919年退伍后,吉奥诺恢复了在贴现银行的工作,不过不是在马诺斯克——因为那里的位置已经被其他人占了——而是在马赛,负责地下金库。银行的工作提供了一个观察人性的绝佳窗口。他的工作有一部分内容是拜访马诺斯克地区的客户,所以他得为每位客户建信息卡。有趣的是,这样的任务与他后来从事的文学创作与编辑工作非常相似。在马赛待了一年后,差不多是1920年4月,他回到故乡马诺斯克工作,几天之后他的父亲便逝世了。6月22日,他与艾丽丝·莫朗结婚,这位姑娘自相识之日起,"六年来一直坚信吉奥诺的热情与希望"⑥。两位普罗旺斯青年从此共同携手走过几十年风雨兼程的人生之路。

从这时起,吉奥诺便正式跨入了文学舞台。吉奥诺最早创作的散文诗

---

① [法]乔治·杜比:《法国史》(中卷),吕一民等译,中国出版集团,商务印书馆,2014年版,第1266页。
② [法]乔治·杜比:《法国史》(中卷),吕一民等译,中国出版集团,商务印书馆,2014年版,第1268页。
③ [法]乔治·杜比:《法国史》(中卷),吕一民等译,中国出版集团,商务印书馆,2014年版,第1269页。
④ 郑克鲁:《法国文学史》(下卷),上海外语教育出版社,2003年版,第1108页。
⑤ 罗国林:《译后记》,见让·吉奥诺:《山冈》,罗国林译,上海文艺出版社,2014年版,第159页。
⑥ Henri Godard, *Album Giono*, Collection Albums de la Pléiade (n° 19), Gallimard, p.56.

和自由诗发表在一份名为《呼喊》的马赛杂志上,杂志主编是雷奥·法朗克,1922年9月,这份杂志刊登了吉奥诺的《岛屿》。吉奥诺与这份杂志的合作,使得他有机会认识后来成为其一生挚友的吕西安·雅克。吕西安是诗人、画家、雕塑家,和吉奥诺一样,他也是鞋匠的儿子。1923年,吕西安帮助吉奥诺出版了第一本书《笛子伴奏曲》。这是一本散文集,充满诗情画意。每篇散文的创作都源自一句引文,这些引文或来自维吉尔的《埃涅阿斯纪》,或来自柏拉图的《会饮篇》。对于吉奥诺的两个女儿阿利娜和西尔维而言,吕西安是一位永远热心助人、和蔼可亲的伯伯。

  1927年6月,吕西安试着把吉奥诺创作的《奥德赛的诞生》寄给格拉塞出版社(l'Éditeur Grasset)。出版社经理让·盖埃诺觉得这本书里充斥着太多的"文学技法"而婉言谢绝,不过他要求看看吉奥诺的其他书稿。吉奥诺先是给他看了《山冈》的几页样稿,然后经过了一些修改,便把整部手稿寄给了他。1928年5月5日,让·盖埃诺向这位初出茅庐的文学青年宣布,他的小说会在格拉塞出版社的"绿色手册"上刊登。与此同时,《山冈》已经提前在让·波扬主编的《商业》杂志上发表了。实际上,这部作品直到1929年才正式出版。安德烈·纪德因此得以发现这位普罗旺斯青年的文学天赋,感到十分惊喜,于是到处为这部作品宣传。吉奥诺的成就一下子得到了法国文学界的承认,他因此受邀赶赴巴黎参加了文人聚会。在聚会上,吉奥诺见到了纪德本人,也感受到大家对他的赞许之意。在马诺斯克,美国人也向他颁发了布伦塔诺奖,因为他的小说很快被翻译成英语,冠以《命运的山冈》(*Hill of destiny*)之名在美国出版。

  在这之后,吉奥诺加快了创作节奏,一些书稿也相继诞生:《一个鲍米涅人》《再生草》《星蛇》等。此时,法国南方的贴现银行因被东南信贷银行吞并,宣布实行资产清算,它已经被东南信贷银行吞并,因此吉奥诺原先工作的马诺斯克办事处即将关闭,不过同在普罗旺斯地区昂蒂布的办事处希望吉奥诺来当经理,但被他婉言谢绝。到了1929年底,吉奥诺决定彻底放弃原先从事的银行工作,完全靠文学创作为生。

  1930年,吉奥诺35岁。他贷款买了一座帕莱区的房子。这座房子位于金峰山坡上,从那里可以望见整个马诺斯克。自此以后,他和他的家人一直生活在这所房子里,直至1970年逝世。他购买这所房子出于两个现实的原因:一方面,他原先工作的银行正在进行资产清算,他不得不搬离自己的寓所;另一方面,他当时在文坛声誉日隆,向银行贷款变得十分方便。

  1929年《山冈》大获成功之后,《一个鲍米涅人》随即在同年出版,1930年出版的《再生草》也没有让读者失望。几个月之后,《奥德赛的诞生》也终于被市场接受,这本杂文集里收录有吉奥诺著名的叙述作品《平原上的马诺斯克》。随着《怜悯的寂寞》的出版,吉奥诺终于成了当之无愧的小说家。1931年,《大畜群》预先在《欧洲》杂志上发表,这份杂志支持吉奥诺倡导的"积极的和平主义",吉奥诺自己的参战经验也让他坚决表示不想看到战争的再次爆发。之后,他在特里埃夫和博谢恩旅居了一小段时间,当地美妙的景色激发了他的灵感,让他创作出第一部戏剧《大路尽头》,但这部剧本直到1941年才上演。不过他在1932年创作的《播种者》却立刻就被"十五人剧团"搬上了舞台。同年出版的《蓝衣老让》是吉奥诺创作的一部颇具自传色彩的小说。在此期间,马塞尔·帕尼奥尔(Marcel Pagnol)相继把吉奥诺的多部小说改编成电影,如《一个鲍米涅人》《再生草》《面包师傅的妻子》等。吉奥诺在1933年和1934年分别出版了《星蛇》和《人世之歌》。

吉奥诺通过《蓝衣老让》《人世之歌》以及之后出版的《愿我的欢乐长存》等一系列小说,精心构建了"想象中的南方"。这个文学名词显然是他自创的,表明他刻意让作品中的南方与现实中的普罗旺斯保持距离。1935年4月,格拉塞出版社出版了《愿我的欢乐长存》,这是吉奥诺"前期风格"的巅峰之作。这部作品是一部田园牧歌式的史诗作品,集中体现了"一种别样生活的乌托邦梦想的力量,这种力量抛却了所有的得失计较,摆脱了所有传统道德中的禁忌"①。尽管这部"乡土小说"结局悲惨,但这并不妨碍众多读者渴望重返大自然、过上返璞归真的生活的强烈意愿。小说中所透射出的理论背景,与其说是吉奥诺在表现卢梭的"原始人"或"不平行的起源",不如说他在刻画惠特曼或梭罗的美国梦。

这本书不光在法国国内十分畅销,在国际上也引起了巨大的反响,特别是在邻国德国,因为当时德国国内有一群自然崇拜论者,他们认为这本书可以给那些回归自然的拥趸提供某种参照。这本书出版后,吉奥诺决定带领一群青年读者去他书中所描绘的地方进行徒步旅行。于是在1935年8月31日,五十多名青年男女齐聚马诺斯克。第二天,吉奥诺便领着这帮年轻人去鹿儿山远足,颇似他们的团队导师,团队也因此充满了"临时性、自发性和神奇性的氛围"②。9月3日,远足团队来到了孔塔杜尔(Contadour),这是《愿我的欢乐长存》中"格莱蒙那山"(Grémone)的原型。此时,由于吉奥诺膝盖脱臼,远足团队便就地驻扎了下来。经过几天的停留,团队成员们决

---

① Henri Godard, *Album Giono*, Collection Albums de la Pléiade (n° 19), Gallimard, pp. 113-114.
② Henri Godard, *Album Giono*, Collection Albums de la Pléiade (n° 19), Gallimard, p. 127.

定共同出资购买他们临时栖居的房子。这次远足之后,孔塔杜尔还举行过八次远足。其间还出版过《孔塔杜尔手册》(1936年7月至1939年11月出版过8期)。

这些青年人像朝圣一般来到马诺斯克拜见吉奥诺,参加孔塔杜尔社团活动,主要是他们遇到了精神危机,正如一名当年的"孔塔杜尔"成员所言:"我们的身体都非常健康,非常强壮。需要纯净的空气,需要明媚的阳光,需要习习的和风。我们喜欢感受疲惫,我们喜欢感受雨水,我们喜欢夜晚,我们无所畏惧。但我们生病了:我们需要绝对,我们在寻求可靠性,寻找神圣的东西。我们的脚步中缺乏这些东西。我们被悬在了空中,和什么都没有关联……于是,我们在等待……我们在寻觅……某些应该会到来的东西。"[①]在孔塔杜尔期间,吉奥诺表现得像这个青年团队的导师,抑或是"先知",尽管他自己并不这么认为。孔塔杜尔组织的几次活动似乎想表明这样一个理念:陌生人相聚在一起,像兄弟姐妹般的生活是完全可以的。大家可以不用理会工业社会现代主义的种种苛求,诗意地栖居在自然世界中自由自在地生活,因为供奉着技术庙宇的现代社会和城市文明越来越枯燥乏味,越来越刻板呆滞,会抹杀人性之光。1935年7月至12月,吉奥诺撰写了一篇杂文《真正的财富》,它恰好给"孔塔杜尔团体"提供了一些思考和讨论的主题,而且这些主题与今天如火如荼的生态运动不无相似之处。

1936年,他开始创作《大山里的战斗》,1937年这部小说出版。这部小说讲述了一个受到冰川威胁的村庄,村民们面对洪水的侵袭勇于抵抗最终拯救自己的故事。《大山里的战斗》是一部以大自然为背景、讴歌人类劳动的史诗。和吉奥诺以前的作品相比,这部小说少了许多田园牧歌的意味。值得一提的是,小说中大自然对人类构成的"威胁"可能暗含了这样的隐喻:吉奥诺当时可能已经觉察到欧洲正在兴起的法西斯主义。按照吉奥诺本人的打算,他计划把劳动者们联合起来,反对主要资本主义国家的黩武主义。

吉奥诺可能以为自己提倡的和平主义可以阻止战争,因为1936年出版的《真正的财富》让他的"孔塔杜尔"信徒越来越多。从吉奥诺的言行来看,他把文学作为"通往政治介入的一条道路"[②],尽管他当时并不自知。在吉奥诺身处的那个年代,社会时常剧烈动荡,许多作家会凭借自己的作品,以坚强的意志和主动的姿态去干预客观世界和社会人生。对此,萨特明确指

[①] Philippe Merlin, «Adieu à Jean Giono», *Jeunes Forces de France*, 27 janvier 1943, cité dans Le Contadour, pp. 95 – 96.

[②] [法]乔治·杜比:《法国史》(中卷),吕一民、沈坚、黄艳红等译,中国出版集团、商务印书馆,2010年版,第1291页。

出："不管你是以什么方式来到文学界的,不管你曾经宣扬过什么观点,文学把你投入战斗;写作,这是某种要求自己的方式;一旦你开始写作,不管你愿意不愿意,你已经介入了。"[1]吉奥诺便是依靠写作介入了社会生活,他在1937年和1938年相继发表《拒绝服从》和《致农民的一封信》,之后他发表了《天空的重量》一文。在这篇文章里,吉奥诺从仰望天空引发深思入笔,赞美了"自由的伟大之处"。

四、牢狱之灾与文学重生

1939年9月初,一批宪兵来到马诺斯克,向"孔塔杜尔"成员宣布战争已经爆发。事态的发展说明"孔塔杜尔"团体意图对政治的真正走向施加影响的努力是失败的,于是这个团队便解散了。9月5日,吉奥诺被召去了迪涅市(上普罗旺斯阿尔卑斯区的首府城市),原因是有人诬告他在宣扬"立刻和平"传单上签了名。但事后没有任何证据表明他在传单上签过字。不过,他在回到孔塔杜尔后起草过一份传单:"不打仗,请倾听。"9月16日,吉奥诺被当局逮捕,可能是因为他先前撰写过有关和平的某些文字。这些文字被人断章取义,并在他不知情的情况下被广泛印刷,四处传播,最终导致他被关押在马赛的圣尼古拉监狱。吉奥诺的被捕在知识分子中间激起了强烈的反响。纪德为营救吉奥诺,便去法国总理达拉第那里活动。11月中旬,在关押了两个月之后,军事法庭宣布对吉奥诺不予起诉,免除劳教。

1944年,吉奥诺又再次被关押。8月底,就在盟军登陆法国圣拉斐尔后的几天,根据马诺斯克解放委员会的命令,他被法国作家委员会列入了黑名单。马诺斯克解放委员会指责吉奥诺在《文集杂志》和《信号报》上发表的作品是维希政府时期的刊物。法国作家委员会是在法国解放时期成立的一个全国性组织,目的在于驱逐或惩罚那些"合作者",并禁止他们出版著作,这一禁令一直持续到1947年。之后,吉奥诺被关押在圣万桑莱福尔特监狱,直到1945年2月才被释放。

在法国,一些对吉奥诺生平有过详细研究的专家,如皮埃尔·西特龙(Pierre Citron)和亨利·戈达尔(Henri Godard),他们驳斥了对吉奥诺的无端猜疑与指责。吉奥诺一直生活在法国南方山区的马诺斯克,生性淳朴,与巴黎的媒体界鲜有交集,却被当时巴黎的某些记者捕风捉影,歪曲报道。而且,吉奥诺一生中从未支持过维希政权,只不过他早期提出的"回归大地"的

---

[1] 柳鸣九:《萨特研究》,中国社会科学出版社,1983年版,第24页。

主张恰好与后来的贝当政府的宣传口号"不谋而合"[①],两者字眼相似,意义却截然不同。虽然吉奥诺把他作品的改编权无偿出让给了一位电影导演,但他还是靠着《人世之歌》的拍摄获得了一些报酬,这些报酬让他在马诺斯克附近买下了两处农庄。他在农庄里帮助那些生活遇到困难的人,许多还是被纳粹迫害的人,他给这些人免费提供食宿。尽管吉奥诺为人低调,但他的这一善行还是不胫而走,引得许多人纷纷行动起来,上至法国作家委员会委员,下至普通读者,大家竭尽全力联合起来,要帮助这位身陷囹圄的普罗旺斯作家。

吉奥诺在遇到第一次牢狱之灾时,他的内心很平和。他的脑海里不断浮现梅尔维尔的影子,因为他刚刚在朋友吕西安·雅克的陪伴下完成《白鲸》的翻译。他认为可以给这部译作写个前言,于是他一出狱就完成了一部颇具自传色彩的小说:《向梅尔维尔致敬》。在"二战"期间,他创作完成了多部戏剧。1941年,他创作的《大路尽头》在巴黎上演;《若伏娃》在普罗旺斯地区艾克斯上演。1943年,他创作的《马车巡游记》被德国纳粹禁演。因为在这部剧本里,吉奥诺把叙事背景设定在1797年被法国人侵占的米兰,借此影射"二战"时期纳粹德国入侵法国。吉奥诺这一时期创作的许多叙事作品后来都被收录进《活水》中。吉奥诺花了很长时间一直在构思创作一部作品:《风暴两骑士》。这部作品直到1965年才得以出版。作品里马尔索和雅森两兄弟的关系与《伟大的征程》中的叙述者与艺术家之间的关系颇有关联。早些时候,这部小说完成的章节已经在《文集杂志》上发表。

吉奥诺的第二段牢狱之灾引起了他作品风格的转变,从早期的田园牧歌或大自然的狂欢转向对人类情感的探寻。他依然从他最喜爱的作家那里寻求创作的灵感,确切地说不再像早期时从维吉尔作品里获取启发,而是受到司汤达的深刻影响,使得风格更加简洁,更加辛辣,也更加天马行空,不走寻常之路。这就是吉奥诺的"后期风格",这种创作风格的激变引起了法国吉奥诺研究专家们的热议。

第二次世界大战对于作家群体产生了巨大的影响,他们中的大多数在"二战"前后都发生了巨大的变化,吉奥诺也毫不例外。以"二战"为界,他"二战"前和"二战"后的创作风格似乎迥然各异,但其内在思想依然与1939年8月前的人道主义一脉相承。吉奥诺在"二战"后的视角,更多地表现为基于现实主义的世界观,通过揭示人类社会的悲剧事件或人性瑕疵,来向人性表达集体性的敬意。

---

① 郑克鲁:《法国文学史》(下卷),上海外语教育出版社,2003年版,第1354页。

因此，吉奥诺就把创作的重心聚焦在非常个人主义式的人物身上，如《屋顶上的轻骑兵》中的安杰洛，《一个郁郁寡欢的国王》中的朗格鲁瓦，《坚强的心灵》中的泰莱丝，《伟大的征程》中的叙述者等。此外，吉奥诺产生如此大的变化还有一个非常重要的原因：面对那些对他进行诽谤的人，他极力想证明自己，表明自己依然是名伟大的作家，表明自己可以做到风格的革新，特别是借此消除让他深受其害的来自他人、来自社会的误解。

1945年起，吉奥诺开始精心撰写"轻骑兵"系列。在公众眼里，1951年完成的《屋顶上的轻骑兵》是"轻骑兵"系列的典型代表，也标志着"后期风格"的诞生。与此同时，吉奥诺还完成了《一个郁郁寡欢的国王》(1947)、《坚强的心灵》(1950)和《伟大的征程》(1951)。这三部小说，外加《波兰磨坊》(1953)、《埃纳蒙德》(1968)、《苏兹的蝴蝶花》(1970)、《联队的故事》(1972)，它们共同构成了被吉奥诺称为"编年体小说"的系列作品。吉奥诺创作的"编年体小说"颇具风格，特别是具有显著的时间烙印。作者的想象力在一些特定的历史故事之间来回穿梭，这些故事的时间虽然并未具体指明，但大致框定了一个时间范围：既有19世纪的故事(如《一个郁郁寡欢的国王》《安杰洛》《屋顶上的轻骑兵》和《疯狂的幸福》)，又有20世纪上半叶的故事(如《一个人物之死》《伟大的征程》《埃纳蒙德》《苏兹的蝴蝶花》)，他想借此来"对比两个时代"，进而"对比两种人性"[①]。

五、荣耀幸福的晚年生活

"二战"结束初期，吉奥诺的处境颇为窘困：自己提倡和平被人误解成"绥靖主义"；由于上了法国作家协会的黑名单而不能在法国出版作品，虽然之后有圆桌出版社、伽利玛出版社和格拉塞出版社也帮他出版了一些作品，但数量相当有限。1951年，吉奥诺后期创作的代表作《屋顶上的轻骑兵》得以出版，这部小说在读者中引起的轰动完全改变了吉奥诺的困境。凭借这部小说获得的巨大成功，吉奥诺重新进入公众的视野，再次赢得"一线作家的地位"[②]。电台、报社、出版社频频与他联系，采访、报道、约稿也纷至沓来。这一时期的吉奥诺接待了很多人，也拜访了很多人。他还和让·安鲁什(Jean Amrouche)一起录制了多期访谈节目。吉奥诺一生最荣耀的时刻也终于在此刻到来：1953年，他的全部作品获得了摩纳哥文学大奖；1954年，他当选为龚古尔学院院士。吉奥诺终于成了法国20世纪最伟大的作家之一。

---

① Henri Godard, *Giono：Le roman, un divertissement de roi*, Gallimard, 2004, p. 64.
② Henri Godard, *Giono：Le roman, un divertissement de roi*, Gallimard, 2004, p. 70.

面对吉奥诺跌宕起伏而又波澜壮阔的一生,我们从中可以得出这样的结论:他的文学创作总是让人激情勃发,这样的创作激情贯穿他的一生。那他还有时间留给自己的生活吗? 在 20 世纪 50 年代,他时常去离故乡马诺斯克不远的格雷乌莱班度假,都是短暂的踏青而已。之后,随着声誉日隆,他的经济状况也大为改善。他在 60 年代相继去西班牙、意大利等地旅行,其中有一次是趁着 1960 年奥运会举办的时机去了趟罗马。这些旅行促使他写下了《意大利之旅》一文,他在这篇文章里并没有谈及司汤达对自己创作的情感影响,而是以幽默诙谐的口吻叙说着他的旅途印象。后来,因为他女儿阿莉娜在英国当老师,他还去过英国,顺道还去了趟苏格兰,这些地方都给这位"静止不动的旅行者"留下了深刻的印象。

晚年时期的吉奥诺依然保持着对其他艺术形式的关注和兴趣。他曾经在一位中国朋友的帮助下学习中文,因为他不满足于阅读"翻译过的远东作品"[1],而且他觉得"中文很美"[2],所以想自己亲自练习书写。1954 年,吉奥诺还饶有兴致地追踪着当时在法国颇为轰动的"多米尼希诉讼案件",这个案件的主角是一名年迈的主教,他被指控在一处普罗旺斯野营地里杀害了来自英国的一家三口。所以凶案疑犯这个人物并不是他虚构的,而是来自真实的事件。他把他旁听庭审的笔录寄给了一些报纸杂志,一些电影公司希望他能将此改编成剧本。于是在 1958 年,他把《活水》作为剧本提供给了弗朗索瓦·维利耶。没过多久,他自己执导了《富豪》一片。此时,吉奥诺被电影这种崭新的艺术形式吸引,并认为踏入这一崭新的领域也是一种"别样的生活"。1961 年,他被选为当年戛纳电影节的评审委员会主席。两年后,他帮助弗朗索瓦·勒泰里耶(François Leterrier)改编自己的小说《一个郁郁寡欢的国王》。在屏幕上,这部小说变成了令人啧啧称奇的红白交织的影像交响曲。1965 年,他同意由马塞尔·加缪继续从事先前搁置的《人世之歌》的改编计划。

20 世纪 60 年代末,神圣的一刻终于到来:法国七星书库决定出版《吉奥诺作品全集》[3],这显然是对他文学创作生涯的高度认可。在 20 世纪的法国文坛上,生前就被七星书库选定并出版全集的作家只有四位:纪

---

[1] Henri Godard, *Giono: Le roman, un divertissement de roi*, Gallimard, 2004, p. 94.
[2] Henri Godard, *Giono: Le roman, un divertissement de roi*, Gallimard, 2004, p. 94.
[3] 七星书库编辑部原计划出版五卷本的《吉奥诺作品全集》。不过吉奥诺 1970 年逝世之后,编辑部又发现了作者许多未完成或未出版的作品。因此在 1971—1983 年间,七星书库最终出版的《吉奥诺作品全集》有六卷本,总编辑为罗贝尔·里卡特(Robert Ricatte)。之后,七星书库在 1989 年和 1995 年分别出版了《吉奥诺的叙事和杂文作品》《吉奥诺的日记、诗歌和新杂文》,总编辑为皮埃尔·西特龙(Pierre Citron)。

德、马尔罗、加缪和蒙泰朗。[1] 吉奥诺生前撰写的最后一部作品叫《关于香水》，是应香水之城格拉斯的一位香水制造商之邀而创作的。在人生的最后几年，由于一直饱受心脏病的侵袭，再加上做过一场外科手术，他的身体日渐虚弱。1970年10月8日深夜，吉奥诺在家乡马诺斯克病逝，享年75岁。

第二节　吉奥诺作品在中国的传播与接受

国内研究吉奥诺的青年学者称国内学者对吉奥诺及其作品的研究和译介，始于20世纪80年代初。但根据笔者对吉奥诺作品在中国的译介及研究现状的考证，我国学者对他的作品的译介和研究实际始于20世纪30年代。1934年，上海天马书店出版了由戴望舒选译的《法兰西现代短篇集》。戴望舒是我国现代派象征主义诗人，俗称"雨巷诗人"。他曾先后在法国巴黎大学、里昂中法大学留学，对法国文学研究颇深，他是中国最早译介法国、意大利、西班牙等欧洲国家文学作品的文化先驱之一。他在《法兰西现代短篇集》中第一个译介的对象就是吉奥诺的散文《怜悯的寂寞》，可见他对吉奥诺文字的喜爱。在这篇译文后，他以寥寥三百字的篇幅简明扼要地介绍了吉奥诺的家庭背景、创作题材和风格流派，他称吉奥诺是"法国现代文坛中的民众小说家之一"，是"法国民众文学的真正的代表"[2]。1940年，上海译文出版社出版了保尔·穆郎所著的《法国短篇文艺精选——罗马之夜》，译者不详。这部短篇集中也收录有吉奥诺的散文《怜悯的寂寞》。从译文来看，与戴望舒的译文完全相同，应该是出版社直接截取戴望舒的译文置于此集。

从这之后一直到20世纪70年代末，中国就再无介绍、翻译、研究吉奥诺作品的书籍或论文，而吉奥诺本人在这一阶段直至1970年逝世，对文学以及其他艺术领域的创作探索进入了一个崭新的蓬勃发展的阶段，国外对他作品的研究也进行得如火如荼，特别是在法国和美国。国内在这一时期对他的研究陷入真空，令人备感遗憾。20世纪80年代，中国学者对吉奥诺的译介和研究进入了一个复苏并迅速发展的阶段。从译介的角度来看，吉奥诺作品在中国的传播主要有三种载体：一是出版社出版的单行本；二是主

---

[1] Henri Godard, *Giono*：*Le roman*，*un divertissement de roi*，Gallimard，2004，p.110.
[2] 戴望舒选译：《法兰西现代短篇集》，天马书店，1934年版，第18页。

题选集本中收录的某篇散文或某部小说；三是杂志上发表的译文。

在中国大陆地区，吉奥诺作品的单行本译著全部出版于20世纪80年代至90年代之间，总共5本小说：《再生草》（罗国林译，外语教学与研究出版社，1980年版）、《人世之歌》（罗国林、吉庆莲译，外语教学与研究出版社，1982年版；罗国林译，安徽文艺出版社，1994年版）、《庞神三部曲》（罗国林译，安徽文艺出版社，1994年版）、《一个郁郁寡欢的国王》（杨剑译，译林出版社，1995年版）、《屋顶上的轻骑兵》（潘丽珍译，译林出版社，1998年版）。此外，中国香港、台湾地区也在90年代出版了2本吉奥诺的单行本译著：《爱在天地苍茫时》（又名《屋顶上的轻骑兵》，林志芸译，香港皇冠出版社，1996年版）；《种树的男人》（金恒镳译，时报文化出版企业股份有限公司，1997年版/李毓昭译，台湾晨星出版社，2005年版）。① 到了21世纪后，虽然前十年吉奥诺作品并未有译本发行，但最近几年里，国内出版界注意到了吉奥诺作品的重要价值，在2013—2014年里修订、再版了吉奥诺的几部代表作：《屋顶上的轻骑兵》、《山冈》《一个鲍米涅人》《再生草》。值得注意的是，罗国林、潘丽珍、吉庆莲、杨剑等吉奥诺研究学者既是吉奥诺作品的翻译家，也是吉奥诺作品的评论家，他们都在译本中以"前言"或"后记"的形式介绍吉奥诺的家庭背景、创作生平，分析其语言特点和作品风格。

从20世纪80年代起，继30年代的戴望舒翻译《怜悯的寂寞》之后，我国学者重新开始对吉奥诺作品的译介，主要对象为他的短篇小说和散文，这些译文相继刊登在国内多家文艺杂志上：《一个鲍米涅人》（罗国林译）刊登在1983年《译林》杂志第4期，《让·季奥诺散文三篇》（罗国林译）刊登在1984年《当代外国文学》第1期，《山冈》（方德义等译）刊登在1983年《外国文艺》第5期，《逃亡者》（郭太初译）刊登在1995年《当代外国文学》第3期。值得一提的是，吉奥诺晚年撰写的一部短篇小说《种树老人》"语言平实，文字优美，节奏舒缓，结构匀称，富有散文诗的雅致"②，在国际上享有巨大的影响，甚至在全球范围掀起过规模浩大的植树造林运动，由这部小说改编成的同名动画曾获第60届奥斯卡最佳动画短片奖（1988）。但由于种种历史原因，这篇被誉为"植树造林运动宣言"的短篇小说却在国内不为广大读者所知，这不能不说是国内吉奥诺作品传播的一大遗憾。令人可喜的是，同样在21世纪，这部小说引起了国内学者的充分重视。2011年，《种树老人》的

---

① 周霞：《试论季奥诺及其潘神三部曲》，湘潭大学硕士论文，2007年。
② 袁筱一：《评第八届CASIO杯翻译竞赛（法语组）获奖译文》，载《外国文艺》，2011年第6期，第153-155页。

原文成为第八届卡西欧翻译竞赛(法语组)的比赛内容。2014年,《种树老人》的获奖中文译文(陆泉枝译)刊登在《外国文学》2014年第1期,国内读者终于有机会一览这部短篇小说的全貌。2016年,人民文学出版社正式出版了这部小说的中译本。2017年,四川文艺出版社也出版了这部小说。2018年,由笔者翻译的吉奥诺散文《我想书写的普罗旺斯》(外二篇)刊登在《世界文学》第4期上,国内读者也首次窥见吉奥诺散文中优美的普罗旺斯风景。

同样从20世纪80年代起,我国学者也出版发行了各式各样的文学作品选集,在这些选集本中,吉奥诺的作品被多次收入:《再生草》选入《名家名作中的情与爱》(鲍学谦、陈巧燕编,漓江出版社,1985年版)和《名家名作中的情与爱》(林玮等选编,江苏人民出版社,1993年版);《世态炎凉》选入《世界短篇小说经典·法国卷》(叶水夫主编,张容选编,春风文艺出版社,1994年版)和《世界短篇小说精品文库》(柳鸣九主编,海峡文艺出版社,1996年版);《特利埃夫之秋》选入《外国散文名篇赏析》(李文俊等编,中国青年出版社,1993年版),《外国散文金库·咏物卷》(乔继堂主编,中国广播电视出版社,1993年版),《世界名家经典美文百选》(夏风扬选编,四川文艺出版社,1995年版),《人,可怜的怪物》(徐知免编,花城出版社,1998年版)和《人类的声音1:世界文化随笔读本》(严凌君编,商务印书馆,2003年版);《人世之歌》选入《二十世纪西方小说大观》(上)(刘文刚等编著,吉林人民出版社,1989年版);《植树的人》选入《二十世纪外国散文经典》(陆建德主编,北京师范大学出版社,2004年版)和《外国现代派作品选D卷:早期现代主义现代主义后现代主义》(袁可嘉、董衡巽、郑克鲁选编,北京燕山出版社,2005年版);《费勒蒙》选入《二十世纪外国短篇小说编年法国卷》(上)(余中先选编,人民文学出版社,2002年版);《莫桑村的若弗洛瓦》选入《世界短篇小说精品文库》(柳鸣九主编,海峡文艺出版社,1996年版)。

国内学者在开展对吉奥诺作品译介的同时,对他本人及其作品的学术研究也在蓬勃进行。1982年姜依群在当年的《外国文学报道》第2期中发表《让·齐奥诺生平及其创作思想》,第一次全面系统地介绍吉奥诺的文学创作生涯,高屋建瓴地分析总结了吉奥诺的创作主题和文字风格。1984年,国内译介和研究吉奥诺的专家罗国林教授在《当代外国文学》第1期发表《让·齐奥诺的创作道路》,详细介绍了吉奥诺一生的创作路程和风格转变。1996年是吉奥诺一百周年诞辰,庄乐群在《译林》的第1期"世界文坛动态"栏目中发表《法国发表著名作家吉奥诺的日记》一文,报道了当年法国文坛庆祝吉奥诺一百周年诞辰的纪念活动。此后,进入21世纪以来,国内文学期刊相继刊登多篇吉奥诺的研究文章:柳鸣九的《吉奥诺代表作二题》(《外国文学研究》,2000年第3期),主要对吉奥诺的《山冈》《屋顶上的轻骑兵》两部小说进行了阐述,这两篇文章于2005年被收录到柳鸣九先生的著作《超越荒诞:法国二十世纪文学史观》(文汇出版社,2005年版)中;国内生态文学专家曾思艺发表《现代生态文学的最早样本》(《天津市工会管理干部学院学报》,2007年第3期),称吉奥诺的小说《山冈》是"现代生态文学的一个最早样本";青年学者杨柳相继发表《由吉奥诺笔下的"气"说起——兼谈中西美学审美观照》[《湖北师范学院学报(哲学社会科学版)》,2010年第5期]和《吉奥诺的"虚之爱"——虚之创生》(《法国研究》,2010年第3期),从中国道家思想和传统审美的角度来分析吉奥诺的文学作品。随后几年,笔者相继在国内刊物上发表吉奥诺作品的系列研究论文:《吉奥诺与卢梭:返璞归真的文学自然观》(《法国研究》,2012年第4期),《论吉奥诺作品的空间构建》(《当代外国文学》,2014年第4期),《绘出心中的大自然——重温动画大师弗雷德里克·贝克的〈种树的人〉》(《南京艺术学院学报》,2014年第3期),《生态视域下吉奥诺小说的植物意象分析》(《法国研究》,2014年第4期),《空间视域下吉奥诺作品中的自然元素观》(《浙江外国语学院学报》,2016年第3期)。此外,还有陆泉枝的《让·吉奥诺短篇故事〈种树老人〉中的言语策略》(《外国文学》,2014年第1期),邢军的《短篇小说〈种树的牧羊人〉的"二次创作"》[《辽宁师范大学学报》(社会科学版),2015年第2期]。这些研究论文分别从人物塑造、生态思想、美学价值、主题意象、叙事风格、文学与电影的关系等多个角度来深入剖析吉奥诺作品,有力推动了对吉奥诺作品研究的深度和广度,掀起了吉奥诺研究的又一轮高潮。

此外,还有一些对吉奥诺的单部作品进行论述的赏析式论文,如《大地生命神话——〈愿我的欢乐长存〉的艺术主题》(方锡江,《晋东南师范专科学校学报》,1999年第4期)、《比喻的非凡魅力——季奥诺在〈一个波米涅人〉中朴实无华的比喻手法》(方仁杰、张捷频,《法语学习》,2001年第5期)等。[①]

在对吉奥诺主要作品的译介及其研究的基础上,我国出版的权威性的文学辞典或文学史论均将吉奥诺作为当代法国著名作家加以论述:《外国名作家大词典》(张英伦等主编,漓江出版社,1989年版)、《当代百科知识大词典》(曲钦岳主编,南京大学出版社,1989年版)、《法国文学史》(陈振尧主编,外语教学与研究出版社,1989年版)、《法国小说论》(江伙生、肖厚德著,

---

① 周霞:《试论季奥诺及其潘神三部曲》,湘潭大学硕士论文,2007年。

武汉大学出版社,1994年版)、《现代法国小说史》(郑克鲁著,上海外语教育出版社,1998年版)、《20世纪法国文学史》(张泽乾等著,青岛出版社,1998年版)、《外国文学史话西方20世纪前期卷》(吴元迈主编,吉林人民出版社,2001年版)、《法国小说发展史》(吴岳添著,浙江大学出版社,2004年版)等。此外,部分文学学术研究专著还对吉奥诺的特定作品做出专门分析:《超越荒诞:法国二十世纪文学史观》(柳鸣九著,文汇出版社,2005年版)对《山冈》《屋顶上的轻骑兵》两部小说进行了阐述,称《山冈》具有"田园牧歌传统中的超前性新意"[1],而《屋顶上的轻骑兵》中的主人公安杰洛则是"20世纪文学中少见的英雄塑造"[2];《探索人性,揭示生存困境文化视角的中外文学研究》(曾思艺著,中国社会科学出版社,2004年版)从人性的角度出发,对《山冈》中人与自然的关系做了详尽的剖析。

迄今为止,国内仅有1部吉奥诺研究专著面世,是上海学者杨光正于2010年出版的《纪奥诺小说的想象空间——潘神三部曲的主题批评》。这是国内首部吉奥诺研究专著,作者运用主题批评法,对吉奥诺的《潘神三部曲》进行系统的剖析和研究,揭示作品深层的主题关系网络结构,通过探究吉奥诺的想象空间来寻找其意象的场景和小说空间里诗意的创造。[3] 略显遗憾的是,这篇专著是用法文写成,这无疑增加了国内普通读者了解吉奥诺思想的困难,使吉奥诺美学思想和生态意识在中国的传播受到较大的局限。

从20世纪初戴望舒译介吉奥诺杂文算起,这位普罗旺斯作家为中国读者知悉已经有80余年。纵观国内吉奥诺研究的学术文章,我们发现2000年之前主要以介绍吉奥诺创作思想和成长历程为主,2000年之后则明显具有了研究深度,从早期研究吉奥诺生平创作、语言艺术、作品意义等逐渐转向叙事艺术、文学意象、美学创新方面的研究。不过,国内一些法国文学史专著还是会遗漏掉这位卓尔不群的普罗旺斯作家,或是将作品简单贴上"乡土小说"的标签。而且国内的吉奥诺研究还主要局限在文学领域,对其电影作品的研究鲜有涉及。

令人欣喜的是,进入21世纪以来,吉奥诺依然是国内法国文学研究的主要对象之一。最近几年里,来自北京外国语大学、南京大学、武汉大学、华东师范大学、湘潭大学、中国海洋大学等国内著名高校的多篇硕、博士论文均以吉奥诺作品作为研究主题。2016年,国内著名作家、鲁迅文学奖得主

---

[1] 柳鸣九:《超越荒诞:法国二十世纪文学史观》,文汇出版社,2005年版,第159页。
[2] 柳鸣九:《超越荒诞:法国二十世纪文学史观》,文汇出版社,2005年版,第165页。
[3] 杨光正:《纪奥诺小说的想象空间——潘神三部曲的主题批评》,上海三联书店,2010年版,序言。

陈应松在《世界文学》发表了长文《自然主义的真理——读让·吉奥诺和卡里埃尔》,充分肯定了吉奥诺把文学与自然完美融合的能力,指出其可贵之处正是在于把热爱自然的情感转变为书写自然的实践。① 由此可见,吉奥诺并没有被遗忘在普罗旺斯古老的传统里,反而被中国新一代学者重新发掘出崭新的魅力,受到中国学界的重视,吉奥诺作品的中国之旅也因此充满了人性的光辉和自然的情怀。正如勒·克莱齐奥所言:"吉奥诺远不是一位乡土作家",他的作品让人类"具有真正的维度"②。特别是在生态危机四伏、美学教育亟待加强的当代中国社会,对这位具有超前生态意识和自然美学意蕴的法国作家进行重新审视与研究,无疑具有相当重要的现实意义。

---

① 陈应松:《自然主义的真理——读让·吉奥诺和卡里埃尔》,载《世界文学》,2016 年第 1 期。
② Roland Bourneuf, *Les Critiques de notre temps et Giono*, Paris, Garnier, 1977, p.176.

第二章 生态美学

　　文学史上着实有许多的不公平，古今中外概莫能外。真正有成就的作家往往在很长时间内默默无闻，直到被独具慧眼的批评家"重新发现"。现代生态批评把亨利·梭罗的作品作为出发点和典范，很多作家从他身上汲取了养分与力量，吉奥诺也是如此。自从吉奥诺发现沃尔特·惠特曼(Walt Whitman)和赫尔曼·梅尔维尔(Herman Melville)(III, pp. 1203—1204)之后，梭罗也成为他喜爱的作家，并经常阅读其作品。吉奥诺先前在维吉尔的作品中读到了田园生活，然后他对这些作家作品的阅读进一步加强了田园生活对他的影响。自然中的生活与人物身份的发展是吉奥诺小说的重要内容，但是这两者之间的联系并未被加以深入研究，甚至以"乡土""大地"等笼统词汇遮蔽了作者真正想表达的生态思想。而勒·克莱齐奥对吉奥诺作品的独特体会，无疑激发了我们重新阅读这位普罗旺斯作家的强烈欲望。我们逐渐认识到，以往将他解读成"农民作家""乡土作家"都有失偏颇。尽管他早期的作品带有田园牧歌的风格，但他的创作从一开始就不是对自然环境的简单描摹。如果对他一生作品的解读仅仅停留在表面，那就看不到自然风光之下那阴沉忧虑的另一番面貌：自然灾难和人性的恶毒。他用文学这一人类最后的乌托邦去构建自己想象的空间，将地、气、水、火这四大传统元素与作为第五元素的"人"置于同样的表演舞台，这些元素不同的特性、不同的配合与变化多端的活动方式，构成了事物的本质；这些多样化的本质进而产生出不同的秩序、等级，以及这些事物所处的种种体系，它们的总和就形成我们所称的自然。① 吉奥诺把这些元素置于想象中的普罗旺斯，这些元素既是有形的，也是超验的，它们在这一空间中的位置、运动、转化、爆发，都在不断构建着整个生态自然，活跃着全体宇宙生命，从而深刻

---

① 霍尔巴赫：《自然的体系》（上卷），管士滨译，商务印书馆，1964年版，第17页。

地表现出"世界存在、事物存在、想象存在和意识存在。"①吉奥诺终其一生几乎都离群索居地生活在上普罗旺斯地区,他要赋予自然以力量,赋予自然以一种它从未在法国文学中拥有过的存在。自让-雅克·卢梭的遐想和维克多·雨果的诗意灾变论提出以来,外部的自然世界从未像吉奥诺的小说那样对写作产生如此巨大的影响,他的作品也时刻提醒着我们,自然世界并非只是明信片上的绝美景色。对于人类社会,吉奥诺和他的同代人都被20世纪30年代的经济危机震撼。他们尤其对当时传播的影像信息表示出极大的不理解,比如对日常用品库存的大量销毁:美国的小麦和棉花,巴西的咖啡,古巴的糖。而在美国的诸多大城市中,还有数以万计食不果腹、居无定所的流浪者。这些销毁的日用生活资料对他们而言可是最必需的生活品,可以帮助他们度过寒冬,挨过饥饿。人类怎么会步入如此的经济矛盾中?吉奥诺认为这反映了人与运转失灵的自然世界之间的关系,一切都有待重新审视与构建,他希望用文学创作为人类定义崭新的自然契约。

当吉奥诺在20世纪30年代发表成名作《潘神三部曲》的时候,文学界还未有"生态"这一概念。但几十年之后生态学的燎原之势,想必是受到了吉奥诺创作的启发。②《潘神三部曲》中的第一部《山冈》出现在1929年,当时整个世界几乎都陶醉在工业革命和科技文明不断让大自然为人类提供更多财富的胜利之中,而且这部小说也比真正意义上的现代生态文学早了好几十年!因此,《山冈》可以说是一部名副其实的"现代生态文学的最早样本"③!从这一意义上来说,吉奥诺通过文学作品反映生态意识,不能不说他是一个具有悲天悯人情怀的生态思想先驱。他的作品促使人们对自身与环境关系进行生态思考,充分考虑我们在跨越"乡村文明"时所汲取的教训:万物皆有生命。人类为了自己的生存就必须奴役其他物种甚至让其灭绝消失?吉奥诺在一次访谈中曾经给三部曲下过这样的定义:"将这三部作品联系在一起的,正是我们所有感官感觉到的生机勃勃的大地的韵律。"④诚如著名作家陈应松在评论吉奥诺作品时所言:"作家应该用他的文字分担山冈和大地的痛苦,就像分享人类所有的幸福一样,分享它的欢乐,它的风暴和

---

① [法]莫里斯·梅洛-庞蒂:《可见的与不可见的》,罗国祥译,商务印书馆,2008年版,第16页。

② Alain Romestaing, Regain, ou dépasser Pan?, *Revue Giono* (2010), p. 246.

③ 曾思艺:《现代生态文学的最早样本》,载《天津市工会管理干部学院学报》,2007年第3期,第45页。

④ Anne-Marie Marina-Mediavilla, *préface* in *Regain*, Jean Giono, Le Livre de Poche, 1995.

落日。"[1]

在法国文学史上,卢梭是最早把自然作为文艺描写对象的作家之一。自然对于卢梭来说有着无可比拟的崇高地位,它是卢梭生活中最真诚的朋友。卢梭的文学有自然之美,卢梭的哲学有自然之思。因此,卢梭把自然看作"塑造人类心灵和艺术之美的依据"[2]。虽然卢梭是生态思想的先驱之一,而且吉奥诺也确有对卢梭思想的继承,但他并不是完全重复卢梭式的主张。吉奥诺以对自然万物的悲悯情怀,通过文学创作来表达对生命的尊重与虔诚,从而践行敬畏生命的生态思想与伦理观念。法国学者阿朗·克莱顿和亨利·戈达尔的分析,吉奥诺的写作体现了两种截然不同的愿景的冲突[3]:第一个愿景是融入自然秩序的愿望,第二个愿景是反对自然秩序以彰显追求绝对的人性本义的需求。这样,作者就为我们打开了通往世界之家的各扇大门,为我们刻画美丽和快乐,同时,他也为我们塑造了一个生态的诗意世界,这正是我们在大地上最可靠的栖居之地。吉奥诺一生精心构建的普罗旺斯自然空间,并不是为了给人类一个逃避烦恼、解脱罪恶的世外桃源,而是为了让人们扪心自问:究竟该对大自然采取什么样的态度。诚如柳鸣九先生所言:"对大自然采取什么样的态度,已经是决定人类未来生死存亡的一个大问题。"[4]吉奥诺早在20世纪20年代就以作品代言,道出我们今天才能达到的环保意识的高度,这不能不说是他对田园牧歌传统的超越,正是他那领先于那个时代大部分作家的生态意识勾勒出了一幅宏大壮阔的生态美学画卷。

第一节 生态世界的物质构成:有机生命与无机元素

纵观法国文学史,18世纪浪漫主义哲学家让-雅克·卢梭是首位在文学作品中直接描写大自然的作家,他曾经这样说过:"我在人们脸上看到的只是敌意,而大自然则永远向我露出笑脸。"[5]他强调自然景物对人的影响,强调自然元素对人的品性的影响,这在当时的法国文学界甚至世界文学界

---

[1] 陈应松:《自然主义的真理——读让·吉奥诺和卡里埃尔》,载《世界文学》,2016年第1期。
[2] 方汉文:《西方文艺心理学史》,陕西人民出版社,1999年版,第192页。
[3] Julie Sabiani, *Giono et la terre*, Paris: Editions Sang de la Terre, p. 108.
[4] 柳鸣九:《田园牧歌传统中的超前性新意——吉奥诺〈山冈〉》,载《超越荒诞:法国二十世纪文学史观》,文汇出版社,2005年版,第164页。
[5] 卢梭:《漫步遐想录》,徐继曾译,北京十月文艺出版社,2005年版,第146页。

都是具有开创意义的。卢梭在《环境对文明的影响》中这样说道:"气候、土地、空气、水,以及地上和海里出产的东西,将塑造他的体质和性格,决定他的爱好、他的欲望、他的工作和各种行为。"①由此可见,卢梭对于自然景物不仅仅是直抒胸臆式的笼统描写,而是能够透过宏大的景象看透每个自然元素对人的影响,人与自然不是简单的二元对立,而是互相影响、互相转换。他最早提出"回归自然",虽然只是生态主义的萌芽,但这一朴素的生态观已经较为系统和全面地阐释了当代众多重要的生态思想②,并且"深深地影响了后世几乎所有重要的生态思想家和生态文学家"③。卢梭朴素的自然观也恰好与现代自然观不谋而合。基于环境保护的现代自然观认为,自然界是"动植物之间、有机物与无机物之间、地球与其他星球之间经过漫长时间的地质演化与自然进化形成的动态平衡体。它是一种物质性的客观存在,同时又是充满活力的有机体"④。因此,人与自然、动物与植物、有机与无机之间,都是共生共存、相互转换的关系。

受卢梭"回归自然"思想的影响,"人"与"自然"的主题也见于吉奥诺的创作思想中。⑤ 吉奥诺在《普罗旺斯》一书中说过:"自然秩序遍布我们的周围,它决定了我们的存在和思维方式。"⑥他自童年起就与大地亲近,与天地间的自然力量亲近。他的一生几乎都生活在他的故乡马诺斯克市。这是个由古代城墙围绕着的普罗旺斯小城,市井之中全是一派农村气息。儿童时期的吉奥诺会陪同当地的牧羊人去附近的鹿儿山下放牧。农民讲述的土话充盈着童年吉奥诺的心灵。农民质朴话语中的无政府主义、抒情主义,以及人与大地神秘而珍贵的融合,都给少年吉奥诺留下了不可磨灭的印记,这是他的"黄金时代",也是他的"绿色天堂"。但是这个"黄金时代"和"绿色天堂"既非神话,也非乌托邦,它们就是吉奥诺的"此时此地",就是"二战"前的法国农村景象。这是一片必须辛苦劳作才能生存的土地。当地的男女老少,尽管生活困苦艰难,却乐于享受人与自然的亲密关系,这也正是今天成千上万都市人所极力追寻的东西。我们可以透过吉奥诺在普罗旺斯近乎隐居的生活,看到自然景观对他思想形成的孕育作用。为何这位离群索居的

---

① 卢梭:《卢梭散文选》,李平沤译,百花文艺出版社,2009年版,第253-254页。
② 根据王诺教授的研究,卢梭生态思想的全面性和深刻性主要体现在以下六个方面:征服、控制自然批判;欲望批判;工业文明和科技批判;生态正义观;简单生活观;回归自然观。详见王诺:《欧美生态文学》,北京大学出版社,2003年版,第92-96页。
③ 王诺:《欧美生态文学》,北京大学出版社,2003年版,第92页。
④ 郇庆治:《自然环境价值的发现》,广西人民出版社,1994年版,第218-219页。
⑤ 郑克鲁:《法国文学史》(下卷),上海外语教育出版社,2003年版,第1355页。
⑥ Jean Giono, *Provence*, Paris, Gallimard, 1995, p.263.

"静止不动的旅行者"会如此深刻地描绘出自然的本来面貌？也许卢梭的话语正好可以解释这一切：在隐遁中所作的沉思，对自然的研究，对宇宙的冥想，都促使一个孤寂的人不断奔向造物主，促使他怀着甘美热切的心情去探索他所看到的一切的归宿，探索他所感到的一切的起因。[①] 这段话的思想也深刻反映在吉奥诺前期的文学创作中：由《山冈》《一个鲍米涅人》《再生草》组成的《潘神三部曲》，其风格是抒情的，整部作品歌唱大自然和乡村生活，自始至终贯穿着对"自然母亲"[②]的赞美，对"宇宙快乐"的兴奋，他甚至也因此被称为"大自然的荷马"[③]。像《潘神三部曲》这样的早期作品，其中的人物几乎都拥有一种认识自然世界的力量。凭借这股力量，他们知晓如何与这自然世界和谐相处。他们对大地上的事物相当熟悉，他们也自信地认为这股力量便是他们井然有序生活的内在部分，这股自然力量也会教授他们如何观察，如何做事，如何道法天地。

吉奥诺是行文的行家，带领我们甚至迫使我们沉浸于他所描写的这些大自然现象。一场火灾，一场洪水，冰川崩塌，都会在他的笔下发生。他很会营造氛围。文字的图像，人物的话语，一切都可以让我们与即将发生的事产生共鸣与期盼。随后，作家栩栩如生地描绘发生的事件，氛围随即变得恐惧，我们内心深处也逐渐生发原始的压迫感与恐惧感。

吉奥诺说过，作家使用自然现象是为了使小说丰满，不过他对自然现象的使用与众不同。他强调人与自然不能分离，也无法分离。因为"大地的面容就在人的心中"[④]。吉奥诺为了表达人与自然的互动关系和融合关系，对自然与"我"所代表的人做了如此勾勒："我与树木、动物和元素融为一体；我周围的树木、动物和元素既是我本人，也是它们自己。一切都承载着我，一切都支持着我，一切都驱使着我……春天的花朵走进了我身上，还有它那长长的、充满甘甜汁液的白茎……"（*Les Vraies Richesses*，p. 16）。

我们生活的自然世界活色生香，它是鲜活的载体，载有所有的生物。自然就是所有元素、生物和它们之间复杂关系的集合。吉奥诺是自然的咏唱者，没有谁比他更了解他所处的那片自然世界。

当人们与自然和谐相处时，自然提供了食物，展现了包容，有时它会作

[①] 卢梭：《漫步遐想录》，徐继曾译，北京十月文艺出版社，2005年版，第29页。

[②] Marceline Jacob-Champeau, *Le Hussard sur le toit-Jean Giono*, France: Editions Nathan, 1992, p. 11.

[③] Michel Gramain, «Le Hussard sur le toit: Réception du roman (1951 - 1952)», *Revue Giono (2010)*, p. 176.

[④] Colette Trout et Derk Visser, *Jean Giono*, New York, Éditions Rodopi B. V., 2006, p. 29.

为单一元素介入人物活动中,以实施行为。这些行为具有叙事功能,甚至是道德功能。这两个功能的本意都具有纯粹性,反映出自然愿意表达它的善意,提供它的帮助。在《再生草》中,当庞图尔向奥比涅纳村所在的高原乞求丰收时,他种植的小麦真的获得了不错的收成。

不过,当人们不再以和谐的方式生活,或是表现出他们的恶意时,自然也会以突然的方式表达它的敌意。泉水干涸,山火爆发,《山冈》中的村民们才又学会团结在一起。在《潘神三部曲·序幕》中,为了惩罚伐木工人以及接待他们的村庄,上帝通过一场暴风雨将整个世界拖入可怕的狂欢。所以,我们认为吉奥诺把生态世界想象成具有朴素道德的造物主。有时,它的表现不属于自然现象,而是属于意愿的表达。

青年时期的吉奥诺由于家庭贫困,曾经进入银行做过几年职员。为了在银行的非人性天地中生存,为了面对现代社会的平庸,吉奥诺实际上发现了"诗人的必要性"(III, p.1565)。他私下里阅读的维吉尔,就如同"先知和导师",使他的灵魂得以超凡脱俗:"只要他一说话,奇迹似乎就掷地有声,让田园生活迸发出光芒"(III, p.1054)。诗意语言的优美向世界释放出"存在的理由"(III, p.1055)。从人类到动物,从动物到树木,从树木到大地,都表现了吉奥诺创作思想的复杂性,人类的生活也因此扩大至可以融入整个自然的生命。无论是文学创作,还是现实生活,吉奥诺总以行动践行着自己热爱大地、尊重自然、敬畏生命的承诺。对此,勒克莱齐奥有过这样的评价[1]:

> 对于吉奥诺来说,一个人,无论他是谁,无论他身处何方,永远都不会与大地的真实相分离。他属于活生生的世界,他是创世的意外之一,一个和其他形象并列的形象。也许,这是最可接受的形象,但他绝不与世界的其他部分相分离,绝不高高在上。这就是吉奥诺的写作力量,为此,他的梦想在这一程度上存在于我们身上:生命的力量总是自然的。吉奥诺创造了我们的根基,恶的起源,我们的苦难和激情的演进;他在大地自身上发现了它们,在昼夜交替中发现了它们,在季节变换中发现了它们,在草的愿意中,在岩石、云层、昆虫的鸣叫和动物的发情中发现了它们。他的真实既是卢梭的真实,又是荣格的真实。

吉奥诺早期的诗歌、散文,比如《笛子伴奏曲》《田园》等,都饱含神话的

---

[1] Roland Bourneuf, *Les Critiques de notre temps et Giono*, Paris, Garnier, 1977, p.176.

记忆。维吉尔、忒奥克里托斯[①]和埃斯库罗斯[②]，他们的笔尖萦绕着的超自然景象确实对他的创作观形成了一定影响。但是这种影响也是文学层面上的，且往往止于模仿，因此他的创作观形成还受到个人经验的巨大影响：日常散步，上班路上，周末去山冈或高原上远足（鹿儿山、瓦朗索尔山或勒旺杜山），在他眼里，这些山脉的奇特性颇似"世界屋脊"青藏高原：高耸的山峰与天际相连（I，p. 938）。人在这些荒凉的地方，如同独自在"广袤大地的扁舟"上（I，p. 535），自然力量的爆发往往引起作者内心的恐惧。

大自然的面容千变万化，"大音希声，大象无形"。为了准确地捕捉自然意象并加以表达，吉奥诺使用"潘神"这个人身羊蹄的自然之神的形象。潘神是"阿卡迪亚（世外桃源）"的农牧神。潘神（Pan）在词源学上的起源颇具争议。一些语言学家认为它与希腊语中表达"击打"的动词有关。潘神的形象是半人半羊，下身是公山羊，上身是人，头上长着公山羊的一对犄角，表明潘神的双重特性。它会演奏由芦苇和蜂蜡制成的排箫。据说潘神吹奏这样的排箫是为了激发动物之间的交配，这便是促进宇宙演进的一种象征。在希腊语中，"潘神"和"万物"是同音词，这也从侧面表明潘神这一神灵的重要性，它象征了宇宙的秩序。但潘神在吉奥诺的笔下已经不同于它在民间神话中的通俗形象，它在作品中所代表的自然具有另一种真实性，吉奥诺经常在小说序言或杂文中提及这一点："我觉得潘神是由这种恐惧和这种残酷构成的，我希望人们和我一样，一看到这个神的特征就有印象。接着，我必须谈谈大地的仁慈，谈谈存在于世界法则中的任何人性，谈谈春天的美妙过程，谈谈那些懂得服从（自然秩序）的人所获取的和平。"（I，p. 949）吉奥诺用他的作品向我们表明了"潘神"的两面性是如何协调的：《潘神三部曲》是朝着人与宇宙的和谐方向发展的；《阿芒丁小姐的生活》向我们透露，叙述者和他的人物一定得穿越绝望才能了解生命真正的意义；《愿我的欢乐长存》则委托博比来治愈格列蒙特平原上的居民，教导他们"世界的欢乐就是我们唯一的食粮"（I，p. 605）。欢乐的体验就此开始："人类希望的抒情"已经到来（III，p. 568）。从中我们可以看出吉奥诺所宣扬的"潘神精神"，实际上是对大自然心怀恐惧的崇拜。[③] 这也是尊重自然、敬畏生命的典型表现。

在吉奥诺的首部成名作《山冈》中，作者通过雅内的话语描绘了自然景

[①] 忒奥克里托斯（约前310年—前250年），古希腊著名诗人，学者。西方田园诗派的创始人。
[②] 埃斯库罗斯（前525年—前456年），古希腊悲剧诗人，与索福克勒斯和欧里庇得斯一起被称为古希腊最伟大的悲剧作家，有"悲剧之父"的美誉。
[③] 郑克鲁：《法国文学史》（下卷），上海外语教育出版社，2003年版，第1356页。

色,强调了了解朴素原始的自然元素的重要性,进而通过行动找回失去的根源:"你想知道该怎么办,却对你所生活的这个世界一点也不了解;你知道有东西在与你作对,却不知道是什么……动物、植物和石头的巨大力量"(《潘神三部曲》,第 90 页)。从这段描述中,我们看到人与大自然的关系追溯到了根源,揭示了作者本人对大自然神秘面纱的本质观察,即所有朴素的自然元素都因披上了泛神论的外衣而具有了神秘性,让人感到恐惧。这也是《山冈》《一个鲍米涅人》和《再生草》被统一合编为《潘神三部曲》的原因。在罗歇·达瓦尔(Roger Daval)看来,只有通过"走进大自然",人们才会意识到"大自然造就了人类,并让人类获得自由,这是所有财富中最为珍贵的东西"①。

大自然的神秘双重性在吉奥诺后期的小说中同样存在。虽然它不再以潘神的面容出现,但是作家以其他形式来表征自然意象。比如在《屋顶上的轻骑兵》中,大自然以霍乱的面貌出现,其行为颇似一个完整的人物。有时大自然显得非常仁慈宽厚:安杰洛和波利娜在"一棵大山毛榉树下扎起营来",它下面的枯叶"又厚又暖"(《屋顶上的轻骑兵》,第 367 页),营造了一种亲切热情的氛围;有时大自然显得冷漠无比,"和霍乱一样令人可怕"(《屋顶上的轻骑兵》,第 370 页),毫不关心人类的命运。

在后期作品中,吉奥诺还把自然意象表现为具有另类面容的普罗旺斯。"吉奥诺颠覆了传统。因为这个在白垩色和灰白色阳光的照耀下显得可怕的地方是地中海,它本是温柔迷人的地方。这个恬静之地的特点不是缺失,而是这些特点一展示就立刻被否定……众多否定,其证据就是难以言说的恐怖不能被描绘成快乐的反面。吉奥诺的普罗旺斯不是,或者说不再是世外桃源的形象,阳光捎来的不是安详,而是残酷。"②

基于长期的自然生活,吉奥诺并不满足于阅读前人的田园作品,正如我们所见,他决定要颠覆我们在文学中所见到的等级现象。他除了重视人的心理之外,还非常重视"大地心理、植物心理、河流心理和海洋心理"(I, p. 537)。"人(人物)"从以往的中心位置迁移出来,又重新融入他周遭的自然环境,这样,"人"就只是"自然美丽居民的一分子。他不孤独。大地的面容在他的心中"(I, p. 538)。这属于可见的自然世界外表下的不可见的部

---

① Roger Daval, *Histoire des idées en France*, Paris, P. U. F., *Que sais-je?*, n°593, 1965, p. 64.

② Joël Gardes-Tamine et Lucien Victor dans l'article «Ah! Dieu que le choléra est joli! Le paysage et les couleurs de la maladie dans *Le Hussard sur le toit* », *Revue Obliques*, décembre 1992.

分,吉奥诺的这种心理揭示也实现了文学的一项基本功能:"文学……是对不可见的探索,也是对观念世界的揭示"①。

在揭示自然世界意象的基础上,吉奥诺提出了涉及人生价值的"社会问题"(II, p. 603),他对此的回答是要把人与权力分开,并提出人的幸福是建立在"世界的简单、纯粹和普通"基础上的(II, p. 605)。他认为政治学和心理学都无法根治我们的罪恶:我们实际上就是"自然元素"(*Les Vraies Richesses*, p. 12),和他小说中的人物一样,都是由土和水组成,融合着树木和花草,与代表纯洁性和简约性的动物相类似。

纵观吉奥诺一生的创作,几乎鲜有作品不涉及与自然元素有关的暴力活动:打架、斗殴、追击、战斗,甚至包括与自然元素的斗争。《山冈》里的人们与"火"斗争,《大山里的战斗》中的人们则与"水"斗争,《屋顶上的轻骑兵》中年轻的主人公——安杰洛,则一刻不停歇地与霍乱、与死亡作着殊死搏斗。

吉奥诺的一生都在不停地对自然进行思索,从早期的"潘神"到后期的"霍乱""普罗旺斯",不断变化的外表却始终有着相同的本质。他脚下的普罗旺斯地区浓缩了他想要表达的自然世界。不过,他肆意汪洋的想象世界绝不局限在普罗旺斯那片土地,他的想象世界所占据的空间具有宇宙的维度,整个自然就处在不断运动的宇宙法则之下,哪怕是最细微的运动也是如此。自然元素显得既是有形的,也是超验的,对元素的操控似乎就会对自然中所有生命产生影响:是活跃生命还是威胁生命,这其实就是"生命冲动"的本质问题。

一、有机生物:生命的律动

霍尔巴赫有句名言:"人最崇拜自然。"②人从学会站立之初,就睁大双眼看着被洗去所有罪恶的原始天地,试着与景色融为一体。人开始陷入无尽的沉思,内心充满了寻求自然万物本质的冲动。自然的力量起先被认为是个"不可理解的存在",是个"无生命的巨物"。但它确实存在着,完整而广泛,无处不在。它是高山流水,它是花草树木,它也是飞禽走兽。自然空间不是经典物理学简化法则一统天下的空间,而是有序与无序辩证统一的空

---

① [法]莫里斯·梅洛—庞蒂:《可见的与不可见的》,罗国祥译,商务印书馆,2008年版,第184页。
② 霍尔巴赫:《自然的体系》(下卷),管士滨译,商务印书馆,1977年版,第352页。

间,生命是这个空间中"一个多功能机器复合体"①。纷繁多样的生命对生态环境非常依赖。所有生命所构成的整个生物圈就是一个"妙不可言的对立、竞争与互补的生物整体现象"②:阳光是所有生命的动力机,生命离不开阳光的哺育,阳光哺育植物,植物哺育食草动物,食草动物哺育食肉动物,食肉动物的尸身哺育土地,土地哺育受阳光哺育的草木③。在吉奥诺的作品中,生物是自然界的神奇精灵。他曾经这样说过:"野兽是美妙的,鸟的心是个奇迹。"身处这样的生态空间,吉奥诺认为最重要的人生价值不是金钱财富,而是"同动植物和谐友好地相处"④。

(一)动物

动物形象是吉奥诺小说中持续出现的文学意象。这些动物形象源自作者从小到大在法国南方村镇与动物为伴的生活,凸显出他内心的动物情结和对动物的深切关爱。由于时常在自己家周围的树林里漫步,去附近的鹿儿山远足,所以他就有与动物亲密接触的真切体验。动物给几乎从未离开过家乡的吉奥诺增添了无穷乐趣,成为他生活中不可或缺的一部分。正是在生活中长期与动物有密切的联系,所以吉奥诺才会在文学创作中着力刻画动物意象,让栩栩如生的自然生灵在自己的字里行间欢快跳跃。

另外,吉奥诺作品中始终注重对"大自然"这一宏大意象的展现,而要展现大自然的完整性的话,对动物的展现是必不可少的。在吉奥诺的作品中,动物积极地参与了自然世界的构建,这些天赐的生灵是自然世界的普遍现象,是生态空间的灵动元素。在《山冈》中我们很快能捕捉到野蛮动物的身影:"若姆抬起头,瞥见对面场院的边缘,一个黑影正从橡树的阴影中溜过:一头野猪!大白天的,野猪闯进白庄来了!那畜生擦着橡树叶子,向泉边走去,嗅一嗅干涸的水池,用蹄子刨着泥土。"(《潘神三部曲》,第103页)不过在帕斯卡尔·基尼亚尔(Pascal Quignard)看来,动物生活的世界不同于人类生活的世界,它们的世界类似于一个连续不断的梦:"动物梦想着站起来,如同它们睡觉时做梦一样。动物不是一直在一个我们进不去的现实之中的;它们一直在另一个世界中(它们一直处在渴求的状态中)。"⑤但是,这样

---

① [法]埃德加·莫兰:《方法:天然之天性》,吴泓缈、冯学俊译,北京大学出版社,2002年版,第401页。
② [法]埃德加·莫兰:《方法:天然之天性》,吴泓缈、冯学俊译,北京大学出版社,2002年版,第401页。
③ [法]埃德加·莫兰:《方法:天然之天性》,吴泓缈、冯学俊译,北京大学出版社,2002年版,第401页。
④ 郑克鲁:《现代法国小说史》,上海外语教育出版社,1998年版,第432页。
⑤ Pascal Quignard, *Vie secrète*, Paris, Gallimard, 1998, p. 180.

的动物梦境并不意味着动物世界与人类世界存在对立竞争的关系,也没有关系上的割裂,相反这两个世界相互融合,难以区分彼此。在《人世之歌》中,当"南方的春意"在"树林里和水面上荡漾"时,读者的眼中看到了一大片自由的、与开放的自然空间融为一体的动物意象:

> 山丘脚下,鱼儿不时跃出水面。附近,一只狐狸在低声呜咽。灰色的斑鸠在落日的余晖里飞翔,翼尖被照映得通明透亮。一只只鱼鹰掠过水面,几只鹤长鸣着箭也似的向北飞去,一群野鸭像一片云彩落进芦苇丛里。一条鲟鱼在洪流中露出猪一般肥厚的脊背,鳞鳍在晚霞里熠熠闪光,摆动的尾巴激起一片粉末状的混浊的水花……在水面上沉浮的水獭,身子似炮弹壳一样又光又亮。林子深处,鼬在发出咪咪的叫声,一只石貂似一团火,一跃闪过树木边缘。乌尔布峰那边,一只狼在嗥叫。眼前,一群嗡嗡的蜜蜂,渐渐消失在暮色之中;雨燕白色的胸脯贴在水面,轻盈地一掠而过;一大片一大片深黄色的鱼卵,漂浮在水面,被下面的潜流鼓荡得十分时合;白斑狗鱼翕张的嘴里,露出两排尖锐的牙齿,鳝鱼在水面上的泡沫里游动。雀鹰在落日下的枝头上憩息,晚风送来河水轻柔的、有节奏的拍岸声。(《人世之歌》,第 266 页)

当主人公安多尼奥牵着克拉拉的手来到山顶上,见到的便是这样一番五彩斑斓的春日画卷。在这幅画卷中,动物意象的繁多简直让人目不暇接:鱼儿、狐狸、斑鸠、鱼鹰、鹤、野鸭、鲟鱼、水獭、鼬、石貂、狼、蜜蜂、雨燕、白斑狗鱼、鳝鱼、雀鹰等。短短的一段描写,竟出现 16 种动物意象,它们或"飞翔",或"长鸣",或是"掠过水面",或是"憩息枝头"。在这里,动物用丰富的动作表明自己"不再是人类舞台上静态的客观背景"[①],不再是"被动、无声、木讷的他者"[②],而真正成了自然空间的极具生态美感的生命存在。吉奥诺这段充满生命灵动的动物意象描写,展现了一个物种丰富和多样化的自然世界,很好地例证了基于动物美学的生态美学原则。

在吉奥诺的作品中,动物的活动往往受到生理需求的驱使,比如口渴的动物会努力寻找水源:"那畜生擦着橡树叶子,向泉边走去,嗅一嗅干涸的水池,用蹄子刨着泥土"(《潘神三部曲》,第 103 页)。尽管池水明显干涸了,但

[①] 李素杰:《当代文学批评中的动物研究》,载《北京第二外国语大学学报》,2014 年第 10 期,第 63 页。

[②] 李素杰:《当代文学批评中的动物研究》,载《北京第二外国语大学学报》,2014 年第 10 期,第 63 页。

那"畜生"依然用力刨着地,渴望找寻到解渴的水。动物毕竟是兽类,所以它们会情不自禁地表现出兽性的一面。在《山冈》中,尽管"野兽"或是"畜生"会时常让巫师雅内心生恐惧,但他内心对这自然的生灵也是心怀敬意:"野兽可倔强了,尤其是幼兽。它独自在草窝窝里睡觉,独自睡在这世界上。独自躺在草窝窝里,世界就在周围。"(《潘神三部曲》,第93页)

此外,吉奥诺不光对动物本身进行描绘,他还用动物的意象隐喻大自然的暴力。他善用比喻来赋予大自然以生命,但是这种比喻也让大自然具有某种残酷性,换言之,动物的兽性有助于再现可怕性。我们在《山冈》中可以看到更多的自然与动物的相似之处。小说中的一位主人公若姆问道:"这大地……要是它是一个生物,是一个躯体呢?"(《潘神三部曲》,第51页)不光如此,这个生物可能还要采取可怕的行动:"等会儿它就要报复我啦,它会把我抛到高空,抛到连云雀也透不过气来的高空。"(《潘神三部曲》,第52页)小说中把大自然定性为动物的表述是如此强烈,以至于人们都要拿起武器与之抗争。

为了进一步考量动物是如何参与吉奥诺自然空间的构建,我们将选取他作品中一些具有代表性的动物意象进行符义分析,探讨这些灵动的生物如何成为生态空间的主角。

1. 鸟

"鸟"的意象在吉奥诺的作品中俯拾皆是,如夜莺、翠雀、喜鹊、乌鸦等,种类丰富。吉奥诺用拟人手法去表现这些"传送春天讯息"的精灵,它们白天在"温暖的、生意盎然的大地上空"飞翔,晚上飞回鸟巢"安歇",然后"叽叽喳喳地互相讲述在万里长空的见闻"(《人世之歌》,第259页)。不过这个人间的精灵似乎往往以凶恶神灵的面貌出现,意图主宰人的命运,这其中以"乌鸦"意象让人印象最为深刻。因为在古往今来的文学作品中,乌鸦大都与死亡、黑暗、腐朽等不祥之兆有关。在《屋顶上的轻骑兵》中,当骑士"安杰洛走近一个小塔楼,忽然,他被一块厚厚的黑布围住,那黑布叽叽喳喳,围着他飞舞。那是一大群刚刚起飞的小乌鸦。那些乌鸦毫不害怕。它们并不离开,笨拙地围着他转圈,用翅膀拍打他。他感到千万只金灿灿的小眼睛在凝视他,即使不居心叵测,也是冷若冰霜。他挥动胳膊自卫,但是,他的两只手,甚至脑袋,被几只乌鸦狠狠地啄了几口"。(《屋顶上的轻骑兵》,第116页)在"冷若冰霜"的乌鸦"凝视"之后,主人公安杰洛突然受到了燕子的攻击,它们变得像食肉动物一样凶猛异常:"他闭着眼睛不知过了多少时间,蓦然,他感到什么绒绒的东西在捆自己的耳光,拳头打在太阳穴周围,非常疼痛,他觉得有人在抓他的头发,像是在他头上耕种似的。他满身是燕子,它们在啄他……'它们把我当死人了,'他想,'这些无拘无束的小动物,瞪着漂亮的黄眼睛瞅着我,想把我吃掉。'"(《屋顶上的轻骑兵》,第128页)在第十章中,波利娜也受到了一只乌鸦的攻击,她的眼睛被啄得"有一点点皮破了"(《屋顶上的轻骑兵》,第267页),于是反击将它击毙。实际上,在《屋顶上的轻骑兵》这部小说中,除了马的忠实形象之外,几乎所有被提及的动物都是以负面形象出现的,而且行踪和行为都飘忽不定,安杰洛做的公鸡的梦便是一证:萦绕在这个梦里的始终是污秽和窒息(《屋顶上的轻骑兵》,第129页)。纵观整部小说,一种不健康的氛围始终在借助霍乱肆意弥漫着,如同大自然在窥伺人类任何的细小错误,连母鸡都变得傲慢起来。

另外,吉奥诺通过鸟的意象强化自然对人类的攻击行为。波利娜非常喜欢鸟儿的咕咕声:"从那棵圣栎树及其他松树上传来的鸟鸣声中,伴有一种劝服的温柔,一种爱的力量,亲切而又坚定地迫使对方服从。'这甚至是一种迫切的讨好,'她说,'它们似乎满怀希望。'"(《屋顶上的轻骑兵》,第264页)但当她独自面对这些鸣叫声时,她感觉像"恐怖的歌声",进而"屈从"地被它啄了一下(《屋顶上的轻骑兵》,第267页)。面对鸟儿的进攻,波利娜毫无准备,似乎在被动地接受着传染和死亡。鸟儿进攻波利娜的景象既带有病态意味,又带有情色意味,把疾病与诱惑这两大主题连接在一起。相比其他出现的霍乱患者尸体的描写,鸟儿的意象强化了霍乱的戏剧化表征。

吉奥诺时常描写正在飞回大地的鸟儿;"鸟群转而飞到一个屋顶的山墙后面,它们的爪子像冰雹似的落在屋顶上"(《屋顶上的轻骑兵》,第116-117页)。在《愿我的欢乐长存》中有个令人印象深刻的场景:一群鸟儿正猛扑向博比播撒的谷粒。因此,作家用孔雀来象征普罗旺斯也不是偶然的,孔雀生来不是飞翔的,它是大地的鸟儿。其他鸟类以及蝴蝶,它们翅膀的颜色太过丰富,以至于无法翱翔。

当然,如果说乌鸦、小嘴乌鸦或猫头鹰(《屋顶上的轻骑兵》,第79页)只是在彰显它们作为腐食动物的本性或是不祥之物的本性,我们尚能理解,尽管作者在它们身上加入了某些诸如"坚韧"或"好斗"的特点。但是让我们感到惊奇的是,吉奥诺把上述"腐食"或"不祥"的鸟类特点赋予在某些讨人喜欢、安静祥和的鸟类身上,如鸽子、云雀、燕子、夜莺等:

> 安杰洛听见无数夜莺在树丛之间互相呼唤。在这空洞洞的黑夜里,它们的歌声清亮悦耳,非同寻常。他突然想起这些鸟是食肉动物。他对它们,对它们可能吃的腐烂的尸体,对在黑暗的岩壁上回响着的犹

如金光灿灿的啼鸣,产生了奇怪的想法。(《屋顶上的轻骑兵》,第57－58页)

通常一说到这些鸟儿,浮现在人们脑海中的都是积极正面的形象。吉奥诺在其他作品中,也不乏对鸟儿的溢美之词,比如他在《普罗旺斯》一书中说过,整个南方显得"活色生香",正是因为"云雀在拉克罗上空啁啾叫唤,乌鸦的嘎嘎声响彻阿尔卑斯山,老鹰则翱翔在鹿儿山上空"①。不过,吉奥诺在《屋顶上的轻骑兵》中对鸟儿"恶"的描写则是颠覆了它们以往"善"的形象。在这部小说中,吉奥诺以他的艺术风格让读者们看到了一个幻想中的普罗旺斯的阴郁之美:在这片普罗旺斯的土地上,乌鸦、夜莺、鸽子、燕子等统统变成了具有危险含义的死亡信使。吉奥诺在小说中把"鸟"的"不健康"形象,甚至是"令人恐惧"的形象刻画得如此生动,细致入微的描述使读者光凭借文字便能想象出令人不寒而栗的恐怖场景。作者对鸟的意象的表现甚至对其他艺术家的创作产生了影响。著名导演希区柯克1963年拍摄的电影《鸟》正是借鉴了《屋顶上的轻骑兵》中刻画"鸟"的某些场景。可以说,鸟是吉奥诺作品中构建最为成功的动物意象之一。

2. 马

动物是大自然最为灵动的生命,它们的身影在吉奥诺的小说中无处不在。不过与一般的田园小说或乡土小说不同的是,吉奥诺笔下的动物几乎都是死亡的载体和信使,是人类的天然敌人。纵观吉奥诺所有的作品,他几乎只对一种动物采用了完全正面的描写,即人类的忠实伙伴——马。

小说《屋顶上的轻骑兵》这一标题带给读者两个明显的"意象":"屋顶"和"轻骑兵"。而"轻骑兵"实际是隐含着两个意象:马和骑士(安杰洛)。可以说"马"是与英雄的主人公联系最为紧密的动物,带有灵性,某种程度上"马"是安杰洛的影子,是他的另一个"自我":"马立刻感觉到新来的骑士非同凡响,严守游戏规则,跑得很欢"。(《屋顶上的轻骑兵》,第83页)当安杰洛认为马"可能已经逃走了"(《屋顶上的轻骑兵》,第87页),马却在屋外安静地等着自己的主人,对主人始终忠诚如一,不离不弃。在《一个郁郁寡欢的国王》中,马与主人的心灵相通也同样表现在小说主角朗格鲁瓦身上。马和身为警察队长的朗格鲁瓦异常亲热,以至于当地人直接就把马称为"朗格鲁瓦"。而且这匹马还会逗人发笑,它会"迈着欢快的步子"向人走去,步伐看起来"非常地滑稽可笑",但它像是"有意地做出这种特别逗人的样子",虽

---

① Jean Giono, *Provence*, Paris, Gallimard, 1995, p. 23.

然"显得笨拙",却"表露出某种甜蜜的情感"。(《一个郁郁寡欢的国王》,第80页)

在法国作家布封眼里,马是一种生来便能舍己为人的动物,它会毫无保留地奉献自己,不拒绝任何使命,尽一切力量为人们效力。[①] 它还会以自己的"超能力"来预知灾害,效力人类。在《屋顶上的轻骑兵》中,当安杰洛来到马赛,全城人都陷入了对霍乱的无尽恐慌之中,因为人们无法预见霍乱病菌会不会降临到自己身上。但马的超常反应,似乎给深陷霍乱恐惧中的人们在马赛这地狱般的城市中指明了一条逃出黑暗的道路:

> 马拒绝一切。它们拒绝燕麦,拒绝水,拒绝马厩,拒绝平时照料它们的人照料它们,即使这个人健健康康,无病无恙。此外,人们注意到,哪个人或哪个家的马拒绝一切,对这个人对这个家庭,总是不好预兆。尽管疾病尚未表露,但它旋踵而来。(《屋顶上的轻骑兵》,第205页)

安杰洛与波利娜之间带有爱慕之情的友谊也是从"马"开始的,马在他们关系中起着重要作用。马不仅仅是运输工具,更是一种生活方式,一项准则,一套识别符号。对马的喜爱巩固了他们诞生不久的友谊。波利娜说:"我热爱生命,但我决不放弃我的马来拯救生命。"而安杰洛对马的喜欢则更胜一筹:"我死也要带着我的马。"(《屋顶上的轻骑兵》,第253页)自此以后,与穿着骑士装的波利娜的相遇变成了标志性事件。安杰洛是男轻骑兵,波利娜则是女轻骑兵,他们的靴子、马鞭、马鞍都是骑兵自身的组成部分。

美丽的骏马也确定了两位主人公彼此之间经过重重困难考验的友爱关系。非常有意思的是,当波利娜被乌鸦袭击受伤后,安杰洛看着"饱含泪水""浑身发抖"却又"充满温情"的她,感觉在马的身上"见过这种情景",进而"非常熟练地抚摸她"(《屋顶上的轻骑兵》,第267页)。在整部小说中,这是唯一一处描写安杰洛与波利娜的亲密举动的段落。他们两人自相识以来,一直相敬如宾(他们相互称对方"您")。安杰洛从未对波利娜有过亲密举动,"熟练"一词看似矛盾,但实际上表明他对波利娜的爱有如他一直深爱的马,一直爱抚的马。因而这次对波利娜的爱抚也是那么自然,那么"熟练",丝毫没有引起双方的尴尬。如果说安杰洛的坐骑"粗壮的农民"并不缺乏"灵性"的话,那么波利娜的半纯种马则更聪明,"更能领会事物的实质"。"人"与"自然"在"马"的身上得以融合地展现。"马"也是他们深入谈话内容

---

① [法]布封:《动物素描》,刘阳译,江苏人民出版社,2005年版,第3页。

的开端:当安杰洛如同对待"一个二级骑士"那样面红耳赤地向波利娜提问有关骑马的事宜时,波利娜便很直率地谈到她自小就陪她父亲骑马,甚至提到了骑马时在裙子下面穿着的"皮马裤"(《屋顶上的轻骑兵》,第283页),而安杰洛也兴致勃勃地谈到他的母亲也穿"皮马裤"。

吉奥诺为《屋顶上的轻骑兵》写下了这样一段意味深长的结尾:

> 有一匹马非常勇猛,安杰洛欣喜若狂,买下了这匹马。这匹马让他着实狂喜了三天。他老是惦念着它……每天,他都亲自给马喂燕麦;出发的那天早晨,安杰洛立刻纵马驰骋……他幸福极了。(《屋顶上的轻骑兵》,第249页)

这段看似波澜不惊的描写,一方面充分肯定了马的特质,它与人一样兴高采烈,它会分享人的快乐。它不但驯服于骑手的操纵,似乎还探询察看他的意愿,会按照主人的表情留给它的印象而奔跑、缓行或停步[①]:马立刻感觉到新来的骑士非同凡响,严守游戏规则,跑得很欢(《屋顶上的轻骑兵》,第83页)。另一方面再次强调安杰洛的"骑士"身份,高贵聪明的马始终是他身份构建不可或缺的一部分,更是他幸福意识的具体体现。可以说"马"是主人公安杰洛在自然界的一个影子:孤独、智慧、勇敢,敢于在荒芜的大地上划出自己进行的轨迹。"马"是"人"与"自然"和谐共处的纽带,它让干燥乏味的普罗旺斯具有了骄傲的"骑士风范"。

3. 猫

纵观历史,古今中外的猫大都具有亦正亦邪的神秘品性,因而它们得以在几千年的历史长河中频繁现身。但也正因为它们的善恶同体、亦正亦邪,不同时期不同土地上的人对待猫的态度也截然不同:古埃及人将猫奉为神明,认为猫是月亮女神的化身;中世纪的基督教却认为猫是恶魔的化身,进而下令展开为期近三百年地对猫的大屠杀,这也导致了同时期欧洲鼠疫的爆发。

18世纪法国著名作家布封曾经这样描述猫:猫是一个不忠实的家仆。[②] 布封认为,猫与人接近是想让人来抚摸它,猫对亲热的抚摸很敏感,只是因为抚摸给它带来舒适。[③] 猫在《屋顶上的轻骑兵》中最初的出现,便

[①] [法]布封:《动物素描》,刘阳译,江苏人民出版社,2005年版,第3页。
[②] [法]布封:《动物素描》,刘阳译,江苏人民出版社,2005年版,第21页。
[③] [法]布封:《动物素描》,刘阳译,江苏人民出版社,2005年版,第21页。

是以讨人亲热的动物形象出现,博得主人的阵阵欢心:

> 他(安杰洛)看见那只猫来了,真是喜出望外。他无法知道这畜生是如何来到他这里。兴许是跳过来的。不管怎样,从此刻起,它像狗那样寸步不离安杰洛,一歇下来,它就乘机在他的腿上乱蹭。它和安杰洛一起在这个街区转了一大圈。安杰洛在一堵稍有阴凉的矮墙脚下坐下来,猫跳到他膝盖上,用它独特的方式向他表示亲热。(《屋顶上的轻骑兵》,第136页)

当安杰洛步入城市、踏上屋顶,时常陪伴他的便是猫,而且是只公猫,这是个重要的细节。登上屋顶这一通往高地的路程伴随着公猫对母猫的替换。他意在通过双重性的表现,在高地上扭曲对自我的欲望,使之免于在低处被阉割的危险。正如雅克·沙博所指出的,(公)猫"在屋顶上陪伴着安杰洛,如同一件复制品,如同另一个自我"。更确切地说,(公)猫不完全是安杰洛的另一个自我,这件"复制品"也不完全与原品(安杰洛)相符。它是从"畜生"转化而来,这种转化的成功使它具有了让安杰洛感到快乐的价值:"那畜生一直陪伴着他(安杰洛),给了他多少快乐,他却把它忘得一干二净"(《屋顶上的轻骑兵》,第147页)。"猫"从畜生转化成了通灵的生物,它处处跟着安杰洛,因为它看出安杰洛"是个温和的人"(《屋顶上的轻骑兵》,第142页)。另外,(公)猫依然保持着它原始的威胁力,安杰洛对此也感到惊吓,因为它的"皮毛可能传染霍乱"(《屋顶上的轻骑兵》,第149页)。这种转换机制一直持续,因为它是文学的本质所在。对于安杰洛而言,这种转换也体现在他母亲和波利娜身上。

当安杰洛孤独地身处城市屋顶的时候,因为有猫的经常陪伴而心感慰藉,但这种动物依然不能洗清其"吃人恶魔"的嫌疑。比如,当安杰洛向村庄的几座屋子走去时,"从那些房屋里飞出许多鸟儿,蹦出几只动物,安杰洛以为是狐狸,其实是几只猫"(《屋顶上的轻骑兵》,第36页)。此时的安杰洛对"猫"已经产生了奇怪的感觉。当他在马诺斯克遇到一只大灰猫时,就很合情合理地对他所观察到的现象提出了疑问:"它肥滚滚的,既不害怕,也不粗野。它吃什么了?……不,窗子半开着,它可能想出去,到地里偷东西吃"(《屋顶上的轻骑兵》,第105页)。事实上,猫虽然优雅漂亮,但它"同时又有一种前所未有的狡猾,一种虚伪的性格,一种作恶的天性"[1],而且猫在"做

---

[1] [法]布封:《动物素描》,刘阳译,江苏人民出版社,2005年版,第21页。

坏事方面具有同样的灵巧、同样的聪明、同样的趣味,也同样有小小掠夺的习性,隐藏它们的意图、窥伺时机,等待着选择攻击的时刻,然后逃脱惩罚,逃走并待在远处,直到有人唤它"①。于是,当安杰洛寻找猫时,"猫就在里面,躺在一条压脚被上,咕咕地呼唤他,那声音甜美而伤感,和消亡的世界的声音很相像"(《屋顶上的轻骑兵》,第 136 页)。

事实上,尽管这个带有禁忌的问题得到了否定回答,安杰洛脑海中的疑惑依然没有被完全消除:他多次对猫产生怀疑,产生恐惧,特别是在波利娜的家里,猫甚至把他"吓得浑身冰冷",因为"猫在那座扇子里待的时间很久,不仅那金发姑娘死在那里,而且至少还有另外两个人死了。它的皮毛可能传染霍乱"(《屋顶上的轻骑兵》,第 149 页)。对猫的怀疑已经开始"折磨"安杰洛,完全没有了先前猫陪伴时带给他快乐的感觉。于是,安杰洛不由自主地抛弃了它,并且把它"忘得一干二净"(《屋顶上的轻骑兵》,第 147 页)。但当他发现猫不声不响紧跟在他身后时,他不由"大吃一惊"(《屋顶上的轻骑兵》,第 147 页),因为猫"走路没有声音",它的身影会向人"越来越逼近","如同一个不遵守上帝指令的幽灵"②,难免让人心生恐惧。

从吉奥诺撰写小说伊始,猫已经作为不祥之兆徘徊在作者的笔尖。在《山冈》中,猫的出现被视作凶兆:"每回猫一露面,不出两天,大地准要发怒。"(《潘神三部曲》,第 56 页)当若姆带领村民监视周围自然到底出了什么岔子时,他特别提醒村民们要注意猫:"尤其见到了猫,千万别开枪。"(《潘神三部曲》,第 63 页)当村上的泉水干涸,村民陷入了恐慌,而猫又在此时出现,它的出现"使大家胆战心惊"(《潘神三部曲》,第 97 页),而且更为可怕的是,在猫这次出现不到五分钟的时间内,"大地和天空顿时变得面目狰狞"。(《潘神三部曲》,第 98 页)在《山冈》这部小说中,猫出现了数次,几乎每次都是"一副趾高气扬的样子,根本不把人放在眼里"。(《潘神三部曲》,第 99 页)它的出场实际上是大自然施虐面容的具体体现,广阔无形的大自然用猫来警示人类准备接受即将要到来的惩罚。但猫终究是人类驯养的"家仆",是人类家庭的"小动物",本身就具有捕捉某些小害兽的特性。所以吉奥诺在《山冈》的结尾处,特意借若姆的话语为猫"正名",为它恢复勇敢的声誉:"哦,你知道,那只猫我们留下了。它是大庄的。还记得夏巴苏给我运来一车草料吗?猫就睡在草里面,自己钻了出来。那是夏巴苏的猫。它可勇敢了,是只好猫,会抓耗子。"(《潘神三部曲》,第 142 页)

---

① [法]布封:《动物素描》,刘阳译,江苏人民出版社,2005 年版,第 21 页。
② 蒋蓝:《动物论语》(上),重庆出版社,2008 年版,第 50 页。

总之，在吉奥诺笔尖徘徊的猫的形象，始终是个"不忠实的家仆"，亦正亦邪，同时承载着善的精神与恶的念想，这在作者精心打造的生态空间中，显得相当特立独行。猫的身上实际上"囊括了人们的爱与恨"①，成了人们情感的抒发物。

4. 昆虫

在吉奥诺浩如烟海的文学作品中，我们很难一下子发现昆虫这一物种。在自然界中，昆虫形态微小，如同影子一般难以捕捉，但它们的确实实在在地存在着。翻开《屋顶上的轻骑兵》，小说开篇处有段描写安杰洛要躲避野蜂群的攻击，作者通过类比的手法将其与死亡联系在一起。之后出现的各种昆虫以及它们的化身都不是友好的形象，甚至连中立都算不上。"毛毛虫"象征着恶意的改变，它们在踩躏着植被，以至于"方圆数百法里，树木瘦骨嶙峋"(《屋顶上的轻骑兵》，第 14 页)。在同一段中，吉奥诺使用的一个比喻又再次用到了"昆虫"形象："(城墙)宛若一个爬满白蚁的牛胸廓"(《屋顶上的轻骑兵》，第 14 页)。即便此时"昆虫"的贪吃只是盯着植物和动物，但这种贪婪已经足以让人心生恐惧。随着小说的深入发展，我们发现"昆虫"开始吞噬起人类的血肉来。这些"昆虫"不光有苍蝇(《屋顶上的轻骑兵》，第 52、125、132、152、266、311 页)、马蜂(《屋顶上的轻骑兵》，第 266、311 页)，还有蝴蝶(《屋顶上的轻骑兵》，第 310 - 311 页)：通常让人"悦目"的"昆虫"如今要贪吃人的眼睛。吉奥诺花了几页篇幅描写这令人厌恶的特殊现象，一种想象的现象。另外，吉奥诺依据有关霍乱的前巴斯德理论而生发出自己对霍乱的医学看法，即"数不清的小苍蝇，呼吸时吞入肚里，就会得肠绞痛"(《屋顶上的轻骑兵》，第 22 页)。

不过在吉奥诺早期的小说中，昆虫是大自然和谐的表现之一。《人世之歌》中，杜桑把昆虫的交配形象地描绘成"痛并快乐着"的过程，把自然生命生生不息的规律表现得淋漓尽致：

> 你看那些金龟子，它们正在交配。它们早已吸足了大地的芳香，现在被它们拱动的泥土，像铁锤般纷纷落在它们的头上。你瞧它们交配的情景，是那样气喘吁吁又是那样庄重……它们是无意识的，而且完全受着生命规律的支配。(《人世之歌》，第 156 页)

昆虫体形微小，却无处不在，像自然界隐形的精灵。吉奥诺并没有因为

---

① 蒋蓝：《动物论语》(上)，重庆出版社，2008 年版，第 51 页。

昆虫体形的渺小就忽视它们的存在。在《人世之歌》中,杜桑向安多尼奥述说着大地下面也蕴藏着值得敬重的生命:"种子已经播下,就必然会开花结果,雌虫的肚子里在孕育着新的生命了……你想必已经感觉到了,每当你举手捕杀昆虫之类的生灵时,那就是犯罪啊。"(《人世之歌》,第156页)这说明作者把微小的昆虫置于与自然界其他生灵同等重要的位置。它们虽然没有大型哺乳动物的勇猛健壮,但若没有它们,大自然便会了无生气,缺乏生命的厚重感。正是这些种类繁多、几乎隐形的动物,装点着吉奥诺笔下多姿多彩的生态世界。

5. 其他动物

吉奥诺的小说可以说是个"文学版的动物世界"。除了上面所提到的鸟、马、猫和昆虫之外,作者还对许多动物进行了生动的描绘。这其中除了下文要分析的霍乱之外,大都是猪、狗、老鼠等哺乳动物。它们从生理的角度来说与人类更接近,而且大都接受了人类的驯化,但是这种接近和驯化并没有使它们对人类更温和。比如老鼠吃人的尸体(《屋顶上的轻骑兵》,第36页),安杰洛和小法国人必须杀死发疯的、具有攻击性的猪(《屋顶上的轻骑兵》,第42页)……但最让人恐惧的不是这些"肮脏的畜生",而是作者把狗这一平时与人最亲近、让人最喜爱的动物变成了吃人的恶魔。第二章中,安杰洛"愤怒"地杀死了一条狗,它的眼睛"既温情又虚伪",与鸟儿一样充满了可怕的诱惑(《屋顶上的轻骑兵》,第33页)。"狗"在这部小说中的形象不再是温存的人类伙伴,这些原本"以依恋为乐事,以讨人欢心为目的"①的家犬由于主人的病逝而成为"丧家之犬",内心恢复了凶猛、嗜血的兽性。它会吃人类的尸体,显得桀骜不驯:

> 有些狗家里的人死了,它们到处游荡,吃食尸体,却不会死去,相反,它们长得肥肥胖胖,它们趾高气扬,它们不再想当狗了;应该看到,它们正在改变模样;有些狗长出了胡子;这看起来实在荒唐。可是,你从大街上经过,它们守在街上不让你过;你威胁它们,它们赫然而怒;它们要人尊敬。(《屋顶上的轻骑兵》,第206页)

因此,上述这些动物并不只是令人惊恐,因为环境把它们变成吃人的恶魔,因为它们被拟人化了,从而具备了"恶念",从而在面对昔日的主宰者——人类时变得高傲,进而与之进行激烈的对抗,或是化身为虚伪的诱惑

---

① [法]布封:《动物素描》,刘阳译,江苏人民出版社,2005年版,第18页。

者,以便于更好地吃人类。动物以这样的面容呈现了大自然之恶。从宏观的角度来看,大自然的"恶"本身也是大自然的真实面容之一。因此,动物的某些"恶念"其实也是大自然生态世界的真实写照。

(二) 植物

在自然界中,动物需要奔走寻找食物,因而在进化过程中具有丰富、明晰的意识;而植物往往固定在土地上,就地摄取营养,对外界的反应很慢甚至几乎没有,而且植物似乎也不会像人类或动物一样去表达自己的喜怒哀乐。所以人们往往会给两者机械地贴上标签:动物有意识,而植物无意识。[①] 不过,我们日常的观察经验和生活体验告诉我们,看似"无意识"的植物虽然"处境尴尬或者遭遇不幸,但它们都不缺乏智慧和创意,都投入地完成自己的工作,都以无止境地增加自身代表的存在形式而扩张、征服地球表面,以此展现它们的万丈雄心"[②]。这也正如吉奥诺笔下描绘的植物,它们大都显示出意识觉醒的态势,强劲体现着自然界的蓬勃生机。再者,吉奥诺对普罗旺斯空间的文学展现,植物是其重要描绘的对象之一,可以说这个空间之所以富有个性,那正是因为"上面生长着高大威武的植被。橄榄树的盾牌和梧桐树的饰冠不见了踪影,只有恣意生长的栎树和椴树,颇像挥舞着长矛的高贵骑士。阳光像步兵一样,密密麻麻地笼罩在大地上。薄荷爬上了堤坝。旷野遍布薰衣草,西班牙丁香则站在岩石和遗迹的缝隙里窥探着世界"[③]。在这里,我们选取他笔下的橄榄树、草木和薰衣草等普罗旺斯典型的植物意象来作符义分析,从而一窥他构建的植物世界。

1. 橄榄树

吉奥诺的作品中,树木是个不事张扬却又无处不在的意象,它们在人与自然和谐关系的构建中发挥着不可或缺的作用:在自然天地里,树木给人遮阴避暑,给人送去"芳香",发出"蜜蜂的歌唱",当然在成熟的季节里,也给人们送去果实(《人世之歌》,第269页),让人们品尝自然的芬芳,满齿留香。

除此之外,以树木为代表的植物往往还体现着从沉默中觉醒的意识,这在文学史的范畴内也是其来有自。在此,我们不妨来看一下法国作家米什莱眼中的"树"的意象:

树木呻吟,叹息,宛如人声……树木,即使完好无损,也会呻吟和悲

[①] [法]亨利·伯格森:《创造进化论》,姜志辉译,商务印书馆,2004年版,第96、97页。
[②] [比]梅特林克:《万物如此平静》,王维丹译,江苏文艺出版社,2011年版,第118页。
[③] Jean Giono, *Provence*, Paris, Gallimard, 1995, p. 43.

叹。大家以为是风声,其实往往也是植物灵魂的梦幻……古代从不怀疑树有灵魂——也许是模糊的,隐秘的——但确是灵魂,同任何有生命的造物一样。(《山冈》,第110页)

树是宇宙的生命,从天、地和夜中汲取生命力。(《山冈》,第111页)

反观吉奥诺的小说,《山冈》中的巫师雅内则用神秘的话语透露了大自然的秘密,道出了树作为"宇宙生命"的重要特征:"树可倔强了,它硬是靠弯弯曲曲的枝丫,千百年来顶起了沉重的青天"(《潘神三部曲》,第93页)。从"橡树""栎树"到"苍松翠柏",吉奥诺作品中的树木种类繁多,无处不在。这些树木是大自然最伟大的精灵,从来不会"提防人",现在却"伤痕累累"(《潘神三部曲》,第92页)。在《潘神三部曲》的《序幕》中,伐木工人被人视作谋害树木的"凶手":"森林不是他们(伐木工人)的伙伴,因为他们是砍伐森林的"。(《潘神三部曲》,第11页)吉奥诺的怜悯——我们也称之为"面向弱者的冲动"——表达出人道主义,甚至体现了超脱任何宗教的自然主义意识。这种美好的情感不光体现在作者笔下的人物身上,它更扩展至包括植物在内的所有生物身上。在吉奥诺的眼里,"砍树"表现了人类违背生态系统的运行规律,强行征服、主宰自然界的不良企图,是人类自我膨胀、缺乏理性也毫无想象力的虚妄意识。

在所有植物形象中,有一种植物时常出现在吉奥诺的作品中——橄榄树。橄榄树在希腊神话中与女神雅典娜有关,据说雅典娜在与海神波塞冬争夺阿提卡的控制权时创造了这种植物。① 它的神话性质也从一个侧面表明,人类栽种橄榄树的历史可以追溯到很久以前。现实中,地中海地区基本长有这种植物,包括吉奥诺生活的普罗旺斯地区,因为它本身具有很高的实用价值。在小说《山冈》中,作者对地主龚德朗要去的橄榄园做了一番描写,寥寥几句便点明了橄榄对于人的实际用处:

橄榄园位于莱亚纳地界内,非常偏僻。不过,他没花多少钱就买到了手,而且树上结的果卖了就够本了。算起来,只要花点力气,吃油烧柴就不用愁了。(《潘神三部曲》,第47页)

"吃油烧柴"虽然极其简单,却也道出了橄榄树对于当地农民的两个馈

---

① [德]汉斯·比德曼:《世界文化象征辞典》,刘玉红等译,漓江出版社,1999年版,第85页。

赠:橄榄油和柴火。橄榄油是当地人日常饮食必不可少的烹饪用油,它可以促进消化,法国人微妙地称赞它"通过小肠"的过程和缓顺畅,而且它含有的维生素 E 和油酸可以帮助骨骼生长。虽然地中海出产的橄榄油只有百分之三来自普罗旺斯,但这一地区出产的橄榄油却具有很高的品质,丝毫不逊于享誉世界的意大利托斯卡纳橄榄油[1];而柴火则是橄榄树在生命结束后留给世人的馈赠,因为橄榄树木质厚实光滑,所以被普罗旺斯当地人用作家用燃料。在古罗马时期,"古罗马人明令禁止将橄榄木当成家用燃料,只准在诸神的祭坛上燃烧"[2]。

吉奥诺成长生活的法国南方地区气候较为干旱,又多海风,许多植物难以存活。而橄榄树"有个长处,那就是适应性强,是既强悍又宽容的树种,即使数十年乏人照料、刺藤缠体、被杂草闷得窒息,依然可以存活"。当地人种植这一树种并不需要花费太大气力,只需"施一点肥料,下一个季节,橄榄树便会结果"[3]。作为生于斯长于斯的普罗旺斯人,吉奥诺对橄榄树的认识绝不是空中楼阁的凭空想象。在现实生活中,他打小便继承家庭传统,每年都参加橄榄的收获活动。因此吉奥诺在《诺亚》中借叙述者之口说"我们属于橄榄文化","我们喜欢浓郁的橄榄油味,喜欢绿色的橄榄油,喜欢阅读《伊里亚德》和《奥德赛》时所散发出来的味道"(III, p. 645)。这样的文化使得当地人在采摘的时候不是粗暴地把橄榄果拍打下来,而是用手一个一个摘取。在他看来,通过采摘中的传统姿势所透露出的"令人肃然起敬的古老文化"[4],采摘橄榄将古希腊的神圣延续到今天的普罗旺斯。把橄榄采摘下来后就可以开始压榨橄榄油,"五公斤橄榄大约可榨出一升油"[5]。接着便是制作各类食品,比如制作烤饼,淋上新榨的橄榄油——这一荷马时代的味道本身就在马诺斯克的街道上弥漫开来。[6] 自然和文化在"橄榄的文化"中得以深刻地融合(III, p. 645),与吉奥诺的童年经历别无二致。橄榄树是非常

---

[1] [英]彼得·梅尔:《关于普罗旺斯的一切》,韩良忆译,南海出版公司,2015 年版,第 150 页。

[2] [英]彼得·梅尔:《关于普罗旺斯的一切》,韩良忆译,南海出版公司,2015 年版,第 214 页。

[3] [英]彼得·梅尔:《关于普罗旺斯的一切》,韩良忆译,南海出版公司,2015 年版,第 213 页。

[4] Jean Giono, *Arcadie ... Arcadie...* (in *Le Déserteur et autres récits*), Gallimard, 1973, p. 176.

[5] [英]彼得·梅尔:《关于普罗旺斯的一切》,韩良忆译,南海出版公司,2015 年版,第 151 页。

[6] Jean Giono, *Arcadie ... Arcadie...* (in *Le Déserteur et autres récits*), Gallimard, 1973, p. 187.

通人性的树,是专门为人类的劳动和快乐而生长的树。① 橄榄树不仅是普罗旺斯特区独特的装点,其实也是表现人与自然融合的联系纽带,是人与自然和谐相处的典范。《屋顶上的轻骑兵》中,安杰洛所到之处,几乎都是恼人的骄阳和横陈的尸体,空气中还飘散着令人作呕的气味。但就在这"人间炼狱"之中,橄榄树林为由于恐惧而奔忙的人们撑起了一片天堂:

> 有条路爬行在梯田之间。在这些由矮石墙的层层梯田上,是一片片橄榄林,弯弯曲曲的树干静静地发出巨大的黑色光芒。它们披着一层比水花还要轻的浓叶,叶子背面残留着一点儿乳白色,在阳光的烤灼下正在消失。在这透明如丝巾的荫凉下,临时居住着一群群人。这时他们正在吃午饭。差不多是中午了。(《屋顶上的轻骑兵》,第181页)

橄榄树是奥林匹亚山上的圣树,也是罗马和平神的圣物。它能够在骄阳似火、土地贫瘠的地中海地区茁壮地生长,其生命力之顽强不言自喻。巴洛克诗人霍伯格曾经在诗中这样写道:"山脉尽管贫瘠,橄榄树依然耸立。"②在霍乱肆虐的法国南方,一片橄榄林耸立在那里,庇护着来来往往渴望生存的人们,也是希冀人与自然结束瘟疫这场战争的标志。橄榄树在吉奥诺这样土生土长的普罗旺斯人的眼里,是"光明之树"和"文明之树",普罗旺斯的文明某种程度上也是"橄榄的文明"③,体现了蛮荒之中的人性之光。

橄榄树对吉奥诺而言,不仅是乌托邦式的文学空间的构建元素,其实是深刻影响着他青少年时期阅读氛围的神圣植物。我们在他1935年11月27日的日记中,已经看到了一些想象中的花园,吉奥诺把它们称为"地狱。希腊意义上的地狱,即栖息之地,灌木之地,和平之地和人类秩序之地"。在他1943年11月7日的日记中,我们又看到他青年时代的橄榄园——他当时在这片橄榄园中阅读维吉尔的作品——"从此成了我的阿尔米德花园"。皮埃尔·西特龙说这是吉奥诺第一次提到他的这片橄榄园。当吉奥诺为《维吉尔选集》(*Pages choisies de Virgile*)撰写序言时,他觉得他会把这称为阿尔米德花园,但是在现在的《序言》中,这个花园只是"遍布山丘的广阔的橄榄园"(III, p. 1020)。吉奥诺在他逝世前一年的一封给朋友的信中又回忆了阿尔米德花园:"我想保护这些阿尔米德花园",这些种满橄榄树的花

---

① Jacques Chabot, *La Provence de Giono*, Provence, Édisud, 1980, p. 58.
② [德]汉斯·比德曼:《世界文化象征辞典》,刘玉红等译,漓江出版社,1999年版,第85页。
③ Jacques Chabot, *La Provence de Giono*, Provence, Édisud, 1980, p. 58.

园,从他儿时真实的生活变成了成年后文学的想象。晚年的吉奥诺有次在广播访谈中这样谈及童年时在橄榄园度过的文学时光:"童年时……当我走在橄榄园里时,潘神就在那儿,阿波罗也突然从草丛间冒了出来。"① 显然,吉奥诺把自己阅读的希腊经典著作叠加在自己故乡的普罗旺斯自然空间上。在他的文学世界中,橄榄树是他营造普罗旺斯氛围不可或缺的元素,它的生长便是作者现实生活经验与丰富想象力结合的体现,橄榄树所蕴含的文化实际上是自然和谐的生态文化,橄榄树把"普罗旺斯与伟大的地中海文明融合在一起"②,从而让普罗旺斯具有更加广阔的美学意义。

2. 薰衣草

普罗旺斯地区产有一种特殊植物,这种植物不仅代表着它本身,也是普罗旺斯地区色彩和气味的体现,在现代大众文化中更上升为优雅宁静的生活方式,这便是被吉奥诺称为"普罗旺斯灵魂"③的薰衣草。英国作家彼得·梅尔把这种植物直呼为"普罗旺斯的标志"。在吉奥诺作品里的植物世界中,薰衣草算不上是非常突出的一种植物,它只是偶尔、零星地散布于作品的细小角落。但即便是细微的描写和零星的在场,薰衣草依然是法国南部的大自然不可或缺的部分。吉奥诺作品中的普罗旺斯与彼得·梅尔笔下的普罗旺斯相去甚远:后者笔下的普罗旺斯具有"看庭前花开花落、望天上云卷云舒"的闲适意境;而前者笔下的普罗旺斯则更多是见证人间悲剧的自然空间,读者阅后会有"望天地之悠悠,独怆然而涕下"的悲悯情怀。在这般悲怆的自然空间中,具有典雅气质的薰衣草的不时出现会让读者在悲剧之间感到一丝光亮,让人透过文字想象到迎风绽放的紫色薰衣草和地中海的骄阳共同交织成的普罗旺斯气息。如果"薰衣草"在吉奥诺小说中只是无声的妆点,无法尽情诉说自己生命意义的话,那么吉奥诺则在他的散文集《普罗旺斯》中以"薰衣草"为题,以寥寥数笔刻画了这种植物用色彩和气味交织成的壮美,点明了它的实用价值,更揭示了它作为"自由、清新和宏伟"的化身对人的心灵的升华作用:

> 薰衣草是上普罗旺斯的灵魂。无论我们到达的地方是德龙省、多菲内地区还是瓦尔省,都是一片广袤荒芜的大地,漫山遍野的紫色和芬芳。在鹿儿山的寂静中,薰衣草一望无垠地开放着。在收获的季节,夜

---

① Durand, Jean-François. *Jean Giono-Le Sud imaginaire*. Provence: Édisud, 2003, p. 200.
② Durand, Jean-François. *Jean Giono-Le Sud imaginaire*. Provence: Édisud, 2003, p. 199.
③ Jean Giono, *Provence*, Paris, Gallimard, 1995, p. 268.

晚也是浓香四溢。夕阳的颜色就是采摘后落在地上的花的颜色。安装在罐槽边上的蒸馏器在夜色中吹出红色的火焰;它们的烟雾中带有风吹来的焦糖味,让隐居者们沉醉在这份僻静中。当我们经过这些日日夜夜,我们就与这些香草的灵魂紧紧维系在一起。接着,只需一束薰衣草,它就会向你倾诉——用具有奇特密度的语言——倾诉这些基本的自由,这些自由是这些高地的魅力所在。于是你就逃遁进远方的美洲、中国或俾路支地区,迷失在严肃的书籍中,抑或沉没在个人的、社会的或宇宙的悲剧中。正是上普罗旺斯的自由、清新和宏伟,降临在你身上,猛然间把你引向它们,让你焕发光彩。对于来自这片乡土或是居住在这片乡土上的人,不是作为游客,而是作为人,即是让自己的心灵和思维参与这片乡土的人,这是触手可及的最庞大的资源。如此多的力量凝聚在一种芬芳之中,不会显得夸张,除了那些从来不必通过触摸故乡的灵魂来振作心灵的人。(*Provence*, p. 268)

对于法国南方人来说,薰衣草除了作为生活香料之外,它还具有草药的功能。在《山冈》中,当白庄的泉水意外枯涸后,村民们便按字母顺序拟了张打水名单:阿尔波、龚德朗、若姆、莫拉。本该第一个去打水的阿尔波却由龚德朗代替了,因为阿尔波的女儿玛丽由于天气炎热喝了脏水而一病不起,"躺在床上,像耶稣像那么清瘦,连抬手赶苍蝇的力气都没有"(《潘神三部曲》,第84页)。她的母亲巴贝特"翻遍了所有盒子,从中找出报纸包着干草药,其中……(就有)薰衣草"。(《潘神三部曲》,第84页)她相信她女儿的康复全靠这些草药。过了几天,玛丽的病情再次加重,"浑身抽搐起来"(《潘神三部曲》,第100页),瘦骨嶙峋的她几乎让父母都认不出来:"本来像玫瑰一样粉嫩,本来胖乎乎的竟变成这副模样!"(《潘神三部曲》,第102页)于是,玛丽的父母用"带薰衣草和海索草味的醋,擦着那个蜡黄的、可怜的小肉体"。(《潘神三部曲》,第102页)薰衣草的功效终于发挥了疗效,"他们的闺女回来了","危险过去了"。(《潘神三部曲》,第102页)在霍乱横行、几乎无药可救的时代,安杰洛路上偶遇的男孩却不经意间道出了自然的"秘密":那些草药能彻底治病。(《屋顶上的轻骑兵》,第207页)事实上,薰衣草的药用疗效并不是吉奥诺的文学创造,而确实是经过现代医学检验的结果。对于"皮肤肿、挫伤、流脓、脱臼、反胃、眩晕、胃胀气、喉咙发炎、淋巴结肿大、黄疸、流行性感冒、哮喘、百日咳等,差不多所有疑难杂症都能以口服或涂抹薰衣草精油治疗"①。由此可见薰衣草作为日常生活必备的万能药的神奇效果。

表面上看,吉奥诺通过若干生活细节的描绘来表示薰衣草等植物可以入药并且疗效不错,实则他刻画了大自然作为治愈者的形象,既治体病,又养心灵。除此之外,薰衣草还能作为火把,为人们在漆黑的夜色中照亮前进的道路:"夜幕早已降临,孩子们举着薰衣草扎的火把,满城奔跑。"(《人世之歌》,第217页)

3. 其他草木

吉奥诺《潘神三部曲》系列的第二部《再生草》一经出版便广受赞誉,荣获英国诺特克利夫文学奖。小说题目"再生草",形象明了,寓意深刻。根据法语词典《小罗贝尔词典》(Le Petit Robert)的解释,"再生草"是一种"经过第一次刈割之后还会再次生长的草",并且有"恢复"之意。虽然解释简单,这部短篇的叙事作品所引起的阐释却是长远的,它强调了人类在自然环境中对自身定位的重要性,这种定位最终会证实自己的客观存在。"再生草"这个单一的植物形象其实暗含了循环往复的自然秩序和生态规律。对人类而言,要恰当地融入自然秩序的话,首先要理解大自然,尊重生态规律,这样才能在大自然中找准自己的位置,进而与之和谐相处。

《再生草》这部小说借草木之题,讲述了一个普罗旺斯村庄——奥比涅纳村的村庄,从荒凉到复兴的故事。吉奥诺曾经说过:"我总是想写些有关荒芜村庄的东西。"②在故事中,庞图尔,在这个荒芜的村中独自一人生活;玛迈什,一位具有巫师天赋的老妇人;阿苏尔,一位不幸的姑娘。他们三人构成了小说情节脉络的基础。生活从破坏中重现生机。过去献给了充满希望的未来。玛迈什成了庞图尔和阿苏尔之间的说情者,这样他们两个人可以相遇、相爱,组建新家庭:"这些生命中的女人如同小溪,草地重新变绿,男人长得更健壮,这就是枯萎大地上的再生草。这让再生草生长"。到叙事的高潮部分,故事的主人公之一、朴素善良的村妇玛迈什遵照远古人类的仪式,将自己的一切——包括自己的孩子和丈夫——都奉献给大地,最终她的自我牺牲也是为了诞生新的生命。因此在小说的最后篇章中,怀孕的阿苏尔想象着她的孩子很快就会在草地上玩耍,而这片草地正是玛迈什死去的那片草地。这也正好体现了小说"再生草"的主旨——生命生生不息,永不停滞。

---

① [英]彼得·梅尔:《关于普罗旺斯的一切》,韩良忆译,南海出版公司,2015年版,第181页。
② Jean Giono, *Œuvres romanesques complètes*: Vol. I., Paris: Gallimard. 1971, p.989.

《再生草》是吉奥诺表现草木形象的典型作品，作者借植物形象寓意生命的价值，生和死其实并非完全对立，死亡也并不可怕，"生""死"都是自然秩序中必不可少的一环，是不可拂逆的生态规律。同时，吉奥诺通过一部又一部作品揭示了现代社会中不再流行的死亡概念，让我们可以重新接触米尔恰·伊利亚德所分析的原始信仰："死亡被视作种子，它埋葬在大地母亲的胸怀中，即将成长为一棵新植物。"①当吉奥诺对着一根掉入水中的树枝深思时，他也欣然接受了这种大地宗教："被它的枝叶簇拥着，它（树枝）漂浮着，航行着，它不停地注视着太阳。它转变后就成了种子，乔木和灌木重新在沙土中生长出来……一切都未死亡。死亡不存在。"(II, p. 465)死亡是一种存在方式到另一种存在方式的过渡，是宇宙变化的往复循环。所以，自然法则需要我们对生命和死亡拥有"全部的认识"，知道它们会永不停息地循环产生。

综上所述，吉奥诺对于植物元素的绘制，虽然着墨不多，但构思精致，颇具意味。与动物不同，植物大都无法自由移动，也不能随意吼出自己的喜怒哀乐，它们看上去似乎"如此平静，如此顺服，一切都是那么百依百顺，循规蹈矩，仿佛能陷入沉思冥想"②。实际上植物内部的生长动力使之具有运动的需要和对空间的渴望，在纷繁复杂的大千世界里，植物具有顽强的意志，它们通过自己有形机体的生长来表达对命运的激烈抗争，诠释着生命的奥秘，但它们的外观平凡，向生物界的其他生命贡献着自己的绿意、鲜艳、果实以及其他所有。

（三）微生物

《屋顶上的轻骑兵》中有一种非人类的"生命"扮演了非常重要的角色，它既非植物也非动物，贯穿整部叙事，自身却不发一语；它的身影无处不在，充分营造了小说中的恐惧氛围，并且直达人的内心。它就是自然界的微生物——霍乱。作者在小说中借安杰洛之口给霍乱下了这样的定义：霍乱病不过是一些比苍蝇还要小得多的动物导致的。（《屋顶上的轻骑兵》，第138页）这一朴素的定义已经形象地指明霍乱的主要特征：微小。

按照现代生态学的定义，生态系统是由生物群落及其生存环境共同组成的动态平衡系统。生物群落由存在于自然界一定范围或区域内并互相依存的一定种类的动物、植物、微生物组成。生物群落内不同生物种群的生存环境包括非生物环境和生物环境。非生物环境又称无机环境、物理环境，如

---

① *Mythes, rêves et mystères*, Gallimard, collection«Idées», p. 232.
② ［比］梅特林克：《万物如此平静》，王维丹译，江苏文艺出版社，2011年版，第119页。

各种化学物质、气候因素等;生物环境又称有机环境,如不同种群的生物。生物群落同其生存环境之间以及生物群落内不同种群生物之间不断进行着物质交换和能量流动,并处于互相作用和互相影响的动态平衡之中。这样构成的动态平衡系统就是生态系统①。从这一科学定义中,我们可以得出两个结论:首先,由地、气、水、火等元素组成的无生命物质构成了生态系统中的无机环境;其次,微生物属于有机物质,是整个生态中的分解者和转化者,是生态系统中必不可少的一种生物。② 而微生物的典型代表之一便是病菌。

数千来以来,像霍乱、鼠疫这样的瘟疫一直对人类的生存持续不断地构成威胁。它长时间都被认为是上天对人类的惩罚。皮埃尔·米格尔(Pierre Miquel)比较了从古至今的大型传染病所造成的恐慌,包括当今社会肆虐横行的艾滋病。③ 他发现12世纪的恐慌是麻风病,鼠疫则在数个世纪之中都会周期性出现,让人们觉得这是"天谴",18世纪甚至之后都一直有鼠疫出现。人们在面对传染病时之所以会出现恐慌反应,实际上与当时社会缺乏有效的治疗手段密不可分。

早在古希腊时期,历史学家修昔底德④就在自己的著作《伯罗奔尼撒战争史》中讲述过公元430年初夏时节发生在希腊雅典的一场鼠疫。公元1347年至1353年,一场规模空前的黑死病席卷了整个欧洲。1348年薄伽丘在佛罗伦萨目睹了这场黑死病造成的灾难,他的继母也死于这次瘟疫。这给薄伽丘的心灵带来了巨大的冲击,也帮助他成就了伟大的《十日谈》⑤。对于离我们相对较近的有关瘟疫的描写,则见于丹尼尔·笛福出版的以1665年伦敦大瘟疫为内容的《大疫年纪事》,因为1722年法国马赛发生瘟疫,笛福出版此书恰当其时,迎合了当时民众的关注,具有较强的文献参考价值,颇受当时市民阶层的欢迎。1665年袭击伦敦的鼠疫在短短一年内共

---

① 《中国大百科全书》编辑部编:《中国大百科全书·环境科学》,中国大百科全书出版社,2002年版,第335页。
② 陈敏豪:《生态文化与文明前景》,武汉出版社,1995年版,第34-35页。
③ Pierre Miquel, *Mille ans de malheur. Les grandes épidémies du millénaire*, Paris, Michel Lafon.
④ 修昔底德(公元前460年至前455年间—约公元前400年),古希腊历史学家,以《伯罗奔尼撒战争史》传世,该书记述了公元前5世纪斯巴达和雅典之间的战争。全书共八卷,一百多万字,尚未完成就被暗杀。他在书中讲述了自己曾经得过黑死病(鼠疫)的经历。
⑤ 《十日谈》讲述了1348年意大利佛罗伦萨瘟疫流行,十名男女在乡村一所别墅里避难。他们终日游玩欢宴,每人每天讲一个故事,十天一共讲了一百个故事,这些故事合成集子就是《十日谈》。

造成 7 万人死亡:"整个伦敦都沉浸在悲痛之中"①。

瘟疫作为一种意象"出现在文学中,不仅丰富了小说的题材,也让读者对过去有了更深的理解"②。文学作品中确实对瘟疫的表现并不多,但如果有瘟疫的表现,它往往会呈现出"决定性的时刻",因为它会打破社会/社团的平衡。③ 霍乱病菌称得上是文学上最著名的微生物,这种在人类历史上臭名昭著的可怕瘟疫让吉奥诺沉醉不已。④ 他创作后期最著名的作品《屋顶上的轻骑兵》,便以描绘霍乱这一瘟疫性质的微生物而获得嘉誉。他花费多年时间收集大量医学档案,这些具有医学知识的历史学家或档案学家们的文字具有很丰富的文献价值,对于研究瘟疫发生的机制也具有极强的科学价值。这些材料中有关临床症状的记录支撑起他的《屋顶上的轻骑兵》的创作,准确到位的细节描写也赋予这部小说以现实主义的基质和维度。

《屋顶上的轻骑兵》一经问世,法国文学评论界就对它不吝溢美之词,并且积极地将这部作品与加缪 1947 年出版的《鼠疫》进行比较分析,因为这两位法国作家的小说都以疫病作为故事主要背景,并且在当时都获得了巨大的成功。当然加缪的小说出版更早,但他并不是第一个处理此类主题的作家,在他之前有卢克莱修⑤和迪福。瘟疫的主题并不容易处理,它甚至是"小说文学中最棘手的主题之一"⑥。人类迈入 21 世纪,瘟疫大流行的时代似乎已经过去,鼠疫和霍乱只是遥远的回忆,但是它们还是会萦绕在人们的脑海中,因为人的想象力越来越丰富细腻,会构思出其他的死亡方法,因此在"过往危险的阴影"之下,在"现实冲突的面具"之中,每个人要面对的正是自己的危险,无论如何恐惧,都要试着去克服危险、驯服恐惧。加缪的《鼠疫》和吉奥诺的《屋顶上的轻骑兵》,看似在讲述一则瘟疫故事,实际上是想借此表现人类如何直面战争这样的当代集体恐惧症的主题。而把两位作家的瘟疫主题小说进行褒贬不一的评论分析,成为当时法国文学评论界一道有趣的风景。对此,法国评论家莫里斯·雷纳尔(Maurice Reinhard)比较

---

① Daniel Defoe, *Journal de l'Année de la Peste*, Paris, Gallimard, 1982, p. 50.
② 范蕊、仵从巨:《西方小说的瘟疫题材》,载《北京航空航天大学学报》(社会科学版),2014 年第 4 期,第 89 页。
③ Ferenc Fodor, «L'imaginaire de l'épidémie», p. 1.
④ Jacques Ibanès, «Abécébête», *Revue Giono* (2008), p. 118.
⑤ 提图斯·卢克莱修·卡鲁斯(Titus Lucretius Carus,约公元前 99 年—约公元前 55 年),罗马共和国末期的诗人和哲学家,哲理长诗《物性论》(*De Rerum Natura*)为其一生唯一传世著作。
⑥ Michel Gramain, «*Le Hussard sur le toit*: Réception du roman (1951 - 1952)», *Revue Giono* (2010), p. 172.

中肯地指出"瘟疫"在两位作家笔下的不同形象：这里（指《鼠疫》）是鼠疫和一群老鼠；那里（指《屋顶上的轻骑兵》）是霍乱和一大群阴森恐怖的苍蝇及乌鸦。在这两个不同的形象之上，是人物处理手法的不同：加缪作品中研究的是社会悲剧，而吉奥诺更关注个人的反应。①

在《屋顶上的轻骑兵》中，对瘟疫的展现伴随着对鼠疫所造成的末日景象的描写，这实际上继承自欧比涅②的代表作《悲歌集》的传统。在文学史上，吉奥诺可以说是"第一个将瘟疫主题进行如此无情表现的作家"③。双曲线式的词汇有时模仿了圣经中的词汇和热罗姆·博世（Jérôme Bosch）的滑稽的视角。这一切都是为了达到圣经的声调，这其中又融合了巴洛克的宏伟画卷和悲喜剧。如同洛朗·福柯（Laurent Fourcaut）所言：吉奥诺的天地是个极其庞大的杂糅，其中各种力量在永恒的爆发中摧毁了所有障碍。力量存在于宇宙元素中，也存在于过度的发酵形成的激情的人之中。

从词源学上的角度来看，吉奥诺对"灾难"有着某种偏好。"灾难"意味着"神的启示"，"灾难"一词本身就是《启示录》（《圣经新约》的末卷），并且具有"世界末日"的引申义。不过，如洛朗·福柯所言④，"灾难"可能是吉奥诺最为喜欢的创作源泉。神话浸润着他所有的作品，并在作品中表现为多种形式的灾难：洪水、火灾、战争、鼠疫……总之，是破坏力量和黑色力量的猛烈迸发。吉奥诺作品中"灾难"的中心思想显然是"世界末日"的思想，但是它也映射其词源上的意义，并且呼应"启示录"的意义，这样的意义源于大自然隐秘的深处，时常奔向这可怕的世界。

在《屋顶上的轻骑兵》这部小说中，霍乱几乎是个完整的人物，至少在作者的想象中是如此。吉奥诺曾经在他的手稿中使用大写来指定它的人物功能：我在单独一张纸上写下了"霍乱"一词，如同它是一个新人物（《安杰洛》后记）。比如他在工作笔记中，"霍乱"一词总是大写，且不加冠词

---

① Michel Gramain, *Le Hussard sur le toit* : Réception du roman (1951 - 1952), *Revue Giono* (2010), p. 172.

② 欧比涅（Théodore Agrippa d'Aubigné,1552—1630）通称陀比澳，法国作家。他是文艺复兴后期最早具有巴洛克风格的诗人。他出身于信奉新教的贵族家庭，自幼学会多种外国语言。他的著名诗集《悲歌集》(1616)共七卷，九千二百六十七十四万行，描写宗教战争蹂躏下的法兰西，揭露王室和法院的腐败，抨击天主教会对新教徒的迫害，宣扬上帝对善恶必将加以赏罚，是一部全面描绘宗教战争时期法国社会的史诗性作品。《悲歌集》感情真挚，气势雄浑，堪与但丁的《神曲》相媲美。

③ Michel Gramain, Le Hussard sur le toit: Réception du roman (1951-1952), *Revue Giono* (2010), p. 172.

④ Laurent Fourcaut, Avant-propos au 6e volume de la Série Jean Giono, *Revue des Lettres modernes*, éd. Minard, printemps 1995.

(CHORÉLA),就像在书写人名,说明作者要指定它的人物功能。这个"人物"类似于吉奥诺早期小说中的自然灾害(火灾、泉水干涸、冰川崩塌等),它很早就在作者的脑海中萦绕,远早于作者对安杰洛这个人物的构思。在他的脑海中,霍乱是暴虐的、残酷的、可怕的却又令人着迷的人物。正如蒂博(Maurice Thiébaut)所说:"《屋顶上的轻骑兵》是部霍乱的史诗。霍乱是这部作品中的伟大人物。"[①]吉奥诺对自己出生于皮埃蒙特的祖父很崇拜,他祖父曾经在阿尔及利亚经历过传染病的暴发,这对吉奥诺产生了深刻的影响。同时他妈妈对他讲述的1884年发生在普罗旺斯的霍乱疫情,也让他印象颇深,所有这些长辈口中的轶事都成为吉奥诺构思的源泉。

就文本本身的表现力而言,吉奥诺这部小说最大的成功之处,就是对霍乱病的临床症状的描写十分丰富和到位。在所有"意象"的表现之中,无论是人物的、自然的、主要的、次要的,只有对霍乱的表现最能体现小说中现实主义的作用和界限。他参考过迪克罗(Ducros)撰写的有关霍乱的医学手册,以及洛吉耶(Laugier)和奥利弗(Olive)合著的《1865年马赛霍乱的研究》(*L'Étude sur le choléra de Marseille en* 1865),他还参阅过他祖父在阿尔及利亚病时记录的本子。他能够非常准确地描绘霍乱每个阶段的症状:呕吐、腹泻、皮肤青紫、霍乱症面容等,他甚至逐字逐句地记录某些医学观察,但是,他悄悄地把疾病的不同阶段突出表现为典型症状:霍乱病人死后的神经松弛,病人会喷出米糊状的东西等。吉奥诺选择以悲剧的形式来表现霍乱:这种疾病可以加快临终的挣扎,加重对生命的蹂躏,扩大死亡的数量甚至达到一种大屠杀的场景,比起黑死病是有过之而无不及的。

事实上,参阅详尽的医学档案,是吉奥诺创作"霍乱"这个"人物"的基石。比起医学档案的科学记录,吉奥诺的描述则具有巴洛克的视角,生动地体现了霍乱对生命的咆哮和对人类的攻击。对于传染病原因的推测,吉奥诺将其放置于一个对病菌知之甚少的时代背景之下,采用"对巴斯德理论的考古学漫画手法"去表现这一传染病:即传染是由一种"小苍蝇"引起的。为了准确地描绘霍乱的临床症状,他借鉴现实主义大师福楼拜和左拉的做法,并且参阅了大量医学书籍,但是他并不封闭在这些书籍之中。以现实主义为基础,他笔下的"霍乱"形象具有鲜明的"吉奥诺"特征,即给人以强烈的冲击力。这些特征具体表现在:首先,吉奥诺提高了霍乱的死亡率。安杰洛经过的被霍乱感染的村庄都是尸横遍野,几乎没有一个幸存者。而霍乱病人

---

① Maxwell A. Smith,«Giono's Cycle of the Hussard Novels», *The French Review*, Vol. 35, N°. 3, 1962, p.290.

的实际死亡率为 25%—50%。同时，作者加快了霍乱传播的速度："死亡犹如一颗子弹击中了躯体。他们（霍乱病人）的血在血管里迅速分解，正如太阳落山时，阳光在天空中迅速分解一样"（《屋顶上的轻骑兵》，第 231 页）其次，吉奥诺还创造了霍乱的某些症状，如糊状的呕吐物，而事实上霍乱病人的排泄物是糊状的，现实中糊状的呕吐物是非常少见的。作者的描写试图把霍乱的症状戏剧化，让被霍乱侵袭的人体呈现出超越悲伤的奇特景象：

> 他四肢的肌肉和骨头继续向四方乱动，好像在造反似的，想冲出皮肤，犹如老鼠想钻出口袋。（《屋顶上的轻骑兵》，第 87 页）
>
> 一个年轻漂亮的女子有着发青乳房，死后一小时，尸体依然温热，踢蹬着，颤抖着，必须像裹包鳗鱼一样把她裹包起来①。（《屋顶上的轻骑兵》，第 155 页）

霍乱原本只是存在于医学文档上的枯燥说明，但吉奥诺通过挪移、转换、夸张等文学手法，把枯燥的医学说明变成了神奇奢华的浮世绘画卷，让骑士安杰洛既充当末日场景的导演，又充当着救世主的角色。作者借助反复阵痛式的方式来表现霍乱景象，强化了霍乱在这部小说中的符号特质和象征功能。这种戏剧化证明了吉奥诺对"残酷"的品位，他在评论自己的这部作品时，曾这样强调自己的品位："我的创作是残酷的，吸引我的正是残酷……这里，我看到了对夏天的残酷描写。"

此外，吉奥诺并不只是通过迷信的形象化把霍乱拟人化，他还用那充满幻想的风格把霍乱表现为猛兽，似乎天地间没有任何东西能够阻挡它凶猛而富有破坏力的前行：

> 霍乱就像头狮子，在各个城市和树林里漫步。（《屋顶上的轻骑兵》，第 241 页）
>
> 他（安杰洛）想起了霍乱在偏僻的村子里突然袭击那位骑兵上尉，使他落马而死。（《屋顶上的轻骑兵》，第 343 页）
>
> 您（安杰洛）看见它（霍乱）在这地区蔓延。（《屋顶上的轻骑兵》，第 402 页）

---

① "……必须像裹包鳗鱼一样把她裹包起来"为笔者根据原文直译，此处吉奥诺原文为"[…] et qu'il fallait empaqueter comme une anguille"，潘丽珍意译为"……裹包起来必须格外小心"。

吉奥诺在整部小说中不遗余力地描写霍乱，显然不是为了记录瘟疫的可怕，也不是炫耀自己的描写天赋。借助霍乱症状的表现形式来"揭示"和"谴责"，揭示人类的境遇，谴责人群的懦弱，凸显少数人的英雄主义。在小说第七章中，如果说嬷嬷是"古老智慧的化身"（《屋顶上的轻骑兵》，第 160 页），那么马诺斯克的大部分居民都是深陷恐惧的"畜生"。在恐惧的效应下，社会网络被撕裂，家庭关系变得松散甚至断裂。如同《圣经》中那些被诅咒的城市，霍乱下的马诺斯克注定要被破坏殆尽，这个城市"彻底陷入惊慌，最卑鄙的行径也被视作正常"（《屋顶上的轻骑兵》，第 164 页），它像"垂死者那样在挣扎"，在"临终时的自私自利中挣扎"（《屋顶上的轻骑兵》，第 168 页）。亲人之间的举动也变得像冷漠异常，急于把得病而死的家人像扔垃圾一般扔掉："黑夜为大家的利己主义提供了方便。人们把尸体弄到街上，扔在人行道上。他们急于把尸体甩掉。有人甚至把他们扔到别人的家门口。只要能摆脱他们，怎么干都行。对大家而言，最要紧的是尽快和尽量彻底地把他们从家里赶走，然后赶快回来躲在家里"（《屋顶上的轻骑兵》，第 163 页）。在大多数的字里行间，安杰洛蔑视这群人的懦弱和冷漠，但他也理解他们面对死亡威胁时的非常举动，因为他知道"瘟疫初始"，有些人选择"围着病人，尽心尽力"，他也知道有些人选择"躲起来"，而出来时却"精神饱满"。在霍乱造成的混乱之中便产生了一种高级逻辑：选择是在别处做的（《屋顶上的轻骑兵》，第 164 页）。霍乱的蹂躏让每个人都迫使自己做出新的选择，安杰洛也在做着自己的选择：和嬷嬷一起完成"毫无用处，但需要高度勇气的工作"，整个城市也只有他们在做。他对自己有着清楚的评定：喜欢超凡脱俗，讨厌矫揉造作。但他没有只是为了这种评定而去挺身而出。对他来说，霍乱也是考验良心的机会，这种考验贯穿着整部小说。嬷嬷平凡而令人钦佩的行为，让安杰洛也有了思考自己行为的缘由，思考自己在革命事业中应该具有的担当。尽管很"孤独"，尽管社会在"死亡"，但这反而让喜欢独孤、渴望正义的人有了更多的事去思索，去行动。

虽然这部小说中的"霍乱"不似加缪的"鼠疫"那般具有明显的哲学价值的外衣，但在对霍乱的阐释中，我们显然也看到了前者的哲学意义。小说中对霍乱的阐释从人体的展现出发，驱动着人们从最高尚的行为"我给您制造了奥古斯都的宽容，以至于不再知道用胃液来做什么了"（《屋顶上的轻骑兵》，第 406 页）跨越到最卑鄙的行为"我杀死了菲阿尔代和保罗-路易·库里埃。我贩卖黑人，我解放他们，我把他们做成肉糜或旗子，送给协商会议"。（《屋顶上的轻骑兵》，第 404 页）性格的沉淀足够通过最细微的举动来确定人，人体小宇宙可以映照出没有医生只有航海家的大宇宙：哥伦布、麦哲伦、马可波罗，没有人体解剖，只有人类地理："肝脏如同一个非凡的海洋"。(《屋顶上的轻骑兵》，第 403 页)毫无疑问，这里招待安杰洛和波利娜的医生实际上是吉奥诺的代言人，对作者而言，人体的海洋映照海洋的深渊，映照超验的寻觅，在这种超验的寻觅中，捕杀鲸鱼已经成为《白鲸》中的隐喻。①

至此，霍乱不再是折磨肉体的生理疾病，而是煎熬心灵的精神疾病，如同吉奥诺在他另一部小说《一个郁郁寡欢的国王》中所表现的主题：忧郁、谵妄和虚无。吉奥诺借医生之口道出了这三种性格特质对人类造成的危害甚于霍乱："忧郁尽管不如霍乱富有戏剧性，却比霍乱造成的受害者更多……忧郁使某个社会变成一群活死人，一个地上公墓……忧甚至使阳光熄灭……忧此外，使人产生一种所谓无用的谵妄……忧驱使患忧郁症的人变得过分的虚无，会使整整一个国家散发臭气，无所事事，从而走向毁灭。"(《屋顶上的轻骑兵》，第 397 - 398 页)霍乱患者没有快乐可言，他们的注意力只是被一具具尸体堆成的死亡吸引："抑郁症患者最终几乎总要致力伟大的事业，即把全体民众拖入不比瘟疫或霍乱更讨人喜欢的大屠杀中"(《屋顶上的轻骑兵》，第 398 页)。

总的来说，吉奥诺笔下的灾难有种符号价值，但如果认为这种价值仅仅是单义的，那就反而误解了它。法国众多文学评论家在霍乱中看到了战争的再现，在《屋顶上的轻骑兵》出版的年代有这样的理解是完全正确的，而且吉奥诺当时的思想状况也认同这样的解释，这甚至解释了《屋顶上的轻骑兵》与加缪 1947 年出版《鼠疫》的巧合。其他评论家认为吉奥诺的作品是对世界末日的重新书写，或是对《圣经》中被毁灭的所多玛与蛾摩拉城的重新书写，因为吉奥诺明显使用了宗教上的指称。② 但是这些观点不能排斥其他阐释。我们注意到吉奥诺自己对霍乱进行了非常发散的符号性解释：霍乱如何能够既是"恐惧的瘟疫"(《屋顶上的轻骑兵》，第 395 页)，又是"骄傲的惊跳"(《屋顶上的轻骑兵》，第 406 页)？说它是"恐惧的瘟疫"，是因为它使人退回到动物状态，甚至是丑陋得难以形容的更低的状态；说它是"骄傲的惊跳"，是因为它是对自我的一种肯定。正如让·隆巴尔(Jean Lombard)所认为的那样，像霍乱这样的传染病不是疾病，它是一个复杂的集合，"有其自身的规则和自身的演化，与它传播的疾病明显不同。它试图成为独立的

---

① 吉奥诺是这部书的法文版译者。
② 《启示录》第六章记录了四位骑着白马、红马、黑马、灰马的骑士，传统上被解释为瘟疫、战争、饥荒和死亡。

生物，成为整体的真实性，超越它所有的部分之和"①。霍乱甚至是一种残酷的臆造，且作用很大，它是一种大家都会为之扭打在一起的力量。在吉奥诺看来，霍乱还是一种"试剂"，可以衡量所有的生灵，可以"突然组织新的生活"（《屋顶上的轻骑兵》，第155页）。因此在小说中作者借人物之口道出了看似非常矛盾、甚至是非常让人震惊的观点："他（安杰洛）对霍乱有了好的看法"（《屋顶上的轻骑兵》，第162页）；"唯有霍乱是真的"（《屋顶上的轻骑兵》，第344页）；"总而言之，霍乱万岁！"（《屋顶上的轻骑兵》，第250页）

福柯曾经说过，世上存在一种"关于鼠疫的文学"，看似平常的"文学梦"，深层里是想叙说"政治梦"。② 对吉奥诺而言，霍乱这种病菌象征着战争，甚至是广泛意义上的"恶"，即人们在面对霍乱时所表现出来的自私、恐惧和贪婪。③ 霍乱的传染暴露了人类本性中的卑鄙、自私和存在的荒谬，也透露出人性的式微和对自然的不尊重。这是不可否定的客观存在，是人性在自然天地间不自觉的表现。

从更为宏观的生态空间角度来看，自然是美好和壮丽的，但认识自然的过程则是可怕的。最宝贵的生命成为最低级生命的牺牲品，吉奥诺作品中的霍乱便是这种"最低级生命"的最好例证。对此，环境伦理学的创立者、法国哲学家阿尔贝特·史怀泽④认为，由于生命意志神秘的自我分裂，生命就这样相互争斗，给其他生命带来痛苦和死亡。自然教导包括人类在内的生物爱与帮助，也教导残忍和利己主义。⑤ 抛开"生态"字眼中传统的褒义性质，这一词汇实际上也指生命在黑暗与光明的更替中，在争斗与互助的交织中，共同实现生命的存在价值。对于人类社会的发展而言，"瘟疫不是一种自在的存在"，它随着人类社会的发展而演变，反映出"人类社会的一种实践"，并"在实践中穿过了人性、文化、历史的重重阻隔直达人类存在的最本质层面"⑥。霍乱这个可怕的传染病是大自然的黑暗底色，它映衬着人性的

---

① Jean Lombard, *L'épidémie moderne et la culture du malheur. Petit traité de chikungunya*, Paris, L'Harmattan, 2006, pp. 26 – 27.
② 福柯：《不正常的人》，钱翰译，上海人民出版社，2003年版，第48页。
③ Pierre Citron, *Giono*, Editions du Seuil, 1995, p. 113.
④ 阿尔贝特·史怀泽（Albert Schweitzer，1875—1965），又译为史怀哲。哲学家、神学家、医生、管风琴演奏家、社会活动家、人道主义者。具备哲学、医学、神学、音乐四种不同领域的才华，提出了"敬畏生命"的伦理学思想。1913年他来到非洲加蓬，建立了丛林诊所，从事医疗援助工作，直到去世。
⑤ ［法］阿尔贝特·史怀泽：《敬畏生命》，陈泽环译，上海社会科学院出版社，1992年版，第20页。
⑥ 范蕊、仵从巨：《西方小说的瘟疫题材》，载《北京航空航天大学学报》（社会科学版），2014年第4期，第93页。

平庸、懦弱和贪婪,但也反衬出某些英勇的个人所带给黑暗世界的光芒。用文学创作来表现诸如霍乱之类的瘟疫意象,实际上是在回顾历史、思索人性,进而探寻人、社会、自然三位一体的生态价值。

二、无机元素:生命的本源

自吉奥诺的第一部作品《山冈》起,他笔下的自然空间不仅遍布花草树木和飞禽走兽,而且遍布地、气、水、火等传统观念中无生命的元素。这些元素看似生硬或枯燥,不像动物和植物具有生命的形态,却是构成生命本原的必然物质。对生命本原的界定和思考,正是古代文明的文化成果之一,形态相异的东西方文化在这一点上却显示出相同的本源:古希腊的土、气、水、火四元素与中国的金、木、水、火、土是不谋而合的。① 即便到了现代,这种朴素的元素认知依然有着极强的生命力。客体意象批评家加斯东·巴什拉认为,在想象的天地里,"有可能确立一种四种本原法则,这种法则根据物质想象对火、空气、水和土的依附将它们分类"②。巴什拉所提出的这四种元素与自然的生成有着紧密的联系,且与生命的起源相关。作为自然万物的"本原",这四种元素与"诗学的灵魂最类似"③,而吉奥诺笔下的自然即由这四种本原构成,每一种元素都有其具体化的形象,土具化为大地、高山、岩石等,火则与炉火、阳光相关,水与溪流、大河联系,气则与人的呼吸和自然之风相关。这些无机元素具体化的形象成为人物活动的自然空间,如果说"艺术是一种移植的自然"④,那么吉奥诺正是在构建这一诗意的自然天地和生命空间。

自然万物的和谐与灿烂,除了有广袤的森林、鲜艳的花朵、飞翔的鸟儿和奔跑的骏马,还因为"空气带来欢乐,大地和太阳降福",这些非生物的无机元素同样构成了环环相扣的"生命之链",所以大千世界才显得"其乐融融"。(《人世之歌》,第155页)如果说花草树木和飞禽走兽是自然空间生动的外在表达,那么土、气、水、火则构成了自然空间的本原物质。吉奥诺在《天空的力量》中这样定义物质的概念:"生命是一种和谐的现象,是平衡不断终止的过程,这产生对平衡的不断渴望。这是物质的表达手段。物质表达的理由,就是表达宇宙。宇宙只能是生机勃勃的"⑤。这种结合了终止平

---

① 汪子嵩等:《希腊哲学史(修订本)第一卷》,人民出版社,2014年版,第353页。
② 加斯东·巴什拉:《水与梦——论物质的想象》,顾嘉琛译,岳麓书社,2005年版,第4页。
③ 加斯东·巴什拉:《水与梦——论物质的想象》,顾嘉琛译,岳麓书社,2005年版,第4页。
④ 加斯东·巴什拉:《水与梦——论物质的想象》,顾嘉琛译,岳麓书社,2005年版,第12页。
⑤ *Le Poids du ciel*, in *Récits et essais*, p. 454.

衡和渴望平衡的动力,在吉奥诺的任何一部小说中都被用作框架或支架。因为从这一原始的运动中才能产生其他东西。因此一切都遵循"永动"这一规律。当然,这种对"永动律"的遵循包含着某种灰色调的宿命论。不管怎样,吉奥诺把一个丰富的想象世界嵌入了自然进化过程中形成的各种元素之中。

就文学而言,对文本中所描绘的元素进行考量,并不能简单套用现代化学对元素的定义。在古代西方文明中,从"积极"和"消极"两种特性中混合衍生而成的四种元素土、火、气、水,往往也与四季相连。① 古希腊哲学家恩培多克勒认为一切事物都是借"爱"与"恨",由"土、火、气、水这四种元素构成"②。他对四元素进行了进一步的解释,他认为四元素的"结合就生成万物,它们的分解就使个别事物消亡。世界上的事物都处于不断生灭和变动之中,而水、火、气、土这四种根是不变的,只是处在轮番的结合和分离之中"③。鉴于他"第一个明确地理解和划分过(这些)普遍的物理形态"④,所以他的这一观点被认为具有哲学史上的伟大意义。古希腊另一位伟大的哲学家亚里士多德也在其著作《天象论》中指出,构成物体运动本原的四种物质是"火、气、水、土(地)",它们组成了宇宙的全部,并且亚里士多德还意识到这四种物质不是静止不动的,而是可以互相转变的。⑤ 这些古代哲学家的思考具有纯朴的原始主义色彩,表明他们认识到"水、气、火等自然元素与生命之间的关系",即"元素是自然本质和力量的体现,它们是世界存在的原则,是宇宙万物的本原"⑥。古希腊哲学家对土、气、水、火四元素的朴素认知在荷马史诗《伊利亚特》中也有体现,这部史诗将"充满火的天体归于宙斯,水归于海神波塞冬,浓暗的气归于地狱神哈得斯,土则为这三者所共有"⑦,从而以文学神话的形式将万物归为这四种基本物质。

从吉奥诺早期作品开始,在所有带有"潘神"标记的文本中,首要位置都用来表现这位自然之神所带来的恐惧:"无限的独居,可怕的残酷和无尽的天际"(II,p.464),山冈"广阔的生活,非常缓慢,但让人受不了"(I,p.149)……

---

① [德]汉斯·比德曼:《世界文化象征辞典》,刘玉红等译,漓江出版社,1999年版,第412页。
② [德]黑格尔:《自然哲学》,商务印书馆,1986年版,第627页。
③ 汪子嵩等著:《希腊哲学史(修订本)第一卷》,人民出版社,2014年版,第679页。
④ 汪子嵩等著:《希腊哲学史(修订本)第一卷》,人民出版社,2014年版,第143页。
⑤ 参见亚里士多德:《天象论·宇宙论》,吴寿彭译,商务印书馆,1999年版,第28—29页。
⑥ 高方、樊艳梅:《勒克莱齐奥作品中自然空间的构建》,载《外国文学研究》,2013年第4期,第124页。
⑦ 汪子嵩等:《希腊哲学史(修订本)第一卷》,人民出版社,2014年版,第680页。

这些构成了似乎把人类的存在排斥在外的世界。当水、地、气、火等这些宇宙元素混合在一起时，便向人们发动了一场无情的战争，比如《山冈》中的农民，他们被神秘的现象震惊，不禁像若姆一样自问道：

  这大地，要是它是一个生物，是一个躯体呢？
  要是它也有力量，也有恶念呢？……它冲垮了他的全部理智。它使他感到痛苦。它使他产生幻觉。（《潘神三部曲》，第 51-52 页）

  若姆的这一问题道出了吉奥诺希望表达的主旨：不光动物、植物有生命，平素看似无生命而受人忽视的物质元素，其实也有生命。这些元素不断参与着自然的演化，时时刻刻都在不停地变换：天空"宛似一片沼泽地，一摊摊污泥之间闪亮着清澈的水"（《潘神三部曲》，第 41 页），火则像"狂涛怒浪般腾跃"（《潘神三部曲》，第 118 页），气流"像河水般在空荡荡的房屋里呼啸"（《潘神三部曲》，第 78 页），大地在"喷溅着生命"（《潘神三部曲》，第 120 页），山冈"像牛轭一样起伏的山梁"（《潘神三部曲》，第 120 页）。以地、气、水、火为代表的基本元素在这"完整生命的巨大卤水"①中混合着，毫无保留地欢迎作者的入侵和读者的想象。古代思想曾把四大元素作为"万物的基础"，似乎过去已然存在着一种历史的潜意识。法国哲学家加斯东·巴什拉开创性地把题材的元素意象引入批评的手法，使这些朴素的元素在文学意象的基础上焕然一新。② 吉奥诺笔下的这些自然元素，正是"原型的升华"，而非"现实的重复"，既可以上溯到语言和形象思维的起源，同时又表达凝聚于事物内部的情感世界。

  在吉奥诺的眼里，大自然是个具有元素内核的强烈实体：疾风骤雨的暴力，河流的力量，火焰的破坏力和净化力，大地令人恐惧的神秘，这些都是大自然创造性活动的表现。吉奥诺笔下的自然景物呈现出末日景象，他刻画的人物都要直面自然和超自然元素，这些元素或是从人的外部攻击人类，或是从人的内心攻击人类。这样，无论是人与自然的斗争，还是人与自然的和谐，都能得到淋漓尽致地表现。《圣经》极大地影响了这种表现，因为它是吉奥诺诗意世界的创作源泉。他在《燕之城》（*La ville des hirondelles*）中说他和他父亲在一起时多次读过《圣经》中的《福音书》。所以，《山冈》就假借

---

① *Le Serpent d'étoiles*, Grasset, 1962, p. 20.
② ［法］让-伊夫·塔迪埃:《20 世纪的文学批评》，史忠义译，河南大学出版社，2009 年版，第 89 页。

一位垂迈的巫师的话语,揭露出事物平静的外表下涌动着的末日景象。在《大畜群》中,大自然也与夺去人生命的灾难紧密相连。从开始到结束,吉奥诺一直把他的叙事冠以死亡和灾难的标志,从一些章节的标题可见一斑:《它们要吃你们的公羊、母羊和绵羊》《毫不怜悯》《第五位天使吹小号》。这些标题都相当程度地言说了作者的预言意图,表达了赞美地狱般的斗争行为,以及使之化身为灾祸的意愿,这才是上天诅咒的真正标志。在炮弹横飞的现代末日景象中,战争的视角成了灾难的视角,成了铁与火引发的完全破坏的视角。

我们试图通过元素的主题分析来阐释这一破坏运动,分析水、火、地、气这四大主要元素。这也是巴什拉创新性的研究思想,把自然科学领域内的元素引入文学批评。[①] 非常巧合的是,吉奥诺的作品中恰恰弥漫着这些元素的踪迹。这些由各种元素构建起的灾难,首先涉及的是人类与自然世界之间艰难共存的现实问题。自然元素常常会让人身处险境,具有恐怖的维度,这个维度会凸显大自然各种力量的化身,以及这些力量向超自然力量的转换过程。

"与天斗,其乐无穷。与地斗,其乐无穷。"与大自然的斗争一直是一场与自然元素的斗争,这是生命的冲动使然,也是这场与自然元素的斗争为何如此庞大和戏剧化的原因所在。人类必须直面自然界的种种元素:《山冈》里的火,《天堂的碎片》里的水,《大山里的战斗》里的泥浆,《大畜群》中吞噬肉体的大地,《人世之歌》和《风暴两骑士》里的暴风雨,《屋顶上的轻骑兵》里的烈日,《一个郁郁寡欢的国王》里的大雪……似乎只有埃纳蒙德生活的高原没有受到战争的纷扰,高原上天气糟糕却"非常迷人"。(VI, p.254)所有的自然元素都在小说中积极活动,作用非凡。即便它们不以拟人化的形象出现,也会与人物如影随行,或明或暗地启发他们的行为。在吉奥诺的小说中,人物与人物所处的环境之间总有一种略显隐秘的关联与呼应。一道闪电,一缕阳光,一抹清风,一声犬吠……这些自然环境都会对非常依赖大地的人产生影响,会触发他们内心最细微的活动。自然元素虽然没有生命,但是它们"都有爱情"。"空气带来欢乐,大地和太阳降福",人与这些无生命的自然元素照样"其乐融融"。(《人世之歌》,第155页)这也恰好是勒克莱齐奥对吉奥诺作品中自然元素的评价:"察看每块石头,察看每片山冈,察看每

---

① [法]让-伊夫·塔迪埃:《20世纪的文学批评》,史忠义译,河南大学出版社,2009年版,第87页。

条河流,都是为了从中获得生命的奥秘!"①因此,对自然元素的考察实际上是对生命起源和人类本原的思考,它进入神话,构成文学,成为构建人类文明的一部分。

(一)地

元素作为客体意象出现在文学作品中并不罕见,尤其见于很多象征主义的诗作中,其基础都是某几种自然元素的想象:地、水、火、气。这些元素在很大程度上确定了带有作者风格的象征主义,并以某种方式丰富着这种象征主义,让意象具有色彩,拥有分量。因此我们可以说波德莱尔是"物质"诗人,雪莱和拉马丁是"空气"诗人。对吉奥诺而言,显然他是个"大地作家",并且比起对"乡土作家"标签的拒绝,他更乐于接受"大地作家"这一称谓,可见吉奥诺是何等看重"大地"意象在自己作品中的地位。

吉奥诺在《真正的财富》中说过这样一句话:"我们的元素,就是大地。"(*Les Vraies Richesses*, p. 148)这句话似乎一直统领着吉奥诺文本的发展,直到 1939 年他发表当时颇具争议的号召农民革命的文本。他觉得这片土地上刻满了对战争和死亡的个人战争和集体战争的伤痛经历,也充满了获取幸福和快乐的无限渴望。我们生命的律动、鲜血的流淌、愿景的开启,都在暗示人类可以融入自然秩序。对于人类而言,赖以生存的土地就是人类生活的根本要素。②

如果我们放眼世界,会发现几乎所有的古代文明都把大地上的土壤赋予阴性的特质,从而寓意着生命的诞生,大地上的土壤也因此成为生命根系之所在。古希腊诗人赫西俄德在《神谱》中写道:"太初之始,混沌生成,随后是胸脯宽广的地母,在她牢固的怀抱里,万物永远繁衍滋生。"③"大地母亲"这一意象说明了泥土对于生命的意义,它是万物之源,是人类最初的家园。泥土总是被看作女性,并且具有生殖、繁育的内涵。④ 到了 18 世纪,法国浪漫主

---

① Jean-Marie Gustave Le Clézio, *Les écrivains meurent aussi* ... , Le Figaro littéraire, 19 - 25 octobre 1970, pp. 15 - 16.
② [荷兰]托恩勒·迈尔:《以敞开的感官享受世界:大自然、景观、地球》,施辉业译,广西师范大学出版社,2009 年版,第 20 页。
③ 苗力田主编:《古希腊哲学》,中国人民大学出版社,1990 年版,第 4 页。
④ Martiarena. Martine, ed. *Dossier, Mondo et Autres Histoires*. J. M. G. Le Clézio. Paris: Gallimard, 1996, p. 364.

义历史学家儒勒·米什莱①对大地就有过这样的叙述:"大地的生命,就是扩张,从深邃的中心出发,穿过结实的部分,加工、改造那些受高温而激变液化、气化的元素,使之充电之后,携上地表,以便获取生命,完全动物化了。"②而根据当代生态学者的说法,"土地"代表着世界的一个元素,它在很大程度上被视为决定我们行星特征的因素。③而且,"土地"作为哺育者"母亲"的形象,往往是作品中人物品性培养的最关键因素。如果说人物的品格高尚是吸引我们的一个因素,那么这些人物生活其上的大地也不能忽略。《一个鲍米涅人》便是这样的明显例子。故事的叙述者阿梅德说:

> 虽然我不是本地人,但归根结底是大地养育了我,是大地培养了我的思维方式,我为此自豪。为什么呢?只要你来干干我这一行,天天与土地打交道,干得腰酸背疼,你就会明白了。(《潘神三部曲》,第172页)

这对于作者是个很好的发现。大地及其景致对于生活在大地上的居民具有养育作用,这正是吉奥诺创作中一直秉持的主题。这段独白也可以视作吉奥诺本人对自己脚下乡土的敬仰之意和感恩之情,所以作者被称为"大地抒情的伟大专家"④也是其来有自。从某种意义上来说,大地这个意象其实也是吉奥诺整个自然空间的代名词。

吉奥诺另一部重要著作《再生草》的主题结合了大地与人:他们的和解,他们相互之间的信任,他们和睦的荣耀。这部小说通过展现春天欢快的力量,突出了人与自然元素之间的默契。《再生草》是《潘神三部曲》的最后一部小说:"潘神既神秘又善良,它的形象并不完整。神……在耕种着它的大地……因此,再生草想成为一本书,讲述这个春天,讲述这个让鲜花和野兽回归的力量,讲述这个在世界上建立一种注定要经受潘神的恐怖与残酷的

---

① 儒勒·米什莱(Jules Michelet, 1798—1874),法国"最早的伟大的民族主义和浪漫主义的历史学家"。曾任巴黎高等师范学院哲学和历史讲师,法国国家档案馆历史部主任,法兰西学院历史和伦理讲座教授,著有《法国史》(19卷)、《法国大革命史》(7卷)等数十种经典历史研究著作,被誉为"法国史学之父"。除了史学研究著作,他还善于撰写散文。他的散文歌颂大自然与人类,充满馥郁的人文气息,笔意隽永,又兼具历史思辨的磅礴气势。
② [法]儒勒·米什莱:《山》,李玉民译,上海人民出版社,2011年版,第68页。
③ [荷兰]托恩勒·迈尔:《以敞开的感官享受世界:大自然、景观、地球》,施辉业译,广西师范大学出版社,2009年版,第20页。
④ Michel Gramain,«Le Hussard sur le toit: Réception du roman (1951-1952)», *Revue Giono* (2010), p.173.

新生活的力量。如此这般,一切又重新开始"①。

当吉奥诺从事地狱构想时,他也为他所处的 20 世纪创新着"大地母亲"的意象:它是生命和死亡之神,是痛苦和快乐之神。从这两组反义词的矛盾结合中,吉奥诺想给予我们多方面的阐释,其中他在《再生草》的准备材料中的阐释颇具意味:"庞图尔在寻找玛迈什尸体的过程中找到了春天(水仙的芬芳)"(I, p. 993)。从这一点来看,我们发现吉奥诺早期的潘神作品与后期的"轻骑兵系列"并没有断裂,比如在《屋顶上的轻骑兵》中,霍乱患者的尸体所激发出的茉莉花的清香吸引了成千上万五彩缤纷的蝴蝶,它们叮在尸体上如同叮在鲜花上一样。

吉奥诺有农民生活的"现实",农民的自给自足的、封闭的和非机械化的经济,更多是建立在他们的体力和土地质量之上。尽管当时的农民远没有生态意识,但他们的生产选择不由自主地表达出朴素的生态和谐观。我们可以在《天空的重量》中找到相关描述,这也正是吉奥诺对大地现实性的认识:

> 土地的性质本身就要求土地小所有权的形式。有葡萄地,但是小块的;边上的小块地,是种植蔬菜,或是堆放饲料,或是种植水果。农庄就建在这些土地之中,这些土地供养着这个农庄,相互紧挨着一直沿到它的墙根。这适合人,适合他的家庭,因此是完全自然的且毫无例外……因此,在痛苦的年代里,一个人通过他的劳动,首先争取的是他自己生存的权利……但更重要的在其他地方:他可以让自己控制规律的自然性或人为性……他与围绕技术问题不停爆发的政治斗争完全脱离。对他而言,和平……就是自然性。(*Récits*, pp. 488 – 493)

吉奥诺虽然并不把上述所认识到的大地的现实性直接反映到小说中,但"大地"作为文学元素确是存在于他的每部小说中。小说中的"大地"具有宽泛的含义,不是单指柔软的泥土,还包括所有"坚硬的""具体的"和"沉重的"物质。如果不让"大地"物质化,如果不赋予"大地"具体的形式和重要性,那作者就无法表现"大地"这一元素。"山"便是"土地"的一种独特表现形式,是大地的凸起,使人类更接近天空。一方面,"山"是压缩的土地,紧密

---

① *Les Nouvelles littéraires*, 20 décembre 1930, p. 9.

而沉重；另一方面，它有点脱离土地，高耸入云，好像更接近神和非尘世的世界。① 对"山"的描绘和表现也正是吉奥诺作品的一大特色，他认为一座山不仅是以其高和大而存在着，它也有重量，有气味，有动作，有魅力，有语言，有感情。②

纵观法国文学史，从最早期的小说至19世纪末期的小说，几乎鲜有作家以描写自然山川著名。卢梭则把山川的描写放进了《新爱洛伊丝》。在这部小说之前，"还没有哪部作品把大自然的美丽风光写进小说"③。所以卢梭除了哲学领域的贡献以外，他对法国文学的贡献便是"把对山川、湖泊和幽谷等大自然景物的描写纳入了文学作品"。不过当卢梭登上阿尔卑斯山的高峰时，看到了"平原的景致和阿尔卑斯山的景致配合得十分神奇"，让他"心中恢复了宁静"，赞赏"这些毫无知觉的事物对……激动的情欲产生的镇定作用"，进而主观地认为哲学一无是处，对"心灵的影响"甚至"还不如这些没有生命的东西"。由此我们可以看到，卢梭攀登阿尔卑斯山，远不是简单地欣赏自然美景，赞叹自然的雄壮，而更多把自然景色作为回想自己在交际社会受到种种不平等待遇、表达愤懑之情的依托。然而在卢梭之后，几乎鲜有作家愿意描写阿尔卑斯山。乔治·桑很会描写风景优美的贝里省，但对阿尔卑斯山几乎一无所知。《坎蒂妮小姐》是她唯一一部出现对阿尔卑斯山区尚贝里山谷进行描写的小说，且只有寥寥两小段。夏多布里昂的描写天分举世无双，但他对阿尔卑斯山的描写着墨不多。在维克多·雨果的《阿尔卑斯山和比利牛斯山》中，阿尔卑斯的景色只是枯燥地、零星地见于某些历史叙事之中。司汤达倒是阿尔卑斯山人，但他忙于描写心理分析，不屑于描写他熟悉的壮美河山。至于巴尔扎克，他也就是在《乡村医生》中略有对阿尔卑斯山的描写，除此以外，他的其他作品鲜有相关描述。④

作为和卢梭同样亲近自然的作家，吉奥诺对自己的故乡普罗旺斯有着非常透彻的了解。这位"静止不动的旅行者"要发现的不仅是他的故乡——普罗旺斯，还有整个阿尔卑斯山区。文学评论界一直有人指责吉奥诺的态度，认为他"倒退至大地，倒退至风景，倒退至普罗旺斯和阿尔卑斯山的人

---

① ［荷兰］托恩勒·迈尔：《以敞开的感官享受世界：大自然、景观、地球》，施辉业译，广西师范大学出版社，2009年版，第21页。

② 让·吉奥诺：《人世之歌》（前言），罗国林、吉庆莲译，外语教学与研究出版社，1982年版，第1页。

③ 孙笑语：《卢梭小传》，见卢梭：《社会契约论》，孙笑语译，江西人民出版社，2010年版，第199页。

④ T. Phythian Margaret:《Les Alpes Françaises dans les romanciers contemporains》, *Revue de géographie alpine*, 1938, Tome26 N°2, p.233.

们",认为他是"乡土作家"。但这显然是误读了吉奥诺的作品和他的创作思想。其实他既不是普罗旺斯的行吟诗人,也不是普罗旺斯的乡土作家。我们对他的研究应该超越文学史的墨守成规和地域风格的简单化趋向,从而研读出其作品的复杂性和真实性。对此,勒克莱齐奥认为:

> 吉奥诺远不是一位乡土作家,他的宇宙观碰巧诞生于普罗旺斯,因为这片土地离他最近,这片土地的面貌与他自己的面容最相似。我们无法想象吉奥诺生活在弗朗德勒,也无法想象福克纳生活在新墨西哥州。不过,他们的真实性显然有另一种深度;这种深度汲取自大地母体自身。[1]

在吉奥诺的故乡马诺斯克的远方,一条山脉横亘在天际:鹿儿山。它象征着上普罗旺斯的阿尔卑斯山区的地理风景。吉奥诺作品中的自然力量博大宽宏却又难以驾驭。鹿儿山在吉奥诺的童年记忆中刻上了富有魅力但又令人生畏的印记。这对他而言是个"令人恐惧的自然",让人心生惧意,令他不禁联想到代表原始自然力量的潘神。这座巍峨的大山也是贯穿《潘神三部曲》的元素,虽不明显,却处处显现身影,始终作为故事的背景默默存在。在实际生活中,每当吉奥诺从马诺斯克眺望远方山脉时,它提供给吉奥诺的是"持久的脱困之计"[2]。在文学作品中,远方山脉里发生的神秘而宏大的情节,映射的是人性的苦涩与激情的冲动。

在《山冈》开篇中,白庄"坐落在田园和广阔的荒野之间;田园上收割机喧嚣不歇地轰鸣,荒野则遍地薰衣草,那是鹿儿山的阴影笼罩下风的故乡"。(《潘神三部曲》,第23页)白庄所处的山冈,其实是鹿儿山的一部分,后者才是雄伟的高山。它在作品中具有象征作用,叙述者是这样描绘这座高山的:"鹿儿山苍翠寂静,漠然挺立着它庞大的身躯,挡住了西去的道路"(《潘神三部曲》,第25页)。这座鹿儿山,"寂静"是它最突出的特点,透过它的外观展现出冷色调——"苍翠",这一色调进一步强化了它"寂静"的特点。正如叙述者所描绘的那样,这座高山具有"漠然"的"庞大身躯",这一独特的自然形象渲染了整个叙述场景的寥落寂静。相反,叙述者眼中的城市则是一派热闹喧嚣的景象:火车的长鸣、当当的钟声……但似乎都与包括"叙述者"在内的乡村人格格不入,他们甚至固执地认为"从城里来的没什么好事"(《潘神

---

[1] Julie Sabiani: *Giono et la terre*, Paris, Éditions Sang de la terre, 1988, pp. 23 - 24.
[2] Sylvie Giono, *Jean Giono à Manosque*, Paris, Éditions Belin, 2012, p. 39.

三部曲》,第28页),他们不喜欢从城里刮来的"南风",而更喜欢"从荒凉的鹿儿山刮来的风"。除了突显自然环境的寂静之外,《山冈》中的鹿儿山还具有其他含义。由于作品的开篇和结尾均出现了鹿儿山的身影,所以这座高山也构成了完整的叙事框架,让作品首尾呼应。

在《屋顶上的轻骑兵》中,高山作为背景在远处若隐若现,表现不如早期的几部小说。但作者依然借一位路人的叙述表达了高山对于人的重要性:"据说,过了某一高度,传播霍乱的苍蝇就飞不上去了。只要可能,人们便躲到高山上去。"身处霍乱恐慌中的人们,没有其他事比躲避瘟疫来得更重要,人们必须"尽一切努力避免死亡"。(《屋顶上的轻骑兵》,第360页)无论是早期的《潘神三部曲》,还是后期的《屋顶上的轻骑兵》,高山一直都是吉奥诺的喜爱之地,它是大地元素的特殊体现和高贵表达。吉奥诺的内心空间充满了"真正的高地神秘主义"[1],因为他认为"高地可以达到平原不曾有过的纯洁秩序"[2]。他在1928年写给法国作家让·格和诺(Jean Guéhenno)的信中这样写道:"之所以我只去大山,那是因为归根到底,我所喜爱的是我大地上的初始的寂静,在高山上,我找到了这份寂静。"[3]相较于高地,普罗旺斯的平原地区,即下普罗旺斯地区,"充斥着平庸、邪恶和各式卑劣。更糟糕的是海滨地区:大海在港口处拍打着人性的渣滓,而大山检验着纯粹的心灵"[4]。从中可以看出,高山不光是作品的叙事空间,也是作者内心空间的具体表现,它让作者的文本显得庄重威严而又充满生机。

(二) 气

"气"是传统四大元素之一,通常情况下,它无形、无色、无味,赋予生命以最本质的呼吸。缺少气的传递和循环,一切生命活动都无从谈起。"气"和"火"一样,是主动和雄性的元素,而"地"和"水"则往往作为被动和母性的元素。"气"这一元素无法看见,难以捉摸,象征着灵性和活力。它盘踞在天与地之间的空间中,维系着这两个世界的联系。[5]

古希腊哲学家阿那克西美尼尤为推崇"气"的价值,认为"气"就是万物之源。[6] 他之所以把"气"作为万物之源,很大程度上因为他觉得"气是呼吸、生命、灵魂"[7],是维系生命的重要元素,"气"的流动一刻也不能停息。

---

[1] Sylvie Giono, *Jean Giono à Manosque*, Paris, Éditions Belin, 2012, p.39.
[2] Sylvie Giono, *Jean Giono à Manosque*, Paris, Éditions Belin, 2012, p.39.
[3] Sylvie Giono, *Jean Giono à Manosque*, Paris, Éditions Belin, 2012, p.7.
[4] Sylvie Giono, *Jean Giono à Manosque*, Paris, Éditions Belin, 2012, p.39.
[5] Miguel Mennig, *Dictionnaire des symboles*, Eyrolles, 2005, p.15.
[6] 汪子嵩等:《希腊哲学史(修订本)第一卷》,人民出版社,2014年版,第185页。
[7] 汪子嵩等:《希腊哲学史(修订本)第一卷》,人民出版社,2014年版,第192页。

所以"气"的第一要义就是生命,它是生命存在的基石,是生命的吐故纳新。在《山冈》中,白庄的老巫师雅内虽然瘫痪在床,"一动不动",但他对生的渴望还是无比强烈,内在的气息依然运动不停,他"先是一声轻微的叹息,像在抡大锤之前先吁口气似的",而围在雅内身边的村里人都"冷不防"地被这声叹息惊到了。(《山冈》,第 47 页)从此之后,雅内的"呼吸"几乎成了除了说话之外的全部生命运动。之后,当村民来向他这位老者请教大自然秘密的时候,他"喘息着",是"小鸟般微弱的喘息"。(《山冈》,第 99 页)在断断续续地说过几段话后,他的"一阵嘶哑的喘息划破了空气,那声音像一辆正下坡的大车猛地一拉闸",可见"气"在一位垂死的老者身上爆发出何等的力量(《山冈》,第 104 页)。在《人世之歌》中,乡村医生杜桑在自己的诊所中为一位孱弱的老者检查,这位老者看上去骨瘦如柴,气息奄奄,但杜桑在听诊时却震惊于他体内强烈的呼吸:

  不可思议的是这种巨人般的呼吸。这个可怜的躯体,只剩下一个风箱般的空壳,几乎没剩下什么肌肉,没有必要供给它多少养料。这大口大口吸进的空气,又有什么用处呢?是什么东西在支配着这种呼吸?空气被吸进去又被吐出来,有如淋漓中的旋涡一样急速。什么东西需要如此大量的维持人体生命的空气?(《人世之歌》,第 199 页)

这位垂垂老者临死前竟能迸发出如此强烈的气息。虽然他已经无法说话,但体内气息的流动明明白白地告诉杜桑,他渴望生命。过了没多久,杜桑的手"猛然一震动",老者体内的气息戛然而止,"什么也感觉不到了"。既然"气"的第一要义是生命,那么这一要义的背面也暗含了死亡。随着"气"在体内的消逝,杜桑触摸到的是"潜伏在老者体内的死亡"。(《人世之歌》,第 199 页)

  除了盘踞在包括人在内的生物体内,"气"也盘踞在天与地之间的空间中,它在吉奥诺的自然空间中担当着中介者的作用。它把自然的味道与徜徉其间的人的感官联系起来,把无法触及的自然芬芳沁入人的心脾,让人充分感受不可见的自然之美。对此,《一个鲍米涅人》就是一个很好的例证,当主人公徜徉在田园美景中时,大自然所散发出来的气息便阐释了这种外在性形式:"空气似浓汤——带着树木气味的浓汤——一样甘美,被夜露打湿的树叶和茂盛的青草,散发出阵阵芳香"。(《潘神三部曲》,第 251 页)对于艾米勒·夏蒂埃[1]而言,在发现世界的背景下和感知大自然的过程中产生的好奇心,可以从外在性而非内在性的角度树立生活的艺术。在《普罗旺斯》里,一种普罗旺斯特有的气味随风飘荡,香气四溢,让闻之者心旷神怡:

> 有一种香气,它芳香四溢,它越过西斯特龙镇,来到了阿尔卑斯山附近;它越过鹿尔山,来到了韦科尔山[2]周围。这正是人们在瓦尔省山岗,在罗讷河丘陵,在拉克罗荒漠,在迪朗斯河谷闻到的香气。这气味从卡西斯到尼斯都附有咸腥味,这气味从阿尔勒到萨隆都带有外墙粉刷的余味,这气味从阿维尼翁到昂布兰闻着像鸟儿的味道,而它在布里昂松、在吕拉-克鲁瓦奥特、在迪耶则会印上一丝冰雪的痕迹。但这气味其实是——在这些城市和村镇的整片区域内——阳光在芬芳青草上迈出的步伐:它是葡萄榨出的汁液。(Provence, pp. 21-22)

当吉奥诺作品中的人物漫步在自然空间时,景色映入眼帘,而气味则渗入心肺,气味充分展示了大自然无处不在的主宰力量,它和谐敞亮的景象将它对世间万物的恩惠展示得淋漓尽致。这悄悄流淌的气息隐含着寂静和美丽,让这乡野之间的散步变成了何等的诱惑!于是,人与大自然的联系就建立了起来,这种回归自我的形式暗含了人与自然场景之间的关系:自然场景被类比为生灵栖息于其间的避难所。

"气"在吉奥诺的作品中除了富含生命的自然气味以外,还会时时散发出"死亡的味道",这尤其体现在表现生死主题的《屋顶上的轻骑兵》中。在这部小说中,"气"在描写死亡中扮演着独特的作用。由于感染的缘故,"气"为瘟疫流行推波助澜。吉奥诺的想象力赋予"气"以外形,以颜色,以气味,以味觉,这些都是作家希望在其作品中传递出来的价值。[3] 读者从而能感同身受地接触到"气"所营造的氛围,体会自然对生命造就的一份沉重。

"气"代表着死亡,死亡也像"气"一样无处不在。"气"这一元素的特征强化了死亡的主题。在《屋顶上的轻骑兵》中,当安杰洛骑着马行进在午后的法国南部山区时,一股炽热的死亡气息扑面而来:

---

[1] 艾米勒·夏蒂埃(Emile Chartier,1868—1951),别名阿兰(Alain)。法国哲学家、社会学家。代表作有《幸福论》《教育论》等。
[2] 韦科尔山是法国山脉,位于法国伊泽尔省和德龙省。
[3] 杨柳:《由吉奥诺笔下的"气"说起——兼谈中西美学审美观照》,载《湖北师范学院学报(哲学社会科学版)》,2010年第5期,第34页。

粉末状的阳光摩擦着小树，小树渐渐消失在污浊的空气中，那空气粗粗的纬纱颤动着，将黏稠的金色斑点，同暗淡的赭石色和大片的白垩色混在一起，平时的东西已经无法辨认了。被雀鹰抛弃的窝窠发出腐臭味儿，沿着高耸不平的巨岩往下流淌。山坡将远处山丘中的一切腐败的臭味注入这个山谷……被稠密的空气扶着站住的树木，倒在被烈日烧烤的橡树枝丛中的鸟，在暑气熏蒸下，从野生花楸树树干的缝隙中散发出来的刺鼻的浆液味儿。(《屋顶上的轻骑兵》，第12页)

此处整个段落都处在疾病与腐化的征兆之中：矮橡树，污浊的空气，发出腐臭味的窝窠。一切似乎都在腐烂。太阳照耀着呈现死亡气息的大自然：死苍蝇，死刺猬，野猪尸骨。吉奥诺在这里变换笔触来描写自然气味："腐败的臭味""刺鼻""浆液味"，突出气味来让读者感觉此时大自然的味道。呈现的场景也逐渐向幻景过渡。这处上普罗旺斯地区的山谷此时宛如人间地狱，大自然以往的"形"似乎消失得无影无踪，投入眼帘的只是些残败的影子。空气变得稀薄，色彩也失去了光泽。

在后来的几章中，死亡的气息总是与主人公的穿越活动伴随在一起，始终萦绕在他周围，久久挥之不去。吉奥诺主要通过主人公沿途闻到的气味来表现霍乱："臭鸡蛋的味道""轻微的肉焦味""硫黄的味道"等。这些气味构成了这些篇章的背景，虽不可见，但实实在在地存在，地狱的气息也随之真实地扑面而来。

在吉奥诺的文本创作中，每种元素似乎都有特殊的价值。如果说"大地"是哺育天地的万物之母，那么作为"气"的一种特殊形式——"风"的情况则更加复杂。在吉奥诺生活的普罗旺斯，经常会刮起一种名为"米斯特拉尔"的大风。"米斯特拉尔"源自普罗旺斯方言，意为"主风"，一般的风与之相比，就像一阵叹息而已。米斯特拉尔风之所以如此强劲，是因为它自北往南吹时，通过罗讷河谷自然形成风洞，威力和风速一路增强，接着朝东席卷普罗旺斯。[①]虽然法国南方的风多且强，不过在一般情况下，"风"的举动通常是有益的：《再生草》中的"风"把阿苏尔引向庞图尔。并且多亏有"风"，《一个鲍米涅人》中的青年农民阿尔班在他钦慕的姑娘安日尔的窗下吹奏的口琴声，使人销魂，让人闻到清香(《潘神三部曲》，第231页)。这位鲍米涅人的口琴声借助着夜风向人"劈面而来"(《潘神三部曲》，第229页)，具有某

---

① [英]彼得·梅尔：《关于普罗旺斯的一切》，韩良忆译，南海出版公司，2015年版，第195页。

种奇特的力量,它会停落在"心灵的一角",来医治心灵的"创伤":"这是用来医治大地上的男人、女人和姑娘们的创伤的。用来医治所有属于大地的人……"(《潘神三部曲》,第 225－226 页)在《人世之歌》中,也正因为有"风",寥廓的天空被"拂拭得干干净净","一丝云翳也没有",天空也因而"蓝得出奇"(《人世之歌》,第 135 页)。

在对自然空间的描绘中,我们可以看到吉奥诺非凡的笔下功力,如《再生草》中对"风"的描写,作者笔下的"风"仿佛具有意识,某种自然意识:

一起身上路,就得与风搏斗。风迎面刮来,以温暖的巨手堵住他们的嘴巴,似乎不准他们呼吸。(《潘神三部曲》,第 316 页)

11 月的风,羊群般急驰着,刮得橡树叶子纷纷飘落。这风冷飕飕的,冷得彻骨,一下子使所有的山泉都冻结住没有声音了。各处的树林子里但闻风声大作。(《潘神三部曲》,第 278 页)

吉奥诺使用风的自然特性——强劲和粗暴——来使自然的暴力具体化。在《人世之歌》中,风伴随着夜晚降临。风不仅是个陪伴者,它具有的不可见的和非正式的性质,使它非常适合扮演宇宙能量载体这一角色。风可以在黑暗的尽头去搜寻黑夜,并将黑夜笼罩在茫茫大地上。此外,我们注意到这里的黑夜除了时间上的突然性之外,只是逐渐笼罩在大地上,"首先直到河边,然后……至淤泥上"。夜色伴随着狂风的各种变化,持续不断,风则与物质发生着碰撞、摩擦,"把它的肚子在泥浆里拖曳着"。

我们可以在不歪曲文本意义的基础上替换这两种表述。意义存在于现实主义,因为场景中的所有动作都源于风的力量,黑夜则缺乏力量,处在吉奥诺想象世界之外。不过吉奥诺在创作中使用模糊性的表现手法:借助性质的转移——"风"和"夜"的性质转移——来表明联合宇宙各种元素的不可分割的关系。这些元素既包括天空、自然,也包括人类。

在大自然的生态世界里,"风"是游走于天地之间的使者。因为"风"的关系,我们就可以从天空来到大地。我们在这里并不是要列举自然力量赋予世间各种元素的方式,我们只是跟踪力量的演变,从而阐明吉奥诺自然活跃表现的运转机制。"风"也是游走于人与自然的精灵。它把世界的信息吹在人的脸庞和身体上,让人感知着自然世界的一切。在《埃纳蒙德》中,主人公埃纳蒙德颇像漂泊者,"能够感受最细微的风声","能够(向风)说出从奥玛格到诺瓦耶是一辆车,两辆车,还是大巴车……她甚至能说出汽车的牌子,因此也能说出车主的名字"。她把感觉、知识和智慧融合在一起。她的能力源自她在高地生活的长期历练,源自她身边像她一样的人们,她分析并学习他们身上最精妙的为人处世之道。这些人物于是就可以体会到这种感觉给他们带来的快乐,遥远的距离却并不妨碍发挥这一感觉。这样,埃纳蒙德很享受她那位于海角上的木屋别墅,享受整个高地的气味和声音,这是风对她的善意。正是风吹过了"数千亩盛开的薰衣草,吹过了牧草,吹过了苜蓿草,吹过了粪水沟,吹过了没有下水道的村庄,吹过了工地上的茅房,吹过了柴油气化器",才使她始终能认清方向。这也是她感觉的力量。

(三) 水

"水"是文学创作的经典意象,从古至今喜爱这一文学意象的中外作家不计其数,吉奥诺也毫不例外。作家们如此喜爱"水"的原因可能与各民族的宇宙形成观念有关,特别是与创世神话和哲学世界观有关,同时也与"水"的生命要义密切相关。在巴比伦和希腊神话中都已经出现"水是万物之原"的思想。[①] 一些古代先贤的哲学世界观也有认为世界是发源于"水",如古希腊早期的唯物主义哲学家泰勒斯(Thales)就认为"水生万物"。古希腊先哲们一度认为水是优于其他三元素的生命本原,因为"由水变成万物,成为动物、植物等,而动物、植物等毁灭以后,最后又复归为水"[②]。至于如此重视"水"的现实原因是因"水"形态柔美、滋味甘甜、滋润万物,与人类和万物的生活息息相关,有着决定人和万物命运的重要价值。

虽然吉奥诺生活在普罗旺斯山区,大海不是他喜好的意象,但"水"的意象遍布他的每部作品。法国学者克洛德·布伊格(Claude Bouygues)曾经对吉奥诺的代表作《山冈》中主要元素的出现频率做过统计调查,其结果表明水在作品中的地位举足轻重,它的出现频率比地、气、火等其他元素的出现频率要高。[③]

"水"这一元素在数字统计上具有决定性的优势,这使我们觉得有必要从功能层面对小说进行重新解读,通过功能层面可以直达小说的结构和意义。首先,我们觉得吉奥诺的代表作之一《山冈》可以被解读成一部有关"水"的传奇——这个"传奇"并不是神话意义上的,而是基于对符号"水"的文本解释。其次,这部小说也可以被解读成对"水"元素想象物的经验场。[④]

---

① 汪子嵩等:《希腊哲学史(修订本)第一卷》,人民出版社,2014年版,第114页。
② 汪子嵩等:《希腊哲学史(修订本)第一卷》,人民出版社,2014年版,第139页。
③ 根据克洛德·布伊格的统计,水、地、火、气这四种元素在《山冈》中的出现频率分别是39.8%、22.1%、15.9%、22.2%。需要指出的是,她的元素分析不光是统计"泉水""河流""小溪"等具体词汇,也包含对"潮湿""流动"等巴什拉概念中表达意象或想象的词汇的统计。
④ Claude Bouygues, «*Colline*: Structure et Signification», *The French Review*, Vol. 47, N°. 1, 1973, p. 25.

虽然《山冈》讲述的是山冈愤怒或大地愤怒的故事,但这个故事的铺陈主要是围绕"水"这一符号来展开的,它的神秘与演变是将所有元素(包括村民在内的"人")结合在一起的主因。

在《山冈》这部小说中,对"水"进行分析的意图,首先可以将其分析为序列层面的功能,或者仅仅是矢量层面的功能(和其他功能相比,具有前后连结性的关系),接着也可将其分析为真正的因果功能。从作品的这两个层面出发,"水"可以被理解为一种叙事元素,即行为方式的催化剂。尽管这部小说的发展还受到人物性格、内心活动及他们所处环境的影响,但是这些因素还是直接或间接地受到"水"的影响。

我们知道《山冈》开启了吉奥诺的《潘神三部曲》,在这三部小说中我们习惯性地听到地狱之声。不过,小说的开篇却向我们展现如此情景:

> 橄榄树下,驴食草花似一摊摊殷红的鲜血;桦树皮溢出芳香的液汁,引来群群蜜蜂绕着树干翩翩起舞。
> 一眼山泉流出两股泉水,叮咚歌唱,从山崖上跌落下来,被风刮得四处飞溅,淙淙流过草地,然后汇合起来,潺源于灯心草的河床上。(《潘神三部曲》,第23页)

在这段简明的情景描写中,"一滩滩""溢出""液汁""山泉""流出""飞溅""淙淙""潺源"等多处表述表现了泉水或水源,它们以动词、形容词等形式客观存在,并在文本层面上存在于作品所构建的自然空间中。这些标识的词汇或使人联想到与水或水的流动相关的概念,它们在此处起到非常重要的指示作用。在下段空间描述中隐身为惬意的自然环境之后,泉水又重新显现,颇似自然万物的召集者:

> 野兽和白庄人相遇在山泉边:那从岩石里流出的清泉,喝一口那样甘甜,洗一洗那样清爽。
> 一到夜间,荒野里毛茸茸的腿爪,便爬到这叮咚、清凉的泉畔。
> 白天,野禽兽焦渴难忍之时,也会来到这泉边。
> 一头离群的野猪朝村庄一路嗅去。
> ……
> 瞧,它冲了出来,躺在水里打滚……
> 清凉之感从它的肚皮渗透到脊背。
> 它嘴里含满了泉水。(《潘神三部曲》,第24页)

我们看到在白庄这个自然空间内，无论是人类还是野兽，都会自然地聚在泉水周围，泉水因而在此具有崭新的意义：处在借代关系中的水，此刻具有高效的戏剧功能。水的次序被置于更广阔的层面，这个层面是人、自然和动物的和谐共存。以这一广阔的功能性为基础，继而显示出第二层功能性，即清晰的水的功能性：它是万物生命的来源，是万物生存的命脉，同时也是万物的召集者。水的存在其实也在向我们映射着其他东西：水是万物的代表，是自然的化身。

当村民们对泉水的干涸感到不解甚至恐惧时，便向巫师雅内请教：

他话多起来。

像泉水滔滔不绝，像从山底下深深涌出来的山泉源源不断。（《潘神三部曲》，第 34 页）

他讲的那些稀奇古怪的事，也不知道从哪来的。他那脑瓜和一般人的不一样。你们都想象不出。就像那小溪一样长流不断。（《潘神三部曲》，第 41 页）

雅内话语中的"水"的意象已经不是客观的存在，而是对于"水"这一物质的想象或遐想。第一句中"泉水隐秘"的主题与第二句中"雅内神秘话语"的主题联系如此紧密，因此，我们完全有理由把它们看作同一件事的两面，或是看作两个单调的相同主题。如同神秘的巫师雅内和他神秘的话语，泉水也是在"下面"活动。它的力量来自地下，只有白庄人才瞧得见。于是"泉水隐秘"与"话语神秘"这两个主题的结合具有了超验的价值，置于包含这一结合的换喻关系的内部。泉水在这里体现了象征的高级功能价值：它反射出大地黑暗力量的巨大秘密。这个秘密被村民们丢失了，现在他们发现理解自己生活着的山冈，不知道该与它保持何种关系才能安详地在其间生活。泉水不再喷涌，又成为不可见的隐秘物，人们的意识中充斥着大地神秘的在场。泉水丑恶的在场是零在场。泉水在故事中具有维系的作用，注重表现大地的"意识"以及与大地维持的关系。接着是更注重形式的功能，这种功能在于成为某种步骤的形象或缩影，这种步骤是小说的要素，是中心主题，保证小说内部结构的严谨一致：展现让大自然活跃起来的潘神力量，并且与之关联。基于这两个层面的考虑，水于是就与生机勃勃的水流具有相同的外延，它让我们联想到保尔·瓦雷里诗作中的"水"，它是"任何生命的基本要素"，并且这位诗人这样说道：它（水）用大地的少许盐做成了白天爱慕的形式。① 简言之,"水"这一自然元素在吉奥诺的作品中既充当指示元素,描绘景象,制造氛围;也充当叙述元素,成为理解整个叙事所必需的叙述单元。②

吉奥诺使用"堆积""混合""粘稠"等这些词语描绘水,这些词语的递进使用是具有症状性的:吉奥诺把封闭化、等级化的哲学替换成自然生命的赞歌,在他的赞歌中,我们看到的是恐惧的启蒙力量。"大海"和"水"的意象的频繁出现将我们带回到《创世纪》的时代:安托尼奥在河中与鲴鱼共舞,戛古欣喜若狂地在水池里挥舞……此时,人在追溯着人类的进化过程,此时的人如同鱼儿一般(II,p.168,p.203)。在"水的困扰"主宰着的高山牧场上,人和羊群的气味,家禽尸体和初生羊羔的气味,它们都在"大海的卤水"③中混合着。在这集中着所有生灵的出生和死亡的生命液中,不停流动的液体是生命繁盛的源泉。"巍峨的鹿儿山"是"水源之母,它那多洞穴的肌肉深处,蕴藏着取之不尽的水"(《潘神三部曲》,第77页)。巴什东认为,液体往往呈现为女性形象,"几乎总是女性特征"④,而且会即刻转换为取之不竭的乳汁。当戛古扑向水池,"抓住满溢的水池边沿,将嘴贴在池边的一个缺口上,一边喝一边痛快地哼哼,像婴儿吃奶一般"(《潘神三部曲》,第79页)。在这里,我们看到对"水"的文学形象的表现要求迫使"自然之水……接受乳白的外表,乳汁的隐喻",其实"一切水都是乳汁"⑤,体现了"水的深刻的母性"⑥。从"水"的隐喻中诞生了对"水的母性"的温柔梦。当阿尔班在鹿儿山上前行时,"我似乎看见妈妈来了。她带来了鲍米涅的所有山泉,正往我头上浇呢。多么清凉、舒服啊,泉水里带着许多山花。这是母亲的爱抚,是山泉水的亲吻"。(《潘神三部曲》,第164页)而大山里的泉水也流露出生命的奥秘:

> 这泉水参透了宇宙的奥秘,这泉水饱含了自然的魔力和变幻。这泉水与纯净度甚于南北极冰川的水晶缓缓结合在一起。这泉水沉睡在安静的河床上,在那里,即便是最坚硬的花岗石和最沉重的燧石也变得光滑无比,而且比最珍贵的宝石都更加让人心生愉悦。这里,正是地下

---

① Paul Valéry,《Louage de l'eau》, Œuvres (Gallimard,《Pléiade》), I, p.203.
② Claude Bouygues,《Colline: Structure et Signification》, The French Review, Vol.47, N°.1, 1973, p.30.
③ Le Serpent d'étoiles, Grasset, 1962, p.79.
④ 加斯东·巴什拉:《水与梦—论物质的想象》,顾嘉琛译,岳麓书社,2005年版,第15页。
⑤ 加斯东·巴什拉:《水与梦—论物质的想象》,顾嘉琛译,岳麓书社,2005版年,第129页。
⑥ 加斯东·巴什拉:《水与梦—论物质的想象》,顾嘉琛译,岳麓书社,2005年版,第15页。

泉水喷涌而出的地方。这是带给世间万物生命的活水,也是带给我们生命的活水。这股活水,缓缓而行,奔流到海。(*Provence*,pp. 104 - 105)

诚如米什莱笔下广阔而母性的大海,"乳汁"和"热血"在吉奥诺构建的文学世界中也起着相当关键的作用,表明其两极化的特征。这两种液体都在维系着有机生命与宇宙生命的不间断联系。在这片一切生命都会呼吸、有感知的大地上,"驴食草"(《潘神三部曲》,第23页)的鲜血和被龚德朗在橄榄园里杀死的蜥蜴的鲜血一样需要尊重,一样值得深思。锄地的时候,他(龚德朗)有生以来头一回想象:"这地皮下正涌出一股股鲜血,和他的血液一样的鲜血……他给鲜红的,和他的血肉一样的血肉造成了痛苦"(《潘神三部曲》,第50页)如果说"鲜血"能传递阿苏尔身体的欲望,能够让盛宴中的来宾载歌载舞,那么"鲜血"也揭示了人类的残暴,当它像痛苦一样在"山涧流淌不断"时(《潘神三部曲》,第51页)。鲜血在某些时刻是情欲的纽带,是狂欢的手段,在某些时刻则是修复凶手与受害者关系的悲怆药方。雅内充满讽喻的话语把世界的故事分成了两个时段:人类从"满嘴含着乳汁"(《潘神三部曲》,第95页)的儿童渐渐变成"双手沾满鲜血"(《潘神三部曲》,第96页)给世界造成无尽痛苦的生物。从此,为了人类自己的生生不息,充满暴力象征的鲜血可以成为、也必须成为充满人性温情的永恒物质——乳汁。这也就是吉奥诺会称颂哺乳的女性形象的原因所在。

吉奥诺似乎对《圣经》中的某些主题有所偏好,特别是对"创世""灭世"和"洪荒"等主题。在东西方的创世神话中,宇宙都是从"洪荒"时代开始的,而混沌的洪荒时代最初的生命状态就是"大海"与"大水",这在"大禹治水""诺亚方舟"等东西方神话传说中可以得到印证。而《大山里的战斗》中黏性的泥浆便是对这一主题的广泛展现。《诺亚》叙述了大洪水的艺术创作,并展现了对大洪水的新的阐释。此处,真正的诺亚方舟是纳有创世景象的人的内心。

吉奥诺的小说中经常用水、火等自然元素搭建自然灾害。《山冈》中的村民们差点在整片山火中丧身。不过,通常构成最大危险的是液体元素——水或泥浆。《大山中的战斗》中的好几个村庄都受到洪水的威胁。但是危险并不只是存在于自然灾害发生时,它是无处不在、无时不在的。即使在大自然看似寂静时,洪水构成的危险也是悄然潜伏着的。

自然元素在吉奥诺小说主要情节的发展中经常表现为唯一的约束:一种必须着力表现的约束。于是,恶劣天气就被感知为对障碍、对界限的过渡和跨越。因此在《人世之歌》中,暴风雨来临的时候正是马特罗和安托尼奥深入陌生土地的时候。在《风暴两骑士》中,暴风雨在兄弟俩关系快要倒置之前来临(VI, p.166)。暴风雨就是一条自然的界限。那些穿越这些气候界限的人,必须竭尽全力才能幸存下来。天气自身已经超越了自己的本性。《风暴两骑士》中的叙述者这样述说道:"人们不再把这个叫作雨!"(VI, p.167)绰号为"我的小弟"的昂日·雅宗,尽管有哥哥的帮助,但他必须自己与洪流搏斗,"他双手深深插入土地,胳膊用尽全力挣脱,冒出了黑暗。他想重新站起来跑掉,但跌倒了。他吐出了泥浆"(VI, p.170)。这段描写显示出这个人物所受的痛苦,不过他依然因为他的力量,因为他敢于搏击洪流的勇气而受人敬仰。

"水"作为生命之源的意象,在文学作品中往往也派生出死亡的意象,因为"水"除了给予万物生命,也时常会夺去万物生命,或是成为死亡的诱惑。"水成为生与死之间的一种柔顺的中介"①。因此,吉奥诺有时把"水"表现为最具敌意的元素。"水",时而表现为沉默的泉水(《山冈》),时而表现为突然崩塌、淹没大地的冰川(《大山里的战斗》)。特别是在《屋顶上的轻骑兵》中,"水"是霍乱滋生最可疑的因素。但是,"水"是绝对的意象,是主人公乡愁的意象。它也拥有另一种力量:它漆黑的深渊是如此让人心醉神迷,以至于一些人心甘情愿跳入其中。《一个鲍米涅人》中的克拉留斯与"死水神订了约会",然后安静地"投进迪朗斯河里"。(《潘神三部曲》,第256页)《再生草》中玛迈什大婶的儿子也跳入水中自杀过。如同许多诗作一样,吉奥诺作品中的"水"也与死亡的幻想紧密联系。吉奥诺并不是把它作为重生的元素,而是作为对结束生命和开启死亡的邀约。面对如此描绘的水塘或水池,我们不会盼望从中冒出一位美若天仙的维纳斯,相反我们会想,奥菲莉娅②是否也会沉睡在这样的深渊中。水成为生与死相合融合的媒介,"消亡在深水中,或消失在遥远的天边,同深度同无限相结合,这便是人的命运,这命运在水的命运中取得了自己的形象"③。因此,吉奥诺笔下的克拉留斯或玛迈什大婶的儿子因为对深水的迷恋情结而产生跳入水中的举动,巴什拉将他们这样的情结称为"卡翁情结"④和"奥菲莉娅情结"。

吉奥诺笔下的"水"显得坚硬,充满肌肉的力量,与它传统的基本形

---

① 加斯东·巴什拉:《水与梦——论物质的想象》,顾嘉琛译,岳麓书社,2005年版,第14页。
② 奥菲莉娅是莎士比亚四大悲剧之首《哈姆雷特》中仅有的两个女性角色之一。在剧中,奥菲莉娅是主人公哈姆雷特王子的情人,结局却落入河中淹死。
③ 加斯东·巴什拉:《水与梦——论物质的想象》,顾嘉琛译,岳麓书社,2005年版,第14页。
④ 卡翁是希腊神话中在冥河上渡亡灵去冥府的神。

象——流动、透明——相去甚远,他用形象的手法将其"硬"化。"雨水在千万双脚下跳起舞来。""每天早晨,安托尼奥都赤身裸体。通常他的一天都是先要缓慢穿越一条黑色的河叉子。他任由河水推行着他;他试探着每个旋涡;他用双腿感知着河流长条的肌肉"(Chant du Monde, p. 24)。吉奥诺通过拟人的手法把河流用动物的象征表现出来。于是"水"在春天到来的时刻逐渐展现它可怕的形状。吉奥诺将河流暗示为动物,像描写爬行动物一样描绘它的行动:"我们看到它的旧皮裂了开来,一块黑色敏感的新肉在冰川间汩汩作响"(II,p. 353)。这种描绘手法,可以让读者亲临其境般地感受到水的自然力量。事实上,吉奥诺笔下的大自然表面看起来宁静安详,但偶尔也会突然露出它毫无怜悯之心的残酷面容。在《人世之歌》中,整个悲剧就是按照这种对大自然的表现手法来发展的。主人公安托尼奥非常了解河流,他注意到河流在哪些时候是安详的:"从七月以来,河流没有发昏,周围的大地一片寂静"(II,p. 210)。但是把河流比作动物,说明他知道这种寂静会变得极为可怕。实际上河流在春天到来时就变得如此可怕。

吉奥诺除了经常表现流淌在大地上的溪水河流,还经常触及暴风雨的主题。暴风雨自上而下的倾泻力量,似乎抹去了"水"的柔性,而更多展现为自然力量的刚性。如果说《大畜群》中的暴风雨是大气氛围的创造者,那么《人世之歌》中的暴风雨已经提升到拟人化的层次:"它(暴风雨)在悬崖的幻影上试验着它灰色的肌肉"(II,p. 260)。在《风暴两骑士》中,一系列的隐喻把暴风雨与动物界加以比较:"骤雨伴随着像石头一样坚硬的阵风倾盆而下。接着,它们又开始去吞噬森林"(VI,p. 167)。对作者而言,把表现力不足的大自然与活动的生命体(动物或人类)进行比较,是浸入生命的便利方式。但吉奥诺并不止于此。有两点可以表明他的关注点并不仅仅是对大自然的客观描写。首先,他笔下的大自然逐渐在推动它的本质:"闪电……我们对它再也不能称其为闪电,因为……它不闪了。"(VI,p. 167)其次,人类与暴风雨融为一体。

在《埃纳蒙德》中,暴风雨远离了它的本性。在高地上有一种似乎比它更强大的力量,以至于"暴风雨改变了它的条件"(VI,p. 254)。事实上,在面对与人类发生直接联系的宇宙力量时,大自然就消失了。在大自然消失时,暴风雨倾力制造的暴力就被作者转移给了他笔下的人物,这一点,我们可以在他最后一部小说《苏兹的蝴蝶花》中看到,小说借凯尔特男爵夫人的嘴说出了"内心风暴"。

《人世之歌》的安多尼奥居住在河边,经年累月与河流的相处使他十分了解河流的习性,所以他称得上是位"河流之人"。在吉奥诺创作的众多人物形象中,安多尼奥是第一位象征领悟大自然暴力的小说人物。大河在春天来临时会变成湍流,安托尼奥学会控制它,并且凭借着自己的感觉来预见河流的流动。

> 一进到水里,他就感到没膝的水凉冰冰的。水流在他的两腿周围打着旋涡,像长长的水草抽打着他的腿……今天一整天,他一直在观察河里的水势变化。阳光下,这条河流宛如一条蛟龙,竖起白花花的鳞甲,又似一匹雪白的烈马,扬蹄飞奔,溅起一大片一大片浪花。激流抖动着黛绿的脊背,像是不堪忍受上游两岸的峭壁的挤压,狂怒地从峡口奔泻出来。一出峡口,它进入了广阔平坦的林区,便把柔软的脊背放低了,浩浩荡荡流进莽莽丛林之间。现在,它回旋的激流死死缠住安多尼奥的两条腿,使他难以迈步。(《人世之歌》,第7-8页)

对力量的感觉由这河流的行为激发出来,因为河水压迫着他整个身体。我们可以说河水与安托尼奥融合在一起。人物的感性得以充分显现,从而对不同的水流运动和它们的意义加以说明和细化。每个动词都阐释了动作的强度、跨度、速度,强调了动作的独特行为。接着,安多尼奥承认他误判了河流的情况,"但这水不通人性,这一趟真困难呀!"(《人世之歌》,第8页)这意味着水在这里被视作一个生物,它可以像其他生物体一样拥有推理的能力。此外,这段描写所使用的形象也将其比作动物,一个几乎有着怪兽形态的动物,即它可能造成危险。河流的整个运动让人产生强烈旋涡的印象,是"狂怒"一词的具体体现。这种愤怒之后又再次出现,用于定义安多尼奥的精神状态,似乎其间充满了自然元素的特征。所以这样一段描写很好地表现了作者的意图,他希望通过感官暴力将人与大自然融合。凭借这样的方式,小说中的人物将他本该害怕的暴力归为己有,但这样的暴力他已经学会控制。

(四)火

加斯东·巴什拉在他的代表作《火的精神分析》中开宗明义地指明了火的本质与精神,它善与恶的二元价值,天堂与地狱的心绪情结:

> 火是超生命的。火是内在的、普遍的,它活在我们的心中,活在天空中。它从物质的深处升起,像爱情一样自我奉献。它又回到物质中潜隐起来,像埋藏着的憎恨与复仇心。唯有它在一切现象中确实能够获得两种截然相反的价值:善与恶。它把天堂照亮,它在地狱中燃烧。

它既温柔又会折磨人。它能烹调又能造成毁灭性的灾难。它给乖乖地坐在炉边的孩子带来欢乐,它又惩罚玩弄火苗的不规矩的人。它是安乐,它是敬重。这是一位守护神,又是一位令人畏惧的神,它既好又坏。它能够自我否定:因此,它是一种普遍解释的原则。(《火的精神分析》,第13页)

在巴什拉的眼中,"火"具有两副截然不同的面容,这正是吉奥诺作品中"火"的意象的写照。"火"能带来光明,如安杰洛点燃的火堆,为夜间行进的士兵照亮道路(《屋顶上的轻骑兵》,第45页);"火"能烹煮食物,如庞图尔家灶膛里的炉火,嘶嘶作响煮着浓汤(《潘神三部曲》,第399页)。不过,燃烧在吉奥诺作品中的"火"更多表现为阳光和炎热,而且,代表"火"的阳光并非带来灿烂和快乐,而是带来单调和暴力。吉奥诺曾经在与法国作家伊万·奥杜阿尔[①]的访谈中,这样说起对阳光与天空的感受:"我不是很喜欢太阳,且我无法忍受炎热。没有比上普罗旺斯的天空更单调乏味的东西了。天际的一边到另一边被锅盖覆盖着,总是湛蓝一片。"[②]

吉奥诺作品中的叙事场景大多设定在大自然,这既让代表火的阳光可以随时出现,也让作者有机会时常回归"炎热"的主题思想,《屋顶上的轻骑兵》对此表现得尤为显著。小说中起先对"炎热"的回顾是轻描淡写的:阳光异常强烈,把它们(鸟儿)的羽毛染成了白色(《屋顶上的轻骑兵》,第176页)。在这样的背景下,动物性隐喻(城市"犹如一个龟甲趴在草地上",《屋顶上的轻骑兵》,第185页)和矿物性隐喻(天空白如石膏,高温粘如胶水,《屋顶上的轻骑兵》,第185页)强化了大自然被酷热蹂躏之后的荒芜感。

到了夜晚,"太阳"的形象被替换成了"篝火"的形象:"到处点起了篝火……所有这些火光忽忽悠悠,振动着双翼,猛烈地扇动着,所有这些金色的公羊跳动着,所有这些锋利的火花犹如长矛在舞动,使得黑夜土崩瓦解……整个大地仿佛成了一个烤面包的炉子。"(《屋顶上的轻骑兵》,第193页)如果说白天的"炎热"是用白色来表达的话,那么黑夜就是用"红色"来表达"炎热":从"红光闪闪"的烤肉架,到"仿佛紫红色母鸡"的磷光闪闪的铁板,再到布满天空的"玫瑰色尘粒"。这些燃烧着的红色的元素,配上暗夜的

---

① 伊万·奥杜阿尔(Yvan Audouard,1914—2004)法国作家。1914年生于西贡,军人之子,后获文学学位,担任过英文教授,1944年起当上记者,是法国著名周刊《鸭鸣报》长期的专栏作者。他的主要作品有《从前先生回来了》《我父亲的军刀》《与众不同的布鲁诺》等,曾获法国幽默文学奖、拉伯雷奖和保罗-莱奥托奖等多个文学奖项。
② Julie Sabiani, *Giono et la terre*, Paris, Éditions Sang de la terre, 1988, p. 116.

漆黑背景,构成了一幅地狱景象。这些跳动的火光已经与"真实"毫不相干。同样,马诺斯克城在微弱火光的映照下,似乎成了一座空城,它的轮廓若隐若现,成了大自然的幻影:火光反射到空荡荡的城市,映照出一个钟楼的尖顶,一条微微张开的街道,一个街区大门的门廊和雉堞,一个屋顶的方格(《屋顶上的轻骑兵》,第193页)。

作为"火"的意象,太阳在吉奥诺的世界中扮演了重要角色,因为它是天空力量的起源,是万物能源的象征,是自然力量独一无二的栖息地。它不是物质的直接创造者,却是动力的创造者。它的出现经常是实施于人间的暴力活动的符号。

吉奥诺在《天空的力量》中有一段这样解释太阳这个天体的本质维度:

> 我们处在太阳在太空中制造的旋涡之中。我们和其他星球一起在伸向太阳的斜面上旋转。这是我们所有维度的缔造者。它的光线八分钟就可以照到我们。在它光线五小时照射的范围内,它自然是所有体积、所有重量和所有距离的规定者。在这个因为存在而存在的旋涡里,太阳在它周围聚拢了极其庞大的物质。(*Récits et essais*, pp. 458-459)

之后作者详细描述了太阳不可思议的活动所构成的"纯粹的悲剧"。它向人间撒下太多的能量,以至于吉奥诺如此描述:"洒满阳光的大地很快活泼起来,迫使暴力和孤独的产生。"它是生命真正的中心,是一种向世界直接施加行为的力量,既向自然也向人类。如果说普罗旺斯地区是阳光之地,那么这片阳光经常留恋的地方在吉奥诺的眼中呈现的维度则不同于世俗文化的定义:这是片悲剧之地。而让这片大地充满悲剧色彩的,并不是风雨雷电,而是常常给人带来温暖和希望的阳光。

吉奥诺在表现阳光暴力的时候,深度的概念使作者没有把暴力刻入现成的时间和空间,而是证实暴力永久和普遍的现实性。吉奥诺把这一概念与暴力相连,就巧妙地体现出这一现象的崭新之处,这种创造性似乎是任何自然机制或人类机制的源泉。于是暴力就没有丝毫纯粹浮于表面的现实性。如同我们在上文所述,太阳是暴力行为的主角,它在自然中制造旋涡。这种对深度的偏好在吉奥诺的作品中是非常典型的。

"火"是最自由的元素,是最强烈的元素。人们在壁炉前围聚,或是在壁炉前深思。当人们烧煮食物时,便是在这随风扭曲的火焰上进行的,这种烹饪场景在《愿我的欢乐长存》《大山里的战斗》和《屋顶上的轻骑兵》中都有描绘。人们用巨大的火把照亮自己前进的道路。"火"是最突然的启示;《山冈》中的村民们自发组织起来与"火"抗争。"火"也可以是报复的工具,如同《人世之歌》中的安托尼奥和贝松放火烧了大地主莫德鲁的牛棚和房子。我们还得考虑来自天空的"火"。在《小麦之死》中,收割者们就与炽热逼人的太阳作抗争,最终博比被雷火劈死,这也不是偶然的。没有这天上的"雷火",主人公就无法死去,无法摆脱世间的烦恼。同样,火也可以不是物质分解的本原,而是充满激情的物质:大火腾跃着,兴高采烈地呼啸着(《潘神三部曲》,第115页);烈火狂涛怒浪般腾跃(《潘神三部曲》,第118页)。

有时,大自然所代表的危险也具有某种诱惑力,一些人物将其作为自己死亡的工具。如《山冈》中的戛古,他投入火灾的烈焰中自我牺牲。这个场景展现了吉奥诺真实经历的事件,即他的祖父曾经冲进自家着了火的房子。在实现飞蛾扑火般的壮举时,"顷刻间,爱、死和火凝为一体。瞬间在火焰中心,以它的牺牲为我们提供了永恒的榜样"[1]。

火的世界诱惑着人们奔向另一个世界,巴什拉还引用吉奥诺的话来论证什么样的人才可以奔向火的世界,丧失一切以赢得一切:"吉奥诺说,只有这些知识化的人,这些听命于追求知识本能的人'才能打开炉门,探求火的奥秘'"[2]。

这些暴力的死亡似乎在阐释大自然对人类施展的绝对魅力。戛古在冲进火焰时,"像被什么迷人的东西吸引住了"(《潘神三部曲》,第119页),被大火漫过的刺柏"变成了十枝闪闪发光的金烛台……真是漂亮啊"。(《潘神三部曲》,第119页)这浓烈的火焰象征着地狱。在戛古钻进火焰前,"浓浓的烟雾撕开了一道口子"(《潘神三部曲》,第119页)。这道"口子"象征着深渊的入口。大火所代表的大地力量像是可以吞噬一切的怪兽,它撕开的一道口子,诱惑着人们前往地狱的深渊,正如巴什拉所言,"火在地狱中燃烧"[3]。雅克·沙博曾经就此评论道:吉奥诺的作品具有真正的"地狱喜好"[4]。

自然界的元素可以直接攻击人类的群体,它们所造成的威胁构成了主要情节。如在《山冈》中,一场山火吞噬着山冈,威胁到当地的村庄,村民们集合起来要扑灭山火。在这里,人类与火的斗争的庞大规模表达了大自然

---

[1] 加斯东·巴什拉:《火的精神分析》,杜小真、顾嘉琛译,岳麓出版社,2005年版,第23页。
[2] 加斯东·巴什拉:《火的精神分析》,杜小真、顾嘉琛译,岳麓出版社,2005年版,第23-24页。
[3] 加斯东·巴什拉:《火的精神分析》,杜小真、顾嘉琛译,岳麓出版社,2005年版,第13页。
[4] Jacques Mény, *Le Mystère Giono*, émission télévisée, 1995.

的至高无上,人类在大自然面前显得惊慌失措。自然灾害暴露了人的本性,恐惧已经扎根于人的内心,村民们试着让自己安心,火在人们面前拟人化了。"烈火狂涛怒浪般腾跃。"(《潘神三部曲》,第118页)一股浓烟"激流般翻腾,压向天穹,随风摇荡一阵,便鼓起它污浊的肌肉,顶着风扩展开来,而从它的包围之中,传来鸟儿生死的哀鸣"。(《潘神三部曲》,第118页)这段拟人化的描写表达了将自然比作恶魔的思想,并且是具有人类情感的恶魔。读者在阅读时,会联想到大自然如此这般对人类展开报复,或许是因为人类曾经踩躏过大自然。因而人类与大自然的斗争颇似两个生物之间的斗争。

第二节　重视绿意的生态伦理观

《种树的人》是让·吉奥诺晚年创作的一部短篇小说,"语言平实,文字优美,节奏舒缓,结构匀称,富有散文诗的雅致"[①]。自1954年在美国Vogue杂志刊登以来,这部小说总共被译成15种文字,在全世界都激起了热烈的反响。直到今天,书中宣扬的自然保护主义理念仍能够激起很多读者的共鸣。因此,这本作品被视为一部生态主义宣言,在美国也被众多高校指定为大学生进行生态学习研究的必读之作。根据这部小说绘制的同名动画获奥斯卡最佳动画短片奖等20多项国际大奖[②],进而在全世界掀起了植树造林的热潮。

虽然吉奥诺的作品早就受到纪德的推崇,但中外文学评论家往往将其模式化分类,把他的作品简单归为"乡土小说"或"社会小说",国内权威的《欧美生态文学》甚至遗漏掉了这位卓尔不群的普罗旺斯生态作家。虽然他在很长时间内都备受冷遇,但还是被一些独具慧眼的批评家"重新发现"。法国2008年诺贝尔文学奖得主勒克莱齐奥认为他的作品"都与自然融为一体"[③],肯定了大自然在其作品中的主体地位;而国内法国文学研究专家柳鸣九也指出吉奥诺的作品体现了"大自然主义的万物多元论"[④]。本节从生

[①] 袁筱一:《评第八届CASIO杯翻译竞赛(法语组)获奖译文》,载《外国文艺》,2011年第6期,第154页。

[②] 陆洵:《绘出心中的大自然——重温动画大师弗雷德里克·贝克的〈种树的人〉》,载《美术与设计》(南京艺术学院学报),2014年第3期,第159页。

[③] Roland Bourneuf, *Les Critiques de notre temps et Giono*, Paris, Garnier, 1977, p.176.

[④] 柳鸣九:《吉奥诺代表作二题》,载《外国文学研究》,2000年第3期,第27页。

态伦理的视角出发,分析《种树的人》这部吉奥诺晚年代表作中不同人物的自然实践活动及其蕴含的生态伦理价值。

一、伐木与种树:截然不同的生态实践及其伦理价值

《种树的人》通过一位年轻旅行者的视角,讲述了一位名叫埃尔泽阿·布菲耶的牧羊人离群索居地居住在普罗旺斯高原,用了三十年时间将阿尔卑斯山上的荒漠变成绿洲,并给濒临灭亡的弗根镇带来新的生机的故事。这篇只有寥寥几千字的短篇小说以极简的语言刻画了布菲耶这位种树老人用自己平凡的劳动对大自然施加了积极的影响,构建了个人、自然与社会的整体性协调关系。他的植树造林活动是体现自然、社会与人本三维立体向度辩证统一的生态实践活动。在这部小说里,"树"是连接人与自然、人与人之间关系的重要纽带,象征着宇宙生命进化的循环性,是自然生态活力的重要表征。吉奥诺把树木这一植物意象置于同人类同等的地位进行表现。而当不同的人物形象与树木意象叠加之后,便产生了种树与伐木两种大相径庭的行为。这两种行为都对生态世界进行了改造,但它们基于截然不同的主观意愿以及实施方法,其反映的伦理价值也有着天壤之别。众所周知,森林通过植物的光合作用吸收二氧化碳放出氧气,被称为"地球之肺"。森林又是生物多样性的宝库。但是至 20 世纪末,全球 1/5 的热带雨林已被砍伐。砍伐森林导致水土流失、沙漠化、土地贫瘠化和土壤盐碱化,削弱了人类赖以生存和发展的基础,成为影响全球生态环境的重大问题。[1]

种树是跨越时空的慈悲之举,《种树的人》通过埃尔泽·布菲耶的故事很好地印证了这一点。在这部作品里,布菲耶老人是吉奥诺浓墨重彩刻画的人物形象。老人在普罗旺斯高原上过着简单的生活,植树是他生命中的第一要义。几十年的默默耕耘得到了大地的回报,给村庄带来了生机,也让自己的内心平静祥和,与自然融为一体:"平和而有规律的劳动,高地上的新鲜空气,心灵深处的朴素与从容,这些因素让这位老人拥有了几近完美的体魄。他是神一般的运动员"[2]。这表明老人的种树行为,既让他拥有了强健的体魄,又让他陶冶出高尚的情操。主人公虽然生活异常艰苦,却没有放弃斗争的意识,用生命的力量和坚强的意志与天斗、与地斗,在与大自然搏击的过程中"张扬生命的意志,展示生命的潜能,赢得了生命的骄傲与尊严,让

---

[1] 《中国大百科全书》编辑部编:《中国大百科全书·环境科学》,中国大百科全书出版社,2002 年版,第 307 页。
[2] Jean Giono, *L'Homme qui plantait des arbres*, Paris: Gallimard, 2015, p. 28.

生命焕发出悲壮而热烈的光辉"①。

借助简单枯燥的植树造林活动,吉奥诺将老人提升到自由人的高度,不受所谓文明世界的人为规则的束缚,而是让他与自然力量发生直接联系,通过他的双手认识自然世界,构建生态之维,把他的个人劳动和大自然对他的考验作为联结小说不同人物的主线,形成小说情节发展的主要动力,把种树、放牧等最稀松平常的劳动与工作编织成一张网络,上面连接着丰富小说情节的其他诸多元素,让人与人、人与自然的关系在平凡中显出和谐之美。同时通过描绘老人的劳动成果,构建其劳动的生态价值,激发读者内心自发产生的价值取向和评判行为,实现作者撰写此文的目的——"让人喜爱种树",促进读者参与植树造林活动,从而把"取自自然的文学再放回到大自然的整体世界中",借助"文学的力量来呼唤人们自然生态意识的觉醒"②,最终实现文学文本"推动社会文明进步的教诲作用"③。

在《种树的人》中,"伐木工人"也是文中在场颇多的人物形象。作者刻画他们毁林的卑劣行径,与布菲耶"种树"的高尚行为产生强烈的对比效果。在叙述者眼里,这群伐木工人"生活艰辛",而且"好几户人家挤在冬寒夏炎的居住环境里,日日夜夜忍受彼此个性不同而起的摩擦,却又无处遁逃的苦楚"④。吉奥诺以寥寥数语便勾勒出这群人的性格特征和生活环境,指出法国南方高原裸露的地表和干旱的环境对当地居民的性格产生了很大的影响,说明当地村民的扭曲人格缘于环境对人的性格的塑造作用。对于环境与性格的关联与影响,卢梭认为"气候、土地、空气、水"等构成的环境可以塑造人的体质和性格,决定其爱好、欲望、工作和各种行为。⑤ 因此,高原上"恶劣的天气"侵蚀着人们的精神并使地区的人口持续下降,在叙述者看来,"那地带最要命的是风,永无止息地刮着,绷紧所有人的神经。自杀仿佛是流行的疫病,精神失常的例子到处都是,往往酿成杀人的悲剧"⑥。那个地区的人民丧失了生活的希望,他们生活中充斥的是"自杀的疫病"和"杀人的疯子"。通过阅读,我们可以切身感受到那种绝望的恶性循环是如何在村庄里蔓延的:希望被扼杀,那里的村民们过着食不果腹的生活。为了生存,他们贪婪地砍伐树木、破坏土地来生产煤炭,以至于几乎耗尽了当地稀少的资

---

① 周霞:《试论季奥诺及其潘神三部曲》,湘潭大学,硕士论文,2007年,第14页。
② 王宁:《文学的环境伦理学:生态批评的意义》,载《外国文学研究》,2005年第1期,第19页。
③ 聂珍钊:《谈文学的伦理价值和教诲功能》,载《文学评论》,2014年第2期,第14页。
④ Jean Giono, *L'Homme qui plantait des arbres*, Paris: Gallimard, 2015, p. 15.
⑤ 让-雅克·卢梭:《卢梭散文选》,李平沤译,百花文艺出版社,2009年版,第253-254页。
⑥ Jean Giono, *L'Homme qui plantait des arbres*, Paris: Gallimard, 2015, p. 16.

源；而无节制地消耗当地的植被又进一步加剧了他们的苦难生活和暴力倾向。作者描绘伐木工人砍伐树木，实际上是揭示某些人违背大自然的客观规律，强行攫取自然资源和主宰自然界的不良企图，强烈批判了这些人"自我膨胀、缺乏理性的虚妄意识"①。

布菲耶老人的做法和当地伐木工人的行为形成了鲜明的对比，他们的生产实践活动都直接施加于生态系统，却承载着不同的环境伦理价值取向：老人种树，培育树的生命，恢复自然之魅，重构生态伦理的价值；而伐木工人砍伐树木树制造煤炭，扼杀树的生命，破坏自然之魅，毁灭生态伦理的价值。吉奥诺在自己的作品里营造了一个万物竞生的生态世界，在这个世界里，树木种类繁多，成了无处不在的自然意象，在作者早期的作品中已现端倪。在作者的成名作《山冈》中，巫师雅内的神秘话语道出了树作为"自然生命"的重要特征："树可倔强了，它硬是靠弯弯曲曲的枝丫，千百年来顶起了沉重的青天"（《潘神三部曲》，第 93 页）。树木是大自然最伟大的精灵，从来不会"提防人"，现在却"伤痕累累"（《潘神三部曲》，第 92 页），因为它们时常受到一小部分人的"迫害"。在《潘神三部曲》的《序幕》中，伐木工人被人视作谋害树木的"凶手"："森林不是他们（伐木工人）的伙伴，因为他们是砍伐森林的"（《潘神三部曲》，第 11 页）。在《种树的人》中，我们依然可见作者对伐木工人品性的猛烈鞭笞。这些伐木工人虽然生活困苦，却凡事必争，缺乏集体主义观念："女人则自叹命薄的挨过这种苦日子。这里的人，什么事都斤斤计较，从木炭的售价到争教堂里的座位，从争论品德的高尚到争论品德的邪恶，尤其对品德善恶的争议上，从未止息过"②。作者用来描写"伐木工人"的笔调是十分消极和黑暗的，比如当叙述者回忆 1913 年他看到这个地区的居民时，他说这些人是"野性未驯的动物，相互憎恨，靠落到陷阱的动物为生。无论在精神上还是肉体上，他们都处在史前人的状态之中"③。他们像原始人一样缺乏教化，对于大自然没有丝毫的尊重，因此也根本不会想到去保护森林。事实上，"他们只是在等待死神的召唤；那种生活空间，真是败坏品德的炼狱"④。这些伐木工人无法改善他们生活的环境，为了生存，他们不断地搜刮和掠夺土地上残余的自然资源，大肆砍伐高原上的树林。他们的毁林行为是出于生存的艰难和对未来的绝望，而森林的减少却又加剧了他们的绝望。这个"歇斯底里的群体"，完全就是法国哲学家莫斯科维奇笔

---

① 陆洵：《生态视域下吉奥诺小说的植物意象分析》，载《法国研究》，2014 年第 4 期，第 82 页。
② Jean Giono, *L'Homme qui plantait des arbres*, Paris: Gallimard, 2015, pp. 15 - 16.
③ Jean Giono, *L'Homme qui plantait des arbres*, Paris: Gallimard, 2015, p. 30.
④ Jean Giono, *L'Homme qui plantait des arbres*, Paris: Gallimard, 2015, p. 31.

下的"群氓":挣脱了锁链,没有良知,没有领袖,也没有纪律,根本就是本能的奴隶。这样的人群几乎已经丧失了基本的人性,个个自私,人人自危,"与动物王国中的动物就相距不远",甚至变成了"一群笨蛋"。①

比起心存积怨、凡事必争的伐木人家来说,布菲耶老人则是绿色森林孤独的守望者。这副孤独的英雄形象其实并不陌生,在吉奥诺先前的小说中常常出现,像《潘神三部曲》中的农民阿尔班、《屋顶上的轻骑兵》中的骑士安杰洛、《一个郁郁寡欢的国王》中的警察朗格鲁瓦等形象。这些孤胆英雄无惧时间的流逝,在自己的天地里无拘无束,自我个性得到充分地舒展,虽然生活环境十分艰苦,但他们依然能够举止有度,能够获得心灵的永恒,进而在大自然的永恒和自由中找准了自己的位置,对内实现内心的历练与升华,对外则达成人与自然的和谐之美。吉奥诺把布菲耶这样的人物置于自然空间,体现出作者向"自然寻根的理想主义"②。

二、履行生态实践:恢复大自然的生态之魅

在《种树的人》中,布菲耶在种树时具有坚忍不拔的毅力,但他并非一味地逞强蛮干,而是在实践中不断摸索种树的科学方法,懂得遵循自然规律,从而探索出一条符合客观规律的生态实践之路。因为要恢复自然的魅力,依靠的显然"不是对自然的崇拜,而是一种实践"③。他年复一年地进行种树试验,看看哪种树木可以在法国南方干燥的气候中生存下来。当他发现种植的枫树"无一存活"时,便"放弃了种植枫树的想法,转栽山毛榉"。他种植过枫树、桦树、橡树、山毛榉等多个品种的树木,这除了体现老人勇于实践的可贵精神,其实也向我们展示了生态空间生物多样性的概念。在大自然中,枫树很难在干旱的环境中生存,但是橡树家族的树木就可以,比如山毛榉,它的茁壮成长奠定了森林茂盛的基础。文中的许多树木都有其象征意义,而这些象征意义也充实了布菲耶这一人物形象。比如说山毛榉常被看作理解、毅力和养料的象征,因此也常常被称作"生命之树"④。在法语中,

---

① [法]塞奇·莫斯科维奇:《群氓的时代》,许列民等译,江苏人民出版社,2003年版,第18页。
② 陆洵、张新木:《论吉奥诺作品中的空间构建》,载《当代外国文学》,2014年第4期,第117页。
③ [法]塞尔日·莫斯科维奇:《还自然之魅——对生态运动的思考》,庄晨燕、邱寅晨译,三联书店,2005年版,第153页。
④ Hageneder, F. (2005). *The Meaning of Trees: Botany, History, Healing, Lore*. San Francisco: Chronicle Books, 2005. http://www.spirit-of-trees.de/living_wisdom_trees_e.html. Accessed 11 June 2010.

"山毛榉"(l'hêtre)与"生命""存在"(l'être)同音,吉奥诺用"语言的自然性隐喻了树木的生命价值"①,表明树木的生长与人的存在等值。

吉奥诺在论述人与自然时,特别强调植物与人物的融合关系,指出当人物与树木融为一体时,人物即树木,树木即人物。当故事的叙述者第一次看到种树老人时,他说:"我看到远处有一个黑色耸直的影子,像一株孤单的树干。"②"孤单"一词,不仅指树木的数量,也是老人内心状况的真实写照。人与树融为一体,彼此不分。后来当叙述者参加"一战",目睹了无数的死亡和毁灭后,他有些怀疑布菲耶老人是否还存活在这个世界上。"一战"结束后当他重返普罗旺斯高原时,发现老人依然活着:"它甚至更加苍翠了。""苍翠"一词既指树木的茂盛葱郁,又指老人的生动活力。这一隐喻在布菲耶和他心爱的树木之间建起了联系,因此更能突出这个男人和他毕生追求的事业之间的密切关系。布菲耶种植的树木以橡树为主。在西方文化中,橡树具有重要的象征意义,因为它"坚硬的木质常代表不朽和坚忍"③。这也是对布菲耶品性的最佳阐释。在小说的开头,叙述者说:"如果他的行为没有私心,动机无比地慷慨,如果心中没有存着回报的念头,而且他的行为在大地上留下了明显的印记,那么说他是一个品行出众的人,大致错不了。"④在拉丁语中,"橡树"与"力量"同义⑤,这一树种既是物质的象征,更是精神的象征,它是"天地两界间联系的工具"⑥。布菲耶心无旁骛地种植橡树,恰恰也在人与自然之间建立起了联系,给荒芜的土地带来了生机。如同橡树深深扎根于泥土中一样,种树老人钟爱着脚下的大地,乐意用自己平凡的奉献让大地重现绿意,他一生辛勤的劳作最佳诠释了橡树所代表的"坚定不移的力量"⑦。

布菲耶从事不朽的植树造林工程,除了靠满腔热情和无私奉献的精神之外,还得在实践中懂得尊重生态原则,遵循树木生长的规律。他认真地对待植树过程中的每一个步骤,其一丝不苟的程度如同是在准备庄严的宗教仪式。在备种阶段,他在放牧之前精心挑选好将要在高原上播下的橡果,然

---

① 陆洵:《生态视域下吉奥诺小说的植物意象分析》,载《法国研究》,2014年第4期,第82页。
② Jean Giono, *L'Homme qui plantait des arbres*, Paris: Gallimard, 2015, p. 13.
③ [德]汉斯·比德曼:《世界文化象征辞典》,刘玉红等译,漓江出版社,1999年版,第377页。
④ Jean Giono, *L'Homme qui plantait des arbres*, Paris: Gallimard, 2015, p. 9.
⑤ 《世界文化象征辞典》,湖南文艺出版社,1992年版,第1081页。
⑥ 《世界文化象征辞典》,湖南文艺出版社,1992年版,第1081页。
⑦ [德]汉斯·比德曼:《世界文化象征辞典》,刘玉红等译,漓江出版社,1999年版,第377页。

后"连同袋子,浸到一桶水中"。在播种阶段,他"将铁棍杵向地面,向下捅一个洞,再放一粒橡果,然后盖住洞口"①,这样就完成了橡树的播种。吉奥诺一贯在作品中提倡的人的品性是仁慈,他对人性的刻画与大自然的刻画是密不可分的,其间充满了对人类日常劳作的赞许和褒奖。因此,他对布菲耶种树过程的描述,并非要事无巨细地展现平凡生活的细节,而是想通过生活事件和劳动过程的细微动作,来唤起人们对生命存在的感知,让人们感受世界之美。布菲耶深爱着那片土地,他把自己全部的精力都投入到了呵护那片贫瘠的土地上,树木的成长才是他脑海中最重要的事,为了种树,他甚至改变了"牧羊人"这一职业。因为羊会啃噬嫩叶,会对幼小的树苗产生威胁。为了保护脆弱的树苗,布菲耶采取了三项措施:第一,他大幅减少养殖的羊,最后"仅有四只羊";第二,他制作"铁丝围栏,将树苗保护起来,以免绵羊啃食";第三,他养殖了"一百多个蜂巢",因为蜜蜂则可以帮助植物传粉,提高树苗的成活率,进而促进他的植树造林计划。②

和那些目光短浅、每天为生活而挣扎的村民不同,布菲耶把目光投向了未来,希望自己脚下的大地有朝一日重新生长出茂密的树林。当然,植树造林这项浩大的工程不是一两天就可以完成的。1945年6月,叙述者再次来到了这个村庄,见了老人最后一面,这距离叙述者第一次拜访老人已经过去了三十年。当他再次来到弗根镇,他发现眼前的景象发生了巨大的变化:"景象完全改观了,甚至连空气也不一样了,原先刺面的焚风也变成微风徐来,充满馨香之气。林间的风声,如山中的水声,清晰可闻。最不可思议的,我亲耳听到水流入池塘的声音"③。在三十年里,树木成材,原本荒荒的高原也再现生机。种树老人用三十年的平凡之举让自然在这里重生,实现了伟大的人间奇迹。弗根村不再是那个满眼尘埃、荒芜破落的村庄,而是成了一个人人向往的诗意栖居之地:"充满希望的活力已经回到城里了"④。而所有这一切都源自布菲耶的无私付出。面对恶劣环境的嘲弄和周围人品格行为的堕落,他只是简简单单地种树,因为他觉得"这片乡野由于没有树木,正在走向死亡"⑤。老人三十年如一日在法国南方高原上种树,其实就是不断优化的生态实践过程,这样的生态实践行为在绝望枯竭的村庄里播种下了希望和光明的种子。这充分说明吉奥诺认为树林和人一样,是自然世界

---

① Jean Giono, *L'Homme qui plantait des arbres*, Paris: Gallimard, 2015, p. 18.
② Jean Giono, *L'Homme qui plantait des arbres*, Paris: Gallimard, 2015, pp. 20, 22.
③ Jean Giono, *L'Homme qui plantait des arbres*, Paris: Gallimard, 2015, p. 31.
④ Jean Giono, *L'Homme qui plantait des arbres*, Paris: Gallimard, 2015, p. 31.
⑤ Jean Giono, *L'Homme qui plantait des arbres*, Paris: Gallimard, 2015, p. 19.

中同等重要的组成部分,甚至认为植物具有人类才有的"心理活动"。在他的笔下,布菲耶通过"种树"这一行为逐渐在人和自然这两个天地之间建立起和谐共存的关系,使人类和自然达到互动优化的生态平衡,凸显敬畏生命、尊重生命的生态伦理价值。

三、消除人性荒原:社会生态伦理的再平衡

众所周知,我们赖以生存的大自然正在遭受广泛而深刻的环境问题和生态危机,其根源在于伴随着科技文明的发展,人类却错误地认识和处理了自身与大自然的关系。早在18世纪,法国著名的唯物论者霍尔巴赫在其名篇《论自然》中对于人和自然有过这样的描述:"人是自然的产物,存在于自然之中,服从自然的法则,不能超越自然。"[①]这说明一百多年前,人类已经认识到人是自然的一部分,人类活动要遵循自然法则。在象征秩序的哲学视野中,人类社会和自然界之间存在着一种连续性,它是道德主体的社会存在,依赖于自然秩序的观念。自然秩序为人类社会的秩序提供了摹本和基础,让人们心生敬畏又心怀感激,这种秩序就是人与自然的关系,是"一种道德根源"[②]。一百多年后的今天,这种基于自然秩序的道德根源已经演变成以尊重自然、张扬人性为出发点的生态伦理研究,它正从"研究人与自然相互关系,不断向人与自然、人与人、人与社会以及社会与社会相互关系的领域渗透、延伸和发展"[③]。从根本上看,当今世界的生态危机就是人性危机。所以要恢复和谐美好的自然秩序,恢复人类群体,恢复人与人之间的和谐关系显得尤为重要。《种树的人》中所隐含的宏大社会背景正是20世纪的人类在征服自然、改造自然的过程中所经历的人道主义危机。一方面,人类大力发展机械文明,在向大自然攫取物质资源的同时却将生态环境肆意破坏;另一方面,少数人群和国家为了自身狭隘的发展与扩张,为了获得所谓的霸权,却将整个人类社会两次拖入战争的泥沼。所以《种树的人》这部小说看似是一部与种树有关的故事,体现的是植物元素在生态系统中的重要意义,实则却是有关恢复人类社会伦理的小说,把"倡导和平"和"恢复生态"这两大主题完美和谐地交织在一起,弥漫着深厚的人道主义情怀。小说以叙述者的角度,见证了法国南方高原上的村庄从荒凉到复兴的过程。村庄是村民这一社会群体的聚居之地,村庄的兴衰与村民群体是否生生不息、是否幸

---

① 霍尔巴赫:《自然的体系》(上卷),管士滨译,商务印书馆,1964年版,第10页。
② 耿占春:《失去象征的世界——诗歌、经验与修辞》,北京大学出版社,2008年版,第71页。
③ 江泽慧:《生态文明时代的主流文化——中国生态文化体系研究总论》,人民出版社,2013年版,第2页。

福生活密切相关。当叙述者第一次走入这片普罗旺斯高原时,发现那里的"土地贫瘠而又乏味",看似有人居住的村庄却"丝毫没有生命的迹象"。而到小说结尾处,当叙述者时过三十年再次踏入这片土地,发现"随处可见村民劳作的身影",村民们重建了家园,开垦了绿地,种植了菜园和果园,整个乡村"焕发出一派安康、富足的景象",成了人们向往的"安身之地"。① 而这一切翻天覆地的变化,都源于种树老人布菲耶数十年如一日单调辛苦却又异常伟大的种树壮举。小说的主体部分,就是叙述者与种树老人相遇相识的过程,是叙述者对当地变化逐渐了解的过程。在种树老人的影响下,小说的叙述者对于微妙的生态平衡以及人类对自然应负的责任有了直面了解。1913 年他第一次拜访老人,一年后他参加第一次世界大战,也逐渐忘记了和老人在一起的经历:"一个陆军步兵怎么可能再记得种树的事情?说句实话,我早已淡忘了。那一件事不过像其他的集邮爱好一样,已被抛到九霄云外"②。战争中断了叙述,通过布菲耶内心隐含的反战主义和战争所带来的混乱相对比,抒发了作者对于战争的厌恶,表明了他在"二战"期间的强烈反战态度。吉奥诺本人参加过第一次世界大战中举世闻名的凡尔登战役,是所在连队 11 名幸存者之一。③ 1919 年退役回到故乡马诺斯克。这段参军的经历给他的人生造成了"巨大的创伤",他眼见着自己的亲密战友在身边倒下,内心深处被战争的野蛮和残酷震撼。亲历战争的创伤,使吉奥诺深知"战争浩劫带来的是和平生活丧失殆尽,物质文明荡然无存,人道主义瓦解和破灭,人们对社会发展感到彷徨和怀疑,对人生价值采取悲观态度和否定态度"④。因而,这段亲身经历和人生感悟成为他"二战"前积极提倡和平主义的动因。在《种树的人》中,吉奥诺选择一位参加过凡尔赛战役的老兵来作为小说的叙述者,使得叙述更加自然,并且这一人物也是作者本人的代言人。

当故事的叙述者从部队退役之后,他拿着微薄的工资回到了弗根镇,来这里"呼吸一点纯净的空气"⑤。老人的沉静和对生活的执着召唤这个饱受战争折磨的年轻人,踏上了前往普罗旺斯高原的朝圣之旅,去寻找"大地的真实"。而"大地的真实"正是吉奥诺作品的核心。当回到阿尔卑斯山下的普罗旺斯高原时,故事的讲述者发现原来那些不毛之地已经不在了,他惊奇

---

① Jean Giono, *L'Homme qui plantait des arbres*, Paris: Gallimard, 2015, pp. 12, 31, 32.
② Jean Giono, *L'Homme qui plantait des arbres*, Paris: Gallimard, 2015, p. 21.
③ 陈振尧:《法国文学史》,外语教学与研究出版社,1989 年版,第 394 页。
④ 郑克鲁:《法国文学史》(下卷),上海外语教育出版社,2003 年版,第 1108 页。
⑤ Jean Giono, *L'Homme qui plantait des arbres*, Paris: Gallimard, 2015, p. 21.

地说:"老人带我去看五年前(1915年)种的桦树丛,那时我正参加凡尔登战役。"①当他积极地参与"一战"时,布菲耶却选择远离战争的旋涡:"战争根本没有打搅他,他心无旁骛地一直在种树"②。在他的呵护下,树苗经受住了死亡和毁灭的考验,大自然在这贫瘠的土地上得以焕发生机。森林面临的唯一威胁是在纳粹占领时期。由于木材是汽车重要的原料,那些伐木工人砍伐了许多老森林。但老人依然故我:"他毫不关心。他已深入内陆三十千米,心平气和地继续工作着,他根本不理会1939年的世界大战,跟不理会1914年的大战一样"③。老人不理会战争的态度与吉奥诺的"二战"时期拒绝战争、倡导和平的主张如出一辙。

叙述者在"二战"后来到这个处处透露着"生活的幸福与闲适"的村庄,它和原来那荒凉的、弥漫着死亡气息的村庄形成了鲜明的对比。在他的眼里,战后的村庄"因为刚刚受过大战的洗礼,尚未让生活有足够的时间绽放灿烂的花朵,但是复活的拉撒路已从坟中走出来了"④。这句话反映了战争期间人们生活的艰难,也隐含着在战争的毁灭后人们对生命的渴望:"从村庄下来的时候,我看到小溪中又流动着汩汩清水,在人们的记忆中,这段小溪一直是干涸的。这是我见过的最出色的反应活动了。在非常遥远的年代里,这也曾是一段清澈见底的小溪"⑤。通过这段叙述,我们能够感到大自然无穷的力量,而正是这种力量帮助布菲耶实现了自己的追求,让绿色重新覆盖普罗旺斯高原。比如说,那些使"烧炭工人"绝望的大风,反过来也可以帮助树木播撒种子,大力地推动植树造林工程。文中的叙述者很清楚地说明了布菲耶种植橡实只是这个地区能够实现重生的"催化剂":"古老的溪流,由森林中保持的雨雪浇灌着,又恢复了当初淙淙不辍的状态。"在这里,"恢复"一词说明了布菲耶不是在创造生命,而是用自己的行动激发了深埋在地表下的那股生机,恢复大自然的活力和人类的和平。当清泉灌溉这片土地时,村庄也便"逐渐建设起来了。原来住在地价高涨的平原居民,搬到这高地住了下来,带来了朝气、干劲与冒险精神"⑥。重生的土地孕育了新的一代人,他们热爱和保护这片供养他们的土地,使人们的生活又和土地紧紧地联系在一起。在《种树的人》这篇小说中,森林的生长不仅仅是生态意

---

① Jean Giono, *L'Homme qui plantait des arbres*, Paris: Gallimard, 2015, p. 23.
② Jean Giono, *L'Homme qui plantait des arbres*, Paris: Gallimard, 2015, p. 22.
③ Jean Giono, *L'Homme qui plantait des arbres*, Paris: Gallimard, 2015, p. 29.
④ Jean Giono, *L'Homme qui plantait des arbres*, Paris: Gallimard, 2015, p. 32.
⑤ Jean Giono, *L'Homme qui plantait des arbres*, Paris: Gallimard, 2015, pp. 23-24.
⑥ Jean Giono, *L'Homme qui plantait des arbres*, Paris: Gallimard, 2015, p. 33.

义上的重生,也象征着当地居民道德意识的觉醒和伦理价值的重建,从而让"人类恢复了他们真正的维度"①。而这一维度正是和平与生态交互融合、共同构建的和谐之美。

种树老人布菲耶在环境恶劣的高原上种树,其实是在拿自己的生命来拯救处在困苦与悲伤之中的人们,他浑身上下散发着英雄主义的光芒。这一形象的塑造也暗含着作者对农民一贯抱有的怜悯之心。布菲耶这位纯真高贵的个人英雄,内心非常看重友谊。当叙述者冒失闯入林地、担心老人前来责备自己时,老人却没有这样做,反而邀请叙述者一同上山种树,借种树这一活动消除人与人之间的隔阂与冷漠,让叙述者在山风呼啸的高原上感受到人性的温暖。老人身上体现出的友谊和怜悯,都是人类共有的高尚的道德情操和人性的光芒。布菲耶盛邀叙述者走进大自然种植树木的举动,正是要消除人性荒漠,重建社会伦理价值,正如埃德加·莫兰所描绘的那样,只有当人们"重返大自然",才能"找回自己的自然——本性"②。人类走进大自然是一个人与自然双向建构的过程,固然有些人在行走中达到了征服自然的目的,但更多的则会在行走的过程中进一步密切人的内心与自然环境相互呼应的过程,增强对自然之美的审美意识与审美能力。

需要指出的是,吉奥诺并不是反对体现现代文明的技术进步,他肯定"机械设备让生活变得更加方便"。但如果某些进步是"由美变丑",那就是"不恰当的",如果人类所需仅仅是"淬火冶炼的钢铁、汽车、拖拉机、电冰箱、电灯、高速公路以及科技带来的舒适生活的话",那也是"不恰当的"。如果缺少自然美景,人们就会在"自己机械式生命的宫殿里结束生命"③。

综上所述,吉奥诺在《种树的人》中以揭示以"树木"为代表的自然世界意象为基础,进而提到了涉及自然与社会的生态伦理价值的复建问题。"树木"不仅是一个单纯的自然意象,它同时也指向诗意栖居,指向人与大地的关系纽带。这个意象表现为两方面的连接点,一方面这位讷于言敏于行的牧羊人有着丰富的内心,另一方面,种树老人坚忍不拔的毅力形象地表现为茂盛的植物景象。这种意象的形成具有多种原因,首先与树木的时间特征有关。树木生长缓慢,却稳健有力,一如它的年轮,虽然不易觉察,但实实在在地留下了岁月的痕迹。其次,小说中提倡的生态伦理价值的复建与树木

---

① Jean-Marie Gustave Le Clézio, *Les écrivains meurent aussi …*, Le Figaro littéraire, 19-25 octobre 1970, pp. 15-16.
② [法]埃德加·莫兰:《方法:天然之天性》,吴泓缈、冯学俊译,北京大学出版社,2002年版,第405页。
③ Jean Giono, *Provence*, Paris, Gallimard, 1995, pp. 284-285.

的空间特征有关。树木是生态系统中必不可少的基础环节,当它们达到一定的规模,便会形成"树林""森林",进而促进包括人在内的多种生物形态的生态循环。所以说树林范围的大小直接影响着当地的生态圈的规模,是构建人类栖居地的必要条件。在大自然种下一棵树,属于人类行为,这样的行为把个人时间、社会时间与宇宙时间连接在一起。因此树木是时间维度的符号化表征,象征着"持久""生命"及至"生死"等时间意象。再者,树木的形态结构使得树木成了连接大地与天空的意象。它植根大地,稳健牢固,但又指向天空,意境高远,蓬勃的生命力在树木身上得到了辩证统一。此外,树木与人类相仿,也是直立生长的生物,都属于"上与下之间的媒介"[①]。从纤纤小苗长成参天大树,树木的生长过程往往被人类解读成自身的成长,人类在树木的生长上看到了整个人类社会的起源、发展与成熟。

从1929年发表首部小说起,吉奥诺几乎把自己每部作品的空间都设定在普罗旺斯,《种树的人》也毫不例外。究其原因,是因为吉奥诺一生都生活在自己位于普罗旺斯高原的故乡,这片土地风调雨顺,绿意盎然,充满着浓郁的自然气息。当地的老百姓虽然生活艰难,却乐享人与自然的亲密关系,而树木在这其中起到了至关重要的作用,这也促使吉奥诺形成了对自然万物的悲悯情怀,借助文学创作来表达对生命的尊重与虔诚。在当今世界,随着都市化的进程,整个社会大有变成技术庙宇的趋势。在效率优先的主导下,我们的教育突出强调了以理性为主导的人的认知功能,而忽略了"基于自然景观的感官功能和审美功能"[②]。吉奥诺恰恰用词汇、用文本激发了人们回忆中或想象中的感官体验,促使他们以敞开的感官走向世界,享受自然。《种树的人》中,吉奥诺塑造了种树老人布菲耶这一经典的文学人物形象,意在将护林员或种树者的技术行为凝聚为一种符号,然后将这一符号的影响从文学领域扩展至现实世界,在世界范围内推动植树造林活动。同时,作者通过"种树"这一生态实践活动实现着敬畏生命的生态思想与伦理观念,从"人"与"自然"两个维度重新构建了生态伦理的价值体系,《种树的人》也因此成为当之无愧的生态主义宣言书。

---

① [德]汉斯·比德曼:《世界文化象征辞典》,刘玉红等译,漓江出版社,1999年版,第314页。
② [荷兰]托恩勒·迈尔:《以敞开的感官享受世界:大自然、景观、地球》,施辉业译,广西师范大学出版社,2009年版,第103页。

第三节　法国生态文学的继承与发展

一、吉奥诺与卢梭：书写自然与直言人生

  我在人们脸上看到的只是敌意，而大自然则永远向我露出笑脸。（卢梭，《漫步遐想录》，第146页）
  这大地啊！
  这大地向四面延伸，辽阔、肥沃、深沉，载负着树木、山泉、河流、小溪、森林、山岳和丘陵，还有在电光中旋转的座座城池，还有紧紧附在大地毛发上的芸芸众生。大地，要是它是一个生物，是一个躯体呢？（吉奥诺，《潘神三部曲》，第51页）

  卢梭宏伟的思想体系的根本点是"回归自然"，他的文学创作也深刻反映了这一点。20世纪普罗旺斯作家让·吉奥诺也是书写自然的伟大专家，甚至被誉为"卢梭的门生"。"自然"在两者的文学创作上都占有非常重要的地位，下面我们试从山川哲思的角度研究两位作家对自然与城市的文学表现，进而深刻揭示两者在文学美学方面殊途同归的返璞归真之感。
  让-雅克·卢梭是法国著名思想家、哲学家、教育家、文学家，18世纪法国大革命的思想先驱，启蒙运动最卓越的代表人物之一。他"崇尚自我，抒发感情，热爱自然"（徐继曾语），所以他被公认为19世纪欧洲浪漫主义文学的先驱。卢梭和吉奥诺虽然相隔近两个世纪，但两者成长经历、崇尚自然、尊重人性等诸多方面存在相似之处。比如，卢梭和吉奥诺都出生于手工业者之家，卢梭的父亲是钟表匠，吉奥诺的父亲是鞋匠；童年时期都在父亲的指导下阅读古希腊著作，卢梭的文学启蒙源自普鲁塔克，而吉奥诺读的则是荷马和维吉尔的经典作品。在日常的生活和写作中，卢梭和吉奥诺也有着某些相似之处：两位作家都认为写作行为很重要，很注重书写时的书法之美，因而习惯保存自己的手稿。在创作风格上他们也有相似的癖好，他们乐于尝试不同的体裁和笔调，认为这样的转换可以给自己带来快乐。另外，他们两人对植物都颇有研究，甚至制作过植物标本。他们两人对待科学的态度也如出一辙。卢梭认为"科学与美德势不两立，而且一切科学的起源都卑

鄙①"。而吉奥诺也认为"人们通过科学什么都无法了解；它是一种太过精确太过冷酷的工具"②。卢梭的哲学代表作有《社会契约论》《论人类不平等的起源和基础》等著作，但他敏感、浪漫的特质使他的文学作品也散发出别样的光彩，在《新爱洛伊丝》《漫步遐想录》等名篇中不乏"人"和"自然"的主题。他在其文学作品中第一次直面描写自然景物，强调自然景物对人的影响，强调"气候、土地、空气、水"等自然元素对人的品性的影响。同样，"人"与"自然"的主题也见于吉奥诺的创作思想中。吉奥诺自童年起就与大地亲近，与天地间的自然力量亲近。在他前期的文学创作中，他的作品风格是"抒情"的，歌唱大自然和乡村生活。其主要代表作便是由《山冈》《一个鲍米涅人》和《再生草》组成的《潘神三部曲》，整部作品自始至终贯穿着对"自然母亲"③的赞美，对"宇宙快乐"的兴奋，他甚至也因此被称为"大自然的荷马"④。

法国文艺评论界通常也认为早期的吉奥诺与卢梭很接近，认为他是"卢梭的门生"⑤。如果要为这种说法找到根据的话，我们不妨比较一下两者文艺作品中所倡导的某些价值观：崇拜自然，现代文明对人的"变性"，颂扬原始主义等。虽然维吉尔、雨果、司汤达是吉奥诺阅读最多的作家，但卢梭的作品显然也在他的阅读书目之中：因为他的书房里就有《卢梭全集》⑥；并且他在自己的作品中多次以不同方式提到卢梭。虽然对于吉奥诺是否愿意被称为"新卢梭"，我们还不得而知，不过从1940年起，从他的"人道主义"幻想的破灭起，他似乎在刻意保持与卢梭的距离。但究其本质而言，吉奥诺批评卢梭，其实也是在自我批评；与其说他"刻意保持与卢梭的距离"，不如说他还是受到了卢梭的影响。

（一）山川哲思：自然之美与城市之恶

吉奥诺和卢梭都醉心于在原始的自然环境中孤独漫步和内心自省，他们都不喜欢所谓文明的人类社会，而是喜欢绿意，喜欢从奴役状态中解放出

---

① 罗素：《西方哲学史〈下卷〉》，马元德译，商务印书馆，1982年版，第228页。
② Jean Giono, *Provence*. Paris: Gallimard, 1995, p. 76.
③ Marceline Jacob-Champeau, *Le Hussard sur le toit-Jean Giono*. Paris: Editions Nathan, 1992, p. 11.
④ Michel Gramain, "Le Hussard sur le toit: Réception du roman (1951–1952)." *Revue Giono* (2010), p. 176.
⑤ Michel Gramain, "Le Hussard sur le toit: Réception du roman (1951–1952)." *Revue Giono* (2010), p. 175.
⑥ Daniel Moutote, "Le roman du discours romanesque dans «Noé»." *Giono aujourd'hui*. Ed. Jacques Chabot, Provence: Edisud, 1982, p. 85.

来的具有客观性的空间。他们会沉浸在自己的空间里,让创作的想象恣意徜徉,这样,两个人的"自我"就与社会隔绝开来,但这种隔绝绝不是自我封闭,反而是以更加开放的姿态向自然敞开胸怀。

在卢梭的《漫步遐想录》中,我们可以看到自然景观对他思想形成的孕育作用,在一定程度上,晚年卢梭确实在关注自然,甚至实践着对自然的科学研究:采集植物标本,撰写《植物通信录》等。正如他自己所说:在隐遁中所做的沉思,对自然的研究,对宇宙的冥想,都促使一个孤寂的人不断奔向造物主,促使他怀着甘美热切的心情去探索他所看到的一切的归宿,探索他所感到的一切的起因。① 不过,我们也必须看到,与吉奥诺主动关注自然的本性不同,卢梭对自然的关注,更多夹杂着对"人间社会"(上流社会)的逃遁;对自然所生发的情思,实则是对人和社会的所持敌意情绪的反照,他说自己"孑然一生,既无兄弟,又无邻人,既无朋友,也无可去的社交圈子",况且他"在人们脸上看到的只是敌意,而大自然则永远向我露出笑脸"②。卢梭对植物研究的兴趣,本质上并不是他内心自发形成的,而是为了填补某种感情的缺失而造成的"空白":"我翻山越岭,深入幽谷树木之中,尽可能不去回忆众人,尽可能躲避坏心肠的人对我的伤害。我似乎觉得,在森林的浓荫之下,我就被别人遗忘了,就自由了,就可以太平无事,好像已没什么敌人了;我又似乎觉得,林中的叶丛使我不去想他们对我的伤害……到荒无人烟的所在去搜索新的植物,这种乐趣能和摆脱迫害我的人的那种乐趣相交织,到了见不到人迹之处,我就可以更自由自在地呼吸,仿佛是进入了他们的仇恨鞭长莫及的一个掩蔽之所"③。

作为"日内瓦公民"的卢梭,阿尔卑斯山区是他最喜爱的地区之一。他一生在这个地区隐居、生活达16年之久。卢梭在他的《忏悔录》中就直言对阿尔卑斯山的喜爱之情:登临阿尔卑斯山的高峰俯视朋辈,真是件美事。可以说,阿尔卑斯山在卢梭的自然情愫中占有绝对重要的地位。从最早期的小说至19世纪末期的小说,几乎鲜有作家以描写自然山川著名。卢梭则把山川的描写放进了《新爱洛伊丝》。在这部小说之前,"还没有哪部作品把大自然的美丽风光写进小说"④。所以卢梭除了哲学领域的贡献以外,他对法国文学的贡献便是"把对山川、湖泊和幽谷等大自然景物的描写纳入了文学

---

① 卢梭:《漫步遐想录》,徐继曾译,北京十月文艺出版社,2005年版,第29页。
② 卢梭:《漫步遐想录》,徐继曾译,北京十月文艺出版社,2005年版,第146页。
③ 卢梭:《漫步遐想录》,徐继曾译,北京十月文艺出版社,2005年版,第110页。
④ 孙笑语:《卢梭小传》,见卢梭:《社会契约论》,孙笑语译,江西人民出版社,2010年版,第199页。

作品"。从他的文学创作中,自然环境开始渗入叙事——但是他的名篇《新爱洛伊丝》中对大山的描写充满了文学式的回忆,而非感官的直接体验:"有时候是高高悬挂在我头上的重重叠叠的岩石。有时候是在我周围喷吐漫天迷雾的咆哮的大瀑布。有时候是一条奔腾不息的激流,它在我们身边冲进一个深渊,水深莫测,我连看也不敢看……有时候……看到一片美丽的草原,顿时感到心旷神怡"[1]。事实上,卢梭其实并不熟知山川,书中的阿尔卑斯山区景色只是被他用来作为底色,一幅展示他情感的背景。在小说《新爱洛伊丝》中,卢梭没有分析风景;他几乎没有看见风景,他在感觉风景。[2] 诚如卢梭的崇拜者兼挚友休谟所言:"他的一生只是有所感觉"[3],他确实对"关于大自然的新感觉的兴起和普及做出了贡献"[4]。这个"阿尔卑斯山的哲学家"[5]自己在心醉神迷,他看到了自然环境下本性淳朴的农民,但是他并没有看透背景,也没有看透农民。他描写的最精彩的篇章甚至还比不上吉奥诺的某些篇章。[6] 当卢梭登上阿尔卑斯山的高峰时,看到了"平原的景致和阿尔卑斯山的景致配合得十分神奇",让他"心中恢复了宁静",赞赏"这些毫无知觉的事物对……激动的情欲产生的镇定作用",进而主观地认为哲学一无是处,对"心灵的影响"甚至"还不如这些没有生命的东西"。由此我们可以看到,卢梭攀登阿尔卑斯山,远不是简单地欣赏自然美景,赞叹自然的雄壮,而更多把自然景色作为回想自己在交际社会种种不平等待遇、表达愤懑之情的依托。他"生动地描绘大自然的景色,表明只有在优美的田园风光和大自然的水光山色之中,他备受痛苦的心灵才能够得到净化和升华"[7]。

作为和卢梭同样亲近自然的作家,吉奥诺对自己的故乡普罗旺斯有着非常透彻的了解。这位"静止不动的旅行者"要发现的不仅是他的故乡——普罗旺斯,还有整个阿尔卑斯山区。部分文学批评家一直在指责吉奥诺,认

---

[1] Paul Claval, "Le thème régional dans la littérature française." *Espace géographique*, Tome 16 n°1, 1987, pp. 60–73.
[2] T. Phythian Margaret, «Les Alpes Françaises dans les romanciers contemporains», *Revue de géographie alpine*, Tome26 N°2, 1938, p. 233.
[3] 罗素:《西方哲学史〈下卷〉》,马元德译,商务印书馆,1982年版,第236页。
[4] 托恩·勒迈尔:《以敞开的感官享受世界——大自然、景观、地球》,施辉业译,广西师范大学出版社,2009年版,第76页。
[5] 托恩·勒迈尔:《以敞开的感官享受世界——大自然、景观、地球》,施辉业译,广西师范大学出版社,2009年版,第76页。
[6] T. Phythian Margaret, «Les Alpes Françaises dans les romanciers contemporains», *Revue de géographie alpine*, Tome26 N°2, 1938, p. 233.
[7] 吴岳添:《法国文学简史》,上海外语教育出版社,2005年版,第78页。

为他的创作在"倒退",认为他的作品是"乡土文学",认为他是"乡土作家"。其实这些批评家们忽略了这样的事实:每一部作品都有特殊的、由历史和社会决定的读者,每一个作家都依赖于他的读者的背景、观点和思想观念。①吉奥诺的《山冈》等作品问世之时正是机械主义论在西方世界被广泛怀疑的时候,大众开始对机械设备所标志的工业社会感到厌恶反感,而吉奥诺本人也对所谓的"机械文明"对自然景致的破坏感到痛心疾首:

> 在我们眼里,事物正以惊人的速度发生着改变。我们不能老是声称这种变化就是进步。我们"美丽"的创造用手指就能数得过来,我们的"破坏"却不计其数。草原、森林、山冈,都成了推土机和其他机械设备的牺牲品。平整土地、规划土地、开垦土地,但人们的开垦总是出于物质的目的,这是最低级的目的。这样的山谷,被人用围挡围了起来;这样的河流,被人整饬成了运河;这样的水流,被人用涡轮机抽来抽去。崖柏被用来制作报纸,它们的种子是十字军战士装在口袋里带过来的。为了让道路可以通行,便把树林种得笔直。为了规划停车场,便拆掉罗马式的教堂,十七世纪的邸宅和老式的市场统统拆毁。蜿蜒曲折的高速公路正在吞噬着天然的风景。炼油厂就造在了罗马风格的池塘边。人们可以让一切都开动起来。(*Provence*,p.280)

在实用主义至上的现代机械文明的社会背景下,吉奥诺的作品被理解成"乡土文学"也就不足为怪,这也反映当时人们对"田园牧歌"式的农村生活的眷恋,对赏心悦目的自然景致的怀念。打开吉奥诺的代表作《山冈》,我们看到故事地点白庄"坐落在田园和广阔的荒野之间;田园上收割机喧嚣不歇地轰鸣,荒野则遍地薰衣草,那是鹿儿山的阴影笼罩下风的故乡"②。白庄所处的山冈,其实是鹿儿山的一部分,后者是属于阿尔卑斯山区的雄伟高山。它在作品中具有象征作用,"鹿儿山苍翠寂静,漠然挺立着它庞大的身躯"(《潘神三部曲》,第25页),它这一独特的自然形象渲染了整个叙述场景的寥落寂静,也暗示了作者的山川情怀。现实中的吉奥诺骨子里透出的是山里人的气魄,他很能走路,但不会游泳。他害怕海滩,尤其是蔚蓝海岸。他从未觉得自己真正属于大海,也难怪他在《意大利之旅》中这样写道:"大

---

① [英]拉曼·塞尔登编:《文学批评理论:从柏拉图到现在》,刘象愚、陈永国等译,北京大学出版社,2000年版,第219页。
② 让·吉奥诺:《庞神三部曲》,罗国林译,安徽文艺出版社,1994年版,第23页。

山是我的母亲,我讨厌大海,我对它有恐惧感。"①

对城市空间的表达,其实往往暗含着对"城市还是自然"这一命题的回答。自卢梭以降,许多哲学家与文学家均对这一选言命题提出自己的看法,但大部分都继承了卢梭的观点。卢梭主义式的观点或道德观将自然视作"善",将城市视作"恶":自然是有益的,安详而平和,承载着真正的价值;城市则是充斥着丑恶、欺骗和挑唆的地点。在《爱弥儿》的开篇,卢梭这样写道:"人类之所以繁衍,绝不是为了要像蚂蚁那样挤成一团,而是为了要遍布于他所耕种的土地。人类愈聚在一起,就愈要腐化。"②之后,他的证言更加直白:"城市是坑陷人类的深渊。经过几代人之后,人种就要消灭或退化;必须使人类得到更新,而能够更新人类的,往往是乡村。"③实际上,卢梭对乡村的喜爱已经融合在他的思想之中,他经常说"喜爱乡村",自己就是"为乡村而生的"④。

与卢梭相似,吉奥诺对城市也素来不抱好感,对城市生活也是隔膜颇深。他早年在《山冈》获得巨大成功后亲赴巴黎,除了值得尊敬的纪德以外,他对巴黎文学界的社交生活几无好感,甚至将其比作"豺狼和狐狸"的世界。在他眼里,无论什么样的社会生活,都要求社会对人实施反自然的力量。他甚至认为所有的社会体系都只是谎言的编造。从文学创作的角度来看,吉奥诺在其大部分文学作品中所描绘的普罗旺斯的地理范围非常狭窄,仅仅就是围绕他故乡马诺斯克周围的一片高地——上普罗旺斯地区。而1904年诺贝尔文学奖得主、普罗旺斯诗人米斯特拉尔在他的诗中歌颂的是整个普罗旺斯地区,既有高地平原,也有罗讷河谷,更有蓝色海岸风光。事实上,靠近地中海的下普罗旺斯地区,社会生活更为丰富活跃,这也正是通俗社会文化大加推崇的地方,却为作者所不喜。在普罗旺斯地区,大山代表着朴素单调的乡间生活,而大海则指向布尔乔亚式的繁华。正如吉奥诺女儿指出的那样,吉奥诺熟悉的地区是多山脉的"上普罗旺斯地区","这个我们逻辑上称之为下阿尔卑斯省(Basses-Alpes),这片海洋与山脉之间过渡的乡土"⑤。同样在《山冈》的开篇中,在喜爱鹿儿山的叙述者的眼中,城市则是一派热闹喧嚣的景象:火车的长鸣、当当的钟声……但似乎都与包括"叙述者"在内的乡村人格格不入,他们甚至固执地认为"从城里来的没什么好

---

① Jean Giono, *Voyage en Italie*. Paris: Gallimard, 1979, p. 11.
② 卢梭:《爱弥儿·论教育》(上卷),李平沤译,商务印书馆,1996年版,第43页。
③ 卢梭:《爱弥儿·论教育》(上卷),李平沤译,商务印书馆,1996年版,第43页。
④ 葛力:《十八世纪法国哲学》,社会科学文献出版社,1991年版,第239页。
⑤ Sylvie Vignes, *Le Hussard sur le toit*. Paris: Editions Bertrand-Lacoste, 1997, p. 122.

事",他们不喜欢从城里刮来的"南风",而更喜欢"从荒凉的鹿儿山刮来的风"。(《潘神三部曲》,第28页)

吉奥诺青少年时期阅读的维吉尔,就如同"先知和导师",使他的灵魂得以超凡脱俗:"只要他一说话,奇迹似乎就掷地有声,让田园生活迸发出光芒①"。诗意语言的优美向世界释放出"存在的理由"②。从人类到动物,从动物到树木,从树木到大地,这表现了吉奥诺创作思想的复杂性,人类的生活也因此扩大至可以融入至整个宇宙的生命。吉奥诺早期创作的领域主要是散文或小说,时而揭露我们消费社会的弊病,时而诗意地再现典型的农民形象。通过他富有争议的文本中不断透露的对比——野蛮与文明,健康与疾病,技术与智慧——从而产生更加朴素的信念:那些在农村工业建立后出生的人是值得同情的。他们永远无法知道什么是真正的捕鱼。③ 吉奥诺文学创作中对现代文明的批判意识甚至让他获得了法国生态文学作家的美誉。他的感性让他得以品尝到生活的另类滋味,也为他所见到的社会组织方式感到痛心疾首。因为在他看来,这个社会组织让人类失去了"风、雨、雪、阳光、山脉、鲜花和森林",失去了"人类真正的财富"④。机械论、进步、金钱,这些"臭味让我们感到窒息",但是今天无人能够纯真地来指责吉奥诺的守旧。因为《天空的重量》中的证言在今天依然未失去它的现实意义:"河流隐藏在工厂的泥浆中。港湾在污染着海洋。沾满油渍的海鸥纷纷坠落在海边悬崖,它们已经失明,头黑得像柏油一样"⑤。

吉奥诺对20世纪的揭露自然在他笔下也幻化对巴黎破败的展示,这个城市是现代社会恶的标志,这也总是在吉奥诺的脑海中萦绕:"来吧,你们都来吧;你们都没有幸福,除非哪天马路上都长满了大树;除非哪天藤的重量让方尖碑坍塌,让埃菲尔铁塔弯曲;除非哪天我们在卢浮宫的售票窗前,听到成熟豆荚从壳中迸出落地的轻微声;除非哪天从地铁的隧道里跑出摇着尾巴的野猪"⑥。卢梭的笔下也时常见到他对巴黎的厌恶,但卢梭的厌恶不是对城市工业发展或工业文明的厌恶,而是对他的"敌人"的厌恶,对"恶人"的厌恶,对浮华虚荣的整个巴黎社交圈的"厌恶":"我现在住在巴黎城里,当我走出家门,我就渴望见到乡村和寂静,但我得走出很远才能自由自在地呼

---

① Jean Giono, *Œuvres romanesques complètes*:Vol. III., Paris:Gallimard, 1974, p. 1054.
② Jean Giono, *Œuvres romanesques complètes*:Vol. III., Paris:Gallimard, 1974, p. 1055.
③ «Le fruit gratuit est toujours meilleur», *La République du Centre*, 21 novembre 1970.
④ Jean Giono, *Les Vraies Richesses*. Paris:Grasset, 1972, p. 208.
⑤ Jean Giono, *Le Poids du ciel*. Paris:Gallimard, 1938, p. 15.
⑥ Jean Giono, *Œuvres romanesques complètes*:Vol. I., Paris:Gallimard. 1971, p. 526.

吸,而在路上会碰见万千使我揪心的东西,在找到我寻求的掩蔽所之前,半天工夫就在焦虑不安中度过了。要是能平安无事地走完这段路程,那就算是万幸。终于摆脱这些恶人的那个时刻是甜蜜的……"[1]卢梭曾在巴黎生活过十五年,而吉奥诺生前去过巴黎的次数屈指可数,比如他1942年那趟去巴黎,就几乎未见巴黎的任何作家,除了和科克多(Cocteau)录制了一期有关"卢梭"的广播谈话节目。[2] 其实吉奥诺并不是重申卢梭式的主张,他也不想自己被人贴上"卢梭门生"的标签。比如他在20世纪30年代出版并成为当时年轻人必读之作的小说——《愿我的欢乐长存》——就为人类定义了崭新的自然契约。吉奥诺是名乌托邦者,却没有卢梭式的清规戒律,他在书中为大自然重新构造了真正的神秘结构,其实是要回答人究竟该对自然采取何种态度的根本问题。

(二)人与自然:回归自然、返璞归真

人与自然的关系在现代文学中呈现出多样的面貌,现代文学中的城市空间和自然空间之间的界限越来越模糊。20世纪之前的文学中城市与自然是两个截然不同的天地,它们之间的对比通常带有道德层面的含义:城市与恶习相连,而自然所指代的乡村则是纯洁风俗的代名词,这与卢梭的世界观一脉相承。吉奥诺的作品其实不是淳朴的"乡土文学",也不是甜美的"田园牧歌",而是在继承文学田园牧歌传统中、在继承卢梭式的"回归自然"的思想中具有超前性新意。他没有像田园牧歌的传统那样,把大自然作为臣服于人、供人观赏的"摆设",而是有意识地表现人与自然之间既亲和又对立的哲学关系,强调大自然与人的生活和命运息息相关,在田园牧歌的传统中注入了尊重大自然、保护大自然的思想[3],在彼此尊重的前提下倡导人与自然的和谐相处。

"人"与"自然"不约而同地成了三百年前的思想家卢梭和一百年前法国作家吉奥诺的创作主题。卢梭本人成长于乡间自然,关注自然,"终身都保持着对大自然的无比热爱"[4],他进而思考自然法,思考人的自然状态,关注人生来的权利和自由。他提出的"Retour à la nature",其实不光是回归大自然,也是回归人的本性,回归人的自然状态。这个哲学命题也是吉奥诺创作的主题,他思考人类秩序如何融入宇宙秩序。如果卢梭诉说"当我

---

[1] 卢梭:《漫步遐想录》,徐继曾译,北京十月文艺出版社,2005年版,第128页。
[2] Pierre Citron, *Giono*. Paris: Seuil, 1995, p. 87.
[3] 参见柳鸣九:《田园牧歌传统中的超前性新意——吉奥诺:〈山冈〉》,载《超越荒诞:法国二十世纪文学史观》,文汇出版社,2005年版,第162-164页。
[4] 吴岳添:《法国文学简史》,上海外语教育出版社,2005年版,第72页。

跟天地万物融为一体,当我跟整个自然打成一片时,我感到心醉神迷,欣喜若狂,非语言所能形容"①,那么吉奥诺也放言"我与树木、动物和元素融为一体;我周围的树木、动物和元素既是我本人,也是它们自己"②。这样的共性,我们也可以在法国学者的论述中得到印证。1939年,法国出版了一本名为《今日农民》的文集,由马塞尔·布雷邦主编。在这本书中,布雷邦认为吉奥诺有点像20世纪的卢梭:"像卢梭一样,他(吉奥诺)厌恶社会和现代文明,提倡回归自然。他和卢梭有着同样的热忱,同样的坚定,在追求幸福的外表下隐藏着同样因眷恋大地而生发出的忧伤……他们也同样缺乏幽默感。"

不过,我们也不能过分夸大吉奥诺与卢梭的共性。即便被人称作"新卢梭",即便有着卢梭式的自然观,但吉奥诺还是有着自己独特的个性。布雷邦在《今日农民》中便指出了吉奥诺与卢梭的不同之处,他认为吉奥诺不像《社会契约论》的作者那样富有逻辑。因为吉奥诺是通过刻画小说中的人物或是使用隐喻或意象来表达思想,而卢梭则是通过推理来表达观点。再如,卢梭提出的"自然状态"带有神秘的色彩,他的理论有助于理解我们历史的原则和人类受奴役的根源,因此卢梭的理论颇似一则人性起源的神话。反观吉奥诺,他对历史的意义持有怀疑的态度,他的作品则给读者提供了一个观察原始人性的视角,他认为这样的观察更加真实。比如他笔下的人物大都生活在普罗旺斯山区,过着"亚当和夏娃式的生活",过着与世无争的男耕女织式的生活。

卢梭对吉奥诺创作的影响是必定的:他的书架上摆放着《卢梭全集》,他说自己是"老卢梭"……无论他本人对卢梭持何种观点,文艺评论界依然会有人认为他是"卢梭的门生"。尽管两个人对"人"与"自然"有着共同的兴趣,尽管两者对这两个主题的关注点不同,但他们孜孜以求的终极目标,恐怕都是人类的幸福和世界的和谐。这也正如勒克莱齐奥所说的那样:"我们谈论了很多吉奥诺作品中的自然主题。但这远不是一个主题,吉奥诺的全部作品都与自然融为一体,这些作品就是自然……对于吉奥诺来说,一个人,无论他是谁,无论他身处何方,永远都不会与大地的真实相分离……生命的力量总是自然的。吉奥诺创造了我们的根基,恶的起源,我们的苦难和激情的演进;他在大地自身上发现了它们,在昼夜交替中发现了它们,在季节变换中发现了它们,在草的意愿中,在岩石、云层、昆虫的鸣叫和动物的发

---

① 卢梭:《漫步遐想录》,徐继曾译,北京十月文艺出版社,2005年版,第104页。
② Jean Giono, *Les Vraies Richesses*. Paris: Grasset, 1972, p.16.

情中发现了它们。他的真实既是卢梭的真实又是荣格的真实。"[1]吉奥诺与卢梭,这两位相隔近两个世纪的法国作家,在关注自然的表象下,其实都怀有相同的人道主义情怀和追求终极幸福的情结。

二、吉奥诺与勒克莱齐奥:儿童视角下的生态审美

> 松鸦、鸡冠鸟、蓝山雀,连喜鹊都在阳光底下变成了绿色,羽毛五彩缤纷,生机勃勃,绿意盎然,一切都表明这个地方是多么美丽。正如我们所见,鸟儿为了在这儿居住都换上了精美的衣服。(吉奥诺,《渴望空间的小男孩》,第9页)

> 月亮在夜空照亮了自己前进的方向,只要它还挂在天上,树们就会一直跳下去。然后,月亮消失在森林的另一边,树们停下了舞步。(勒克莱齐奥,《树国之旅》,第26页)

儿童文学与成人文学之间的界限有时很难界定,许多作家也拒绝只为青少年读者写作,不愿贴上"儿童文学作家"的标签。他们更愿意穿梭于成人世界与儿童世界,会突发奇想地给儿童们写本书。这样的"心血来潮"实际上也给我们带来了许多传世佳作,其中最负盛名的就是安东尼·圣埃克絮佩里写于1943年的《小王子》,而这部经典童书也成为作家最成功的作品。

1945年是法国儿童文学发展的转折点。"二战"结束之后,儿童文学在法国文学界占据了一席之地。放眼世界,这也正好与20世纪世界进程的发展息息相关。人类的物质财富和精神文化在20世纪得到了飞跃式发展,这为"发展儿童文学事业奠定了空前坚实的物质基础"[2]。同时,20世纪又是"人类对儿童生存状况和儿童文化事业空前重视的时代"[3],人们对儿童的认识进入了崭新的阶段,尊重儿童、保护儿童、教育儿童已经成为一种全球共识。1946年,联合国儿童基金会成立;1949年,国际儿童节创立。随着"全球对儿童的日益重视,有关促进儿童文学发展的各项机构和措施也孕育而生"[4]。在法国,由政府资助和私人投资的少年儿童出版社在20世纪下

---

[1] Jean-Marie Gustave Le Clézio, *Les écrivains meurent aussi ...* , Le Figaro littéraire, 19 - 25 octobre 1970, pp. 15 - 16.
[2] 方卫平:《法国儿童文学史论》,湖南少年儿童出版社,2015年版,第193页。
[3] 方卫平:《法国儿童文学史论》,湖南少年儿童出版社,2015年版,第193页。
[4] 孙建江:《20世纪中国儿童文学导论》,江苏少年儿童出版社,1995年版,第40页。

半叶已经超过 50 多家,这些出版社还组织创立了"少儿读物情报研究中心"等全国性机构。1984 年,首届青少年图书节在巴黎举办。除此以外,法国还设立了一系列儿童文学奖项,以资助和鼓励儿童文学创作。譬如:1934 年设立"少年文学奖",1953 年设立"幼儿文学奖",1958 年设立由少年儿童读者自己评选的"最喜爱的图书"奖,1984 年设立"大拇指汤姆奖",同年还设立了专门奖励儿童文学女作家的"爱丽丝文学奖"等①。

由此可以看出,儿童文学创作在 20 世纪的法国已经成为自官方到民间的一项系统文化工程,这样的发展局面为儿童文学的繁荣创造了良好的社会氛围。在这样的背景下,法国许多出版社表达出对儿童文学创作的浓厚兴趣,他们纷纷邀请多名知名作家从事作品创作。在 20 世纪下半叶,亨利·博斯科、米歇尔·图尼埃等法国文坛大师相继为读者们带来了一系列优秀的文学作品,他们的作品不仅得到成人读者的高度评价,也受到了青少年读者的广泛喜爱。名家参与儿童文学创作,成为 20 世纪法国儿童文学发展史上一道独特的风景线,进而影响了一个时代儿童文学的发展进程。在这些面向儿童读者的名家名作之中,法国伽利玛出版社 Folio Cadet Rouge 儿童系列读物同时收录的两部作品让人耳朵一新,一部是让·吉奥诺创作的《渴望空间的小男孩》,另一部是让-马里·古斯塔夫·勒克莱齐奥创作的《树国之旅》。勒克莱齐奥的作品笼罩着浓厚的童年情绪,他同时也认为吉奥诺的作品充满了"我们对童年的回忆",指出其作品"打开了一个简洁明亮的通道,直达普罗旺斯的某片土地,一处遍布草木、遍布人群、遍布动物的真实高地,一个繁忙大地的真实地域,这片神秘的地方充满了所有的温情和忧伤,到处都是生机勃勃的山冈,我们就诞生在这样的地方"。显然,这段评语里的"我们",既指向吉奥诺,也指向勒克莱齐奥本人,两者都以童年的回忆为基础,以童真的心态思考人与自然的关系,这应该是两位法国作家创作儿童读物的重要初衷吧。

(一)平等交流的视野,相同高度的生命

《渴望空间的小男孩》是应瑞士一家巧克力公司的请求,由吉奥诺创作的一部童书。最初由维维(Vevey)出版社于 1949 年出版,收录在《N.P.C.K.② 精选故事集》中。1978 年,伽利玛出版社在《儿童图像》(*Enfantimage*)合集中收入该故事,后又收录进七星书库的《吉奥诺作品全选》。1995 年吉奥诺百年诞辰之际,让·路易·贝松为这部作品重新绘制

---

① 方卫平:《法国儿童文学史论》,湖南少年儿童出版社,2015 年版,第 193 页。
② 这是当时四家巧克力公司(Nestle、Peter、Cailler、Kohler)开头字母的缩写。

插画,作品被收入 Folio Cadet Rouge 系列。

在吉奥诺的这部童书代表作中,自然美景的刻画与鸟儿息息相关。鸟儿是天空的子民,正是它们统领着小主人公渴望的空间,作者把它们放置在与人类平等的高度进行观察与思考。故事开篇,鸟群自由轻快的飞行身影与父子沮丧忧伤的脚步之间就形成了一种逻辑关系。这对父子尝试探索空间却屡遭挫折,他们低头走在路上,就像"被判了死刑的犯人"。(《渴望空间的小男孩》,第 8 页)鸟儿飞行的身影向小男孩和他的父亲证明,他们周围的风景广阔又美丽。野鸭缓慢飞翔的身影带着一种庄严的美,让人隐约觉得"他们散步的这片空地应该很宽广"。至于风景是否美丽,我们只需观察一下各种鸟儿穿的花衣服就能知道答案:"松鸦、鸡冠鸟、蓝山雀,连喜鹊都在阳光底下变成了绿色的,羽毛的变化、颜色的不同,生机勃勃,绿意盎然,一切都表明这个地方是多么美丽,正如我们所见,鸟儿为了在这儿居住都换上了精美的衣裳。"(《渴望空间的小男孩》,第 9-10 页)不过,最壮观的美景还要数鸟群飞翔的时候。吉奥诺对鸟群的描写也证实了巴什拉关于飞翔的诗学想象。巴什拉认为"飞翔是最为美丽的"。他进一步解释道:"如果说鸟类代表着我们想象力的一大进步,这并不是因为它们的色彩是多么鲜艳,而是因为鸟类的美丽首先在于飞行。"[1]在这篇故事中,吉奥诺用诗意的笔触刻画鸟群的形象,让我们不禁想起他曾经要"为鸟儿撰写诗歌"[2]的愿望。或许,我们能从吉奥诺的作品中找到巴什拉笔下"鸟类心理学"[3]的痕迹。

故事里的父子心怀忧伤,他们一边散步,一边从自己注视地面的余光中看到鸟群的身影,但他们"无法忽视鸟群在树丛间欢唱、拍打翅膀的声音",它们的存在只会让小男孩和他的父亲更想探索外面的空间(《渴望空间的小男孩》,第 10 页)。父亲想逗儿子开心,于是向他提议到沙邦家农场转一圈,说不定能吃到蜂蜜,但"小男孩对蜂蜜的渴望显然比不上这外面的空间"(《渴望空间的小男孩》,第 18 页)。今天小男孩恰好没有蜂蜜可吃,这件事是有其深刻含义的,因为蜂蜜就意味着"富饶的土地"。小男孩依旧无法到达他觊觎良久的外部世界。蜂蜜与鸟群,向我们强调了小男孩梦想的精神

---

[1] Gaston Bachelard, *L'Air et les songes*, Paris, José Corti, 1943, p. 80.
[2] Robert Ricatte rappelle ce fait dans les notes qui accompagnent le petit garçon qui avait envie d'espace (*Œuvres romanesques complètes*, t. V, p. 1443).
[3] Gaston Bachelard, *L'Air et les songes*, Paris, José Corti, 1943, p. 93.

性,因为蜂蜜象征着"智者"享用的"精神食粮"①。然而,小男孩依旧挨着饿(《渴望空间的小男孩》,第 18 页)。小男孩之前尝试过爬上高处但徒劳无功,他吃不到蜂蜜,就代表他还不能"被授以奥义",不能体会"精神的至福"②。我们发现,乏味的一天结束后,小男孩的闷闷不乐和"鸟群的欢乐"形成了强烈的反差,这些鸟儿看到"深蓝的夜晚降临"而欢欣鼓舞。同时,蓝色空间的世界和地面闭塞阴暗的世界也构成了对比,地面上笼罩着"灰色的阴影",叙述者在形容这片阴暗时写道:它"刚好能让你的脚步转悠到石块前或是硬邦邦的车辙里"(《渴望空间的小男孩》,第 20-21 页)。

很自然地,当天晚上小男孩做了个关于飞翔的梦,也有可能是因为睡觉前"机智的"父亲递过来的一点甜酒(《渴望空间的小男孩》,第 26-27 页)。他刚睡下就梦到自己在自由的空间里飞翔。在巴什拉看来,独自睡觉做梦的孩子,往往梦到自己体验"无拘无束的生活"。"这绝对不是一个简单的'逃离之梦'",这位哲学家在《梦想的诗学》中解释道,"小男孩的这个梦是一次'飞跃'。"③这个渴望空间的小男孩似乎化身为了小鸟,这说明小鸟与小男孩具有同样的生命高度与存在价值。空间像一块"巨大的磁石"吸引着他。当他发现自己像"一只鸟"一样悬在空中的时候,双脚也就很自然地触碰到树顶了(《渴望空间的小男孩》,第 37 页)。在《儿童图像》系列读物中,《渴望空间的小男孩》由吉尔贝·拉芬绘制配图。插画师为这一段所配的插图是小男孩在一只漂亮的小鸟身后自由翱翔,看上去它正引领着小男孩。我们不禁想起勒克莱齐奥作品中一些人物所做的有关飞行的梦,他们同样热切期盼着能飞往蓝天。鸟儿与人类其实具有平等交流的视野,也具有相同高度的生命。

1974—1975 年期间,勒克莱齐奥写下了《树国之旅》,1978 年被收录进法国伽利玛出版社"儿童图像"系列丛书中,1990 年又被收录到 Folio Cadet Rouge 系列。这本书是勒克莱齐奥唯一一部为年轻读者创作的作品,但并不是他所写的唯一一本儿童读物。勒克莱齐奥曾经透露自己其实"写过不少东西,大概有百来部童话,有的很短,有的就挺长"。他表示这些故事并不

---

① Jean Chevalier et Alain Gheerbrant, *Dictionnaire des symboles*, Paris, Éd. Seghers et Éd. Jupiter, 1974 [1969], t. 3, p. 216. C'est eux qui soulignent.

② Louise Kasper rappelle que le miel est le symbole traditionnel de la connaissance («La Découverte de la vocation littéraire: Jean Giono et *Le petit garçon qui avait envie d'espace*», *Bulletin de l'Association des Amis de Jean Giono*, n° 41, printemps-été 1994, p. 6)

③ Gaston Bachelard, *La Poétique de la rêverie*, 7e édition, Paris, PUF, 1978 [1960], p. 85.

总是像《树国之旅》一样,以"很久很久以前"这样的惯例开头,但它们也都讲述了很多类似的想象之旅。在儿童文学创作方面,他和吉奥诺颇为相似,以成人文学作家的身份尝试儿童文学创作,转型接触年轻读者,以期打开另一片文学的天空。勒克莱齐奥笔下的儿童对天地万物有着独特的感知,他们能够感受到成人所感受不到的自然之美。作家通过儿童视角展现对自然家园的诗意描绘,展现其超然的美学意境,指出了亲近自然、敬畏自然、以平等的视野与自然万物交流是走出文明困境、回归人与自然和谐的重要途径。在儿童眼中,无论是生机勃发的高山、海洋,还是看似贫瘠严酷的沙漠、荒原,都是美丽的景致;无论是水中的虫鱼,还是天上的飞鸟,抑或是花草树木,都是充满生机的。[1]

在勒克莱齐奥眼里,天地之间的树与人有着相同高度的存在感。《树国之旅》里的小男孩清楚地知道,树是会动的。它们看上去无法动弹仅仅是一个把戏,让人误以为它们多年以来一直待在同一个地方。不会看也不会听的人们觉得树是不会讲话的。"但小男孩知道事实并非如此。"树有它们自己的语言,这种语言就像鸟鸣,但它们的声音并不是千篇一律:有些树的声音低沉,有些却很尖锐。它们不仅会动、会讲话,他们还会呼吸,会打呵欠,会唉声叹气,会载歌载舞。"树跳起舞来就跟人类一样,但它们的步伐很缓慢。"在勒克莱齐奥的另一部作品《大地上的陌生人》里,作者也提出相似的问题:"为什么树不能走路呢?"作品里的小主人公们和自然界的动物、植物以及各种元素产生了友情,喜欢彼此融合的生活。在光线和云的拜访之后,小科罗娃一直等待着"其他人"的到来:蜥蜴和蛇。蜜蜂每天都会光临,在同一时间来看望她。"蜜蜂们知道她在等着它们,它们也喜欢这个小女孩。"孩子和自然界之间存在着温情的交流,而交流的主要形式是音乐。蜜蜂们给小女孩唱了一首独调曲,曲子里面讲述了它们拜访的植物,还有沙子、风、太阳和星星。它们用的不是人类的语言,但小女孩依旧能听懂。小女孩也给它们唱歌,她的歌声就像昆虫才会发出的嗡嗡声。同样地,小男孩轻轻地吹着口哨,颇像鸟儿的鸣叫声。"因为树很喜欢人们吹口哨时发出的声音。"小男孩也会和他的树朋友们一起唱歌,他尤其喜欢一棵和他差不多高的雪松。"每次过来的时候,他都会张开自己的臂膀,拍打雪松的枝丫,然后便开怀大笑起来。"勒克莱齐奥认为自然万物皆有灵性,它们讲述的是人间至真,展现的是天地大美。他笔下的大自然有着盎然的生机,自然万物在他的笔下都

---

[1] 冯克红、刘菊媛:《生态批评视野下勒克莱齐奥的儿童形象书写》,载《南昌大学学报(人文社会科学版)》,2013年第5期,第126页。

有了生机与活力。他善于以孩子纯净的目光观察世界,发现自然之美。无论是风雨雷电,还是花虫鸟兽,一切都被赋予了人性。

勒克莱齐奥在他的作品中插入这么多的儿童形象,究其原因是作家自身一直保有孩童看世界的目光。他通过自己塑造的这些小主人公的形象,向我们展示了他眼中的世界的模样。不同于成人衰竭的、死气沉沉的甚至不清楚的目光,勒克莱齐奥给我们展示的是孩子崭新的、纯净的、无拘无束的、时刻充满惊奇的目光。儿童的眼光是"去蔽"的,较少受人类"文明"或世俗积习的浸染,以儿童的视界去透视世界,人类的生存世相将会脱离"习惯性桎梏"下的理解方式,呈现出别样的意义。[1] 归根到底,勒克莱齐奥在童书中对自然的书写,是其精神追求的体现,也是其存在的方式,其中有对现代社会的深刻批评,对人类社会走向何处的思考,更有对人类前途的深切关怀。[2]

(二)对成人世界的逃离,对生态空间的追求

在《渴望空间的小男孩》这篇儿童故事中,我们看到不少作家常会选择的创作元素,比如茂盛的树木和飞翔的鸟儿。自然空间在吉奥诺美学中一向占据着十分重要的地位。在七星书库《吉奥诺全集》的《序言》中,吉奥诺研究专家罗贝尔·里卡特肯定地说:"吉奥诺就是一个很懂空间的人。"[3]十多年后,这位评论家把《渴望空间的小男孩》收入《吉奥诺作品全集》第五卷,他表示这篇"朴实的"文章有一个"迷人的优势","它把吉奥诺对空间的沉醉感觉传达给了……儿童"[4]。他进一步指出,"这篇儿童故事的'唯一作用'就是非常典型地证明了作家的空间敏感性"[5]。吉奥诺本人曾向皮埃尔·西特龙露过自己"对空间的渴望"[6]。他所渴望的空间显然带有儿童的喜好,它是对成人世界的逃离,也凸显出儿童视角下的绿色天地。

在故事主人公小男孩的飞翔梦中,环绕他周遭的生态空间除了鸟儿这一符号元素,还有树木。巴什拉曾经这样描述过树木:"树一刻不停地做着

---

[1] 沈杏培:《童眸里的世界:别有洞天的文学空间——论新时期儿童视角小说的独特价值》,载《江苏社会科学》,2009年第1期,第169页。

[2] 高方、许钧:《亲近自然,物我合一——勒克莱齐奥小说的自然书写与价值》,载《外国文学》,2016年第3期,第67页。

[3] Robert Ricatte, «Préface», dans Jean Giono, Œuvres romanesques complètes, t. I, p. x. Voir aussi Georges Poulet, «Giono ou l'espace ouvert», Revue des sciences humaines, vol. XLIII, n° 169, janvier-mars 1978, p. 9 – 21.

[4] Dans Jean Giono, Œuvres romanesques complètes, t. V, p. 1444.

[5] Dans Jean Giono, Œuvres romanesques complètes, t. V, p. 1444.

[6] Entretien avec Pierre Citron, avril 1969, cité dans Robert Ricatte, «Préface», dans Jean Giono, Œuvres romanesques complètes, t. I, p. x.

冲刺,抖动树叶,那是它数不清的翅膀。"①吉奥诺对树木的喜爱无须赘述。当年美国《读者文摘》杂志向吉奥诺约稿,请他以《我见到的最让人难以忘怀的人物》为题写一篇文章,这才有了传世名篇《种树的人》的创作。就像勒克莱齐奥所写的《树国之旅》一样,吉奥诺故事里的树木也滋生出小男孩逃跑的愿望。不同的是,勒克莱齐奥笔下主人公的愿望是到"地平线的另一边"去,旅行的终点却停留在了"树国"②。而吉奥诺的小主人公寻求的是"看看树的另一边有什么"(《渴望空间的小男孩》,第7页)。为了完成这个心愿,有一天他爬到了一棵树上。可爬上树之后,其他的树还是遮住了他的视线。尽管父亲不看好这个行为,尽管他一次又一次地失败,他内心的"渴望"却愈发强烈:"只要再爬上一棵树,但要高一点,到树顶上去。之后,要是还什么都看不见,就跑向另一棵树再爬到树顶。就这么继续下去,直到将来的一天,他找到了合适的树,在树顶的他就会看到周围的一切开阔许多。"(《渴望空间的小男孩》,第16页)回到家以后躺在床上,小男孩的愿望实现了。终于有一棵"合适"的树,一棵仿佛从未见到过的树,仿佛传说中才会有的树木。它是真正的"空中之树",和那些繁密的、笨重的,甚至长在土壤里的植物不一样,它不会阻碍小孩子观察世界的计划。只有一棵想象中的、对空间的强烈渴望的树,才能有足够庞大的躯体,把他托起来置于蓝天中,让小男孩发现另一片蓝天绿地的空间。小男孩的梦孕育了他内心的葱葱绿树。我们不禁想起巴什拉曾经说过的一句话:"树和它的梦想者一起成长。这样的树服从想象,在我们的内心空间里得以悉心照料,它和我们一样争着长大。"③

　　勒克莱齐奥塑造的儿童形象,进一步拓展了吉奥诺笔下小男孩充满绿意的飞翔梦,强烈表达出对成人世界的逃离。正如《大地上的陌生人》中所言:"我喜欢明净纯洁的美,它让人看到全新的另一个世界。孩子们的身上就有这种美,在他们的眸子中,在他们的脸庞上。他们用生活、用手势、用言语表达着这种美。他们的目光中有某种不懈追求的东西,就像睡意过后的晨曦。这是一种品质,是美德……要去到别处。要离开那个既定的世界,那个复杂而严肃的成人世界。"④这个成人世界代表着现代技术文明的丑陋,

---

① Gaston Bachelard, *L'Air et les songes*, Paris, José Corti, 1943, p. 231.
② J.-M. G. Le Clézio, *Voyage au pays des arbres*, Paris, Gallimard, collection«Folio Cadet Rouge», 1990, p. 4.
③ Gaston Bachelard, *La Poétique de la rêverie*, 9ᵉ édition, Paris, PUF, 1978 [1957], p. 182.
④ J. M. G. Le Clézio. *L'Inconnu sur la terre*. Paris: Gallimard, 1996, pp. 240-241.

喧嚣而虚伪,而逃离这个世界去往纤尘不染的大自然,感受天地万物的纯真之美,这正是勒克莱齐奥笔下儿童形象的主要表现。在《蒙多》里,流浪男孩蒙多不属于任何地方,他一直在追求"别处",以流浪世界作为自己的天命。在法语版原文中,他的名字 Mondo(蒙多)是如此接近 Monde(法语单词,意为"世界"),而且开头字母 M,既有山峰(Montagne)之意,又是大海(Mer)之情,注定这个小男孩要行走在山海之间,用他的眼光发现别样的世界。在《牧羊人》中,知识并不存在于现代文明的都市,而是见于大自然,因为知识就在"阳光中,在天空中,在火石中和云母片中,在沙丘的红沙中"。而且知识的学习也"不像在城市的学校里",大自然中的知识学习"不是用语言来学,也不是被迫地学,不是通过读书,或走在充满噪声和闪亮的字母的街道上来学,而是在不知不觉中学",只要看到自然万物,"就足以学会"①。这说明孩子们逃离成人主宰的现代都市,转而奔向荒野自然,与自然为伍,拜自然为师,以真诚、平等的姿态融入和谐自然的生态空间。

(三) 自然万物的童年回忆,纯净诗意的语言构造

加斯东·巴什拉认为,为儿童写作是一门崇高的艺术,真正优秀的儿童作家应该是"童年时期的伟大梦想家"。一般能和儿童沟通流畅的作家,他们都很善于回忆,脑海中始终保留着自己童年的精彩时光。正如法国作家亨利·博斯科所言:"童年必定给我们留下了某些东西,而我们所需要利用的,正是这个'留下'的东西。"对于许多儿童作家来说,这样的回忆正是取之不尽、用之不竭的童年宝藏。可以说,吉奥诺与勒克莱齐奥正是充分挖掘了自己童年的回忆,在自己的文字作品中以儿童纯真的视角展现出生态审美的意韵。

吉奥诺成为法国知名作家以后,他曾经坦承自己的童年生活"非常光明和幸福",家有陋室,却充满乐趣。富有爱心的父亲除了给予他文学启蒙之外,还经常带他到家乡周围远足和爬山,甚至还让他在附近的牧民家小住几天,感受大自然的壮美和山民们质朴的习俗。我们注意到,在《渴望空间的小男孩》这部童书中,故事发生在吉奥诺的家乡普罗旺斯地区,那儿有树篱环绕的平原,有风车,有农场,有村庄。故事中包含了许多小说化了的自传元素,让我们也联想到作家的其他类似作品,如《蓝衣老让》。无论是渴望空间的小男孩,还是《蓝衣老让》中的小让,我们都可以看到作家童年时代的身影,看到作家童年时期对自然万物的感知与回忆。可以说,童年的生活是吉

---

① [法]勒克莱齐奥:《蒙多的故事》,顾微微译,湖南少年儿童出版社,2010年版,第279－280页。

奥诺文学创作的原点。每个周末下午，小吉奥诺习惯和父亲一起散步。正是在父亲陪伴的散步途中，这个小男孩萌生了要看一看周围世界的想法，可他总是被无穷无尽的树篱挡住了视野，而宽容的父亲总能全力帮助他实现愿望。在《渴望空间的小男孩》中，父亲瞒着心思细腻且时常为琐事喋喋不休的母亲，帮助儿子一起准备户外探险。当儿子想要爬上树梢看一看外面的世界，父亲向儿子建议道："要小心，别把裤子弄破了……不然的话，你妈妈会数落我们的。"（《渴望空间的小男孩》，第 13 页）当儿子爬完树回家时，他生怕爬树时裤子上蹭到的树皮逃不过母亲的火眼金睛，但一想到有父亲跟他在一起保守秘密，他没有看到"全部风景"的沮丧心情也得到了宽慰（《渴望空间的小男孩》，第 22 - 23 页）。

与吉奥诺相似，勒克莱齐奥也称得上是普罗旺斯人，因为他出生于尼斯，并在那里度过了幸福的童年时光，法国前总统萨科齐称他是"尼斯的少年"，也是"伟大的旅行家"。勒克莱齐奥从小就跟随父母进行异域旅行，接触五光十色的大千世界，尤其醉心于原始的自然景色，是"神奇的自然崇拜者"[1]。在勒克莱齐奥的世界里，大自然的任何事物都会说话，都有感情。这种把自然万物赋予人性的写作方式是作家能赢得少年读者欢心的一大原因，因为孩子们身上保留着原始的纯净与纯粹，看到自然界的活动接近于人类经验，可以与自己的内心产生响应，自然显得特别高兴。在《树国之旅》中，小男孩发现了"树的语言"，学会辨认树木发出的声音，知道每种树木都有自己的个性："从那些粗壮的大树上发出的，是一种低哑、持续的嗞嗞声，带着大地一起颤动，一种猫头鹰叫声般的声音，始终诉说着相同的东西。细弱的树木，则有着笛声般清亮的声音，一刻不停地低声吟唱，轻轻地吹着口哨；听着甚至有点累人，它们不停地用细小尖锐的声音说着什么。听不懂树的语言的人以为树上有很多燕雀和雪雀，但是小男孩非常清楚，这是白杨、山杨、洋槐，还有所有像这样细树干的树木发出的声音。"[2]小男孩甚至还给橡树、桦树、枫树等树木取了带有浓厚印第安文化气息的名字。儿童寻求与自然的亲密接触是作家笔下永恒的主题，给生活在现代社会中的读者和大人展现的是他们或匪夷所思或梦寐以求的伊甸园一般的荒野生活和原生态的自然美景。而这，正是孩子们逃离成人世界和物质羁绊，来到城市的边缘和大自然中不懈寻找的"另一个世界"[3]。

---

[1] 谭成春：《勒克莱齐奥的创作历程简述》，载《当代外国文学》，2009 年第 2 期，第 73 - 74 页。
[2] ［法］勒克莱齐奥：《树国之旅》，张璐译，人民文学出版社，2016 年版，第 8 页。
[3] 冯克红、刘菊媛：《生态批评视野下勒克莱齐奥的儿童形象书写》，载《南昌大学学报（人文社会科学版）》，2013 年第 5 期，第 126 页。

在勒克莱齐奥的儿童读物里,作者追求简单明了的语言风格,让纯真的儿童语言替代渐渐褪色的成人用语,他要让单词飞扬,相互撞击,欢呼跳跃,摆脱成人世界里抽象的词汇、枯燥的说辞和愚蠢的话语。用贴近现实的具体单词让自然世界神奇地显现出来,将树木、花朵、河流、山峰、沙滩等具象生动地展现在少儿读者面前。对勒克莱齐奥来说,单词和真实世界是用同样的内容构成的。他觉得语言就像动物和植物,它的构成离不开动植物所处的自然环境。对于儿童或是怀念童年时光的成人来说,这些单词就是现实世界的碎片。在《少年心事》中,作家以最简单的方式向读者解释,语言与大自然有着怎样奇妙的联系。在沙滩上,蒙多请求一个在清理沙滩的老人教他读书写字。老人在平滑的鹅卵石上刻下一个个字母,开始了他的授课。他跟蒙多讲,A 就是一只把翅膀往后回拢的苍蝇,B 就是一个有着两个大肚子的搞笑的人,C 和 D 都是月亮,C 是弯月,D 是半轮圆月,O 就是天上挂着的完完整整的月亮。对于老人和孩子来说,字母表里的每个字母都是自然界的某种生物或是某样东西。这真的是一种智慧的写作方式。勒克莱齐奥的语言,就像可以感知的图像,直击儿童最本真的感知。作家运用大量类比,加深读者对大自然的感悟。他用别具一格的比喻,不仅拓展了孩子们的想象力,也成功吸引了不少成年读者。

勒克莱齐奥竭尽自己所能,凭借创作的才华用文字表现出生命的蓬勃生机,刻画一切人们看到的、听到的和感受到的东西:"我想表现的是一个生命一生的经历。"

吉奥诺与勒克莱齐奥是法国现当代文坛的重要作家,他们都出生在法国南方,普罗旺斯炽热的阳光造就了他们关注人性、热爱自然的品德与情操。他们均认为为儿童写作是一门崇高的艺术,而儿童读者恰恰是最天真、最渴望的听众。与成人读者不同,儿童不会考虑文学潮流或文艺理论,也不会受批评家们观点的左右,他们的审美能力是最本能、最直接的。巧合的是,吉奥诺与勒克莱齐奥颇有缘分,身为晚辈的勒克莱齐奥一直对吉奥诺推崇备至。1970 年吉奥诺逝世,勒克莱齐奥在 10 月下旬刊出的法国《费加罗文学周报》上撰文悼念吉奥诺,称赞"吉奥诺的全部作品都与自然融为一体",肯定了吉奥诺写作的自然维度。多年之后,勒克莱齐奥获得了 1997 年度的吉奥诺文学奖[①]。在儿童文学领域,两人创作的儿童读物同时被收录进伽利玛出版社的童书系列,而且两部作品的开头惊人的相似。吉奥诺的

[①] 在 1990 年吉奥诺逝世 20 周年之际,应吉奥诺遗孀和女儿的提议设立"吉奥诺文学奖",起初由法国普通保险公司资助,1994 年起由伊夫·圣洛朗集团资助。

《渴望空间的小男孩》开头这样写道:"有一个小男孩,他住在平原上①。"而勒克莱齐奥作品中的叙述者一开始就说:"很久以前,有个小男孩,他很是烦闷。"②两位作家选取的主角都没有名字,匿名的叙述者简单地用"小男孩"来指代他们。两位主人公有着惊人相似的愿望,一个想爬到树端,另一个想去树国旅行;一个渴望像鸟儿一样飞翔,另一个也想"去到天边",甚至"走到地平线的另一端"。③

自然环境是人类赖以栖身的自然家园,自然书写是吉奥诺与勒克莱齐奥相似的写作维度,而儿童文学创作又增加了两位作家的共性。吉奥诺童年时期,经常在父亲的陪伴下畅游普罗旺斯山区,墨绿的橄榄树和紫色的薰衣草,悠悠的蝉声和潺潺的水声,交织成法国南方特有的自然美景,这既为儿童时代的吉奥诺心里播下了赞美自然的种子,也为他日后文学创作的儿童视角奠定了深厚的基础。勒克莱齐奥笔下的孩子对自然有一种天性的本能之爱,荒野自然如大海、荒漠、森林、高山是他们向往渴求的梦想之地。勒克莱齐奥认为,孩子代表了纯洁的心灵。勒克莱齐奥告诫那些迷失在物欲中的大人,要学会用儿童的眼光去观察世界,亲近自然,感受自然的神秘魅力。④

与天地万物融为一体,在大自然中敞开自己的感官感受世界、拥抱自然、升华自我,这正是吉奥诺与勒克莱齐奥儿童文学作品中的意义,虽然作品数量不多,但意境深远,畅想美好,其纯真和谐的自然维度与审美价值让人有如沐春风之感,这些作品不光深深吸引着儿童读者们,也让成年读者不忍释卷。

---

① Jean Giono, *Le petit garçon qui avait envie d'espace*, Paris: Gallimard Jeunesse, 2018, p. 5.
② [法]勒克莱齐奥:《树国之旅》,张璐译,人民文学出版社,2016年版,第1页。
③ [法]勒克莱齐奥:《树国之旅》,张璐译,人民文学出版社,2016年版,第1页。
④ 冯克红、刘菊媛:《生态批评视野下勒克莱齐奥的儿童形象书写》,载《南昌大学学报(人文社会科学版)》,2013年第5期,第126页。

第三章　时空美学

根据现代哲学的定义,时间和空间是自然界各种物质本身的属性,是世间万物存在的基本方式。物质,以实体而存在,必然存在于空间;物质的运动,以事态而存在,必然存在于时间。① 我们自然界的所有生命,无论是动物、植物还是微生物,它们的演化和发展都源于"生命的冲动",生命本质的多样性都与大自然的时间与空间有着密不可分的关系。

文学文本对自然现象的呈现要么按照体验者所观察的方式,要么是按照环境自身的呈现方式。而后者中最典型的是依靠自然的轮回,如白天、黑夜和四季交替。② 在吉奥诺的自然时空中,有"四季的变换,有被一月月、一天天、一时时、一分分、一秒秒,甚至百分之一秒烙下的标记的时光"(《一个郁郁寡欢的国王》,第21页)。他的众多作品都带有明显的时间标记,他的时间标记一般不是某个具体的年份或时代(尽管作品中某个角落会不经意间提及),而是表示自然节律的昼夜与季节。在纷繁复杂的无序现象中,吉奥诺用时间的节律去刻画自然的有序,因为我们生活的宇宙是有节律的,动物有节律,植物有节律,人体也有节律,自然界的节律是广泛存在的。③

和时间维度一样,空间维度频繁出现在文学文本中。比如在小说的故事空间中,存在一些相互对立的状态,如高/低,城市/农村,内部/外部,开放/封闭等。这些状态的对立在文本中被赋予特殊的象征意义。④ 空间是任何公共形式的基础,空间是任何权力运作的基础。研究空间是为了明确人们在空间中特定的定位、移动的渠道化,以及符号化它们的共生关系。⑤ 当代空间理论认为,空间并不是纯粹物理学或地理学意义上的客体,它具有

---

① 李想:《人与自然和谐共生研究》,中共中央党校博士学位论文,2010年,第27页。
② 胡志红:《西方生态批评研究》,中国社会科学出版社,2006年版,第243页。
③ 陈荷清、孙世雄:《人类对时间和空间本质的探讨》,河南人民出版社,1986年版,第3页。
④ 张新木:《法国小说符号学分析》,外语教学与研究出版社,2010年版,第139页。
⑤ 福柯:《空间、知识、权力》,见包亚明:《后现代性与地理学的政治》,上海教育出版社,2001年版,第1-18页。

社会性、历史性、文化性。文学空间的建构是指文学以语言文字符号为媒介,以现实景观世界为对象,以思想情感为内容,运用再现、表现、想象、虚构、隐喻、象征等文学手段,生产出的符号化的表征空间。文学实践的过程也就是"赋予空间以意义的过程"[1]。吉奥诺作品中的"空间"意象无处不在,特别是他对自然空间的频繁表现,这可能是吉奥诺创作中最重要的特点,所以他被称为"空间之人"[2]。乔治•普莱(Georges Poulet)认为吉奥诺的空间完整地构成了视觉体验和领悟世界的根基。[3]

吉奥诺的叙事作品通常在自然空间铺陈:《山冈》的开篇是麦田、山冈、橄榄树、山泉等自然意象构成的普罗旺斯乡村;《人世之歌》的开篇是夜色中的大河和位于河心的柴岛;《屋顶上的轻骑兵》的开篇是黎明降临时的山谷,等等。这些自然空间中穿插"昼夜"与"四季"的时间维度,使得吉奥诺的自然世界表现出流动变化的独特美感。

第一节　循环往复的时间要素

在人类的生存体验中,时间或许是感知最为强烈的元素,与生命的过程紧密相连。时间帮助人们把日子过得井然有序。时间告诉人们该去干什么,告诉人们将要发生什么。时间就像一条奔流不息的河,载着人类前行,让人类从过去走到现在,从现在走向未来。但是人类感受到的时间元素其实并非人类所创造,时间只顾自己流逝,"没有什么赋予它们一种内涵的幻觉或是一种意义的表征",其进程并非为人类独享,人类只是被自己的知觉束缚,进而站在人类中心主义的角度去感受时间这一"谎言的诗意"[4]。

在吉奥诺的作品中,吉奥诺擅长用昼夜与季节等时间节律表现自然的有序,进而展现处于起源状态中的自然之美,而且这样的起源状态往往缺乏实际的年代标记。他作品中的情节往往发生于少人的自然空间,这暗含了人物、叙述者,甚至作者本人在自然天地中的避难、退隐,从中我们可以窥见

---

[1] 谢纳:《空间生产与文化表征——空间转向视阈中的文学研究》,中国人民大学出版社,2010年版,第81页。
[2] Alain Romestaing,«Jean Giono, l'instant: le néant, la plénitude», in Dominique Rabaté, *L'instant romanesque*, Presses universitaires de Bordeaux, 1998, p.141.
[3] Georges Poulet,«Giono et l'espace ouvert», *Revue des sciences humaines*, Lille III, p.13.
[4] [法]萧沆:《解体概要》,宋刚译,浙江大学出版社,2010年版,第21页。

吉奥诺在原始时间内的怀旧之情,他的作品也因此带有"怀念世界起源的味道"①。他作品中的原始时间"凝固了,停滞了,永远静止不动。一切瞬间,既不超前也不落后,一切现在都已在过往之中,在永恒之中"②。

正如他在《大山里的战斗》中所述:"一切都在寂静和永恒的时间中进行。"(II, p. 798)从人类学的意义上来说,这是起源时间的形式。吉奥诺使用这样的时间形式,不是为了描绘伊甸园里神秘莫测但无忧无虑的黄金时代,而是将其作为起始点,讲述从宇宙起源之初生发出的故事,从而反映自然的"生态"原初的平衡态。

我们看到,吉奥诺对自然的这种选择充满了无限生机,同时也是作者内心的需求,他渴望唤醒一个过往的时代,或是激起人类早期的、充满怀旧气味的集体无意识。这正如米尔恰·伊利亚德(Mircea Eliade)③在《神话的外观》中所阐释的观点:"'起源'这一概念是与真福的完美联系在一起。"④他同时还指出:与大自然相关的人民生活暗含着一个最初瞬间的时期,在这一时期中,"人们不再生活在年代时间中,而是生活在初发时间中,事件在初发时间中首次发生"⑤。吉奥诺笔下的大自然,正好阐释了作者本人对处在"原始时间"内的大自然所怀有的崇敬之情,也印证了梅洛-庞蒂的名言:"自然存在于创世的第一天。"⑥

在生态这个庞大的体系中,对于包括人在内的生物群落来说,所生存和发展的时间和空间就是生态。⑦ 构建时空,宇宙中的时与空是没有间的,间是人为的划分,人的生命产生思维,思维根据自身利益需求分割时空,就是时间与空间。让-伊夫·塔迪埃认为,文学作品的时间从属于空间,时间二度创造了空间的结构。从这一点来讲,时间是生态空间的重要组成部分,时间构成了空间的材料。⑧ 在吉奥诺文本中经常出现的时间概念——无论是白天黑夜,还是春夏秋冬——本身并不存在于生态空间之中,这些时间"间

---

① Jean Florent Romaric Gnayoro, *La nature comme un cadre matriciel dans quelques œuvres de Giono et de Le Clézio*, Éditions EDILIVRE APARIS, 2009, p. 100.
② Claude Mauriac, *Les espaces imaginaires*, Paris, Bernard Grasset, 1975, p. 105.
③ 米尔恰·伊利亚德(Mircea Eliade,1907—1986)西方著名宗教史家。代表作有《神圣的存在:比较宗教的范型》《宇宙和历史》《永恒回归的神话》《瑜伽不死与自由》《神圣与世俗》《萨满教》以及16卷本的《宗教百科全书》。
④ Mircea Eliade, *Aspects du mythe*, Paris, Gallimard, Folio, Essais, 1963, pp. 72-73.
⑤ Mircea Eliade, *Aspects du mythe*, Paris, Gallimard, Folio, Essais, 1963, p. 33.
⑥ [法]莫里斯·梅洛-庞蒂:《可见的与不可见的》,罗国祥译,商务印书馆,2008年版,第342页。
⑦ 李想:《人与自然和谐共生研究》,中共中央党校博士学位论文,2010年,第27页。
⑧ 张新木:《法国小说符号学分析》,外语教学与研究出版社,2010年版,第134页。

隔"的划分,其实都源自人类对大自然的长久观察和智慧活动。20世纪的哲学不断表明,唯有人类可以组建时间。[1] 吉奥诺文本中这些与"昼夜"与"四季"相关的故事时间,简单、重复,却凝练、庄重,通过循环往复的过程将和谐凝聚在生态空间之中,这些时间本质上就是自然空间的生态旋律。

一、昼夜轮回

(一) 白天

"白天使物体的位置比黑夜更确切。种种细节看得一清二楚,构成了另一番现实。"(《屋顶上的轻骑兵》,第112页)吉奥诺在《屋顶上的轻骑兵》中的这句话看似稀松平常,却道出了"白天"的实质:白天是可见的现实。太阳是同这可见现实联系最为紧密的元素。太阳虽然不是视觉,却是视觉的制造者。在没有日光照射、只有星月闪烁的夜晚看物,人们会感到昏暗,看不清楚事物的细节,必然对事物失去明晰的了解。在我们这个蔚蓝星球上,自然间的万物都仰赖于太阳的光芒。太阳是可见世界中一切事物的源头。在柏拉图的世界观中,宇宙由两部分组成:可见世界和可知世界。在可见世界中,太阳是主宰,是万物的制作者。[2] 白天的可见会带来欢乐,而黑夜的不可见则会带来忧郁,正如《一个鲍米涅人》中的叙述者"我"所感受的那样:

> 白天,眼睛可以观赏景物,目光像一只欢蹦乱跳的狗,一会儿跑到前面,一会儿跑到道路两边,给你带来赏心悦目的东西,譬如一个苹果或一片开花的果园。这可以分散你的注意力。夜里呢,倘若你因不幸而忧虑,这忧虑就会跳到你身上,稳稳地坐在你肩头上,一路上你都得和其他东西一块扛着它,那真够两条腿受的。(《潘神三部曲》,第255页)

吉奥诺在经历过"二战"期间的监禁生活后,对人类的悲剧和荒诞的境遇有了更加深刻的认识。为了表现悲剧和荒诞,"白天"从前期作品中欢乐的制造者转变成暴力的制造者。他把白天的普罗旺斯设想为"阳光地区"的整体,强调阳光作为激情暴力催化剂的作用。因为这个普罗旺斯与明信片上的普罗旺斯和度假俱乐部所在的普罗旺斯是截然不同的:忧伤的阳光在这些具有强烈对比的大地上照耀着,不再有维吉尔式的温情脉脉。这是一

---

[1] 张新木:《法国小说符号学分析》,外语教学与研究出版社,2010年版,第134页。
[2] 史成芳:《诗学中的时间概念》,湖南教育出版社,2001年版,第181-182页。

片悲剧之地:阳光的残忍成了居民残忍的隐喻,这些居民被悲剧的激情萦绕;白天不是生活的愉悦,而是习俗的严酷,是人类悲剧在大自然中的写照。诚如法国思想家拉罗什福科所言:"不灭的太阳亦不能使人们久视。"①

在吉奥诺后期的作品中,南方的阳光似乎难以与普罗旺斯的惬意形象相连:灰蒙蒙的阳光使万物的颜色和形状变得平淡无奇(《屋顶上的轻骑兵》,第275页)。吉奥诺在访谈中这样说过:"如果有时我描写庞大的阳光景色,这都是为了描写悲伤、非常悲剧的事件。"②在吉奥诺的笔下,阳光明媚的白天似乎成了所有灾变的场所,尽管也少不了地中海的骄阳,但这炎炎烈日照耀着节日也见证着悲惨:"即便阳光普照的大白天,阳光的中心是黑色的。"③通常情况下,"人们习惯把太阳同快乐和健康联系起来"(《屋顶上的轻骑兵》,第362页),但此时普罗旺斯的阳光照射的不是快乐和健康,而是被霍乱蹂躏的大地,它的金色光辉映照在检疫隔离所上,映照在死去的肉体上,于是人们"对太阳赐给一切的赏心悦目的金色也有了新的看法"(《屋顶上的轻骑兵》,第362页):阳光很丑陋,它照射的是死亡。同样,在《一个鲍米涅人》中,当"太阳阿尔卑斯山中喷薄而出,把它沸腾的金水洒在平原地区的丘陵上那一刹那,也就是在灾难开始降临到杜洛瓦尔的那一刹那"(《潘神三部曲》,第261页)。吉奥诺用"凄凉""孤独""灾难""死亡"等灰黑色调的词汇来对应"阳光"这一意象对人类所造成的情感。法国当代哲学家埃德加·莫兰认为太阳对人类社会的秩序和人类情感的产生有着莫大的影响④:

> 像所有生物一样,我们多少依赖太阳而生,当我们的意识被点亮之时,我们就开始对太阳顶礼膜拜。我们是太阳之子,这团混沌是一个吐火喷火的机器,一连串的爆炸,不间断的协调,确立了太阳的秩序,确立了在它周围乖乖地、无差错地旋转着的行星们的秩序。太阳孕育我们的秩序,孕育我们这架再生繁殖机的重复,孕育社会的秩序。同时,它也孕育了我们的疯狂,我们的幻想,智人/蒙昧人的无序,社会与历史的无序。太阳四射的光芒是不可逆转的大放血,它孕育着我们的未来。

---

① [法]拉罗什福科:《道德箴言录》,何怀宏译,湖南人民出版社,2010年版,第133页。
② Henri Godard, *Entretien avec Jean Amrouche et Taos Amrouche*, Gallimard, 1990, p. 36.
③ Henri Godard, *Entretien avec Jean Amrouche et Taos Amrouche*, Gallimard, 1990, p. 65.
④ [法]埃德加·莫兰:《方法:天然之天性》,吴泓缈、冯学俊译,北京大学出版社,2002年版,第403页。

当然,"太阳"所映照的"白天"也不全是悲剧的见证,如同漫漫长夜的星光,阳光在白天也会放射出温情的光芒。毕竟生命"真正的脐带从一个旋涡旋向另一个旋涡,一直旋到太阳"①。

在《山冈》中,"朝阳一露脸,就透过一尘不染的空气,照亮了远处的山峦,照亮了刺柏林和百里香"(《潘神三部曲》,第 45 页)。在《一个鲍米涅人》中,"这天早晨,天气晴和,晨光宛似麦秸的颜色。玫瑰般艳丽的朝阳,刚喷薄而出,它的笑脸捉迷藏似的在白杨树枝叶间闪闪烁烁。这阳光照得浑身异常舒服,我品尝着生活的甘美"(《潘神三部曲》,第 159 页)。当"我"和阿尔班走在去杜洛瓦尔的路上,"初升的太阳宛如一只金色的鸽子,照到了门槛上。各种鸟儿从四处的灌丛里嗖嗖地飞出来。多么美好的生活!"(《潘神三部曲》,第 216-217 页)同样在《再生草》中,"阳光一越过山冈,就洒在那株山楂树上"(《潘神三部曲》,第 329 页)。在这些描述的段落中,明媚的阳光照耀天地万物,吉奥诺用拟人的手法强化了阳光"驱赶黑暗,带来温暖"的形象,既照亮了外在的自然空间,也照亮了内在的心理空间。

在吉奥诺后期的代表作《屋顶上的轻骑兵》中,我们对夏季的白天印象深刻,以至于忽略了作者对其他时间的描述。对夏天的阳光进行超乎寻常的描写是这部小说最大的特色,如此的"白天"以密集的方式展现了吉奥诺式的世界末日的景象。"千篇一律的白光"(《屋顶上的轻骑兵》,第 112 页),"白垩色天空均匀的闪烁"②(《屋顶上的轻骑兵》,第 117 页),这意味着作者消除了形态,统一了色彩。太阳"既没形状,也没颜色。一片耀眼的白垩色"(《屋顶上的轻骑兵》,第 82 页)。"(因为)阳光强烈,暑气熏蒸,(所以)一切都在颤动,一切都变了形"(《屋顶上的轻骑兵》,第 5 页),"万物都改变了形状(《屋顶上的轻骑兵》,第 15 页)"。

在这样的白天,热浪和阳光让外形消散,把一切都融进原始的黏性中。在这部小说里,法国南部夏天的阳光照耀大地的颜色,不是绿色,不是紫色,也不是金黄色,而是白色。阳光"很白很白,完全碎成了粉末,仿佛在用稠厚的空气涂抹大地"(《屋顶上的轻骑兵》,第 3 页)。"太阳无尽无止地散落着可怕的白垩般光芒。"(《屋顶上的轻骑兵》,第 124 页)白色的太阳充分扮演了南部空间的悲剧元素,颠覆了悲剧与夜晚关联的惯例。这样的白天充满了每一篇章,甚至每一页,它的反复出现把悲剧氛围渲染得淋漓尽致。不

---

① [法]埃德加·莫兰:《方法:天然之天性》,吴泓缈、冯学俊译,北京大学出版社,2002 年版,第 402 页。

② 此处译文为作者翻译,潘丽珍的译本在此处未译出 uniforme。

过,当安杰洛与波利娜相识,并肩骑行在山上时,"天际的太阳越来越低,绚丽多彩的阳光掠过所有的山脊"(《屋顶上的轻骑兵》,第 255 页)。在整部小说中,吉奥诺几乎很少对阳光采取正面描写,此处的"绚丽多彩",是他形容"阳光"为数不多的褒义词。主人公安杰洛,面对这样的景致,比照先前持续不断的"地狱场景",也情不自禁地发出"希望之乡"的呐喊。此时此地的阳光温情脉脉,将安杰洛内心的舒展全情展现。

(二) 黑夜

吉奥诺擅长以白天为背景描写故事情节,用阳光表现人物的悲剧,但这并不意味着他对"黑夜"就视而不见。实际上,他对"黑夜"的喜好也常见于其作品中。"黑夜"与"白天"的交替轮回,构成了他作品中独特的叙事时间。他曾经说过:"在我的书中,场景经常发生在夜晚,或是发生在狂风暴雨之中,比起洒满阳光的光明、鲜亮的场景,(我的书中)更多的是夜晚、黑暗的场景。"①

所以"夜晚"是作者叙事中非常重要的元素;"夜晚"是"逃离"的意象;和"水"一样,它是对诗意行程的邀约,是对幸福"彼岸"的召唤,是对死亡环境的酝酿。《愿我的欢乐长存》就是在一个异乎寻常的夜色中开始的。在作者同样仰望的夜空中,茹尔当很清楚地知道等待着辛劳的博比的是什么。夜空是这个星球上最宏伟的景象,它让宇宙的边际都消失殆尽。马特罗在黑夜中死去,朗格鲁瓦在拂晓时分与凶手搏斗,《一个郁郁寡欢的国王》中,那头肇事的狼在火把的微光中被人们杀死……在这些场景中,夜晚无一例外地成了营造悲剧氛围的极佳元素。

对于吉奥诺而言,"夜晚"这一主题蕴含多种价值。夜晚可以让宇宙力量显现出活动的轨迹,可以突出场景或引发忧虑的情感。不过,夜晚的重要价值可能主要体现在它可以作为美妙时刻这一因素上。在这一时刻,事物的真实性得以展现。矛盾的是,在这世界的黑暗中,吉奥诺让真实性的光芒得以闪现。在《一个郁郁寡欢的国王》中,朗格鲁瓦是在圣诞之夜明白了犯罪行为的"一切"。在推理的明晰、夜晚、闪烁、"仙人掌"或"类似太阳的光芒"之间存在平行关系。这一"类似太阳的光芒"在黑暗中闪耀,把黑暗变成隐藏真实性的空间,变成如同宇宙深渊一样深邃的真实性的地点。它是神秘之地,是一切未知的或可以隐瞒的东西的地方,无论这份未知或隐瞒是不是世界不可见的起源和机制,无论是神圣还是罪恶,这些其实都是这一场景中关联的重要因素。

---

① Henri Godard, *Entretien avec Jean Amrouche et Taos Amrouche*, Gallimard, 1990, p. 36.

基于同样的原因,夜晚通常有利于悲剧的展开。在《大畜群》中,奔赴战场这一场景发生在晚上。在《风暴两骑士》中也是如此,其主要悲剧都发生在夜晚:妇女焦急地等待前线的丈夫归来,马尔罗被他弟弟救起,马尔罗与弟弟之间的打斗等(Ⅵ, pp. 85, 168, 179)。在《埃纳蒙德》中,高地上的夜晚让人忧心忡忡,尽管是自然风景的破坏造成了大地的敌意。夜色漫无边际,叙述者使用海洋的隐喻来定性这一单调的场景,高地于是拥有了"海洋"的单调。

夜晚也是滋生罪恶的温床,"地狱之色充斥着黑夜"(《屋顶上的轻骑兵》,第195页)。因为黑夜"意味着上帝和光明的缺席,意味着来世的黑暗地府,是照亮和启蒙的敌人"[1]。在《屋顶上的轻骑兵》中,"凌晨三点穿过受瘟疫蹂躏的城市进行夜间巡视,这是最凄凉不过的事了"。漫漫长夜也为"大家的利己主义提供了方便",活着的人们迫不及待地把尸体扔在街上,随后"赶快回来躲在家里"(《屋顶上的轻骑兵》,第163页)。

"白天"与"黑夜"是吉奥诺文本中最为寻常的时间单位,它们之间看似处于矛盾对立的关系,实际上是相生相随的关系。在吉奥诺的笔下,"白天"未必是"阳光明媚"的代名词,"黑夜"也未必与"邪恶暴力"画等号。这样倒置的意象颇似法国当代哲学家萧沆的观点:"阳光令思想黯淡,思想只在黑夜当中开放。"[2]不断重复而又不断变化的"昼夜",让作品中的每个人都可以在这个每天不停变幻的时间平台上充分表现:愉悦的生活,辛勤的劳作,孤独的逃离,恐怖的罪恶。昼夜本身并不参与这些人的各式活动,但它作为一个背景标记而始终存在,它是人物活动的见证者,更是生态空间的构建者。昼夜所代表的"光明"与"黑暗"充斥于人类的一切存在,这两者本身既是对立又是融合的。吉奥诺文本中形形色色的人物无非从事着或善或恶的行为,如昼夜一般,"善"与"恶"在对立共生中构建着自然世界与人类世界的生态平衡和美学维度。

二、四季循环

人类在生存发展的时空长河中,一直处于广阔无垠、生机勃勃的自然风景之中。这些风景"四季循环往复,又年复一年地不断消长变化着,长期地、反复地刺激着人的感官,陶冶着人们的心灵,使人们逐渐感悟到天地万物的

---

[1] [德]汉斯·比德曼:《世界文化象征辞典》,刘玉红等译,漓江出版社,1999年版,第114页。

[2] [法]萧沆:《解体概要》,宋刚译,浙江大学出版社,2010年版,第238页。

生命节奏"①。

在吉奥诺的小说中,大自然的生命基本与我们日常的感怀相吻合,特别是在春去春又来的过程中,我们感受着生命的力量和自然的变化。可以说,四季的更替是亘古不变的宇宙真理:冬天是休息的季节,是将生命活动减至最低程度的季节;春天则万物复苏,姹紫嫣红。在季节的更替中,每个季节中所蕴含的自然表现和人类行为也不尽相同。我们在这里想要证明吉奥诺作品中的自然表现和人类行为是如何跟随大自然季节的更替而变化的,并如何营造以循环为主要表征的生态空间。

在《愿我的欢乐长存》的序言中,吉奥诺把四季形象地比喻成自然的神灵:"上帝展现出它的四种形式,春天、夏天、秋天和冬天"。(II,p. 1349)一年四季的变换先验地让小说中的每个人物与某一种确定性相关联,与超越短暂无序的宇宙秩序相关联;当他们面对某些出乎意料的事件而心生恐惧时,他们只需对季节的更替过程抱着一份信任,他们内心的恐惧便会随风而逝。他在《愿我的欢乐长存》的序言中明确地解释了这四季更替的不变性:"我们不相信大事……但是我们通过动物的知识而非人类的知识知道,冬天里流淌出春天,然后是秋天,接着又是冬天"(II,p. 1349)。这段表述尽管没有提及夏天,但这并不影响对吉奥诺作品中季节变化的把握:自然生命受控于"独一无二的连贯性"(II,p. 1348)。春天是植物萌芽、生命复活的季节,夏天是疯狂、奔放与饱和的季节,秋天是收获的季节,冬天往往意味着死亡和停滞,但也意味着独处和思考。总之,一年通过四季进行扩张与收缩、开放与关闭的往复循环。

我们生活的大自然始终在追求平衡。当大自然的生命无法外露,特别是在冬季时,力量就会积聚直至爆发。这就是吉奥诺所观察到的季节更替的现象。当人类阻碍大自然,折磨大自然,大自然就会报复人类。《山冈》中的山火便是这种情形。此外,吉奥诺还把自然现象和人类行为夹杂在一起。《一个郁郁寡欢的国王》中的V先生,想让杀戮来平衡他那死水微澜的枯燥生活。从春天到秋天,他都无所事事,通常人们在这些季节中会观察大自然的暴力活动来给自己带来欢乐。V先生个人的节奏和大自然的节奏是不同的,它们是完全相反的,但是它们属于相同的平衡需求。吉奥诺同时描写它们是为了显示它们之间的相似性。

这种与大自然的心理契合在"埃纳蒙德"身上表现得更暴力化。在《人世之歌》中,当春天到来,暴力以最爆发性的形式表现出来时,安多尼奥和他

---

① 朱志荣:《审美理论》,敦煌文艺出版社,1997年版,第39页。

的家人却缺席了大自然的暴力,而埃纳蒙德则完全与这极端暴力融合在一起。"等待春天的是位年迈的妇女。"(VI, p.325)埃纳蒙德既在等待春天,也在等待她的死亡。人的命运的终结恰巧与季节的更替重合,这是吉奥诺典型的表现手法,其表明的意义也非常清晰明了。死亡不是终结,而是转换和新生的时刻。《愿我的欢乐长存》中的博比和《一个郁郁寡欢的国王》中的朗格鲁瓦便是此种例证。在季节更替中,人用死亡的方式回归自然。在这些人眼里,死亡是向大地或是向更广阔的自然抛洒自己的物质,把自己的身体再次融入自然的物质循环之中。于是,一切都未曾失去,一切都只是在转换,如同"春去春又来"的季节律动一般。

(一) 春天

> 田野上的小麦草绿油油一片,葡萄藤长出嫩绿新叶,这是个充满"最初"的季节。第一批蝴蝶,第一批芦笋,森林里传来第一只杜鹃的啼声。在村子里看到有人第一个穿上短裤,露出白皙的膝盖。夕阳往往不过是天边一抹淡红的影子,春夜飘忽着又凉又湿、肥沃丰饶的气味。忽然刮起一阵风,杏花如雪片纷飞飘落。青蛙恪守浪漫的求偶天职,在水池边呱呱叫着。石头上有蜕落的蛇皮。罂粟这魅惑美丽的杂草,在嫩绿的小麦草丛中探出深红色的脑袋。(彼得·梅尔,《关于普罗旺斯的一切》,第240页)

吉奥诺在作品中往往对季节采取传统的表现手法:夏天酷热,阳光惨烈;而冬天寒冷,雪花飞舞。在《一个郁郁寡欢的国王》中,面对玛丽·莎佐特的消失和拉韦纳家猪身上的刀伤,村民们心生恐惧。于是在冬天的黑夜里,他们惴惴不安地等待着黎明,"等待着……等待着……一直要等到春天的来临"(《一个郁郁寡欢的国王》,第22页)。当金色的春光笼罩大地,人们虽然还在挂念着失踪的玛丽·莎佐特,但"眼下有许许多多的事情要做",所以不得不把她的事"放在一边"(《一个郁郁寡欢的国王》,第23页)。此时,明媚的春光显然舒缓了冬天里人们心灵的创伤。

在吉奥诺的作品里,春天是个迷人的季节,恰如我们在《再生草》结局部分所见到的动人景象:"又是春回大地。南方的天空像一张嘴豁然舒张开了。湿润、温馨的风一口气刮了好长时间。百草已经在种子里萌动。圆圆的大地似成熟的果子开始软和起来。"(《再生草》,第145页)这是万物复苏的时刻,特别是突然间的复苏,简洁而又强烈。当大自然与故事的结局混合在一起时,对大自然的表现也与情节的高潮达到了完美的贴合。这一高潮表达了故事中青年农民庞图尔夫妇重新获得自然和谐时的极其愉悦的满足感。不过,春天在推动情节达到高潮并实现人的终极幸福之前,它有时也会扰乱大自然安详规则的节律,激起令人不安的旋涡与动荡,这实际上是春天以自己特有的壮观场景展开对已有次序的干扰与入侵,对此,《人世之歌》提供了很好的例证。

《人世之歌》这部小说的创作优点在于将宇宙力量融入四季缓慢的更迭之中,这能让读者更好地意识到宇宙力量与自然世界的和谐共生,使他们能在自然环境中不断跟进宇宙力量的变化发展。于是我们在《人世之歌》中观察到这样的现象:当安托尼奥和贝松计划并实施对莫德鲁那帮人的报复时,春天的到来是逐渐表明的,是悄无声息的。这次报复的结果是杀死了好几个牧羊人,并放火烧了莫德鲁的农庄。这件事发生在隆冬时节,但春天的迹象已露端倪。一位牧羊人用简单的话语把河流的解冻告知两位主人公:"当这一切融化时就会像水一样!"(II, p. 301)之后,当春天确实到来时,读者在跟进情节的发展,同时和小说中的人物一起观察河流运动的过程。由于有不断的惊跳和鸣叫,小说中的人物意识到是大自然的复苏,我们听到他们接连欢呼,把春天到来的讯息像重大事件一般口耳相传,从而表现他们对新季节到来的渴求。接着,春天爆发了。它首先只是个自然的春天,"在夜空中狂暴的巨大春天"(II, p. 36)。最终在最后一个阶段中,大地上产生了"春天庞大的无序"(II, p. 394)。这种"无序"实则蕴含着和谐的"有序",生态的"有序"。

吉奥诺在作品中描绘一个个自然现象,小心翼翼地宣告春天的到来。他对春天的描写细致入微,力求符合小说的整体结局。对春天的宣告虽然零散地分布在小说中,但它所占据的篇幅差不多有半部之多。而且,宣告春天所占据的篇幅是描写春天本身篇幅的五倍之多,虽然这只是一些零散的句子,相较之下,对春天的描写则连续不断地占据了整整十八页。所以对比是惊人的,表现的选择符合现象的自身性质。春天越是不紧不慢地、朴素低调地准备着它的到来,春天就越是来得自发,来得轰轰烈烈。作者的介绍反映了这一过程,因此尽管春天到来的脚步小心翼翼,但春天复苏的速度还是让人惊讶不已。

春天揭开的场景是激动人心的。整个大自然似乎受到奇特的扭曲,在发狂、暴怒、波动着,一切似乎都沉浸在兴奋的氛围和春天的狂欢中:

> 挖出新水源的牧场在歌唱着……大树在发出噼啪的响声……东边吹来了黑色的寒风。它在不停地驱赶暴风雨和不同寻常的太阳。小山

谷里的云在跳跃着……一切都正在消逝：大山和森林……万物开始游，开始跑，开始飞……遍布大地的水、石头、冰块、树木的躯干，都被扭曲成坚硬的块状，咆哮着流入宽阔的河流。(II, pp. 394-396)

最终，为了呼应春天到来的第一个预兆，叙述者心里直想去"四处呼喊春天"(II, p. 396)。"牧场""大树""寒风""太阳""大山"等这些自然元素构成了丰富的整体性意象。而且这些元素的丰富性无与伦比，产生了积累效应和堆积效应，从而在整体性的基础之上，表现出春天万物活动的强烈程度。这一特点还典型体现在"驱赶、跳跃、消逝、咆哮"等一系列动词的使用上，恰如其分地反映了春天活动的密集程度和活跃程度。作者还用列举的方式，对同一个名词进行重复说明："长毛的动物，长羽毛的动物，短毛动物，冷血动物，温血动物"①等(II, p. 395)。

吉奥诺的春天是不断运动的画面，他把春天的到来描绘为覆盖所有角落、通达所有维度的生命的全面复苏，从高山之巅到深海之渊，从而表明春天不光是来自天空，也来自大地。它的无处不在必须让人联想到自然力量的全能。由于气象的变幻波动而产生的沉闷的大气恰好证明了它们存在的影响。吉奥诺于1963年在当地一份日报上撰文指出，"春天是绝佳的革命季节……是一年中天底下最动荡不安的季节"②。

不过，在如此多的沉重之中，我们也惊讶地发现这个新季节同时存在轻盈的印记。自然元素的运动，无论是以明示还是隐含的方式，展现了舞蹈的运动："溪水的流动好似跳舞……黑土……在鸟儿轻盈的踏步中流出了汗水。"(II, p. 395)同样，大自然被五彩缤纷的"彩虹"色修饰着，被泉水"柔美低沉的歌曲"修饰着。

对于吉奥诺后期的小说，早期小说中富有张力和爆发力的大自然的狂怒消失了，取而代之的是不引人注意的运动。大自然的喧嚣依然如故，但这时的喧嚣不再出现在表达中，它不用描述便已不言自明：在《埃纳蒙德》中，叙事在结尾处宣告春天的到来；而在《人世之歌》中，有整整一段都在描绘春天。所以作者在后来创作的《埃纳蒙德》中，就让读者们自己去想象相似的春天景象。

在春天的氛围中，动静元素形成了强烈的反差。它构成了时而活泼时

---

① 原文为：les bêtes de poils, les bêtes de plumes, les bêtes de peau rase, les bêtes froides, les bêtes chaudes.
② Jean Giono, Le printemps, *Les Terrasses de l'île d'Elbe*, Paris, Gallimard, 1976, p. 66.

而沉重、时而阴暗时而明亮、时而混乱时而规则的交替运动,这些运动把叙事的节奏提升到一个前所未有的动力层面,并且在自然元素的生命冲动中找到了最贴切的表达,为生态空间渲染了最生动的色彩。

(二) 夏天

> 未到正午,气温已接近三十度,还在节节攀升,夏天来了。早餐吃点被太阳晒得暖暖的新鲜无花果,狗趴在阴凉处睡觉。露天咖啡座中,各国语言汇成一片喧闹的夏季声浪,英国人讲话像嘶叫,德国人像在咆哮,荷兰人则咕咕哝哝。玫瑰花期短暂,却娇艳灿烂。大地五彩缤纷,薰衣草排列成行,向日葵金黄夺目,麦子是米色的,葡萄藤是酒瓶绿的。在幽暗的天色中游泳,迷迭香在露天烧烤台上燃烧,飘来阵阵香味。空气像又热又干的绷带,有时你真希望太阳能放一天假。(彼得·梅尔,《关于普罗旺斯的一切》,第112页)

如果要对吉奥诺笔下的四季作个排列比较,那么夏季显然是最为强烈的符号。虽然吉奥诺几乎每部作品中都有夏季的存在,但夏季能成为他小说特点的象征符号,很大程度上要归功于他1953年出版的《屋顶上的轻骑兵》。这部小说对夏季进行了超乎寻常的描写,展现了吉奥诺式的世界末日景象。它既摧毁外部的自然空间,让万物之形消失,又消融内在的心理空间,让人心生恶念。这正如吉奥诺在他的笔记中所述[①]:"夏天以这种方式摧毁了人类的内心。对疾病内部世界的描写……就是内心世界的夏天。"[②]。

在《屋顶上的轻骑兵》中,吉奥诺从开篇便向我们展示了非常写实的夏天场景:普罗旺斯夏天的干旱和酷热。但这种现实主义很快就被超越,吉奥诺开始绘制一幅夏日的幻想画,它带给人噩梦般的感觉,持续不断:"所有这些野蛮的景象,并非只是因为安杰洛被太阳烤得昏昏欲睡、满眼红光而存在。"(《屋顶上的轻骑兵》,第12页)

小说几乎是让我们一下子就处于高潮期,而不是让我们逐渐感受酷热

[①] 法国学者在吉奥诺的工作笔记中发现了他的计划:夏天以何种方式摧毁人的内心。使用超现实主义画家 HM 的手法。根据皮埃尔·西特龙的研究,这里的 HM 指 Henri Michaux(亨利·米肖),后者是以对谵妄的激情而著称的法国诗人、画家。吉奥诺的计划显然是要在夏天的衬托下对霍乱进行分解。

[②] Laurent Fourcaut, L'été et le choléra dans *Le Hussard sur le toit*, *Le Hussard sur le toit de Jean Giono*, *Actes du colloque d'Arras du 17 novembre 1995*, Etudes réunies par Christian Morzewski, Artois Presses Université, 1996, p.116.

的到来。富有意味的是,安杰洛醒来的第一个清晨就已经"异常闷热"(《屋顶上的轻骑兵》,第1页)。夸张很快替代了常态,很快就感到连"树林的阴影都让人感到耀眼和闷热"(《屋顶上的轻骑兵》,第3页)。随后出现这样的景象:山坡都被太阳烧得露出了骨头(《屋顶上的轻骑兵》,第3页)。这个景象初看之下并不起眼,但是吉奥诺随后将其用作萦绕不去的主题以创造病态的氛围,于是这个平凡的景象就具有了力量和表达性。读者至此还未遇到霍乱病症的描写,但已经在干旱和酷热的景象中直面疾病和死亡。我们很想对纪尧姆·阿波利奈尔的著名诗作《多病的秋天》进行发挥,以谈论吉奥诺在这部小说中想要表达的"多病的夏天"。吉奥诺"多病的夏天"中,骨骼的意象无处不在,让人在炎炎烈日中看了都不禁冒出冷汗:"微弱的脊椎颤动声"(《屋顶上的轻骑兵》,第3页);"它们(野蜂)从小门和两个大牛眼窗里冒出来,犹如从抛弃在树林里的一个老骷髅的眼眶和颌中冒出来一样"(《屋顶上的轻骑兵》,第6页)。

炎热催生的大地的干旱令人毛骨悚然,干旱还伴生了空气和天空的黏性,这也很快成为这场夏日"噩梦"的重要成分:"阳光并不强烈。那阳光很白很白,完全碎成了粉末状,仿佛在用稠厚的空气涂抹大地"(《屋顶上的轻骑兵》,第3页)。"厚的""黏乎乎"等诸多类似的形容词是描绘夏天的主要词汇,空气和天空也因此呈现出"油状的""糖浆状的"形态。通常这种"黏性"还与吞噬的威胁关联在一起:

> 在白垩般的天空中,会出现一条异乎寻常的磷光闪闪的深渊,一股火炉中发烧时才有的黏黏糊糊的气息从里面冒出来,可以看到那黏糊而浓稠的物质在颤动。一棵棵大树在这炫目的光线下消失,一片片橡树被阳光淹没,只露出一丛丛土色的树叶,朦朦胧胧,看不清轮廓,几乎是透明的,炎热的气温突然将一个慢慢晃动的黏乎乎亮晶晶的旋流覆盖在它们身上。(《屋顶上的轻骑兵》,第3—4页)

从这段亦真亦幻的描写中,我们可以感觉到炎热和阳光正在吞噬色彩和形状,这种感觉从安杰洛最初的行程一直持续到他在杏树林中准备出发开始他的第二段"行程":

> 太阳突然一跃而起。它抓住天空,将石膏、白垩、面粉一股脑儿崩落下来,然后,用长长的不带虹色的光芒把它们揉捏。一切都消失在这炫目的白色风暴中。(《屋顶上的轻骑兵》,第131页)

大自然的景色，马诺斯克城，一切都面目全非，无从辨认。温柔的普罗旺斯在吉奥诺的笔下变成了可怕的地方，变成了恐怖的场所。白色是夏天挥之不去的颜色，吉奥诺将其比做石膏、白垩、面粉或石灰，并且不断地重复，白色被异化成了恶与死亡的颜色，物体形态的丧失也意味着人类活力的衰弱：

> 物体的形态变得模模糊糊，使得大门、窗子、搭闩、门帘、酒椰叶纤维窗帘都移动了位置，人行道的高度和铺路石的位置都发生了变化……所有的欲望都化成了沸水的形象，人们在沸水中跟跄行路。（《屋顶上的轻骑兵》，第15页）

"沸水"这一意象形象地表现出夏天炎热的蒸腾场景，它让物体改变形状，挪移位置，甚至将一切欲望都蒸发到空中。如此病态的夏天实际上是让小说中人物的躯体和读者的心灵都做好接受霍乱蹂躏的准备。

由四季组成的"年"往往是宇宙不变性和稳定性的象征：如在夏天或冬天似乎一切都不改变，都保持静止不动的状态。在吉奥诺的某些作品中，季节的短暂性同时让人触动，比如《埃纳蒙德》中展现的夏季，它"闪耀而短暂，从春天那里挣脱用了五天……绽放了二十天……惊厥了十天，然后是秋天了"（V, p.272）；夏天充分的绽放，是为了在其间产生必要的悲剧，之后便是下一个季节的到来。但在大多数情况下，吉奥诺描写的季节往往持久而缓慢，似乎是要展现停滞的时间。一切事件的发生，如同每个季节只有它自己，如同人们无法想象几个月之后需要融入另一种世界观：仲夏不是深秋的诺言，寒冬也不是初春的预兆。一切看上去都凝固在季节的永恒性之中。

（三）秋天

> 枪声在山间响起，狩猎季节来了；葡萄园里的青绿色变成赤褐色与金黄色，餐桌上的葡萄酒的颜色由粉红变深红；青蛙终于静了下来，塘底不见鱼的踪迹；焖肉回到烤炉里，厨房里生起了火；最后一次游泳，池水冰凉刺骨；斑纹鹧鸪呼的一声从小麦的残梗上飞起；葡萄总算都采收完了，酒农松了口气；村落一扫夏日的倦怠，每周一次的市集上，村民的身影多过异乡的脸孔；几只顽强的蝴蝶看来不为季节变化所动，飞行的距离却越来越短；蛇都不见了。（彼得·梅尔：《关于普罗旺斯的一切》，第29页）

四季的界限一般在于轮回和转换之间，而这些轮回和转换往往悄无声息，且难以捕捉。在《特利埃夫之秋》中，吉奥诺巧妙地用一只狐狸的动作来比喻秋天的到来："秋天像一只狐狸跳到我们头上。它的动作轻柔，有人在某一天夜里听见它着地的声音。翌日，秋天已经在那儿了。"①吉奥诺随后用一连串动词来刻画狐狸的动作，速度由慢到快，也象征着从初秋时分到深夜季节的悄然变化："开始时，它（狐狸）在牧场上慢悠悠地打着滚儿。它在杨树的栅栏上擦着身子，在所有的树上留下了自己的毛。搏斗时，它的爪子抓伤了槭树，槭树鲜血直流。"②

空间的静止化使得地点流露出本来的美丽与壮观，这一点也体现在吉奥诺对叙事时间的处理上：事实上，吉奥诺通过给予时间顺序以永恒性的外表来构建他的文本。于是在文本中，被他赋予叙事任务的讲述者就会展示亘古不变的四季轮回。这既让文本中的人物欣赏不已，也让文本前的读者倾心不止。每一个季节都会通过它的独特性来显示其魅力，并且年复一年都是如此。秋天这一季节便很好地诠释了作者的这一创作特征。例如，在《一个郁郁寡欢的国王》中，秋天成为描写的对象：小说中的叙述者被秋叶五彩缤纷的壮观景色深深吸引。锯木厂边上的山毛榉在秋色中神采奕奕："在秋天里，山毛榉满身覆盖着深红色的长毛，无数的臂膀犹如绿色的蛇一样纠结在一起，金色的树叶像千万只手似的玩弄着羽毛彩球、纷纷盘旋飞翔的群鸟和晶莹透明的尘埃。"（《一个郁郁寡欢的国王》，第30页）

这里，吉奥诺用"千万只手"形象地刻画出丰富的移动感，营造出无序的、不规则的巴洛克式的美感。以这棵山毛榉为中心，自然界的各种生命呈辐射状展开。作者用山毛榉这一具体形象来刻画秋天的本质，它是秋日景观的象征，代表着大自然在这个季节的方方面面：生命与死亡，植物与动物，个体与群体，以及五彩缤纷的秋日色彩。代表复苏的春天与成熟的夏天的绿色，与代表光彩照耀的秋天的金色与红色交织在一起，相得益彰。山毛榉构成了一个独特的生态微空间，围绕树木展开的每种生命个体的无序，其实就构成了生态空间内的轮回，是大自然整体生命的有序。

如果说季节的无序在夏天和冬天表现为"让天地无形"，那么它在春天和秋天则有另外的表现方式。原则上来说，这两个季节是夏至与冬至期间的过渡季节，体现了一种稳定性。在吉奥诺的小说中，秋天与春天一样，往

---

① 吉奥诺：《秋》（原名《特里埃夫之秋》），金龙格译，选自《今文观止赏析丛书——散文诗赏析》，巴蜀书社出版社，2013年版，第194页。
② 吉奥诺：《秋》（原名《特里埃夫之秋》），金龙格译，选自《今文观止赏析丛书——散文诗赏析》，巴蜀书社出版社，2013年版，第194页。

往以季节到来的预兆开始,这些预兆也标志着上一个季节的结束。接着读者便会看到季节的变化发展,观察到越来越多下一个季节到来的迹象。吉奥诺把这些季节的特性作为刻画让人忧虑的自然无序的特殊形式,这些特性已经超越了自然生命本身的问题,成为人对自然的心理印象的表达。所以,这些季节在文中起先会悄悄出现,然后迸发出无法控制的"巨大力量"(Ⅱ,p.789)。在《一个郁郁寡欢的国王》中,秋天便以这样的气魄在大自然的舞台上"粉墨登场"。它是"顷刻间骤然"来到,它的发展是如此迅速,其景观摄人心魄:

> 秋天是顷刻间骤然来到这儿的……今天早上当您睁开眼睛的时候,您却看到这株梣树的树冠上插了一束金黄色的鹦鹉毛。当您在露天宿营时,就在您煮咖啡和收拾行装的当儿,那树冠上已不再是一束金黄色的鹦鹉毛了,而是变成了一顶玫瑰色、灰色和棕色的稀疏羽毛缀成的头盔。尔后,随着色泽的变动,树叶丛中又出现了水牛皮色和草料色。再接着,这株大树上又相继戴上了金黄色的肩章、围裙和护胸甲。这株梣树上树叶色泽的种种变化,都是在周围这个更加火红的金色世界里发生的。(《一个郁郁寡欢的国王》,第28页)

在这段描写中,秋天瞬间到来,时刻变化,它捎来的实际上是世界的震荡,而人们只能部分地窥见这震荡中的某些结果。人类秩序逐渐开始失范,似乎很难从亲眼所见中推断出生机勃勃的自然秩序。此外,秋季也开始解构人们的生活,它的突然到来增强了人们对它所激起的无序自然的感觉,以及对生命轮回的感叹。

事实上,秋日总会让秋日的旁观者们惊讶不已,《特利埃夫之秋》中也提到了这个季节的"突然性":"秋自高山之巅向我们腾跃而来。几天来,空气动荡不安。人们望着婆娑的树影,心里多半感到惆怅。不过,人们预料之中的是通常岁暮的景象,而没有预料到今年发生的情况。"[①]秋天的突然而至混杂着寒冷与温热,交织着阳光和风雨,对它的展现也绝非一串词汇便能穷尽,因为秋天代表着夏天和冬天之间的转变甚至颠覆。正因为如此,秋天和春天一样,揭开了无序的世界,当人们面对这难以控制的无序时,这个季节也便会引起人内心的担忧与恐惧。吉奥诺在《特利埃夫之秋》中用花的气味把秋天这一令人不安的一面呈现在我们面前:"这些东西(猪殃殃花)的气

---

① 罗国林:《让·齐奥诺散文三篇》,载《当代外国文学》,1984年第1期,第45页。

味,一直渗透到人的身体里,一直渗透到那潜伏着人类万般恐惧的幽暗的一隅,把周身的血液染成了黑色。"①显然,无论秋日的景色怎样让人沉醉,恐惧始终是秋日氛围中挥之不去的阴霾。秋天的姿态是自然无序的结果,它颠覆了现有自然秩序的任何形式,实际上暗含了无序中的有序:自然总是遵循着天地间的生态规律,循环往复,生生不息。

(四)冬天

> 枯干的枝丫间,未采摘的杏仁已经变黑。修剪过的葡萄藤像扭曲变形的手指,戳向光秃秃的褐色土地。一览无余的冬日夕阳,白中带红,血红色的月亮继而升起,低悬天边。马背上浮起白色的蒸汽。田野上遍开野芝麻的白色小花。丛生的金雀花顶端一片明黄,灿烂明媚;在一丛迷迭香枝叶间,有朵乐观的紫罗兰开花了。远处,几缕炊烟在静止的空气中笔直上升。喷泉池缘的青苔结了透明的薄冰。早晨和黄昏时分的狩猎枪声,猎犬呜咽,嗥叫的声音和颈间铃铛的叮当声。冰冻的土地在脚下嘎吱作响;拖拉机发动时发出咳嗽般的声音;柏木块在烟囱里噼啪作响;下雪时大地像装了隔音墙似的,一片静寂。季节的气味,糅合了木头烟香的冷冽空气、第一颗出土的松露近乎腐臭的浓香、榨过的橄榄的油香。冬季最后一场雪,像糖霜一样洒在山头。
>
> ——彼得·梅尔:《关于普罗旺斯的一切》,第 149 页

吉奥诺笔下的冬天往往是漫天飞雪的世界,他把冬天营造出与夏天相同的湮灭感和危险感。冬天。无处不在的大雪如同夏季的阳光,抹去了大地的一切标记,模糊了任何地形,传统世界的秩序消失殆尽。吉奥诺在散文《冬》中便展示了这样混沌的冬景:"可得当心啊!云雾紧贴着深渊边缘上的积雪……分不清哪是积雪,哪是云雾,哪是实,哪是虚。"②冬雪的混沌吸引了那些希冀在雪中获取某些意料之外的人,警察队队长朗格鲁瓦便是这样的人物。他要经常性地面对大雪,并逐渐希望在雪中获取些他意料之中又出乎他意料之外的事件。如果《屋顶上的轻骑兵》可以被视作太阳小说的话,那么《一个郁郁寡欢的国王》则称得上是一部大雪小说。根据法国吉奥诺学会会长雅克·梅尼(Jacques Mény)教授的解释,吉奥诺在这两份文本中提出了类似的机制,表现相反但结果相似:"《屋顶上的轻骑兵》中的白色

---

① 罗国林:《让·齐奥诺散文三篇》,载《当代外国文学》,1984 年第 1 期,第 45 页。
② 罗国林:《让·齐奥诺散文三篇》,载《当代外国文学》,1984 年第 1 期,第 47 页。

夏天的白垩色天空投射在《一个郁郁寡欢的国王》中阴冷冬天的冰冻草原上……吉奥诺的作品中一直萦绕着形状的解体与消失。"①

实际上在《一个郁郁寡欢的国王》中,处在故事中心位置的希希里阿纳村从一开始就没有形状,它先是被云雾笼罩,接着又被大雪覆盖:

> 晌午时分,彤云密布,笼罩了一切,天地万物都已消失。这时,屋外见不到一个人,也听不到任何声音,一切都似乎已不复存在……雪,在纷纷地下着。四个小时之后,夜幕降临了。人们生起了壁炉,雪花仍在飘舞。五个小时,六个小时,七个小时过去了。屋里点燃了灯火,屋外大雪纷飞,天地万物白茫茫浑然一体,分不清大地和天空、村庄和山岭。在这样一个快要崩塌的、冰天雪地的世界里,到处都是一些摇摇欲坠、寒光闪烁的雪堆堆。(《一个郁郁寡欢的国王》,第7-8页)

这广袤无垠的大雪抹去了世界:它不是使世界变得像伊甸园般纯洁,而是覆盖这个世界的已知面,让其呈现出无法理解的奇特性。当我们对比吉奥诺其他作品中的夏天世界,特别是《屋顶上的轻骑兵》中的炎炎烈日,我们发现夏天的阳光与冬天的大雪有着某种共通之处:阳光和大雪都具有强烈的致密感,它们的强度使自然的形状消失,湮灭已知的有序,构建混沌的无序。

吉奥诺作品中的人物往往具有郁郁寡欢的性格,甚至抱有莫名的敌视情绪。这种敌视可能与地形有关,但也可能与气候有关。冬天是无情单调的时节,是极端无聊的源泉。在《人世之歌》有关冬天的描述中,叙述者使用表示持续性或重复性的时间状语、持续性动词和不定人称代词来强调漫漫寒冬的缓慢节奏,如"一直""每晚""雪正下着""每天早晨""人们正醒来"等。

《一个郁郁寡欢的国王》中也展现出类似场景。不过,其中的主题更多聚焦于大雪对村民团体产生的效应,而之前的小说更多以叙述者或其中某个人物为视角。这种转换体现了吉奥诺对人群的关注,正如我们所研究的那样,这种转换自《大山里的战斗》就开始了。泛指人称代词"on"的使用,后面紧跟表示持续动作的动词,这样的用法表明冬天对于所有人都是一样的。大家的处境都相同,在令人抓狂的均一性中迷失了自己,每个人落满大雪的外衣充分表现了这一均一性。在叙述者的眼中:"一切都覆盖着,一切

---

① Jacques Mény, «Apocalypse neige», conférence prononcée lors des Journées Giono de Manosque en 2005, reprise dans Bull. 64, automne-hiver 2005, p. 103 - 104.

都消失了,不再有人,不再有声音,什么都不再有。"(III, p. 459)悲剧正是从此拉开了序幕。大雪让一切差异、一切标记、一切生命都消失殆尽。空虚和孤独的感觉,如同身处荒漠,迫使人物蜷缩在自己狭小的空间中,暗自怅惘。

冬天的在场所引发的环境的单调和孤独的情感也可以展现为夜晚和荒芜。当地形、季节、气候等多种因素交织在一起时,悲剧的表达就达到了顶点。如在《埃纳蒙德》中,对埃纳蒙德所生活的高地的表现便是这种情况。这块地方确实非常荒凉偏僻,因为缺乏道路,因为"远离与任何人的交际",因为"经常黑暗的天空",因为桦树"消失在大雪中"的冬天。因此,像大雪这样特殊的气候因素就产生了如同崎岖的地形一般的隔离作用,每一种情况下产生的结果都是相似的,甚至是相同的。人类则"不得不考虑不可救药的孤独与世界之间的冲突"(VI, p. 255),以及与随之而来的焦虑之间的冲突。当大自然的生命在落满大雪的外衣下消逝时,每个人都在试图填补空虚,因为这个空虚让人直面自己本性的真实性。于是,隐藏最深的本性苏醒了过来,写在"消瘦严酷的脸庞上"(III, p. 459)。这就是 V 先生和埃纳蒙德的罪恶只能在这样的气候环境中产生的原因。季节与地形的双重因素,它们彼此紧密相连的唯一原因是这些因素导致孤独感和无聊感的产生,这可能是吉奥诺世界中最根本的"恶",也是《一个郁郁寡欢的国王》的主题所在。

在寂静的冬天表现单调的世界,展现复杂的内心,深化对生命本质的思考。白雪皑皑的隆冬时节,看似沉寂的生命形式,其实也是生态循环中必不可少的一个环节,是生态空间在时间维度上的有机组成部分。正如吉奥诺在《普罗旺斯》中所言,冬去春来的季节,"又是一轮循环,天地万物,有破有立"。而且这样的季节更迭非常迅速,"消一个星期便尘埃落定","暴雨已经远去,狂风归于宁静,天空又现晴朗","隆冬最壮观的景致"宣告了"春天的到来"(*Provence*, pp. 63 - 67)。

吉奥诺构建的生态空间内,季节的颜色以可见的形式接触人物的感官,也跃进读者的心灵:"绿色"的春天和"五彩缤纷"秋天构成了生机勃勃的世界,而夏天闷热的"白色"和冬天冷峻的"白色"却让"天地万物消失"。在他对四季细致入微的描写中,不经意便产生了对称的形式美:一面是代表生命的春秋,一面是代表消亡的夏冬。四季在生态空间上留下的独特痕迹,实际上反映了吉奥诺的宇宙观,这也是古朴的世界观的反映:往复循环,生生不息。季节几乎以完美的意象把这种观念呈现在读者眼前。尽管作者身处 20 世纪,这个世纪的人类已经被妆点上"现代性"的霓裳,但这亘古不变的自然循环依然强力地存在。

概括而言,大自然在四季更替中所产生的无序主要与人类不完整的感知有关。这种感知其实是人类典型骄傲感的附属品，它促使人物在潜意识中把大自然想象成易于接近的空间和简单明了的秩序。吉奥诺把这称为"简单主义的世界观"①。实际情况则相反，四季更替所代表的总体有序的自然秩序往往会激起细节的突然修整，比如植物生长引起的外形变化、色彩增加等。这些修整往往会被感知为无序和断裂，尽管它们也可以被认为是自然生命力的旺盛表现。所以吉奥诺作品中的自然变化，绝不是简单的天气变化，而是更加宏观的季节轮回。处在如此宏大的轮回背景下，人类不得不站在人性的层面上审视世界：人们认为自己可以直面可怕的失范，甚至是危险的混沌，而他们亲眼所见的自然现象远比他们想象中的更加复杂，它们其实只是宇宙无尽变化的某些跳跃。

第二节　对比之中的二元空间构建

　　吉奥诺是扎根于普罗旺斯的生态作家，通过描绘自然去展现人类社会。作品中显示出对空间进行构建的意图，如自然空间与城市空间、现实空间与表征空间等。虽然学者们普遍注意到吉奥诺构建的普罗旺斯文学空间，但对作者创建空间的途径考察很少。吉奥诺通过创造各种意象符号来书写普罗旺斯的大自然，阐释自然和社会空间构建出的颇具特色的文学空间。下面我们将探讨吉奥诺小说空间的构建途径，借此彰显人与自然的关系，整合文学想象与现实关照的方法有助于我们把握吉奥诺创作的特征与美学价值。

　　文学空间的建构指文学以语言文字符号为媒介，以现实世界为对象，以思想情感为内容，运用再现、想象和象征等手段生产出符号化的表征空间。文学实践的过程也就是让空间具有意义的过程。他还列举法国哲学家亨利·列斐伏尔和主题批评理论家加斯东·巴什拉等学者的尝试，在阐释文学与空间的互动中，使文学批评中的空间理论日趋成熟，认为"空间作为人类生存体验的基本形式，构成文学的内在生命意蕴"②。吉奥诺一直关注普罗旺斯这个自然空间，从其真实地貌和生活风情中采集素材，通过艺术手法将其变作空间符号再现于文本中。对他而言，普罗旺斯不仅是生活环境，更

---

① Corinne VON KYMMEL-ZIMMERMANN, Jean Giono ou l'expérience du désordre, Thèse de doctorat, Université d'Artois, 2010, p. 67.
② 谢纳：《空间生产与文化表征——空间转向视阈中的文学研究》，中国人民大学出版社，2010年版，第75页。

是塑造人物性格的重要因素,能够为文学创作提供物质条件和审美对象。他年轻时去过巴黎,也去过北方参战,在早期作品中常将自然空间与城市空间进行比较,表现出对"城市还是自然"这一命题的关注。战后他一直寻找构建普罗旺斯文学空间的途径,作品中自然空间与城市空间的对立和高地空间与低地空间的对比,体现出他感受现实空间和构建表征空间的意图。

一、自然空间与城市空间

吉奥诺的作品通常表现出两个空间,即自然空间和城市空间,通常以描写自然空间开始,如《山冈》的开篇是麦田、橄榄树和山泉,《人世之歌》的开篇是夜色中的大河和柴岛,《屋顶轻骑兵》的开篇是黎明时的山谷等,为描绘人物和虚构故事提供叙事要素。在《再生草》中"听见画眉在刺柏间飞来飞去。一只棕色的野兔惊愕地在灌木丛中停一停,然后拉长身子猛地一蹿贴着地面飞了"[1]。各种感官被用来感受自然的变化:"又是春回大地,南方的天空像一张嘴豁开了,湿润温馨的风刮了好长时间,百草已在萌动"[2]。人类、动物和植物成为大地的主角与自然融为一体,呈现一派田园景象。

自然景物纷繁复杂,怎样才能形成一个统一的自然空间呢?吉奥诺找到了"潘神"这一形象,使其成为自然空间的主宰和表征符号。潘神是希腊神话里的农牧神,半人半羊的外形表明其具有双重性,这让空间既体现出"大地的仁慈",又暴露出大自然的"恐惧与残酷"。[3] 在《山冈》中,作者借巫师雅内之口说:"你想知道该怎么办,却对你的世界一点也不了解;你知道有东西在与你作对,却不知道是什么。"[4]大自然的神秘感和自然元素的泛灵式感受,引发人们对某种表征符号的诉求。这个披着神秘面纱"恐惧与残酷"的神灵,实际上是作者强调人类对大自然"心怀恐惧的崇拜"[5]。它并非要给人们带来恐惧,而是在促使人们改正不当行为,并与大自然达成和谐。面对泉水干涸和山火爆发,各怀心事的村民们又团结在一起。在《潘神三部曲》的《序幕》中,上帝通过一场暴风雨让世界陷入狂欢,惩罚伐木工人及村庄,让人们反省破坏植被的恶果。在他后期的小说中,自然空间神秘的两面性同样存在。《屋顶上的轻骑兵》中,普罗旺斯的美景虽然有"王家气派",让

---

[1] 让·吉奥诺:《潘神三部曲》,罗国林译,安徽文艺出版社,1994年版,第403页。
[2] 让·吉奥诺:《潘神三部曲》,罗国林译,安徽文艺出版社,1994年版,第405页。
[3] Jean Giono, *Œuvres romanesques complètes*: Vol. I., Paris: Gallimard. 1971, p. 949.
[4] 让·吉奥诺:《潘神三部曲》,罗国林译,安徽文艺出版社,1994年版,第90页。
[5] 郑克鲁:《法国文学史》(下卷),上海外语教育出版社,2003年版,第1356页。

人"心旷神怡"①,但大自然以"霍乱"的面貌出现变得"和霍乱一样令人可怕",毫不关心人类的命运,就连树木也变得只"考虑自己",对于"不符合它们利益"的事一概"不闻不问"。② 普罗旺斯的传统面貌被吉奥诺颠覆了,他在其形象上叠加了恐怖意象。

同时,他也在努力刻画城市空间。在《山冈》中,作者开篇勾勒出模糊的城市景象:"南风刮来的时候,可以听见山下火车的长鸣和当当的钟声"③。在叙述者眼中,城市充满喧嚣,但这与包括叙述者在内的乡里人格格不入,他们固执地认为"从城里来的没什么好事"④,他们不喜欢城里刮来的"南风",更喜欢"从荒凉的鹿儿山刮来的风"⑤。"火车""钟声"和"南风"都以符号化的形式泛指叙述者眼中的城市空间意象;而在《屋顶上的轻骑兵》中,他对城市空间的叙述十分突出"在马赛,阴沟里冒出了青烟。在埃克斯,中午,全城都在午睡,鸦雀无声,马路上,公共取水处响起了钟声,仿佛是在夜里"⑥。作者指明马赛和埃克斯等名城,当主人公安杰洛穿行在城市中时,他看到阴沟、蓄水池、火车站和广场等大量元素,表明它们确实是"真正的城市大公墓",使读者领略到城市空间的地狱景象。在《一个郁郁寡欢的国王》中,当"我"来到法国大城市格勒诺布尔时,一股陌生感扑面而来,因为那种"可贵的自由和田野的种种芳香的气息正在离我而去",因为"那一座座高楼大厦",让"我感到很不适应,难受得连气也喘不过来"⑦,而且"无数的灯光和喧嚣声也使我感到惊恐不安"⑧。

对于自然空间和城市空间,吉奥诺并不是孤立描绘和生硬对比,而是借助"人"这一独特的自然元素把它们连结在一起,通过"人"的行为表现和内心活动反衬作者对空间的价值判断:肯定自然文明,否定基于城市的"现代文明"⑨。在自然空间中,吉奥诺主要刻画的人物是农民,从《一个鲍米涅人》中的阿梅德到《愿我的欢乐长存》中的博比,再到《再生草》中的阿苏尔,他们的生命节奏和季节交替相辅相依,他们虽然从未触碰过农业设备,但他们对自然现象的观察表明他们就是大自然的诗人。与纯朴欢乐的农民形成

---

① 让·吉奥诺:《屋顶轻骑兵》,潘丽珍译,译林出版社,1998年版,第280页。
② 让·吉奥诺:《屋顶轻骑兵》,潘丽珍译,译林出版社,1998年版,第370页。
③ 让·吉奥诺:《潘神三部曲》,罗国林译,安徽文艺出版社,1994年版,第28页。
④ 让·吉奥诺:《潘神三部曲》,罗国林译,安徽文艺出版社,1994年版,第28页。
⑤ 让·吉奥诺:《潘神三部曲》,罗国林译,安徽文艺出版社,1994年版,第28页。
⑥ 让·吉奥诺:《屋顶轻骑兵》,潘丽珍译,译林出版社,1998年版,第13页。
⑦ 让·吉奥诺:《一个郁郁寡欢的国王》,杨剑译,译林出版社,1995年版,第208页。
⑧ 让·吉奥诺:《一个郁郁寡欢的国王》,杨剑译,译林出版社,1995年版,第209页。
⑨ 郑克鲁:《现代法国小说史》,上海外语教育出版社,1998年版,第432页。

对比的是身处城市空间冷漠的市民。《屋顶轻骑兵》里有大量市民死于霍乱，表面上看他们死于自然灾害，但善良的嬷嬷道出死因：这些人缺乏爱，并由此产生忧郁和自私。人心之恶让"社会变成一群活死人，一个地上公墓"，使人产生"过分的虚无"，甚至使"国家散发臭气，无所事事走向毁灭"①。事实上，这些市民在若干年前也是附近村庄的农民，他们不断受到城市文明的吸引，背井离乡来到马赛等大城市寻求梦想。巨大喧嚣的城市空间表面上是"梦想之城"②，但到处腐烂发臭将原本淳朴的村民"吞噬殆尽"③。人在自然空间中本性纯朴，到了城市空间却虚伪地"戴着假面具"④，有些城里人"逃离闹市、躲到山里"⑤。空间的不同导致了人性的差异，这也反衬出自然与城市不同的空间特质，强调自然空间安宁与幸福的本质。

二、高地空间与低地空间

吉奥诺的空间不仅分布于平面上，还有高地与低地的区分。在吉奥诺的《山冈》和《一个鲍米涅人》等作品中，地点对比主要体现在自然空间与城市空间的对比，而到《屋顶轻骑兵》则体现在海拔高度上。这种转换体现了空间从平面维度到立体维度的变化，这与他个人的生存体验息息相关。作者年轻时曾参加过凡尔登战役，"如同《家》中的弗兰克，经历过残酷的战争，体验过城市生存的艰巨，自然对南方的故乡心存想念"⑥。吉奥诺在"二战"后回到故乡，家乡独特的高原环境启发他与众不同的感悟，因此"高地"与"低地"构成了他后期作品的空间对比关系。作者为何有这种空间维度的转变？为何突出"高地"与"低地"的概念？普罗旺斯的真实地貌在一定程度上能做出回答。普罗旺斯地区分为上普罗旺斯和下普罗旺斯，其中，"上"和"下"在法语中即为"高地"和"低地"。在靠近地中海的下普罗旺斯地区，社会生活更为丰富活跃，这正是通俗社会文化推崇的。但吉奥诺不喜欢大海，声称大山才是他的母亲。⑦ 大山代表睿智、朴素的乡间生活，而大海则体现了蔚蓝海岸的休闲生活，"高地"与"低地"也自然成为他这一时期空间构建

---

① 让·吉奥诺：《屋顶轻骑兵》，潘丽珍译，译林出版社，1998年版，第396–398页。
② Chabot, Jacques. *La Provence de Giono*. Provence：Édisud，1980，p. 60.
③ Vitaglione, Daniel. *The Literature of Provence-An introduction*. Jefferson：McFarland，2000，p. 128.
④ 让·吉奥诺：《屋顶轻骑兵》，潘丽珍译，译林出版社，1998年版，第286页。
⑤ 让·吉奥诺：《屋顶轻骑兵》，潘丽珍译，译林出版社，1998年版，第29页。
⑥ 王守仁、吴新云：《国家社区房子——莫里森小说〈家〉对美国黑人生存空间的想象》，载《当代外国文学》，2013年第1期，第115页。
⑦ Jean Giono, *Voyage en Italie*. Paris：Gallimard，1979，p. 11.

的关注对象。

吉奥诺把"高地"作为自己大部分作品的主要场景地,所以"高地"一词出现的频率相当高。作者甚至把《埃纳蒙德》的第一部分直接以"高地"作为标题。"高地"是一个地理术语。法国近代地理学奠基人维达尔·白兰士曾对"高地"做过如下定义:"海拔700至1000米的高原以及高处大地"。高地的首要特征就是它的难以接近性。一般它都远离交通枢纽:"高地周围的道路都七拐八绕"(incipit d'Ennemonde,p. 253)。在《潘神三部曲》的《序幕》中,鹿儿山也是处在稀稀拉拉的路网之中。在高地上,走路的人很少,即便走,也走得很艰难。在《一个郁郁寡欢的国王》里,杀人犯V先生来自法国南方的希希里阿纳村,"那个村庄离这儿21千米……那个地方的道路非常难走,曲曲折折,拐来拐去……现在的21千米,在1843年就是古五里多一点。那个时候,人们外出时只能穿着罩衣和长筒靴,骑在骡子背上慢慢悠悠地走着。在那时,希希里阿纳村却是一个非常古怪的村庄"(《一个郁郁寡欢的国王》,第2页)。《伟大的征程》中,叙述者在山路上停了下来,对着眼前的夜景陷入了沉思:

> 我看到其他的星星,但那些星星都悬在我的头上。一堆燃烧的柴火颇似大熊星座,只不过那些柴火都在我的脚下。这样的效果很是奇特。我想看看天上的星星,但是看不见。看得见的,只有高地村庄的灯火和低地村庄的灯火。这两处灯火没有关联,它们之间也许隔着五十公里的山路,如同我此刻一样,正走在七弯八绕的山路上,谁知道还要绕多少路啊!(V, p. 470)

高地不仅是一个单纯的地理空间,它也是一个神秘的空间。在《潘神三部曲》中,我们看到鹿儿山是如何成为情节发展的主要背景的。在这个空间里,丝毫看不见现实主义的限制。《愿我的欢乐长存》中的高原,它在任何地图上都是不存在的:它如同是乌托邦的地点。吉奥诺的小说里,高地上的村庄是很难在现实中定位的。《苏兹的蝴蝶花》的主人公辒重兵正是被这样的村庄吸引而逃离土伦肮脏的下流社会。有人在"大路中央"等他,于是他离开了交通要道,"想要立刻消失,想要尽可能远得湮没在蛮荒之地里"(III, p. 358)。直到他躲进了"石块垒起的房子"里,才感到安心。这是一个牧羊人放牧时期居住的简陋小屋,位于若贡山上,这是"一座土伦无人知晓的大山"(III, p. 389)。

在吉奥诺早期作品中,空间的高低痕迹初露端倪:《潘神三部曲》的村庄位于普罗旺斯的高原;《大畜群》位于南部山脉的最高处。在其后期作品中,两者的区分与意义则表现得更加清晰:《风暴两骑士》的"高岗"与"山谷",《埃纳蒙德》中的"高地"与"低地"。这些称谓除了标志地点外都是作者组织情节、表达主题的工具。例如,安杰洛穿行在普罗旺斯高原,高山成了小说里频繁出现的空间元素,对人物的言行和思想产生了重要影响。作者借路人之口说高山"过了某一高度,传播霍乱的苍蝇就飞不上去了。只要可能,人们便躲到高山上去"[①],他喜欢"大地上初始的寂静",在高山上他"找到了这份寂静"[②],而低地则"充斥着平庸、邪恶和各式卑劣"[③]。正因为有了对高地和低地的不同感知,吉奥诺认为"高地可以达到平原不曾有的纯洁秩序",高耸的大山可以检验"纯粹的心灵"。[④] 正是基于这样的现实基础,吉奥诺往往把他小说中的超验情节置于高地的神话空间里:《山冈》中人类与自然世界凶恶力量的斗争,或是《一个郁郁寡欢的国王》中人与自己内心的对立。在寒风凛冽、荒凉僻静、山比天高的法国南方高原,一切因素,无论是自然的还是人性的,都会触及人性的最深处。因为有了高度,个体便可以更加接近还未受到现代技术文明影响的自然生活,更加接近满天星空的宇宙韵律,感受宏伟壮观的自然景观。高度意味着远离机器与金钱横行的城市,因而很适合来表达理想的纯粹与自由。而对于"南方",这个空间概念大致可以分为:南方山区、南方海洋和南方城市。南方山区显然是吉奥诺的最爱,而南方海洋和南方城市并不是他意图表达的内容,因为这两者具有商业、工业和旅游的特质,与人类生存的"真正的财富"背道而驰,而南方山区更能体现人类与大自然的融合,更符合生命的基本法则。不得不说,高地是吉奥诺最喜爱的空间,是他的梦想之地,诚如他在《普罗旺斯》中所言:"这地方栖居高处,是一片丘陵绵延的高原。当你看到这一切的时候,当你想追求宁静与和平的时候,你知道这里就是你渴望的休憩之所。"[⑤]

此外,在吉奥诺构建的城市空间中也有许多"高地"意象,"屋顶"和"阁楼"等高地符号成为他构建城市空间的主要元素。"屋顶"作为独特的空间元素,既参与城市空间的建构,又是彰显人物内心空间的主要表征。例如,安杰洛栖身于屋顶,这既表明他身心的优越性,又表明内心的孤独。站在屋顶高处,他可以瞧见霍乱时期城市里的种种景象。当置身于"屋顶"的高处,

---

① 让·吉奥诺:《屋顶轻骑兵》,潘丽珍译,译林出版社,1998年版,第360页。
② Giono, Sylvie. *Jean Giono à Manosque*. Paris: Éditions Belin, 2012, p. 7.
③ 让·吉奥诺:《屋顶轻骑兵》,潘丽珍译,译林出版社,1998年版,第39页。
④ 让·吉奥诺:《屋顶轻骑兵》,潘丽珍译,译林出版社,1998年版,第39页。
⑤ Jean Giono, *Provence*, Paris, Gallimard, 1995, p. 276.

人就置身于"全景式俯视中的哲学"景象都会"通过四面八方入侵到我的视场"①。安杰洛利用"屋顶"俯视低处的人,既对他们的利己行为加以批判,又对其不幸的命运抱以同情。"阁楼"是吉奥诺构建的另一处高地元素,它是可以让人"忍受孤独,享受孤独,渴望孤独"的空间。② 当安杰洛从光滑的屋顶钻进一处阁楼时,见到"一个宽敞的顶楼,堆满了形形色色的杂物,看见这些东西,会感到心境安宁",他开始醉心于里面"温情的味道,永不腐烂的青春的味道"。③ 家居物品代表了他对往昔生活的回忆,它们不仅具有外在空间的价值,还开启了内在空间价值的多样性。回忆让原本抽象的幸福生动地摆在安杰洛的面前。阁楼这一城市空间元素从大地走向天空,成为直达信仰的灵魂居所。无论是城市还是自然,吉奥诺作品中的"高地"大致可归为两种空间:情节发生的外在空间和心理活动的内在空间,这成为作者将有形的外部空间虚化为无形的内心空间的主要文学表征。

三、现实空间与表征空间

吉奥诺写过一篇题为《普罗旺斯,宛若一滴橄榄油》的文章。在文章开篇处,他开宗明义地指出普罗旺斯的地理边界:"这片土地的边界清晰明了,西接罗讷河,南临大海,北边绽放着漫山遍野的百里香,香彻吕拉—克鲁瓦奥特山巅。而东边则是晴空万里,它悬挂在布里昂松人的头顶上。这些都是普罗旺斯的印记。"④从普罗旺斯的文学地理学出发,树立一个自由开放的自然空间,并将其置于作品的中心位置⑤,这是为了体现崇拜、捍卫自然的观念。以自然空间作为依托的乡村"根本目标是提高对世界之美和自然之美的感悟"⑥。大自然的场景借助视觉感知,构成了视觉直击的愉悦感。在《再生草》中,我们看到吉奥诺既注重对现实空间的描摹,也注重自己的想象,他的空间兼有现实化和虚构化的双重表征。自然空间折射出人与自然的关系,吉奥诺将主要人物置于自然空间中,体现出向自然寻根的理想主义,也承载着乌托邦的维度。城市空间则显出令人作呕的病态"像垂死者那样在挣扎。它是在临终时的自私自利中挣扎。墙下有低沉的声音,像是肌

---

① 莫里斯·梅洛-庞蒂:《可见的与不可见的》,罗国祥译,商务印书馆,2008年版,第100页。
② 加斯东·巴什拉:《空间的诗学》,张逸婧译,上海译文出版社,2009年版,第8页。
③ 让·吉奥诺:《屋顶轻骑兵》,潘丽珍译,译林出版社,1998年版,第137页。
④ Jean Giono, *Provence*, Paris, Gallimard, 1995, p. 21.
⑤ Romaric, Jean Florent. *La nature comme un cadre matriciel dans quelques œuvres de Giono et de Le Clézio*. Paris: Éditions EDILIVRE APARIS, 2009, pp. 21-22.
⑥ Weil, Simone. *L'enracinement*. Paris: Gallimard, 1949, p. 115.

肉在放松,肺部在吐气,肚子在排泄,颌骨在格格响"①。吉奥诺用瘟疫来比喻没落的城市,指出隔膜的城市必将导致人性分裂。面对自然灾害,城市如同潘多拉之盒,打开人内心深处的各种恶念:自私、谵妄和暴力。城市空间中的这些恶念结成紧密简洁的关系,其特殊性加剧内心的邪恶,"城市是罪恶的渊薮"②。在与自然空间的对比中不断鞭挞城市,作者表明向往自然环境的取向。他的空间意象也在不断变化,从早期的"潘神"到后期的"霍乱",从早期的"南方"到后期的"马赛"。

到了后期,吉奥诺刻意划定"高地"空间去构建表征空间、突出空间的文学性。这种区分代表着现实与虚幻的分隔,表达了吉奥诺的空间辩证法:一方面是封闭的低地欲望,长满青苔或是物质腐烂的低地环境,另一方面是向高地的跳跃,是向巨大空间跳跃的冲动。③ 所以,低地仅仅衬托人物对高地的渴望与憧憬,彰显人性的历练和升华。"写作,就是投身到时间不在场的诱惑中去。无疑,我们在此正在接近孤独的本质。"④这句话除了肯定文学创作与空间的关系,更重要的是表明了空间生成与作者内心体验的关系。吉奥诺在"二战"期间经历了创作生涯最痛苦的阶段,许多朋友因为误解抛弃了他。普罗旺斯的高原成了吉奥诺品尝孤独的空间,他作品中的空间成为其内心空间的投射。我们可以把它想象成冲突的空间,这源自他和朋友们的决裂,内心"进行着一个人的战斗,战争的喧嚣对其余人而言是寂静无声的"⑤。吉奥诺把"高地"概念融入作品,我们在安杰洛身上可以看到作者态度的再现:不注重周遭的人和物而注重自我反省,小说里的高地空间带有作者个人标记的空间。通过"高地"空间展现内心哲学,因此他被称为"高地的社会学家"⑥。作者从关注自然过渡到人类,这与布朗肖把文学的空间性和人类的生存性紧密相连的意图不谋而合。

现实空间是塑造文学地域风格的重要因素,赋予文学独特的空间色彩。同时,文学创作也是现实空间的文化再现或表征的重要形式。⑦ 吉奥诺作品中描绘的普罗旺斯的地理范围非常狭窄,仅仅是普罗旺斯高原。他也希望与现实中的普罗旺斯"保持距离"⑧,为此他创造了"虚构的普罗旺斯"。

---

① 让·吉奥诺:《屋顶轻骑兵》,潘丽珍译,译林出版社,1998 年版,第 168 页。
② 郑克鲁:《现代法国小说史》,上海外语教育出版社,1998 年版,第 432 页。
③ Grosse, Dominique. *Jean Giono: Violence et Création*. Paris: L'Harmattan, 2003, p. 67.
④ 莫里斯·布朗肖:《文学空间》,顾嘉琛译,商务印书馆,2005 年版,第 12 页。
⑤ Jean Giono, *Œuvres romanesques complètes*: Vol. I., Paris: Gallimard. 1971, p. 3.
⑥ Sabiani, Julie. *Giono et la terre*. Paris: Editions Sang de la Terre, 1988, p. 29.
⑦ 刘小新:《引言:文艺学的空间转向》,载《学术评论》,2012 年第 6 期,第 6 页。
⑧ Durand, Jean-François. *Jean Giono-Le Sud imaginaire*. Provence: Édisud, 2003, p. 5.

"空间的概念不仅是地理学上的意义,也指向作品的虚构世界。"[①]为了实现虚构的空间,吉奥诺借助隐喻和拟人化手法让现实空间与文学空间相遇,把真实的地点改换名称和距离。对此,吉奥诺曾解释"我得有个原始的地方,于是我把它挪到了更高处"[②]。因此,他笔下的普罗旺斯尽管不乏地中海的骄阳,但已然成为灾变降临的场所,成为考验人性道德的平台。[③] 吉奥诺的空间构成"视觉体验和领悟世界的根本基础"[④]。他在创作中常使时间停滞凸显空间之美,他将外在的"普罗旺斯"虚化为想象的文学空间。因此,对空间的塑造与表现是吉奥诺创作中最重要的特点,所以他被称为"空间之人"[⑤]。

普罗旺斯的空间构建是吉奥诺用文学创作进行空间生产的过程,是其凸显人与自然关系、揭示人类生存境遇的艺术实践。探究文学空间与真实地理空间的联系不是叠加两张地图,而是要在"文学文本的内部来探究特定的空间分野"[⑥]。吉奥诺的作品故事情节大都在对比强烈的空间中进行:《山冈》《再生草》等都以广袤的普罗旺斯原野为主要空间;《风暴两骑士》和《埃纳蒙德》的主要情节在"高地"与"低地"中,以高地为主,低地为辅;而《屋顶上的轻骑兵》则体现出将现实空间转变为表征空间的追求。自然空间意象、城市空间意象和高地元素在作者的叙事安排下,与人物性格和命运的关联中营造出具有吉奥诺风格的普罗旺斯文学空间。勒克莱齐奥曾说吉奥诺用文学创造出的普罗旺斯"与他的面容最相似"[⑦]。

---

① Abbott, H. Porter. *The Cambridge Introduction to Narrative*. Cambridge: Cambridge UP, 2008, pp. 167-70.
② Jean Giono, *Œuvres romanesques complètes*: Vol. I., Paris: Gallimard. 1971, p. 939.
③ Citron, Pierre. *Giono*. Paris: Seuil, 1995, p. 119.
④ Poulet, Georges. "Giono et l'espace ouvert." *Revue des sciences humaines* n° 169 (1978), p. 13.
⑤ Romestaing, Alain. "Jean Giono, l'instant: le néant, la plénitude." *L'instant romanesque*. Ed. Dominique Rabaté. Bordeaux: Presses universitaires de Bordeaux, 1998, p. 141.
⑥ 陆扬:《空间理论与文学空间》,载《外国文学研究》,2004年第4期,第35页。
⑦ Sabiani, *Julie. Giono et la terre*. Paris: Editions Sang de la Terre, 1988, p. 24.

第三节　普罗旺斯空间的虚构与乌托邦

一、文学虚构的普罗旺斯空间

纵观吉奥诺一生的创作，他几乎所有的作品都在描绘普罗旺斯，或以普罗旺斯为叙事背景。在他早期创作的《山冈》《一个鲍米涅人》《再生草》这三部小说中，普罗旺斯似乎离阳光明媚的度假胜地相去甚远。这片土地上的大自然像被某些神秘的力量改造过，吉奥诺把这种大自然激起人类的恐惧有形化。在他的作品中，普罗旺斯是注定要承受众多灾难的大地：干旱、狂风、暴雨、疾病等。而且，潘神，这个农牧之神对作家而言，体现了天地自然和它令人恐惧的神秘。[①] 在吉奥诺的普罗旺斯中，一切都可以产生悲剧，因为自然元素在其中都把动力发挥到了极致。

从地理学的角度来看，法国的普罗旺斯地区包括罗讷河、下阿尔卑斯和地中海，拥有独特的文化和语言。除了阳光灿烂和饕餮美食之外，它那从容优雅而又精致万方的生活方式可以追溯到罗马帝国时代。普罗旺斯的身份在它悠久的文学传统中也是清晰可见。弗雷德里克·米斯特拉尔、阿尔丰斯·都德、亨利·博斯科、马塞尔·帕尼奥尔和让·吉奥诺，这些作家都从这片土地，从这片土地上的语言和文化上汲取过灵感，创造了具有两副面容的独特的文学体。读者在一张面容上看到的是幽默和亲切，而在另一张面容上看到的是无孔不入的神秘和悲剧意识。"普罗旺斯文学为这片美丽独特土地上的小说家、诗人和剧作家提供了一个优雅展现的舞台，并勾勒出一条从中世纪行吟诗人到现代小说家的文化和语言轨迹。"

在普罗旺斯漫长悠久的文学传统中，可以看到当地文人的普罗旺斯身份。从中世纪的行吟诗人到现代公民，一代代的普罗旺斯人用他们的语言写出了诗歌、小说和剧本。在过去，语言的选择是一种文化身份的彰显。但到了近现代，为了吸引更多的读者，拓展写作空间，一些普罗旺斯作家选择用法语来写作，但他们的普罗旺斯文化依然见诸字里行间，正如米斯特拉尔评价都德所说的那样："他们用法语歌唱普罗旺斯。"不幸的是，追求陈词滥调和地方特色的巴黎出版商经常误解普罗旺斯作家的作品，大多数文学批评家也经常忽视给予这些作家灵感的普罗旺斯传统。

[①] 法语中"panique（令人恐惧的）"一词就是源于希腊词"Pan"（潘神）。

普罗旺斯的文学从未拒绝过外部文学环境的滋养,实际上和其他地方文学一样,普罗旺斯文学也从这种外部文学环境中受益良多。米斯特拉尔欣赏拉马丁,并将自己的名声归结于他;都德一直都对福楼拜心存感激,因为福楼拜帮助他成为知名作家;纪德帮助吉奥诺出版小说。吉奥诺本人很喜欢司汤达的小说,而马南(Pierre Magnan)常年沉浸在普鲁斯特的世界之中,15岁时遇到了吉奥诺,并在后者的影响下走上了文学创作的道路。诸如此类的联系与影响都不应该被轻易忽视,但对其作用的讨论一般仅限于几个技术层面。对于真正的灵感来源,普罗旺斯作家还是转向了他们的故土,特别转向了他们故土上的前辈们。米斯特拉尔认为自己是一名现代行吟诗人,他的天资启迪了一代代的普罗旺斯作家,无论是都德,还是亨利·博斯科。从本质上来说,吉奥诺是一位生活在马诺斯克的高原人,他的作品相继启迪了同为普罗旺斯作家的帕尼奥尔和马南。不过和许多普罗旺斯作家不同的是,作为土生土长的普罗旺斯人,吉奥诺的想象世界却不局限在普罗旺斯那片土地,他的想象世界所占据的空间具有宇宙的维度。

像《蓝衣老让》里的小让一样,对于所有尝过撒上盐、涂上橄榄油的黄油面包片的人来说,普罗旺斯一直保有这种来自童年记忆的不可比拟的味道。作家为了重新描绘他所处大地的"真正面容",着力为自己开辟多样的文学途径:散文、新闻、多少带有虚构的自传、抒情性或史诗性小说、编年体小说……正如我们所见,吉奥诺不排斥任何一种文学体裁,甚至不担心为旅游书籍作序。"高地"的社会学家、地理学家甚至是人种学家,他是通过超现实的风景让其想象驰骋的小说家。要对著作颇丰的他认定一种身份,着实不是件容易的事。吉奥诺的散文中所渗透出的气味、色彩和味道,有经验的感知都可以从中辨认出某个确定的地区。但对于一部充斥着各种具体符号的作品,对于一部真实地理和美食艺术具有最少在场的作品,它展现的其实是漫无边际的虚幻世界:"这是虚构的普罗旺斯;这是虚构的南方,正如福克纳[①]虚构的南方一样。我虚构了一片乡土,让上面充满了虚构的人物,我赋予这些虚构的人物以虚构的悲剧。"[②]吉奥诺总是很警惕"地方文学作家"的称谓,从他最早的作品开始,他就很想与现实中的南方,普罗旺斯地区和南

[①] 福克纳(William Cuthbert Faulkner,1897—1962)是美国密西西比州的小说家20世纪最有影响力的作家之一,1949年诺贝尔文学奖获得者。大多数福克纳的作品背景被设定为他的故乡密西西比河畔,同时他也被视为最重要的南部作家之一。福克纳的很多小说都设在这个虚构的约克纳帕塔法郡(Yoknapatawpha County)中,原型是他故乡所在的拉斐特郡(Lafayette)。约克纳帕塔法是福克纳作品的标志,是文学史上有名的虚构地点之一。

[②] Julie Sabiani: *Giono et la terre*, Paris, Éditions Sang de la terre, 1988, p. 178.

部(Midi)地区，以及所有飘荡着薰衣草芬芳的地区保持距离。当时他已经预见到人们想把他扎根于明信片上的普罗旺斯，充斥于发行很烂的旅游招贴画上：前面是他的头像，后面的背景是色彩鲜艳的普罗旺斯风景。在世人眼中，来到普罗旺斯，就意味着"拥抱蔚蓝的大海、红色的岩石和金黄色的沙滩"。在这样的普罗旺斯，"每个星期天都有奔牛比赛，每天晚上都有滚球游戏，每天喝三次茴香酒，一到节日便钟声悠扬，还有阿尔封斯·都德所描绘的装在转轮上的磨坊。走在街上，到处都飘荡着美妙的三孔笛和长鼓音乐"，然后把自己勾勒的普罗旺斯"以明信片的形式寄给朋友"，大叹一声："啊，这才是生活！"(*Provence*，p. 274)这便是许多人心驰神往的普罗旺斯，却不是吉奥诺心目中的模样。所以他在写给友人吕西安·雅克的信中，一再申明他笔下的普罗旺斯是"虚构"的，并且强调这样的"虚构"正是他作为作家的"自由权力"。"虚构"确实是作家的权力，也是作品的文学性所在。事实上，所有的文学都有着虚构，虚构也是文学的基本成分，是"文学的不可能性本身"[1]。正是因为虚构让文学作品有了"不可能性"和"不可捕捉性"[2]，所以吉奥诺才将现实中的普罗旺斯构建成文学内容的框架，让其变成一个读者心目中的实际存在，从而唤起超验的阅读体验，尽管在吉奥诺看来，这样的阅读感受存在着某种程度的误读。

吉奥诺小说的每个情节都发生在拼凑的地形图中，《吉奥诺小说全集》(*Œuvres romanesques complètes*)的编委会对此进行过深入研究：他（吉奥诺）从真实的地点出发，这些地点均可在地图上找见，但他把这些地点改换名称，改变距离，从容洒脱地将它们搬移、转换，乐此不疲地把山坳改成山脉，把森林改成村庄(II, p. 1272)。为什么《山冈》中的白庄会离开平原，来到鹿儿山的边上？吉奥诺回答道："我得有个原始的地方，于是我把它挪到了更高处"(I, p. 939)。村庄的名字——白庄——也恰好与让人心生畏惧的大山投下来的"阴冷的影子"形成意义上的对比。这样，构成他许多作品空间的高地与低地的对比，最终不会只是阿尔卑斯与普罗旺斯的对比。其实，更多是道德价值主宰了这些命名，比如《一个鲍米涅人》中的阿尔班这样说道："这件事情就是两个家乡，即我的家乡和另一个人的家乡的相互较量。我的家乡正直而庄重，另一个人的家乡则代表着邪恶和腐朽的灵魂。"（《潘神三部曲》，第153页)鲍米涅村有着"湛蓝的天空"（《潘神三部曲》，第156页)，在"摩接云天的高山之上"（《潘神三部曲》，第155页)，来自马赛的腐朽

---

[1] 葛体标：《法则》，北京大学出版社，2013年版，第155页。
[2] 葛体标：《法则》，北京大学出版社，2013年版，第155页。

之味难以接近，于是这个村庄成了追求纯洁的乌托邦式的隐蔽所。

> 我自己的体验发生在一个不为人所知的普罗旺斯，它贫瘠，远离公路，幸好没有游客的一片土地，还被大洪水的水湿润着。就它的地理界限来说，它处在杜朗斯和鹿儿山之间，我的故乡马诺斯克，坐落在平原的边上。(III, p.103)

吉奥诺把自己的一生都放在了这片法国南方的土地上，对于家乡自然空间的深刻理解，使得他的作品具有不同凡响的深度和广度。走进他作品的自然空间，我们首先就会到达他的故乡——马诺斯克（虽然这一名称与真实的马诺斯克未必完全等同），再往北一些，群山有雄壮逼人的巍峨之美；人们要努力去征服它，为了生活，抑或是为了证明自己的力量。人们之所以对此乐此不疲，那是因为他们总是带有征服者的感觉。此外，登上这样的高山，人们的眼前会展现一望无际的美景——普罗旺斯。它是小说的基本要素，与"人"相当。人们可以用自己的双脚走遍这片法国南方的土地，亲自感受脚下的山冈与山谷、群山与溪流。而且这片大地物产丰富，给予人们非常丰厚的回馈。普罗旺斯所承载的所有东西，都呈现出人性的姿态。世界上也许只有普罗旺斯的阳光才会让万物如此欣喜地生长。

当然，普罗旺斯这片土地也有它严苛的性格。但是它善意友好的存在，它丰富亲切的面容，使得吉奥诺可以流畅地把他笔下的人物融进大自然之中。

普罗旺斯也是一片古老的土地，世世代代的农民都与大地异常亲近，按照古老的仪式耕种着他们各自拥有的一小片田地。许多村庄的经济模式依然以手工劳动为主。在作家生活的年代，当地的人们还在遭受着生活的贫苦，甚至很多人由于食物缺碘而患上了甲状腺肿大；因为来自马赛的鳕鱼一年中只有两次运至上普罗旺斯——这个与世隔绝的高原地区。但这片贫瘠困苦的土地依然滋养着吉奥诺的创作源泉。他很少凭空杜撰自然场景，往往会从真实中截取片段：一座山冈、一片植被、一条河流，或是一场风暴。他的描写不是游客的所见所闻，他会选择一个元素、一种生物、一个现象作为描写对象。他的想象力都生发在"自然主题"中。如果想要在他的作品中找出真实的地点，那则是徒劳的。他通过地形、氛围、光线、人们的生活、人们的言行等来展现所描写的地区。但如果仅仅从描写中抽出几个词，那么对普罗旺斯地区不熟悉的读者是很难定位小说中的文学地点的。

对吉奥诺而言，普罗旺斯只是被当作一个起点。大地对他而言是个现成的材料，无论是自然的还是人文的。他用这个材料来构建他自己的世界。吉奥诺不是一位乡土作家，他不是在描绘他的故乡普罗旺斯，而是在搬移他的故乡。他并不是别致地、与世界其他地方对比地来描绘他的故乡。壮美是现实主义的顶点，它选择现实中让人印象深刻的，或是回忆中展露的内容，来表达现实的束缚性。别致具有实用性目的，它的过程有助于记忆。之所以吉奥诺的文学空间会转向普罗旺斯，那是为了忘却普罗旺斯的特殊性，从而能从中读出整个世界的共性。吉奥诺曾经说过："没有普罗旺斯，爱它的人要么爱全世界，要么什么都不爱。"(*Provence*, p. 149)

吉奥诺逝世多年之后，他的女儿在一篇文章中这样谈及他父亲对普罗旺斯的创造和改编：

> 我父亲的普罗旺斯与其说是真实的，不如说是臆造的，这是他的权力，正是他自己所申明的那样。按照他的路线去访问普罗旺斯，没有人能够做到，或是说具有丰富想象力的人才能做到。但是，访问他的普罗旺斯是那么吸引人，而且看起来似乎也简单。因为地名都在地图上，山丘、山谷、村庄以及很多地方，甚至是农庄。但是最神奇最炫目的描写却不总是与现实相符，原因很简单，因为呈现在我们眼前的现实对他而言只是一个支撑点，一个他想象力的框架。他要在里面加上景象，然后把景象转移、转变，如同陶瓷工在揉捏陶土，做成各种形状的陶艺作品。
> ……他认识他自己的普罗旺斯！特别是上普罗旺斯，这个我们逻辑上称之为下阿尔卑斯省(Basses-Alpes)，这片海洋与山脉之间过渡的乡土。[1]

吉奥诺的普罗旺斯既是空想的，又是现实的，是地理上真实存在着的。这样的普罗旺斯向我们所展示的神秘，是存在着的想象与现实之间准确关系的神秘，抑或是艺术家让其存在的想象与现实之间准确关系的神秘。吉奥诺只是在开拓这种神秘。简言之，在他的作品中，想象中的普罗旺斯叠加在享有盛誉的现实版普罗旺斯之上。吉奥诺的文学作品基本上不属于神话故事或政治小说之类的宏大叙事，也与真正的行吟诗人的口语体保持着距离，但他总能在现实与想象中保持平衡，在细微的叙事中透露出自然的诗意，折射出人性的光芒。在他所有的作品中，位于法国南方的普罗旺斯具有强大的文学神话的维度，是真正的美学故乡，使得奢华想象的一切源泉得以

---

[1] Sylvie Vignes: *Le Hussard sur le toit*, Éditions Bertrand-Lacoste, 1997, p. 122.

展现,甚至在其中发现比作家描写的更多的现实中神奇而隐晦的一面。与现实主义美学相反,吉奥诺在他的作品中是把(尤利西斯的)古希腊移植到普罗旺斯的中心,用诗意的语言去表现它,用隐喻的手法去改变世界。他笔下的南方也有阴暗的一面,比如作品中南方的炎炎烈日照耀着节日,也见证着悲惨。

凭借"南方"这一概念,吉奥诺把作家与记者做了对比,前者创造他自己的世界,而后者是拷贝现实。吉奥诺的"南方"正是这一神奇的艺术家式的创作中心所在。

制造"关联",拉近时代,通过叠加文本中的世界来打乱对现实世界的模仿,"转移"普罗旺斯,让它脱离原先的环境,以艺术家的手法去改变本来只是明信片之中的普罗旺斯。吉奥诺以精湛的技艺把现实中的普罗旺斯变成了想象中的南方,这是一片更加神秘和诗意的土地。他在1962年"编年体小说"系列的前言中说道:"这对我来说是构建编年史系列,或编年史,也就是所有有关这个'想象的南方'的逸事录和回忆集,我已经在以前的小说中把这个南方的地理风貌创作了出来。我明确所说的是'想象的南方',而不是纯粹和简单意义上的普罗旺斯。"吉奥诺自以为他笔下的南方更接近于美国作家福克纳笔下的世界,而不同于法国作家、1904年诺贝尔文学奖得主米斯特拉尔笔下的普罗旺斯。他再三强调"虚构"这一作家拥有的巧妙的权力,作家用它来构造自己文学作品中虚构的世界。即使是虚构的,里面的人物事件却有合理的真实的存在性,但把它和真正的真实区分开来的,是诗意的唯度。

"想象的南方"是解读吉奥诺作品的一条主线,看似混杂的世界,实际上反映了吉奥诺情感世界的双重性:一方面要用词汇去对应地点,没有语言对地点的指称,或者两者缺乏关联,就无法让人想象这是南方而非他处;另一方面又要体现作家作为艺术创作者所拥有的至高无上的自由,这个自由让作家形成自己的语言和风格,但也可能消除现实与想象之间的分界线。总之,吉奥诺笔下的南方是个想象的母体、地点,哪怕是无法在现实中定位的地点,也是美学创作和改变的结果。正是这种想象,使得人世间唯一的乌托邦成为可能,那就是文学!

吉奥诺的创作视角常使时间停滞,以凸显空间之美。确实,他一生都生活在普罗旺斯,直到他1970年去世。但是,他喜欢的普罗旺斯和他讲述的普罗旺斯,其实是他少年时期的普罗旺斯,是1914年第一次世界大战之前的普罗旺斯。因此,每当他向我们讲述一个故事,他大都会把这个故事的时间定位在"一战"之前,进而自"编年体"小说开始,定位在19世纪。从各个方面来说，吉奥诺的普罗旺斯都不是历史的，它代表着对他自己的回忆的个人视角。我们在他作品中看到的普罗旺斯，是作者用文学这一载体构建起的乌托邦式的普罗旺斯。诚如同为法国普罗旺斯作家的勒克莱齐奥所言，吉奥诺用文学创作"打开了一个简洁明亮的通道，直达普罗旺斯的某片土地，一处遍布草木、遍布人群、遍布动物的真实高地，一个繁忙大地的真实地域，这片神秘的地方充满了所有的温情和忧伤，到处都是生机勃勃的山冈，我们就诞生在这样的地方"①。

二、法国南方的乌托邦情愫

吉奥诺文学作品中的法国南方，位于阿尔卑斯山和地中海之间，这个空间既是作者成长生活的现实空间，也是作者展开丰富想象的文学场所。但是这样的南方何以把它定义为"乌托邦"呢？

回顾法国 20 世纪上半叶的文学史，当吉奥诺初登文坛时，虽然得到了纪德等人的赞赏之词，不过也受到了某些人的批评之言，而"乌托邦"恰恰是用来攻击吉奥诺的词汇。米歇尔·格拉曼指责吉奥诺创作的《真正的财富》里弥漫着"不切实际"的态度，认为作品里幻想通过一场农民革命就让巴黎改头换面是"纯粹的乌托邦"②。放眼"二战"前的法国文学评论史，许多批评家都认为吉奥诺是"乌托邦主义者"③。在当时社会发展的语境中，要是被扣上一顶"乌托邦"的帽子，就意味着这个人在进行不切实际的幻想，意味着这个人是不负责任的，与社会发展实情完全脱节了。因此，吉奥诺受到的严厉批评，不光是针对他作品中的"乌托邦"思想，还针对他把这一思想不切实际地变成现实的行为。当我们回顾吉奥诺身处的那段历史，可以较为清楚地看到乌托邦主义者的局限之处：他们本身抱有再多的幻想都不为过，但关键他们没有让自己的幻想与社会实情保持距离。

所以，当我们评价吉奥诺作品的时候，"乌托邦"不能简单解读成"世外桃源"的同义词，而是值得我们细细考量。吉奥诺的乌托邦风格确实是吸引读者的一个方面，具有"特别的想象力"。保尔·里格尔认为，乌托邦的想象需要与诗意隐喻和叙事虚构结合在一起。如同乌托邦一样，文学上的虚构指向"他处，甚至指向乌有乡，但因为与任何现实相比，这个虚构指向的地点

---

① Roland Bourneuf, *Les Critiques de notre temps et Giono*, Paris, Garnier, 1977, p. 177.
② Michel Gramain, *Jean Giono - 1. Critique 1924 - 1944*, Minard, «Les Carnets bibliographiques de la revue des lettres modernes», 2002, Introduction, p. 11.
③ Michel Gramain, *Jean Giono - 1. Critique 1924 - 1944*, Minard, «Les Carnets bibliographiques de la revue des lettres modernes», 2002, Introduction, p. 12.

都不存在,所以它可以间接地追求这种现实性,以实现一种崭新的'参照效果'"①。因此,我们在评判吉奥诺作品风格的时候,必须超越虚构与现实之间简单对立的关系。我们不能把乌托邦话语和文学虚构简单归结为对现实的逃离:它们实际上是对现实的间接描绘。只有这样,对文学世界和现实世界的解读才会有各种可能性,捉摸不定的想象力也才会成为可见现实的一部分。当然,这样的乌托邦也并不是完美无缺,它时常也会出现病态的或颓废的性质。

不过我们如果以里格尔提出的方法研讨作品中的"乌托邦"风格,那我们就会发现"乌托邦"除了以往的负面意义外,它还具有颠覆性和建构性的想象力。要实现这样的功能,那乌托邦必须实现它本身固有的"非地点"的特性——即上文提到的不指向任何真实的地点,换言之,真实空间与文学空间之间必须保持一定的距离。这样的一定的距离包含两层意思:如果这两个空间没有距离,那乌托邦就不具有想象的魅力,而沦为浓厚政治意味的某种意识形态。如果这两个空间完全脱节,毫无一丝相似之处,那乌托邦就不具有对现实空间进行文学表征的能力。吉奥诺笔下的普罗旺斯空间,兼有"此处"和"他处"之义:"此处"指现实中的上普罗旺斯和南阿尔卑斯山脉;而"他处"指的则是他参照希腊神话进行文学塑造过的地点,以及"高地"等虚构空间。这样的普罗旺斯空间处在"现实南方"和"虚构南方"的中间地带,表达出作者对空间描绘的双重性,因而也具有了真正的"乌托邦"之意。

吉奥诺发表于 1935 年的《愿我的欢乐长存》便触及现实与虚构交织、社会与文学交集的"乌托邦"风格。这部小说在当时的社会上引起了巨大的反响,许多读者都被书中的思想吸引,纷纷希望吉奥诺能把文学的虚构化为真切的行动。尽管小说中的主人公博比意图在想象的南方——格莱蒙那高原恢复幸福与快乐的行动以失败告终,但整部小说依然向读者传递着希望的讯息,向读者展示了一幅理想人格的画卷。读者对《愿我的欢乐长存》的热烈欢迎大大出乎吉奥诺的意料,这也让他萌生出把虚构的故事转变成群体活动的想法,这实际上是把小说的虚构变成乌托邦式的虚幻。一方面,这部书数量众多的读者等待着吉奥诺的决定;另一方面,当时文学创作领域内展开的争论越来越政治化。这两方面的原因最终促使吉奥诺把文学想象付诸实际行动:他随后组织了"孔塔杜尔"团体活动,意在把小说中的希望延伸到实际的生活体验中,从而获得"博比式的经验",同时也让小说中虚构的格莱

---

① Paul Ricoeur, *Du texte à l'action. Essais d'herméneutique*, II, Seuil, coll. «Esprit», p. 221.

蒙那高原这个乌托邦式的地点有个现实的对应。这些想法在吉奥诺当时的日记记录中印也得到了印证。①吉奥诺这样的行为，如果放在生活安逸的和平年代，也许并无不妥之处。但他组织这一行为恰好是20世纪最为动荡的三四十年代，因而不管他愿意与否，这样的行为在旁观者看来已经不自觉地带上了别样的政治意味。在吉奥诺研究专家、法国学者雅克·沙博看来，吉奥诺的错误在于他自认为可以把"他梦想中清静的团体生活"构建在像孔塔杜尔这样"真实的高地"上。②从吉奥诺决定组织"孔塔杜尔"运动开始，他梦想中的"乌托邦"便发生了偏差，逐渐发展成某种意识形态，因而也遭到社会部分人士的批评。归根到底，吉奥诺没有维系住现实与虚构的距离感。当他提笔为《真正的财富》撰写序言时，他俨然把自己当成了博比。为了满足读者的期待，吉奥诺提出了希望和"他们一起体验在格莱蒙那高原生活的经验"，于是作者和读者的约定就定在了真实的南方，然后结队"从马诺斯克走到鹿儿山"(Les Vraies Richesses, p. 147)。有一名读者提笔给吉奥诺写信，述说他参加这项活动后的激动之情："博比回来了。我在孔塔杜尔又看到他了。"③由此可见，吉奥诺把文学想象与社会实践混淆在了一起，因而被有些人批评为"负面的乌托邦"。也许，吉奥诺把真实的"孔塔杜尔"转变成文学虚构的高地，变成叙述者的迷人高地。因为吉奥诺虽然也回答孔塔杜尔成员的问题，但他更愿意"讲故事"(Les Vraies Richesses, p. 148)。不过，他声称要弃用虚构手法，好让自己不再是名"乌托邦主义者"。他说"真正的财富"就在"此时此地，每个人都可以拥有"；在《天空的重量》中，他所描绘的农民是他所熟悉的；他在《生命的凯旋》中提到的村庄并非源自想象，而是源自他一段精确的回忆。这些来自现实的文学细节因其真实性而颇显沉重，某种程度上限制了对乌托邦的文学想象，进而流露出几许说教的意味。

另外，纯粹的文学虚构若要保持与现实的绝对距离，则会导致文学想象的停滞或退化。这样的倾向在吉奥诺作品里也不乏身影。事实上，对往昔过度的理想化往往就是否定历史发展的进程，乌托邦式的话语于是就幻化为一幅陈旧的画卷，颇似对神话中黄金时代的怀念愁绪。法国当代著名哲学家萧沆在其著作《历史与乌托邦》中批判了这样的情结，他认为在乌托邦的社会里，"所有人都像神一样生活……大家共享所有的财富。农村土壤肥沃，为他们出产出丰富的食物，让他们享之不尽"，不过这样的社会只是一个

---

① Jean Giono, *Journal, poèmes, essais*, Gallimard, Bibliothèque de la Pléiade, 1995, p. 53.
② Jacques Chabot, *La Provence de Giono*, Édisud, 1980, p. 47.
③ Jean Giono, *Journal, poèmes, essais*, Gallimard, Bibliothèque de la Pléiade, 1995, p. 54.

"静止的世界",在这个世界里,起主宰作用的只有"永恒的当下",这是存在于"所有天堂幻景中的时间",是"与时间概念对立的、完全停滞的时间"[1]。从这个观点来看,吉奥诺所表现的南方也呈现出静止或是向往昔岁月倒退的趋向。在《真正的财富》里,他提倡恢复以前人类族群里实施的古老办法(*Les Vraies Richesses*, p. 196);在《天空的重量》里,他赞扬农耕文明的"自然法则",宣扬"和平""可贵的和谐""平等工作"等生活价值(*Le Poids du Ciel*, p. 493);在《生命的凯旋》中,他颂扬"退隐的生活"(*Le Triomphe de la Vie*, p. 688)。

简言之,吉奥诺把法国南方描绘成具有乌托邦意味的空间,这是一片"充满希望的大地"(*Le Poids du Ciel*, p. 503),它向宇宙万物敞开胸怀,并对现实投去批判的目光。依据与现实保持的距离,乌托邦的想象力可以产生前所未有的表达形式,可以激发文学的幻想,可以释放激情昂扬的诗兴。它甚至可以通过对奇幻题材的戏仿与杂糅使人物塑造更加生动化、具体化,使叙事技巧高度艺术化。对普通读者来说,由普罗旺斯意象建构起来的艺术空间,折射出自己内心渴望宁静闲适的生活境界。而对于吉奥诺而言,这是他文学想象的空间,是他人生理想的归属和道德情操的家园。当然,这个空间的建构也存在一定的局限性。吉奥诺把法国南方再现为乌托邦式的空间,这样的再现是对历史上某些黄金时代过分理想化,从中也看不到时代发展的痕迹。我们也不难理解,这样的世界观促使人们产生了宿命论和消极性:"有一种秩序,对抗它是徒劳无功的。我们必须遵循世界的法则……社会的东西只能是自然的东西。"(*Les Vraies Richesses*, p. 201)吉奥诺构建的乌托邦并不是提出一个充满幸福感的社会组织形式,而是对现有的参照体系进行彻底的改变,以达到个体与自然的和谐。

---

[1] Cioran, *Histoire et utopie*, Gallimard, 1960, rééd. Coll. «Folio-Essais», 1987, pp. 125–126.

第四章　生命美学

第一节　生命个体的英雄范式

　　人在与其他四种元素经过"数十万年古老契约"[①]所控制的战斗中成了第五种宇宙元素。作为第五元素的"人"在吉奥诺的作品中一贯存在。吉奥诺在作品中塑造了一个个栩栩如生的人物形象,他们几乎都面临着严酷的自然环境的挑战。在恶劣的生存条件下,他们往往接连不断地遭受厄运、灾难的打击,但他们以坚韧的毅力、非凡的勇气为生存、为爱情、为理想而斗争,不向环境和命运低头屈服,努力达到既定的目标。他们有时会取得胜利,像阿尔班、庞图尔那样;有时却是引向死亡和痛苦的结局,像雅内、玛迈什那样,但即便如此,他们也是自豪地面对死亡。这些主人公虽然面对艰难的生活环境,却没有放弃斗争的意识,以生命的代价、灵魂的力量同险恶的环境搏斗、抗争,在这个过程中张扬生命的意志,展示生命的潜能,赢得了生命的骄傲与尊严,让生命焕发出悲壮而热烈的光辉。[②] 正如作者本人在《我想书写的普罗旺斯》一文中所言:"人啊,你要担负起自己的重担,在属于自己的时间长河里勇往直前。"[③]

　　吉奥诺把他笔下的人物置于我们时代之外,他是想肯定人性的永恒,这份永恒连岁月的长河都不能使之变色。事实上,没有人认为吉奥诺想要重新塑造以往的农民或烧炭党[④]的革命成员。在他眼里,这些人就是形象,与

[①] Village, texte publié par Jean Carrière dans *Jean Giono. Qui suis-je?*, Editions La Manufacture, Lyon, 1985.
[②] 周霞:《试论季奥诺及其潘神三部曲》,湘潭大学硕士论文,2007年,第14页。
[③] Jean Giono, *Provence*, Paris, Gallimard, 1995, p. 81.
[④] 烧炭党是19世纪后期活跃在意大利各国的秘密民族主义政党,追求成立一个统一、自由的意大利,在意大利统一的过程中发挥了至关重要的作用。吉奥诺的祖父是意大利人,年青时加入烧炭党,后逃入法国。

现代社会的任何人物形象并无差别。实际上,他笔下的人物继承自不同的古老文明,他们不熟悉我们的社会准则,其性格具有"史前的纯洁性"(III, p. 221)。

吉奥诺在早期的作品中,几乎把人的形象几乎都表现为"农民"或"烧炭党成员"。他杂文中的思想为他的选择做了很好的注解:工人、医生、主教,他们都是社会生物,他们最深刻的倾向、最合理的激情都受到工业节奏和社会习俗的约束。他们不得不做出符合他们职业身份和社会地位的姿态(萨特说他们想扬名立万,他们拿自己的生活冒险,并且按照别人的眼光来构建自己的生活)。当然,我们可以在他们身上发现"自然",只需要把他们光鲜的外表剥去即可。吉奥诺更喜欢直达本性率真的人,这样的人不表现为奴役地位,也不表现为外在态度。在自然秩序下生活的农民,烧炭党成员,正是拥有如此心灵的人。他们只遵循自我的要求,我们看到的即是他们内心的纯真。

在《潘神三部曲》中,自然之神——潘神的意识融合了大地的力量和动物的冲动,对"我们的秩序和我们的道德"的混杂是"巨大的"(I, p. 1060)。因此,这种意识在小说中就体现在一些敢于挑战偏见的人物身上。率真的人物大都具有奇特的形象,如《山冈》中的戛古,他的"嘴唇耷拉着,眼睛呆滞无神"(《潘神三部曲》,第 26 页),只会说自己的名字"戛古","声音一高一低,像头牲口"(《潘神三部曲》,第 27 页)。戛古凭借自己的直觉,先于白庄的村民们跑向水源地,并且他"不顾火炭烫脚",毫不畏惧地"钻进了那个闪耀着万千上万枝金烛台的世界"(《潘神三部曲》,第 119 页)——一场规模空前的山火中。戛古的形象其实也正是卢梭所描绘的"原始人"的最佳注解:受本性的驱使,处在自然的状态,没有经受现代社会生产力分工所导致的"堕落"。

吉奥诺作品中的叙事结构是建立在作者的意愿之上的:寻找宇宙的永恒故事与人类冒险之间的某种平衡。作者本人在小说中的化身表现为循环的个体形象:巫师、治愈者、牧羊人等,他们见证了在可见与不可见之间、在天与地之间、在想象和话语之间追寻的和谐。《山冈》中的雅内便是这样的一个人物形象。小说中的雅内是不合群的,他扮演了调解者的角色,让人们清楚地看到自己破坏性的行为所带来的后果。雅内像个危险的启蒙者,他的话语既让人不安,又让人重新审视以往过于死板的生命观。雅内的话语并不是醉酒之后的胡言乱语,他揭示了看似在人类统治下、专为人类特权服务但其实并不存在的等级制度:

> 按照过去的方式,一切都很简单:人和周围的环境,受人主宰的是动物和植物。
>
> ……
>
> 现在该按弄明白的方式生活了,这是残酷的!
>
> 这是残酷的,因为现在不再仅仅是人和受人主宰的其他一切,还有一股狂暴的巨大力量,人和野兽和树木,统统在它的主宰之下。(《潘神三部曲》,第94页)

相形之下,《一个鲍米涅人》里的阿尔班的音乐也有引人不安甚至令人恐惧的力量。实际上,启蒙者自己就是在呼唤隐藏在我们身上的力量,并且用不同的方式来激发它们:雅内用的是话语,阿尔班用的是音乐。他们是潘神的"通灵者",他们用自己的方式让我们听从他们的教诲。但是,正如潘神的排箫一样,阿尔班的口琴也具有神圣的力量,它是"用来医治所有属于大地的人,他们的血液里含有青草的养分,他们有着草原和果园般宽阔的胸膛,橡树枝一般粗壮的胳膊,树皮一般粗糙、时时受风儿爱抚的皮肤"(《潘神三部曲》,第226页)。矛盾的是,当这音乐积累所有大地的、情欲的和动物的真实时,它变得越发"纯洁"(《潘神三部曲》,第230页)。

《一个鲍米涅人》中的阿尔班,《山冈》中的雅内,他们两人一正一邪,是潘神的两副面容,他们都在响应着原始的召唤,号召人类找寻最初的使命。所以人类要经受具有启蒙价值的各种考验,不过在我们现代习俗中已经找不到这些启蒙价值,或是被我们加上了不光彩的称谓:白庄回归最初的混沌状态,雅内的谵妄,夏古的动物性,阿苏尔对事物的宇宙性恐惧,玛迈什的死亡……如此多的动机意味着人们必须经历内心和外部的黑暗历程,之后才能获得对世界的认知,才能与世界和谐相处,这正是"沉浸在混杂着人类、牲口、树木和石头的生命的厚重泥浆中"[①]的世界。

吉奥诺后期创作的重要作品是"轻骑兵系列",这是他创作风格的转变,也体现在他对作品人物的刻画上。《屋顶上的轻骑兵》是"轻骑兵系列"的第二部冒险小说,这部小说之所以能够引起读者和学界的强烈反响,很大程度上是吉奥诺成功塑造了一位代表普罗旺斯骑士精神的人物形象——安杰洛。"安杰洛这位流浪骑士,举止优美而典雅,他驰骋的形象正是吉奥诺希

---

① Julie Sabiani, *Giono et la terre*, Paris: Editions Sang de la Terre, p.62.

望构建的典范。"①相较而言,柳鸣九先生的评价则把"安杰洛"这位品格高尚、情趣优雅的骑士提升到更高的层次,称他为"20世纪文学中少见的英雄塑造"。因为在20世纪法国文学,甚至整个20世纪西方文学中,流行色调基本上是灰色,即便是英雄人物,也多少带有灰色的基调,完全光辉照人的英雄人物几乎不存在。而吉奥诺笔下的安杰洛性格阳光,积极向上,敢于和随波逐流的平庸思想做斗争。他的行为体现了对生命意义的追寻,他在行动中不断完善自我。从这个意义上说,吉奥诺所塑造的这个轻骑兵的品貌与性情,可谓"绝无仅有"②。

以《屋顶上的轻骑兵》为代表的"轻骑兵系列"与吉奥诺的其他文本相比,具有一种特殊性:这一系列骑士冒险小说重在描绘情感的高贵。主人公只有身处特殊的情境之中才能感觉自身的存在,从而彰显他的与众不同之处。以圆桌骑士为榜样,安杰洛希冀在冒险中知晓幸福的含义:他率性而为,率真而为。他在考虑社会转变期的世界观,即吉奥诺自己的世界观,他的世界观不接受他所处时代的社会,因为这个社会已经被异化成利益的机制。选择这样一位贵族式的主人公,可以让我们重新定义现代贵族精神,这种贵族精神体现为勇敢、博爱和无私。在创作安杰洛这一青年骑士的形象时,吉奥诺自己都坦承受到了司汤达的影响。安杰洛的身上有着太多《红与黑》中的于连和《巴马修道院》中法布里斯的影子:丝毫不顾及自己所处阶层的态度,在任何环境中都是率性而为。

安杰洛的出身并非完美,他是一位公爵夫人的私生子,所以他不属于任何秩序。他不完美的出身却散发出完美的光辉,表现出理想的存在,因为他总是在追求理想,而且从不认为已经获得理想而放慢追求的脚步。吉奥诺通过这个人物的塑造,把英雄主义定义为"情感的贵族"。安杰洛从不骄傲自满,而且透过他的视角我们可以不断发现某些人的犬儒主义。这样的谦卑证明了一种矛盾的骄傲形式,因为它证明了纯粹性的苛刻要求,绝对的完全和理想更多存在于希望而非实现之中。

整部小说中,安杰洛时常要走进染上霍乱的村庄或城镇,这给了他与霍乱做斗争的机会。比如,吉奥诺在描写安杰洛帮助一位妇女救她丈夫的场景中使用了大量动词:"他(安杰洛)试图按住那个人的身体……他移到比较干的地板上站稳脚……双手抓住不幸人的双臂……机械地擦揉他的大腿和

---

① Michel Gramain, Le Hussard sur le toit: Réception du roman (1951-1952), *Revue Jean Giono*, N°. 4, 2010, p.159.
② 柳鸣九:《超越荒诞:法国二十世纪文学史观》,文汇出版社,2005年版,第165-169页。

臀部……用一块做床帷的印花布擦了擦脸颊。"(《屋顶上的轻骑兵》,第87页)"按住""移到""抓住""擦揉"等一系列动词表现了安杰洛当时抢救病患的迫切性和责任感,对霍乱的战斗是一场"严肃的战斗"(《屋顶上的轻骑兵》,第87页),是一场生存与死亡的直接斗争。作为疾病的霍乱,实际上就是原始力量爆发的舞台,若没有安杰洛的英勇与善良,就没有战胜死亡的幸福结果。虽然安杰洛竭尽全力也没能挽救患者的生命,但正是这份尽责让安杰洛事后显得"非常安详"。具有矛盾意味的是,在这最危险的情境中,主人公"感到有点幸福"(《屋顶上的轻骑兵》,第88页),因为他真正直面了与霍乱的战斗。

我们在安杰洛与霍乱不懈的斗争中,可以感知到他的贵族精神和道德典范,他的优点使两种形象发生了鲜明的对比:负责任的个人与胆怯的群体。安杰洛和波利娜体现了个体价值和贵族典范,而人群象征着人类最原始的冲动:恐惧、自私、迷信。从路障里的懦夫到马诺斯克一帮歇斯底里的人,这群人的言行既滑稽可笑又令人恐惧。只有"阴郁嗓门"(《屋顶上的轻骑兵》,第92页)的警察和他的同僚不与这些人为伍。安杰洛很想与他们为伍,他看到警察脸上的伤疤,觉得"没有比这伤疤更漂亮的东西了"(《屋顶上的轻骑兵》,第92页),心里对他们"不胜钦佩"(《屋顶上的轻骑兵》,第93页),但他"不习惯受保护",希望他们能把他此时受害者的角色变成拯救者的角色。

小说中安杰洛与波利娜的默契,让人不禁联想到《再生草》中的庞图尔和安日尔这对青年农民夫妇。虽然前者英姿飒爽地策马驰骋,而后者过着男耕女织的乡村生活,但"农民夫妻"和"骑士伴侣"未必相去甚远。两对青年伴侣的性格都格外相似,他们一下子就情投意合:同样的热情,同样的骄傲,同样的勇敢。如果说庞图尔和安日尔是在对大地的认识中达成默契的话,那么安杰洛和波利娜则是在共同面对危险时达成情感上的默契。然而,危险不仅来自霍乱,也可能来自人类。他们经过圣迪齐埃附近的一个小村庄,它出奇的安静让过客们疑窦丛生:不同寻常,不可思议(《屋顶上的轻骑兵》,第345-346页)。村民们近似巴结的好客外表之下隐藏着贪婪:一位女村民试图向波利娜诈取她的戒指,一位八十多岁的老头不停地觊觎着安杰洛的呢大衣和背包,甚至"粗鲁"地去摸它们(《屋顶上的轻骑兵》,第349页)。于是波利娜对安杰洛说:"我觉得这地方好奇怪,相信我,我们的处境不安全。"(《屋顶上的轻骑兵》,第349页)整个村庄变成了一个陷阱,安杰洛和波利娜必须结成统一阵线来对付全村村民。如同歇斯底里的马诺斯克市民,这里的村民既不人道也未开化,"这是一伙不再怕警察的正直人"(《屋顶上的轻骑兵》,第 350 页)。在面对面的交手中,波利娜手握枪,安杰洛"腋下夹着小马刀",但他的"气势比手枪更使人惊慌害怕",在波利娜打伤一位村民后,两位主人公就彻底把全体村民"慑服"了。实际上,这些村民不是真正的强盗,他们只是具有幼稚激情的不负责任的人,他们还是"正直人"(《屋顶上的轻骑兵》,第 350 页),"他们对可以让他们不再需要恶狠狠地扑向某人的许多事,是很感兴趣的"(《屋顶上的轻骑兵》,第 353 页)。

在《屋顶上的轻骑兵》这部小说中,"人群"总是表现为负面力量,而从"人群"中被隔离出来的"个人"却总能显示出价值,如同经历过两次世界大战的吉奥诺,从战前的出于国家利益的乐观主义导向某种怀疑主义。除了着重表现安杰洛的英雄主义价值,吉奥诺对于其他"个人"也有着强有力的肯定,如医生、嬷嬷等。他们如同黑夜中的明灯,共同照亮着陷入灾难的人类社会。比如在霍乱爆发的马诺斯克,安杰洛跟着嬷嬷一起去挨家挨户地救治病人,令安杰洛感到惊讶的是,"这个嬷嬷有着非凡的影响。她走到哪里,哪里便井井有条。她一进来,屋里便不再有悲剧。尸体变得自自然然,一切,乃至最小的东西,都立即各就各位。她无须说话,只要在就足够了"(《屋顶上的轻骑兵》,第 154 页)。嬷嬷的形象离宗教画中的"圣母"形象相去甚远,她外形粗陋:巨大的喉结,撅着的厚嘴唇,巨大的脑袋,巨大的手……(《屋顶上的轻骑兵》,第 156 页)但就是这"粗重的身躯"(《屋顶上的轻骑兵》,第 156 页),这个"没有文化,年纪轻轻就来修道院干粗活"(《屋顶上的轻骑兵》,第 158 页)的嬷嬷创造了奇迹。她看上去像"一种古老智慧的化身"(《屋顶上的轻骑兵》,第 160 页),以至于安杰洛完全被她迷住(《屋顶上的轻骑兵》,第 161 页)。

吉奥诺在《屋顶上的轻骑兵》中安排安杰洛和波利娜两位主人公与马赛歌剧院的单簧管独奏者相遇,这是出于精心考虑的。首先是为了缓和由圣迪齐埃村村民的卑劣行为而对人性产生的悲观情绪。但如果人真的非常热情,懂礼貌,明事理,归根到底这是非常个人化的品质。他不光会因害怕染上霍乱而保持距离,也会保持自己的矜持。安杰洛对这位单簧管演奏者的看法甚至带着一点思乡之情:"我喜欢(他)这种说话方式,所以这些话都是胡言乱语。这是我家乡的说话方式;管它是真是假!"(《屋顶上的轻骑兵》,第 359 页)。人在《屋顶上的轻骑兵》这部小说中成了"稀罕的物种",如果说这位路上偶遇的人代表了人的所有美好品德,并且勇于独自行走在瑰丽的大自然中,富有诗意和想象力,那么他实际上依然摆脱不了自私自利:"我是个自私自利的人;这是我唯一会做的事。其实与其说不舒服,不如说害怕,否则我不会开玩笑"(《屋顶上的轻骑兵》,第 359 页)。这个引起安杰洛极大热情的生动人物,最终还是让人失望不已,毕竟完美的人性大都只能存在于乌托邦中。吉奥诺作品中的人物产生的客观行为往往不太具有意识。他们的表现就是"激情反应和道德反应的可见的整体性"①,他们的道德意识和道德力量也是他们必须遵守的事实。他们的命运是诸多力量的结合,也许这些力量相互矛盾、相互对立,但一定是能够控制他们的力量;他们的命运抑或也是某种显要激情的表达。对此,人物本身没有想到这些,没有承担这些,也不负责这些。

从早期作品中的"农民"到后期作品中的"骑士",吉奥诺作品中的人物风格看似发生了突然的嬗变,但外表形象之下依然存在人物内心的连续性。吉奥诺在写"轻骑兵"系列之前就已经在追求司汤达描写人物的风格。如果说穿着马靴、挎着佩剑、英姿飒爽的昂洛热很像于连和法布里斯的话,那么他早期作品中的庞图尔和博比其实也很像于连和法布里斯,尽管他们穿着农民的鞋。无论是青年农民庞图尔,还是青年骑士安杰洛,他们的共性都在表达源于现实而又超越现实的个人英雄主义。

对吉奥诺而言,英雄主义不是上天的恩赐,而是在展示自己能够一直秉持责任感的能力的同时获得的。对可靠、真诚、不墨守成规的英雄人物的渴望,其实也见诸我们这个时代。无论是马尔罗,还是加缪,他们的作品都反映出这种追求的渴望和激情,他们笔下的个体都希望表现出自由的、负责任的形象。这种追寻也是萨特的写作风格之一。对吉奥诺而言,纯洁的个体可以被直觉认知,而视觉对这种认识起到关键作用。因而吉奥诺在这方面与他同时代的人拉开了距离:那些作家在作品中希望实现的价值到了吉奥诺的笔下则成为即时现象。

吉奥诺除了把独特的个体塑造成散发英雄主义光芒的形象之外,他还对农民、手工业者抱有着友谊和怜悯。这份友谊,这种怜悯,都是心灵内在的状态和品质。正是通过手工业者和农民的劳动,吉奥诺将这些人提升到自由人的高度,意即这些人不受文明的人为规则的束缚,这是与自然力量发生直接联系的必要条件,是宇宙伟大性所表述的内容。像叙述者这样的劳动者天生就会使用诗学手段来感知甚至是表述这种伟大性。在吉奥诺的作品中,人类的这种天性与闪烁着人性光辉的人物形象叠合在一起,显示出永恒的伟大:《山冈》里的雅内,《愿我的欢乐长存》中的博比,《一个郁郁寡欢的国王》中的 V 先生,等等。因此,对这些个体形象而言,与伟大力量的直接联系,就是力量的标志:这种力量不同于大自然,这些人物不仅仅是表达它,

---

① Jacques Pugnet, *Jean Giono*, Paris, Éditions Universitaires, 1955, p. 69.

而且要通过一件作品、一段情感来阐释它。

吉奥诺塑造的这些纯真高贵的个人英雄,内心非常看重友谊,常常抱有悲悯的情怀,这也是一个全情投入的人所应该具有的品质,这样的人甘于冒生命风险来拯救处在困苦与悲伤之中的人们。当然,吉奥诺作品中的人并不都是如此善良仁慈、富有勇气,但是他作品中具有如此品质的人物实在不胜枚举:面对危险,他们都会毫不犹豫、毫无保留地救人于困境中。《蓝衣老让》中的老爹照顾麻风病人,晚上还为麻风病人驱赶老鼠,没有表现出丝毫的厌恶感甚至不适感;《屋顶上的轻骑兵》中的安杰洛冒着被传染的危险,一个接一个地抢救身边的霍乱症患者……他们的行为正是人性本善的绝佳表达。

吉奥诺同时也把个人的劳动和考验作为连接笔下人物的一条主线,并构成小说情节发展的主要动力。他前期作品中的农民和手工业者正是凭借其劳动成果而被评判其价值。而且往往小说情节一旦铺陈,人物便会不停劳动。他们各自的职业会渗入其冒险之中并为其服务。在后期作品中,"编年体"系列中的人物也从事着需要全情投入的工作。安杰洛的父亲是盲人收容所的主管,《伟大的历程》中的主人公是面粉厂的看门人,《一个郁郁寡欢的国王》中的朗格鲁瓦是名警察……这些职业都是需要人们几乎24小时不间断地工作。这些最稀松平常的工作构成了一张网络,上面连接着丰富小说情节的其他诸多元素,让人与人、人与自然的关系在平凡中显出和谐之美。

20世纪是个风云变幻的世纪,个人的际遇随着宏大的时代变迁而跌宕起伏。文学家们以自己的创作去考量境遇,思考人性。马尔罗的主人公在实现冒险的虚幻;加缪的主人公在博爱中寻找存在的理由;吉奥诺的主人公则在不曾言说的激情中具有绝对的直觉。虽然吉奥诺的作品大都表现为"历史小说",看似与他所处的20世纪相隔遥远,但是他的想法完全不是再现历史原貌,描绘他的时代才是重要的。《山冈》中的雅内,《一个鲍米涅人》中的阿尔班,《再生草》的庞图尔,《一个郁郁寡欢的国王》中的朗格鲁瓦,《屋顶上的轻骑兵》中的安杰洛……作家用鲜活生动的人物形象在向我们暗示,这些人物是自由的,他们的自由体现在自然力量的爆发上;我们只有思考我们的趋向和激情并能控制它们,才能拥有意识,获得自由。面对吉奥诺笔下众多的典范人物,读者可能会质疑其奉献精神,质疑其价值观。其实,这样的人物不必自我克制,他们总是服从于某种力量,服从于大自然赋予他们的强劲天性。他们的生存环境绝不优越,甚至是异常恶劣,但他们的行为体现了对生存困境和困难的抗争。他们的人生境遇布满阴云,但他们的精神风貌一如灿烂的阳光,照亮人类前行的道路。归根结底,他们是大自然的活跃分子,他们的性格与品质恰好谱写了一首首生生不息的自然之歌。

第二节　人类群体的矛盾意识

　　人是一种社会性的动物,对人的考量不光是对其本身的考察,更要考察其所处的社会群体。吉奥诺很多作品中的人物都聚居在同一个村庄,如《山冈》中的白庄,《一个鲍米涅人》中的鲍米涅村,《再生草》中的奥比涅纳村,等等。虽然身处荒凉的村庄,时时面对残暴的大自然,但农村群体中的人们都习惯帮助弱者,帮助那些诉求正当利益的人。这些村庄中的人们因为需要完成共同的任务而过着同样的生活,他们几乎总是团结一致、互帮互助。他们之间相互借牲畜、借种子,他们会共同播种,共同收割,共同制作木筏。这既是为了自己,也是为了大家。在村庄这样联系人与自然的绝妙空间里,村民之间的关系充满友情和关爱,彰显出人性之美。这正如薇依所言:"村庄中的一切……都应以增加对世界之美、自然之美的感受性为基本目的。"[1]在《人世之歌》中,安多尼奥出于本能和马特罗一起出发,帮助他找寻儿子,而他的儿子被杜桑收留了。《一个鲍米涅人》中的阿梅德,《愿我的欢乐长存》中的博比,《再生草》中的阿苏尔,他们都是受到了当地村庄(村民)的接待或收留。对外来人的"好客之情"在吉奥诺的小说中随处可见,这是美好的感情,也是人性的传统。

　　农民们的劳动果实在互帮互助的基础上,也需要交换,以维系自己的生存。于是,他们在农村集市上以物物交换的形式实现交易,对此,作者在《再生草》中用好几页的篇幅加以展现。这种农村的"物物交易"与城市中以金钱为基础的"钱物交易"不同:前者的交易需要交易双方非常信任,交易双方在交易中会产生交流,加深感情;而后者的交易虽然更清晰明了,但也更显冷酷,交易一结束也就是双方临时关系的终止,彼此间很难有进一步的关系深入。所以,从农村朴素的交易方式上也可以感受到农民群体间的和谐关系。

　　在吉奥诺的作品中,如《山冈》,可以明显地看到他那与潘神的神话有关的乡村信仰,作者以轻松活泼的方式展示了白庄村民的集体无意识。荣格曾经说过:集体表现具有一种统治力,因此用最强大的阻力去抑制这些集体

---

[1] 薇依:《扎根:人类责任宣言绪论》,徐卫翔译,三联书店,2003年版,第255页。

表现并不让人感到奇怪。在它们受到抑制的状态中，它们并不隐藏在平庸之后，而是隐藏在这些表现和这些形象之后，基于其他原因，这些表现和形象已经产生了一些问题，并且增加和强化了它们的复杂性。[1] 我们看到，这种集体的表现并不属于情感的范畴。对于不断与土地为伴并且耕作土地的人而言，自然事物的存在太过熟悉，反而激发不起自己身上漫步者热衷的土地魅力。怀有些许敌意的世界迫使这些人动员起他们所有的能量。我们不要忘了，人也是一种自然事物，一种与万物相关的元素，人参与宇宙生命的构建，这种生命的每次表达都是人肉体凡胎的震动。

吉奥诺用大量的篇幅描写农民，描写这些生活在土地中的幸福的人们。土地向他们提供了所有的食物，土地的季节变换与农民的生命节奏相辅相依，两者之间的接触是感性的愉悦，不断激荡着他们的存在。每个人在某种程度上都经历过《人世之歌》中安托尼奥的感受：沉浸在河水中，皮肤上感受着河水的流动。农民系列人物并不只是表现为他们抗击自然的英雄时刻，冒险的天性显然也不是他们唯一的特殊品性。在这些人物身上，他们的迈步呼吸，他们的耕地劳作，都构成了小说的情节。他们的命运首先是由最朴素的劳动姿势编织而成。在这丰富的生存底色中，突然就勾勒出他们的悲剧或他们的抗争。吉奥诺对自己笔下的劳动人民怀有深刻的敬意和诚挚的友谊。在现实生活中，他走进一家家工匠铺子观察工匠的生活，走进一片片田地观察农民的播种。当地的牧羊人无数次陪他走到南部高原，瞭望无垠的天地壮美之景，吉奥诺希望领会人的全部生命的真谛。他笔下的大部分人物——特别是早期作品中的人物——都是一直从事农业活动或手工业劳动的人，一刻都不停息，几乎所有的人都靠自己的劳动生活。吉奥诺想表明，数百年来一代代农民所积累的经验构成的是一种世界观、一种生活艺术，这些经验以和谐的方式处理着人与自然之间、人与人之间的关系。在他们的生活艺术中，人与环境的关系自然和谐。[2] 比如农民的房子，它虽然是人造的空间元素，却不会对自然造成破坏，还与周围的环境完美融合；他们用人造工具耕种大地，却不会对大地造成伤害，大地因此生机勃勃，物产丰富。

吉奥诺歌颂劳动本身，将劳动视作生命的自然表达。他笔下的人物——无论是农民，还是手工业者——都是通过他们的双手来认识世界，感

---

[1] Carl Gustave Jung, *Les racines de la conscience*, *Etudes sur l'archétype*, Paris, Editions Buchet / Chastel, traduit par Yves Le Lay, 1971, p. 74.

[2] Anne-Marie Marina-Mediavilla, *Pour mieux comprendre«Regain»* in *Regain*, Jean Giono, Le Livre de Poche, 1995, p. 174.

受世界之美。劳动是"对世界之美的直接接触",而且劳动中产生的灵性有助于"人们扎根唯一的现实世界","在苦难中扎根于此世,过扎根的丰沛生活"①。因此,对劳动的审美观察也是吉奥诺作品中的一大特点,这样的观察其实是深受他家庭的影响。吉奥诺的父亲是一名自由的"手工业者",不是一名无产者或是一名把希望放在工会身上的工厂工人。即便吉奥诺的父母不是很富裕,但他们还是具有小农场主的慷慨,经常把丰收的农作物与邻居们分享。吉奥诺一生都在使用这种集体的田园牧歌来控诉大型的现代农业和单一种植,后者可以生产出完美的桃子,但毫无口味可言(*Trois Arbres*, pp. 87 – 93)。这是一个自愿合作的集体,使得贫穷可以接受。相反,我们在《坚强的心灵》中遇到的工厂工人都是些很愚蠢的人,他们"从未摆脱烦恼"(V, p. 424)。吉奥诺作品中的农民会感知季节的更替,感知他们所耕种土地的特质,能够预料大地那深沉伟大的意愿;手工业者则会感知到抗拒他的物质的隐秘力量。他们直面自然事物,深入自然事物,感受这些事物的反应和耐力,探寻这些事物的隐秘力量。这些直面大自然的劳动者,从未触碰过农业设备或工业机器,他们对自然事物的直面观察,对自然物质的直接触摸,从某种程度上已经表明他们就是大自然的诗人。他们双手勾勒出的劳动姿态就是他们认知世界的第一步。吉奥诺不仅强调劳动的诗意价值,还重视劳动中蕴藏的科学。② 他在作品中描写过多种职业,对这些职业了然于胸,甚至能将看似难以表达的劳动技法精准无误地表达出来。

吉奥诺在塑造人物之间的关系时,往往将其纯粹化,把诸如嫉妒、骄傲等模糊暧昧的情感剔除在外。人物个人的情感世界呈现本性的纯洁或绝对的纯洁,对"恶"的表达则被格外净化了。但这并不意味着农民群体是绝对的高尚、纯洁,他们无意识的自然状态也使他们具有抑制不住的集体焦虑,《山冈》中的村民们便是很好的例子。小说中,为了消除自然异象带来的危险,村民们组织起来看守。他们除了看到一只黑猫外没有看到其他活体生命。但是,寂静中倒霉的一天还是降临了——泉水枯竭了。若姆是这个偏僻村庄的负责人,他记得雅内以前曾经找到过水,于是就向雅内请教,却被雅内讽刺了一番。于是这次村民们在若姆的带领下跟着傻瓜夏古,凭借着他的"天赋",终于在一个偏僻的村子里找到了水源。但是一场高烧吞噬了阿尔波的女儿玛丽。大地威胁说要报复。若姆试图获得雅内的好意,但是行将就木的雅内却嘲笑他要与山冈斗争的意图。人摧毁了永恒的秩序。黑

---

① 葛体标:《法则》,北京大学出版社,2013 年版,第 89 页。
② 姜依群:《让·齐奥诺生平及其创作思想》,载《外国文学报道》,1982 年第 2 期,第 66 页。

猫再次出现,村民们被恐怖折磨得奄奄一息。火灾让山冈变得荒芜。戛古死了。大家都坚信是躺在床上的雅内在操纵着大自然的力量。他们决定去杀死老人,但他那时已经死了。在白庄,生活恢复,一如平常。

对于群体而言,除了集体焦虑,我们还看到了农民们的群体性沉默。我们在吉奥诺的作品中可以找到很多例子来佐证其作品中人物不使用言语,实际上是要成为沉默的标记。沉默使他们在大自然中离群索居,大自然于是也被打上了相似的沉默标记。在《一个鲍米涅人》中,村民的祖先仅仅是因为持不同的宗教信仰而被割掉舌头,但"他们用残留的舌根讲话,听起来就像野兽嗥叫。他们为此感到很痛苦。这正是山下那些人在割掉他们的舌尖时所希望的"(《潘神三部曲》,第157页)。于是这些丧失说话功能的人就来到鲍米涅村,在这个自然田园的空间里,他们要避开残废的现实给他们带来的不便。他们从此就在这片自然中开辟新天地,构建带有沉默标记的典型的鲍米涅人族群。

事实上,吉奥诺笔下以村庄为单位聚居的农民之所以拥有"真正的财富",并不是因为他们可以食用干净的水果,呼吸新鲜的空气,处处都以自己为中心,而是生活在自然存在的秩序中,让自己的本性充分舒展,通过与更伟大的宇宙生命的接触,从而丰富自己的生命。从这一意义上来说,舒适无虞的生活,周围环绕着亲朋好友,并不是一种幸福。当然农民们可以过异常艰苦的生活,但他们的幸福从根本上来说是用生命的强度来衡量的。

如果说吉奥诺"二战"前在作品中偏重描写农民群体,那么"二战"后农民群体似乎一下子从他的作品中消失殆尽。作者似乎更注重描写市民这一特殊的群体,而农民群体特有的淳朴与欢乐也被市民群体的自私与冷漠替代。我们考量过吉奥诺在"二战"之后形成的悲观主义情愫:他对人性的判断变得严厉,以至于他可能对人类信仰产生了可悲的看法:"霍乱很卑鄙,可其他人更卑鄙"(《屋顶上的轻骑兵》,第97页)。这句话语出自《屋顶上的轻骑兵》中挽救安杰洛的路人之口,简单而深刻。他的悲观主义酷似作者在"二战"中以及随后一系列事件中的经历所产生的情绪。小说中有段描写,当安杰洛被诬陷为水池投毒者时,在没有任何证据的情况下就被当地人民控诉。毫无疑问,作者在描绘这段情节时,一定是想到了自己的个人际遇:他在法国解放后成为人民愤怒控诉的对象。实际上作者原本确实想在他的小说中嵌入对当时现实的影射,但他最后放弃了这一计划,他还是愿意让作品自己构建起自身的治疗和净化的功能。如同法国医生、修女,以及挽救安杰洛性命的陌生人,都是心灵的疗伤者。在作品中,他们以不同的面貌、以不引人注目的方式扮演着安杰洛导师的角色。他们的存在是真实的,因为他们促进了安杰洛的成长,增强了他的人道主义意识。对吉奥诺而言,他撰写这部小说可以让他驱赶内心的悲观和恐惧,甚至化解个人命运的仇恨,否则这些情绪一直郁积在心中的话,会使他从一个"维吉尔式的诗人"最终变成一个尖酸刻薄的文人。

同样在《屋顶上的轻骑兵》这部小说中,我们发现了非常奇怪的现象:随着霍乱的不断传播,不同的生物种群之间在相互渗透,人群变得更动物性,而动物变得更人性。站在屋顶这样有利的位置,安杰洛得以以观众的身份来观察一群人"集体的歇斯底里",作者在这里使用了一系列的动物隐喻:

> 他们像母鸡争食般地在争抢着什么东西。他们践踏着,蹦跳着,这时,从他们脚下冒出了更尖利更闪着金光的叫声。那是一个男人,人群正在用脚后跟踩扁他的脑袋,把他活活踩死。在踩踏的人中间,有许多女人。她们吼叫着,那低沉的吼声发自喉咙,和快感时的喊声非常相似……二十来个男男女女离开广场,向大街走去,突然,这群人四散开来,犹如一群鸟挨了一块石头的袭击。出于本性,这些人表现得冲动盲目,似乎返回了动物阶段:"……她们开始大呼大叫,激奋地拥挤在一起,犹如一堆老鼠";"那些脑袋像乌龟头那样迅速缩回去,百叶窗合上"。(《屋顶上的轻骑兵》,第124页)

这个"歇斯底里的群体",完全就是法国哲学家莫斯科维奇笔下的"群氓":挣脱了锁链,没有良知,没有领袖,也没有纪律,根本就是本能的奴隶。吉奥诺在这段篇幅不长的描写中使用"母鸡""鸟""老鼠""乌龟"等多种动物隐喻来表现人群的动物性,表明危机时急的人群几乎已经丧失了基本的人性,个个自私,人人自危。莫斯科维奇也认为人在个体时还是可以"忍受"的,但"在一个群体之中,他们与动物王国中的动物就相距不远了",抑或是变成"一群笨蛋"①。与此同时,霍乱的来临加剧了人群"群氓"特征。霍乱夹杂着炎热,迸发出难以言状的效果:身体效果(传染、死亡)和心理效果(恐惧)。除了安杰洛的亲眼所见,霍乱还主要出现在帮助安杰洛找日于塞普的小男孩的叙述中。小男孩对霍乱的叙述不是对霍乱的忠实描述,而是把它描绘成了超自然力量,一种凶恶的力量(《屋顶上的轻骑兵》,第205页),肆虐在法国南部的各个城市,把城市的居民变成自然的野兽,歇斯底里地发作

---

① [法]塞奇·莫斯科维奇:《群氓的时代》,许列民等译,江苏人民出版社,2003年版,第18页。

着最不可思议的原始的破坏力量:

> 在马赛,有些街上尸体堆得比店铺的橱窗还要高。埃克斯也惨遭蹂躏。那里猖獗着一种极其可怕的瘟疫。病人发病时极其狂躁,跌跌撞撞地到处奔跑,嘴里狂喊乱叫。他们眼睛发光,嗓门沙哑,像是得了狂犬病。朋友们互相躲避。有人看见一位母亲被儿子追逐,一位女儿被母亲追逐,年轻夫妇互相追逐,埃克斯城变成了猎犬追逐的场所。据说那里刚刚做出决定,把病人全部打死,护士换成了猎人,拿着粗短棍和套马索在城里逛游。在阿维尼翁,也到处是谵妄的病人:他们跳进罗讷河,或上吊自尽,用剃刀割喉咙,用牙齿咬断静脉。(《屋顶上的轻骑兵》,第205页)

叙述在这里传播着,扭曲着,夸张着,具有了末日世界的维度。霍乱已不再是身体上的病痛,而变成了心灵上的病疫,病人们"狂躁"不安,"像是得了狂犬病"。整片城市都被这种超自然的灾害侵袭,人们已经全然不顾亲情友情,如野兽般在狂野追逐,像是无一例外地受到了自然的惩罚。霍乱的面貌再次表现为死亡的加速和传染病的延伸。面对具有死亡威胁的传染病时,人类表现得没有主见,如同群魔乱舞,如同戴着动物面具的游行队伍。吉奥诺借一位旅店过客之嘴道出了人类懦弱自私的悲哀本质:"霍乱在……城市里作威作福……人们戴着假面具参加彩车行列。为了逃避死亡,人们化妆成麻雀、小丑、家禽,抑或装扮成滑稽的人物。人们戴上假面具,硬纸板假鼻子、假髭、假髯,人们戴上快活的假脸,让人演出《身后之事与我何干》。我们回到中世纪了,先生。人们在所有的十字路口焚烧稻草人,称为'霍乱老人';人们侮辱它,讥笑它。我们围着它跳舞,回到家里,害怕得要死,或恐惧得要命。"(《屋顶上的轻骑兵》,第286页)

在整部小说中,个人对霍乱的体验夹杂着一种集体性的体验,这种体验是通过要么夸张、要么怪诞的转述话语来表达的,使得作者可以以复调的方式来提出霍乱的模糊性,对霍乱的阐释也更心理化,表明霍乱不光是生理祸害,更是心理祸害,它让任何潜在的病人都变得疑神疑鬼:"霍乱病是可以臆造出来的"(《屋顶上的轻骑兵》,第357页)。这深刻反映出霍乱对于人类群体造成的影响:心理的疾患远甚于肉体的病痛。像霍乱这样的瘟疫"不是自然法则的堕落,不是物理世界的失调,也不是乌鸦的疯狂",它其实是"人类的疯狂"①。

总的来说，吉奥诺小说中的"人"与"动物"大体上处于一种敌对关系，但处在敌对关系上的两者却有着某些共性。《屋顶上的轻骑兵》中的人群通常就像"一堆老鼠"(《屋顶上的轻骑兵》，第124页)，印证了最赤裸裸的犬儒主义。小说中"群体"的行为不光糟糕，甚至令人恐惧和愤慨。小说中最令人愤慨的场景基本发生在马诺斯克等人群聚居的城市空间。"群体"没有表现出读者所期待的"安慰"或"激励"的作用，似乎在强化着去人性化的功能，正如以下群体施暴的恐怖场景所展示的：

> 他们(人们)给扔在街上的尸体净身……有的坐着，人们故意把他们摆成休息的样子；还有的随便乱扔，藏在垃圾堆下面，甚至肥料堆下面。(《屋顶上的轻骑兵》，第163页)

> 有人得了霍乱，在他极度痛苦和垂死挣扎时，人们就远远躲到屋子的另一头；临终的景象从来不是很有趣的，不过，人们这样躲之远远，可以不再是因为胆怯和卑劣，这些理由在共同生活时是很难承认的；相反，是出于谨慎，出于好的教养……所有这些看法，是资产阶级职责的基础。(《屋顶上的轻骑兵》，第321页)

从这群人身上，我们看到了人性的丧失，看到了"适者生存"的残酷规则。他们的职责在于生存，而不是孕育生命；在于与死亡斗争，而不是为生命斗争。因而我们要恢复人性，恢复自然之魅，最重要的就是从动物人到人性人的过渡。②

当然，吉奥诺笔下的群体并非总是像霍乱笼罩下的恐惧人群那般脸谱化，毕竟复杂社会中演变出的是多姿多彩的人性。吉奥诺在作品中所描写的群体有时也是偶然或临时产生的。这些群体通常都不会受到自私的困扰，不会受到利益的驱使，而自私冷漠和唯利是图恰恰是我们现代社会病最有力的写照。他笔下的群体是友谊和团结的写照。但是这样的"友谊"或"团结"总会受到考验，经历挫折，从《山冈》中山泉的干枯到《屋顶上的轻骑兵》中霍乱的肆虐，面对这些大自然的施暴，人们自然会表现出思想的分歧，但在克服这些大自然的困难中，人们终究还是会心心相通，重新达成心灵的

---

① Alan J. CLAYTON, *Jean Giono 2: l'imagination de la mort*, Paris, Éditions LETTRES MODERNES, p. 104.
② [法]塞尔日·莫斯科维奇：《还自然之魅——对生态运动的思考》，庄晨燕、邱寅晨译，三联书店，2005年版，第135页。

默契。我们看到,吉奥诺作品中村庄大都会经历从荒凉到复兴的过程,这实际上也是村庄群体意识的觉醒,他们与自然的联系也是科学与智慧的不断感悟。谁能融入自然生活,谁就能了解自然进程,就能对联系植物与元素的关系产生直觉。他的科学便是农民的科学,便是天生自然主义者的科学,也便是诗人的科学,可能比真正的诗人少些渊博,但若想生活拥有非同寻常的财富,这一切已经足矣。

当然,即便在吉奥诺最乐观的小说中,总还是会有特例。如《山冈》或《人世之歌》中的某些人物,他们在群体的共同任务前就停滞不前、缩手缩脚;但总体而言,吉奥诺的小说正是人类美好美妙的见证。人与人之间几乎都具有相同的品质,即作为一个真正的"人"的品质,这便是"人性"。人与人之间的默契非常稳固,像是穿越数几千的传统,根深蒂固,这中间夹杂着友谊、互助还有怜悯,但要去区分它们已经没有意义。这种自然冲动贯穿着他前期的小说,纯粹而不朽,在后期小说中,特别是在"编年体"系列中,这种自然冲动依然见诸字里行间,只不过它在很多人物身上表现为"选择性友谊":他们正直善良,自身的本性驱使他们去认识和帮助同样善良的人们,而对于本性邪恶的人,则要与之斗争。

第三节　人与自然:物我共生的美学境界

当代生态系统概念认为[①],人类是自然界的一部分,他和其他生命形式一道共同组成地球生物圈,参加全球的物质和能量循环。人类呼吸被植物排出的氧气,而植物摄取被人类和成百万其他动物种排出的二氧化碳,人类依靠其他植物、动物取得食物、纤维、木材、药物和工业原料,而将废物排放到环境中,或被其他生物利用,或对它们产生危害。人与其他生物以及物理环境形成一个不可分割的系统,或一个交换生命所必需的能量、养分和化学物的巨大网络。这个概念在全球生态危机的当下,正成为千千万万地球居民的共识。这个概念的形成其实也是人类对人与自然关系不断了解的漫长过程。

早在18世纪,法国哲学家霍尔巴赫曾经这样评述过人与自然的关系:

---

① 《中国大百科全书》编辑部编:《中国大百科全书·环境科学》,中国大百科全书出版社,2002年版,第314页。

人类的一切不幸的源泉……都是从对自然的无知中产生的。① 大自然是以大地、植物、动物、水等各种形式存在的综合体，它不是这些力量的终结地，而是完美可见的化身之地。越是难以触及抽象自然力量的话题，大自然就越是要包装这些力量，并让这些力量的真正维度变得可以感知。我们想表明的是，在自然灾害中所表现的暴力，其起源并不纯粹是大地，这些暴力的力量充满了宇宙能量。虽然人类是自然界最具智慧的生物，但对大自然的了解以及人与自然关系的认识还远远不够。

吉奥诺自小就生活在自然元素极其丰富的普罗旺斯地区，他生活的这个空间是他感知世界、思考文学的基础。正如梅洛-庞蒂所言："当我的知觉尽可能地向我提供一个千变万化且十分清晰的景象时，当我的运动意向在展开时从世界得到所期待的反应时，我的身体就能把握世界。"②吉奥诺把自己对自然空间的感知全部注入他的文本中，而自然元素以隐喻之谜的形式存在其中。自然和隐喻产生的效果同时代表了吉奥诺文学文本的形式和内容。人与自然之间的各种元素不断交流，"野兽、人类、星辰和植物，它们像单独的合成化学体一样在交流，同时也在不断地分解"③。

吉奥诺的作品虽然分为"二战"前的维吉尔式的抒情风格和"二战"后的司汤达式的讽刺现实风格，但"人与自然"始终贯穿着他两种风格的多数作品。在塑造人物形象、表现人物品质的时候，吉奥诺一直强调作家要通过人物所处的自然环境去写人，作家"应该洞悉、热爱、理解或憎恶人类所生活的环境"，他在早期撰写的散文集《世态炎凉》中就开宗明义地申明了这一思想："我们不应该孤立地写人……而应该揭示人的本来面貌，即塑造出被客观世界的芬芳、魅力和歌声渗透、熏陶，因而实实在在、光辉夺目的人物。只要你在一座小山村里短暂逗留过，你就会知道山在山民的日常谈话中占有何等的地位。对于一座渔村来讲，重要的是大海；对于平原上的村庄来讲，重要的则是田野、禾稼和草地。"④从这段话中，我们看到吉奥诺认为"人"与"自然"不是两个孤立割裂的元素，而是紧密联系、不可分割的生命要义，无论是塑造人物还是描绘自然，作家都需要对两者之间和谐互动的关系加以全面、完整地表现。

---

① 霍尔巴赫：《自然的体系》（上卷），管士滨译，商务印书馆，1964年版，第14页。
② ［法］莫里斯·梅洛-庞蒂：《知觉现象学》，姜志辉译，商务印书馆，2005年版，第319页。
③ Audine CHONEZ, *Giono par lui-même*, Seuil, Paris, 1959, p. 45.
④ 让·吉奥诺：《人世之歌》（前言部分），罗国林、吉庆莲译，外语教学与研究出版社，1982年版，第1页。此文是吉奥诺于小说《人世之歌》问世前两年，即1932年写的，收录在其短篇小说散文集《世态炎凉》中。因为这篇文章阐明了吉奥诺创作小说的指导思想，后被罗国林、吉庆莲翻译出来，作为《人世之歌》汉译本的前言。

当然，仅仅肯定人与自然的和谐关系是不够的，在具体的作品里，人究竟如何与自然建立和谐的关系？人如何与自然进行互动？通览吉奥诺的大部分作品可以发现，当涉及人与自然的互动关系时，人便用"步行"这种简单而自然的方式走进大自然，观察大自然，领悟大自然。在《一个鲍米涅人》中，走进大自然即走进一个光芒四射的场所，具有远足踏青的色彩，具化了和谐的意象："这天早晨，天气晴和，晨光宛似麦秸的颜色。玫瑰般艳丽的朝阳，刚喷薄而出，它的笑脸捉迷藏似的在白板树枝叶间闪闪烁烁。"（《潘神三部曲》，第 159 页）作者通过对"晴天"的拟人化描写，构建了一个理想化地走进自然的状态，在喜悦的心情与超现实的环境之间达到了最佳交汇点。

"走进大自然"其实不仅是针对人类而言的，同时也是针对动物而言的。《再生草》中就是这样来表现动物"走进大自然"的过程："听得见画眉在刺柏间飞来飞去。一只棕色的野兔惊愕地在灌木丛中停一停，然后拉长身子猛地一蹿，贴着地面飞跑了。几只乌鸦在互相聒聒叫唤着。阿苏尔三个想找它们，但看不见。"（《潘神三部曲》，第 403 页）埃马纽埃尔·帕基耶（Emmanuel Pasquier）认为，"走进大自然"是与"存在的表达"进行交会的一种方式，并且只有通过这种方式，真正的幸福才能在自然空间中产生。他还认为"这就是自然景观在我们身上产生的效应，自然景观总能产生新鲜的惊讶，它来自矛盾的证言：我们既为了自己而对自然表现出巨大的冷漠，同时又让自然组织起来以服务我们自己"。从埃马纽埃尔·帕基耶这段话中我们可以看出，大自然改变着远离人道主义的世界，但这个世界又让大自然为自己所用。"走进大自然"让人类与另一种维度的特殊性直接建立关系，这个维度不同于他们接触的同类。卡尔·荣格不幸地发现"人类之所以在宇宙中感到被孤立，是因为人类不再积极投身于大自然，对于大自然的现象，人类已经失去了无意识的情感分享"。因此，为了颠覆这种倾向，吉奥诺作为大地价值的捍卫者，在作品中深刻表现人与大地紧密结合的深层关系，恢复"自然现象已经慢慢失去的象征蕴含"。

这就是为什么要重视吉奥诺作品中体现的"走进大自然"，因为它在某种程度上蕴含了一种集体无意识。作者意图借此来修正荣格揭露的"现代性带来的丧失"问题。对于荣格来说，人类向世界的敞开表明"人类与自然的联系被中断了，并因此丧失了这种联系所象征的关系孕育的深刻情感能力"。因此，在吉奥诺《山冈》等诸多作品中，自然元素符号的无处不在正是为了逆转现实趋势。《山冈》的故事颇具神秘的意象，其目的在于表现不同于能指通常意图的观念。吉奥诺通过这种方法把读者置于一个原始时间之中，置于原生和谐的生态环境之中。

走进大自然勾画出纯粹状态之下与自然万物进行接触的画卷。与大自然的协调条件为走进大自然奠定了基础；完全自由的演化确立了生机勃勃的大自然，它的范围在不断延伸拓展。我们也要意识到这个不断演化的自然环境中会不断有新的生命的出现，它们也在走进一个随时欢迎它们的大自然。此外，自然主体的特点由其内部组织确定，但它的内部组织也会受到人类主体的干扰，并且这种干扰是不可避免的。人与自然的关系必须在尊重平衡的基础上发展和谐，并且这样的关系会得到身处自然中的人的证明。

我们在卢克莱修的作品中也看到生机勃勃的大自然召唤天气的行为，以维持它的永恒性："每年如果没有雨的话，土地就不会获得它快乐的收获"。而且作品中对动物界的关注表明了天气对其产生的重要影响，也表明动物们直接或间接的食物其实都来自植物，最终是受雨的影响。显然，"失去了食物来源的动物是无法繁殖后代的，也无法维系它们的生存"。所以这整个生态链需要在自然中巩固平衡，气候在其中发挥了重要作用，它在生命延续的隐性活动中是必不可少的因素。

面对机械论主宰的现实世界，为了重塑和谐的生态空间，埃里什·弗罗姆(Erich Fromm)认为，要重视自然种植，而不是现代性所凭借的无机物种植。在他看来，"希望和生命的爱情必须取代绝望和对机械、对原子的唯一沉迷"。现代社会脱离了大自然，也就无法与事物的原始冥想进行接触。这恰恰与吉奥诺自发的生态思想不谋而合。他在《天空的重量》中描述生态种植，表明其生态理念绝不仅仅是文字上的说理，而是对现实生活的关照：

> 不仅是这种形式(农庄)适合人，而且产品的质量也构成了绿色环保的快乐……一切都直达餐桌，无须中间环节……国民经济几乎与这种个体经济毫无联系……肥料方面，人们继续使用几乎不用任何花费的堆肥，并且化学家们在绕了一大圈弯路后，现在发现了这种肥料无与伦比的优点……(*Récits*, pp. 488 – 493)

另外，埃里什·弗罗姆在面对科技发展时认为："对技术和所有非有机物的兴趣取代了对生命和有机物的兴趣。"因而，我们一直在试图把时间上溯到大自然非常鲜活的久远时代，对此我们想到了埃尔万·潘诺夫斯基。他在《艺术作品及其意义》(*L'œuvre d'art et ses significations*)一书中把"世外桃源"称为一个概念，它描绘了在起源时间中人类与他们在自然中的生活之间的完美和谐。他说："世外桃源，如同我们在所有现代文学中所遇到的，如同我们用我们的日常用语所展现的，它属于'温柔'的原始主义，它信仰'黄金时代'。"在吉奥诺的世界中,维吉尔式的橄榄园正是这一世外桃源的理想范式。

在吉奥诺的生态空间中,最为活跃的生灵莫过于动物。他在作品中时常叙述动物的运动路线,这实际上就是在叙述大自然的生机:"那野兽一边蹭背,一边哼哧,蹭够了站起来,嘴触地嗅了一圈,笨重地扑腾几下,这才不慌不忙地一溜小跑返回了林子"(《潘神三部曲》,第103页)。在《再生草》中,庞图尔在大自然中走着,觉察到动物的存在,起先不动,然后又动了起来,让他感到惊讶,因为他刚开始没有看见几乎与地面伪装成一色的蛇,只看见"一小片草摆动起来",后来才看见"是一条水蛇,鲜嫩的皮鳞闪闪发光,正在草丛里爬行"(《潘神三部曲》,第329页)。

大自然的生机和丰盈是与物种延续的本性相辅相成的。雌性动物的"母爱"本性在保护新生幼崽的方面起了非常重要的作用,如《山冈》中:"刺柏下,母野猪独自哼哼;几只满嘴乳汁的小猪崽,竖起耳朵谛听大树枝叶摇摆的声音"(《潘神三部曲》,第24页)。

不过,人在走进大自然的过程中,感受到的不光是祥和,还有愤怒。在《山冈》中,自人类进入场景以来,就出现了与大自然明显敌对的氛围,很大程度是因为人只把大自然当作获取食物的工具。小说开篇处提到的母猪和幼崽的温馨画面,到了小说结尾处却难逃被宰杀的命运:"这是一头肥壮的小野猪,浑身毛竖起来,像颗毛栗子。霰弹打穿了它的肚子,血顺着大腿内侧咕噜咕噜往外冒。它还想站起来,露出几颗白白的大獠牙。莫拉连砍几柴刀结束了它的生命。大家趁热剥了皮,七手八脚把肉分了"(《潘神三部曲》,第142-143页)。

吉奥诺作品中的大自然会引发灾害,对人类的遭遇漠不关心,之所以它有令人恐惧的一面,是因为人类自己对大自然展示着残暴:他们进行战争,破坏土地,城市的扩张让大自然喘不过气来。在《大畜群》中,身材高大的伐木工雷戈达再也无法忍受眼见树木被砍伐,他看着"泥浆中一大片的树皮"说道:"混蛋,你看,混蛋们,这给树木造成了什么后果。"(I, p.601)在之后的篇章中,我们远远看见一个被炮弹摧毁的名叫萨皮纽尔的村庄:

> 从树丛中冒出一段被砍掉的钟楼的树身。在树林边,一个完全破败的农庄正在腐烂着,它的骸骨四散在草地的水泽中;乌鸦正在啄咬窗框,如同凹陷的眼眶。破败的村庄跨过小溪,一直延伸到一片白垩的地面,没有树木也没有人,一直到远方的山脊,上面冒着抽搐的烟气,充满着闪烁和电光。(I, p.606)

吉奥诺在此处将房屋拟人化,把房屋的结构称为"骸骨",把窗框称为"凹陷的眼眶",这显然是在反照战场上被老鼠啃咬的阵亡士兵的尸体。为了强烈地反衬出"战争"这一现代工业文明的恶疾,吉奥诺浓墨重彩地描绘了春天瓦朗索尔平原上生活的美丽。这样,大自然依然故我地按着自己的行程前进着、发展着,全然无视人类的疯狂,除非人类的疯狂将其拖入毁灭的境地。

吉奥诺在其作品所构建的大自然中,时常传递着大自然的沉默。一方面,对于吉奥诺笔下的人物,沉默往往伴随着言语的缺失和不在场。一旦听觉不在场,我们就发现这种沉默往往占据着非常重要的地位。我们可以据此猜测这种沉默处在自然环境和人类感知之间。我们甚至承认这样的沉默触及了作为交际工具的言语的丧失和不在场。另一方面,大自然的沉默反应其实是指向人类的。因此就有必要追踪沉默的轨迹,尽管在自然环境中要完全追踪它的行踪显得困难重重。无论怎样,找出沉默在大自然环境中的源头是有必要的。罗贝尔·梅尔(Robert Merle)在他的著作《岛》(*L'île*)中这样谈到大自然的沉默:"以前岛屿的这种肥沃存在悖论。这种肥沃包含了人类所有必需的东西,而人类缺乏这种肥沃。"[①]埃马纽埃尔·帕基耶在大自然中看到了断裂,这种断裂透过他者的不在场,或透过拉康意义上的他者,在人类身上培养起对孤独空间和可见沉默的感觉。事实上,对拉康而言,"主体,就是整个系统,可能是在这个系统中结束的某些东西。他者是相同的,它以同样的方式被构建,正是因为这个原因,它可以继续我的演说"[②]。

正如埃马纽埃尔·帕基耶所指出的那样,"这就是自然景观对我们所起的作用,它总会带来新的惊奇,这种惊奇来自矛盾的确认,这份确认既是由我们对和我们相关的大自然表现出的莫大的冷淡形成的,也是由永不磨灭的情感形成的,但这种冷淡的形成实际上是为我们服务的"[③]。据此,我们认为大自然的沉默来自一个远离人类的世界,但它的形成是为了服务于后者。大自然中形成的沉默实际上是被人类感知的,人类在大自然中找到了可以交流的"另一个我"(Alter ego)。至此,我们必须承认这是大自然的面容,其间人类的隔离参与了浸润整个环境的沉默的基础。而且自然环境只

[①] Robert Merle, *L'île*, Paris, Gallimard, 1962. p. 82.
[②] Jacques Lacan, *Le séminaire*, *Livre V*, *Les formations de l'inconscient*, Paris, Éditions du Seuil, Champ freudien, 1998, p. 122.
[③] Emmanuel Pasquier, La première des passions, *L'admiration*, Paris, Éditions Autrement, Collection Morales n°26, 1999, p. 30.

有与人相对应时才会看、会听、会说。另外,大自然在面对人类时,是没有任务义务来保持自身的沉默的。在大自然中某种沉默的压迫面前,烘托出的正是这种意图。大自然中所呈现的便是自然与人类沟通的缺乏。

对吉奥诺自己而言,他创作的小说首先具有"心灵治愈"的功能,包括对他本人的治愈。他作品中的世界从未真正欢快过,尽管他早期的作品带有田园牧歌的风格,但对这些作品的解读如果仅仅停留在表面,那就只不过是自然风光之下阴沉焦虑的另一番面貌:自然的灾难(火灾,洪水等),人性的恶毒(如《一个鲍米涅人》里的路易,《屋顶上的轻骑兵》中的龙骑兵)。但是第二次世界大战展现出人性新的丑恶,如此丑恶的程度史无前例。在《屋顶上的轻骑兵》中,人性的丑恶无处不在。因而作者试图借助文学创作,在铺天盖地的丑恶中,寻找治愈心灵创伤的良药。

大自然通过它自身的活动来体现生存和死亡,体现往复循环的新陈代谢。法国作家图尼埃(Tournier)在他的作品《所谓的地点》中强调了植物的活动,尤其是肥沃的大自然的活动,这些活动能够为幸存者带来必需的食物:"我们剩下的这些人,在饥荒岁月时有个菜园和几棵果树"[①]。这里,菜园和果树结合人的劳动所产生的劳动果实,满足了人对食物的需要,这正是充满生机的大自然对人类需求的满足。因此,读者也会感受到保留农耕文化以满足人类需求的重要性。

不同于傲慢偏执的人类中心主义,吉奥诺一直试图平等看待人与自然。他在作品中把人和自然置于同一层面,因为他们从本质上都是由物质和元素组成。从这一意义上来说,人与自然的互动关系就是人与自然元素的转换,他们在相互转换的过程中达成了最本质的和谐。

在《大畜群》中,"和谐"这一主题表现得十分清晰。战火褪去,士兵的尸体铺满了大地,泥浆似乎把他们吞没进大地深处,大自然在操作着它和谐化的工作。"没有脸庞。没有嘴,没有鼻子,没有脸颊,没有目光:这是被碾碎的肉和竖起的根根白骨。前额只剩了一点,并正在大地中消逝……死者的手里紧握着一团夹杂着草根的泥块。"(I, pp. 630 - 631)尸体重归自然,以另一种方式重获新生。死者手中紧握的草根是大自然这种新陈代谢过程的象征性形象,它构成了吉奥诺的世界观,在这个世界观中,人类是生态圈生生不息的自然循环过程中的一环。生与死最终奇妙地把两者之间互相矛盾的特质结合在了一起。从生物之间的冲突所代表的矛盾之中产生了一种新情况,一种新状态,这是超越这些矛盾的必然结果。尽管有暴力的存在,但

[①] Michel Tournier, *Lieux dits*, Barcelone, Mercure de France, Folio, 2000, p. 61.

努力超越这些矛盾,这也正是吉奥诺笔下某些人物孜孜不倦的追求对象。

实际上,《大畜群》这部作品更加强调"自然元素相互转换"的思想。小说中花了大量篇幅描写阵亡士兵的躯体被安葬他们的大地所"消化"的过程。大地还翻动着他们的四肢,如同大地又让他们重生似的。肉体的转换是通过解体成微粒或丧失固体形态完成的,从而具有轮廓模糊且具韧性的某种物质的形状。"浆""糊"的形象在《大畜群》和《埃纳蒙德》中均出现过。在前部作品中,吉奥诺使用诸如"巨大的牧场""肉酱"等表述,在后部作品中,他则说"要用擀面杖把(肉体)压扁,使之成为有用的形状"(VI,p.325)。大自然对肉体施展暴力,占有肉体,让其顺应自己的需要并从中汲取营养。大自然就像一头贪婪的怪兽。事实上,这些肉体转化成的物质都会变成植物的养料,士兵手上握着的泥土上长出了一朵具有象征意义的花,死亡不是终结,而是新生命的开始。生命与死亡几乎被颠倒过来,以至于法国研究吉奥诺的专家贝亚特丽斯·博诺姆(Béatrice Bonhomme)这样说道:"死去的人还活着,还有些许生命,而活着的人往往几乎死去了。"①实际上,对尸体的描写毫无任何让人毛骨悚然之处。相反,其中的一具尸体还举起了"完全绽放的黑色的手"(I,p.621)。因此就产生了"死亡没有任何悲剧可言"的思想,这也正是作者本人想通过对这些事件的描写,让读者能够深刻体会的精妙之处。

文学评论界通常都会指出大自然在吉奥诺"二战"前作品与"二战"后作品中的不同地位。他们认为"二战"前的吉奥诺主要关注人与自然的关系,而"二战"后的吉奥诺更关注人本身以及人的激情。但是我们不能过于夸张这种机械化的二分法。即便他"二战"后的小说——尤其是"编年体"系列和"轻骑兵"系列——改变了人与自然的平衡关系,但大自然在吉奥诺的作品中是始终存在的。为了说明这一点,我们不妨回顾一下吉奥诺对梵·高麦田的评价。吉奥诺在不同的场合多次提到梵·高的麦田,他想借此解释他的创作过程,而我们在这里借用他的评价来透视他的自然观:"这是一片特殊的麦田,这是一派谎言,这正是我们的兴趣点。这个谎言在所有已经存在的麦田中加入了梵·高的麦田。"②无论是对吉奥诺还是对梵·高而言,对大自然的描绘是透过艺术家的眼光进行的媒介化过程,表达了创作者自己的个人视角。正如让-弗朗索瓦·杜朗(Jean-François Durand)所说的,吉

---

① Béatrice Bonhomme, *La mort grotesque dans les œuvres de Jean Giono*, Thèse de doctorat, Université de Provence, 1982, p. 154.
② Colette Trout et Derk Visser, *Jean Giono*, New York, Éditions Rodopi B. V., 2006, p. 144.

奥诺笔下的大自然是通过对景色的改造而精心构建的"想象的南方"。大自然与它所有的景物就是叙事铺陈和情节发展不可分割的组成部分。

  不过,在对待大自然的地位和大自然与人类之间建立的关系类型方面,吉奥诺的作品有着相应的变化。例如,法国阿尔多瓦大学教授克里斯蒂安·莫尔泽文斯基(Christian Morzewski)对吉奥诺"二战"前和"二战"后作品中人与动物关系的变化做了如下概述:"以一种同情的姿态,我们看到了人类过渡到美学的态度","动物从经常处于竞争形势中的人的合作主体地位演化到客体地位。"[①]但吉奥诺作品中无法回避的基本主题,是"我们属于世界"。《蓝衣老让》中的叙述者这样说道:"我们都在这个世界上。"这充分说明吉奥诺认为人是自然万物的一个组成部分。要达到人与自然的和谐,就是要找到一种使人类和自然共存的生态平衡,而不是互相摧毁对方。吉奥诺在小说中使用的意象意在揭示这种隐藏的紧张关系,同时也表明既脆弱又神奇的和谐会随着时间的推移,逐渐在人类和自然这两个天地之间建立起来,这便是吉奥诺孜孜以求的充满和谐之韵的生态美学。

[①] Christian Morzewski, Du zoophile au taxidermiste: les rapports de l'homme et de la bête chez Giono, de Colline à Dragoon, in *Giono Romancier*, volume 2, Aix-en-Provence, Publications de l'Université de Provence, 1999, p. 389.

第五章　叙事美学

第一节　叙事美学的两种风格

众所周知,吉奥诺不仅是一位文学家,也是一位出色的电影编导和舞台剧导演,但真正把他带入公众视野的则主要是他的小说创作。他在小说创作过程中求新求变,不断寻觅叙事新方式,写作力求自由且充满想象,从而创造出自己独特的叙事美学风格。吉奥诺一生经历过两次世界大战,有着丰富的人生体验,他的创作时期以第二次世界大战为分水岭,主要分为两个阶段:第一阶段的"前期风格"(1929—1939),从发表《山冈》至"二战"爆发;第二阶段的"后期风格"(1947—1970),从发表《一个郁郁寡欢的国王》至逝世前创作的《苏兹的蝴蝶花》。

通常来说,我们会说某位画家在不同时期具有不同的风格,譬如毕加索,他的创作风格经历了"蓝色时期"之后,又相继经历了"玫瑰时期""立体主义时期""新古典主义时期"等。与绘画不同,文学评论家一般不太把一位作家的作品划分为若干风格,而是从中解读出一种风格,这种风格是唯一的,也是统一的,他们把这一风格看作是作家价值的独特体现。现代文学正是建立在统一性的风格基础之上的,正如普鲁斯特所言:"风格……不是技术问题,而是视角问题。"[①]一位作家不可能同时拥有可以任意变幻的三四种风格,他只有一种风格,这一风格体现了他的看法,体现了他深刻的人性,作家的任务就是阐明他的看法,彰显他的人性,最终完成自己肩负的使命。吉奥诺的日记证明自己"二战"前后的创作继承了后小说时代神秘主义的统一性,虽然他风格的统一性引起了巨大的争议。

在"二战"后的一次访谈中,吉奥诺谈到了读者群体和文艺批评界对自

---

① Marcel Proust. *À la recherche du temps perdu*, Gallimard, Pléiade, T. IV, p. 474.

己风格突然转变的争议。在吉奥诺看来,自己的"前期风格"和"后期风格"存在着连续性:"在孔塔杜尔,当有人倾听我诉说的所谓的信息时,那应该是在1934年,当时我正在写'轻骑兵'的第一稿。现在有人说我在创新,有人说我和我以前的关注点完全决裂了,那么我要说:'没有完全的决裂。'就在那个时候(指1934年),我已经在尝试创作一部小说作品,就在别人等我发布信息的时候。这条信息也是我小说体系的一部分。"①事实上,吉奥诺前期的作品往往会洋洋洒洒地描写风景,而后期作品中的抒情描写有所减少,陈述观点的部分明显增加。即使是同一部作品,他的描写风格也时常在"巴洛克风格"和"简约美学"之间游离与徘徊(VI, p.849)。

吉奥诺对自己创作风格的自我辩解确实给读者或批评家造成了困惑。一方面是吉奥诺的自我意识,他认为自己"二战"前后的作品具有同一性;另一方面是读者阅读之后的普遍体会,他们大都从吉奥诺"二战"前后的作品中读到了"两种风格""两个时期"和"两个吉奥诺"。

一、"宇宙抒情"的前期风格

(一) 神话范式

早期的吉奥诺是创作"农民小说"的作家。小说人物主要以农村人口和社会大众为主:农民、农村打工者、牧羊人、工匠等。吉奥诺描绘的场景主要以他的故乡马诺斯克及其周边地区为主,致力于刻画阿尔卑斯山的乡野天地。在一些文章和访谈录中,他认为自己对当地的描绘十分真实,这得益于他供职国家贴现银行时经常外出跑腿的经历,因为他得到一个村子一个村子地去推销业务。吉奥诺塑造的农民形象,他们的言行往往让读者很惊讶,吉奥诺说这些形象源于他在生活中遇到的真实人物。

早期的吉奥诺极少关注人物的心理分析。当时风靡法国小说界的是"深度心理学",而在吉奥诺早期作品里,我们可以看到作者对这种心理学所表现的精妙分析的排斥(普鲁斯特的《追忆似水年华》的最后一部《重现的时光》发表于1927年,两年后吉奥诺发表了他的首部小说《山冈》)。在吉奥诺的作品里,人物的重要性主要表现在他身上所体现的人类的共性,而非他自己的个性。

人是吉奥诺早期小说中真正的主角,他笔下的人物必须时刻斗争,以维护自己在阳光下的位置。大部分早期小说都可以归纳成一个简洁甚至相同

---

① Henri Godard. *Entretien avec Jean Amrouche et Taos Amrouche*, Gallimard, 1990, p.161.

的情节：人类必须在既美丽又险恶的大自然中保证自己的生存。这样简单易懂的情节具有范式的作用：它是范例，是母体，在同一主题（人类的生存斗争）的基础上产生了如同变奏曲一般的系列小说。从《山冈》(1929)到《大山里的战斗》(1937)，不同的具象表现了同样的末世威胁：火灾、干旱、瘟疫、洪水等自然灾害。它们既是人类生存的境遇，也是人类面临的挑战。

人类在"太阳下占据一席之地"，开垦荒地，建造村庄，在自然母亲的身上留下自己生存的印记，融入自然循环的和谐秩序，这一切往往需要成千上万年。然而，大自然的零星变化便可以打破这个和谐的秩序，比如说泉水干涸或是森林火灾。大自然会重新主张它的权力。在大部分小说中，自然世界往往充当人类故事的背景，而在吉奥诺的作品里，大自然侵入到所有可视的领域，人类则被降格到第二位。吉奥诺使用大量的图像和隐喻，描绘他故乡的丘陵与山脉，描绘他脚下的上普罗旺斯地区（有时我们也称之为"下阿尔卑斯山区"），那里的村庄往往矗立在海边的悬崖上，"像胡蜂的巢穴一般"，矗立在一片常人难以接近的高地之中，远离交通要道，与世隔绝（《再生草》中反复出现"胡蜂巢穴"的隐喻）。

吉奥诺笔下的普罗旺斯与马塞尔·帕尼奥尔描绘的壮美怡人的普罗旺斯截然不同，帕尼奥尔曾经把吉奥诺的某些小说改编成电影，电影中呈现的普罗旺斯阳光明媚，人们都在村里绿树成荫的广场上围坐在一起，开心地聊着天。人们误以为这就是吉奥诺意图表达的法国南方景象。电影《面包师傅的妻子》(1938)改编自吉奥诺的小说《蓝衣老让》，这部电影可能最能反映帕尼奥尔虚构的"普罗旺斯传奇景象"。帕尼奥尔对吉奥诺小说的电影改编，相当一部分在艺术创作上取得了巨大的成功，深受观众的喜爱并被经常放映，可以说这些电影承载着法国人对普罗旺斯的集体想象。这些改编作品帮助吉奥诺大大提高了知名度，不过它们也在某种程度上歪曲了人们的认知，因为人们往往把他们两人归为相同的文艺创作者之列。但是，帕尼奥尔描绘的以阳光明媚的海滨景色为主的普罗旺斯，实际上与吉奥诺力求表现的普罗旺斯形象相去甚远。在吉奥诺构建的普罗旺斯世界里，充满了丘陵平原、高山牧场以及村庄墙垛。这就是上普罗旺斯，荒凉偏僻，是属于高地空间的普罗旺斯。

吉奥诺在1929—1930年相继发表了《山冈》《一个鲍米涅人》和《再生草》，后统一称为《潘神三部曲》，是他前期风格的系列代表作。《潘神三部曲》的统一性并不表现为小说人物在三部小说中的反复出现：三部小说中没有一个人物是相同的。不过，《三部曲》的统一性还是体现在一篇长文上，这篇文章名为《潘神的介绍》，同时也是整个三部曲的"序幕"。统一性的确认既有主题意义又有象征意义:吉奥诺借用希腊神话中的潘神形象来具化这一统一性。潘神是充满田园牧歌意味的牧神。

吉奥诺选择潘神这一形象作为统摄整部作品的意象,让自己的创作继承了田园牧歌的传统,因为他之前阅读过古代著名诗人的诗作,这也给他早期的杂文创作带来了灵感和启发。吉奥诺很想与古代传统建立关联,因此他跳过19世纪现实主义小说的发展史,摆脱法国小说心理分析的传统。他主张潘神的庇护,这意味着他把自己置于现代性的逆流之中,意图穿越数个世纪的历史,透过种种丰富的主题和穿越时间长河的哲学判断,从而恢复神话的形式。

鹿儿山在《潘神三部曲》中是巍峨的大山,是《三部曲》中南方村庄的所在地。实际上这条山脉是个真实存在的地点,它位于阿尔卑斯山脉南端。根据地图上的信息,这座山在马诺斯克以北数公里的地方,最高峰有1826米。不过,鹿儿山也是个颇具神话色彩的地点。在很长一段时间里,这座山对于年轻的吉奥诺而言,一直是遥不可及的地方。那时,少年吉奥诺大都穿梭在马诺斯克的街巷之中,时不时想去"看看那边的世界"。当时的世界没有便利的交通路网,鹿儿山也是神话的世界,"这个自由而崭新的大山,它好像是刚刚从大洪水中冒出来的"。这座大山融合了吉奥诺对传统与乡土的想象,构成了神灵在日常现代性之中的隐居地和庇护所。

对于《潘神的介绍》,吉奥诺一直声称《潘神三部曲》中众多的人物并不是虚构的,而是他在这个一半真实一半虚幻的世界中邂逅到的。虽然《潘神三部曲》中的人物都没有贯穿始终,每部作品都有自己的人物体系,但是这些人物都属于同一个世界:这组系列文学作品的同一性是由地理空间和神话空间的群体构成的。

"潘神"这一形象非常适合这三部讲述农民和牧羊人故事的文学作品,这个半人半神的万物之神,也与作品中刻画的美丽却又野蛮的大自然相呼应。整个《三部曲》讲述的都是生死主题,表现衰亡与重生不断循环往复的自然进程。

(二)行动的年代和"吉奥诺主义"

20世纪30年代,欧洲"天空乌云密布,直到1939年,暴雨倾盆而降"[1]。当时许多法国中青年作家都在密切关注现实,他们的作品并非"只有对过去

---

[1] [法]布吕奈尔等:《法国二十世纪文学史》,郑克鲁等译,四川文艺出版社,1991年版,第121页。

实际经历的回味",还反映着"作家个人对当年事件的态度和所采取的行动"①。正如法国当代哲学家巴丢(Alain Badiou)所言,20世纪的时代精神就是"行动至上"。② 在这样的社会背景下,年轻且富有思想的吉奥诺显然也无法置身事外。

1935年,吉奥诺出版了《愿我的欢乐长存》,这部小说在社会上引起了巨大的反响。在一些读者看来,这部小说并不是一部虚构作品,而是一份思想宣言。但要对这部小说的类别进行清晰的定义,似乎有点困难。不过有一点可以明确,它与19世纪现实主义小说家的作品并不相像,而颇似一部带有教育性质的叙事作品,同时饱含浓烈的寓意、预言和乌托邦的色彩。《愿我的欢乐长存》出版以后,吉奥诺的人生揭开了新的篇章。他的身份不仅是名成功的小说家,还成了一名思想导师。读者们被《愿我的欢乐长存》中某些篇章里所迸发出的欢乐情绪深深触动,特别是宴席的场景。某些读者并未沉浸在博比逝世的悲痛之中,而是从中看出了某种承诺。许多年轻人纷纷赶往马诺斯克,去吉奥诺的家里拜访他,向他表达自己的敬意,同时也让他给自己提些人生建言。于是,此时的吉奥诺具有了一种圣贤的姿态,尽管他自己并不承认这一点。吉奥诺接待年轻人的举动并非异化的行为,而是《愿我的欢乐长存》的影响使然。这部小说颇有救世主降临布道的意味,它呼吁去改变世界,注重在现实世界中履行小说的说教功能,从而促使读者把阅读最终转化为行动。

前来拜访吉奥诺的读者人数众多,于是吉奥诺的朋友、著名的英国语言与文化学者亨利·弗吕谢尔便向他建议分组接待这些访客。1935年9月,吉奥诺组织了一次奔赴鹿儿山的远足活动。他带领着激动兴奋的读者去参观启发他文学创作的那些地点。在步行了48小时之后,这个50多人组成的远足团队到达了一个名为孔塔杜尔的小村庄。就在这个地方,吉奥诺的膝盖脱臼了,于是远足活动就此结束。当时大家觉得要让活动在道德上进行升华,于是决定买下一座房子,把它修葺一新,然后把此作为经常聚会的场所。1935年到1939年之间,孔塔杜尔举行过9次聚会,最后一次聚会因为战争的爆发而突然中止。这个团队还创建了一份杂志,由吕西安·雅克负责,上面刊登"孔塔杜尔"成员撰写的文章以及吉奥诺的一些新作。这份名为《孔塔杜尔手册》的杂志在舆论中引起了很大反响,特别是上面宣传的

---

① [法]布吕奈尔等:《法国二十世纪文学史》,郑克鲁等译,四川文艺出版社,1991年版,第123页。
② Alain Badiou, *The Century*, trans. Alerto Toscano, Cambridge: Polity, 2007, p. 152.

和平主义的观点。

1936年出版的《真正的财富》是一本献给"孔塔杜尔人"的书,它和《孔塔杜尔手册》一样,都是吉奥诺所发起的"孔塔杜尔运动"的宣言。这本书表明像吉奥诺这样的作家对社会运动积极参与的态度。吉奥诺投入了宣传和平主义、反对法西斯主义的运动之中。他借助对农民价值的阐释和捍卫,来表明自己反对军国主义的立场:大地赐予的"真正的财富"与城市文明所生产的加工产品截然不同。1934年吉奥诺加入法国革命作家与艺术家协会,在这个左派组织中他接触到路易·阿拉贡、安德烈·马尔罗、让·盖埃诺、安德烈·纪德等反法西斯作家。但是他的非暴力主张使得他与当时的左翼组织渐生嫌隙。

二、"讽刺现实"的后期风格

(一) 出世的年代

1939年,就在战争爆发后不久,吉奥诺就因为自己撰写的宣扬和平主义的册子而被捕,被关押在马赛的圣尼古拉监狱。为了把吉奥诺营救出来,安德烈·纪德便积极活动,与时任法国总理的爱德华·达拉第联系。11月11日,吉奥诺被释放了出来。

1944年8月,就在盟军在法国圣拉斐尔登陆不久,吉奥诺就因为被人污蔑"合作"遭到逮捕。他在位于法国普罗旺斯的圣万桑莱福尔特监狱被关押了五个月。

吉奥诺的一生经历了20世纪数次巨大的动荡。他在三四十年代表明的立场使得自己两次入狱。战后,他努力寻求一种"无为的真正自由"(III, p.1277)。在萨特和加缪坚决提出行动的时候,吉奥诺主张的却是自省:

> 对于事业的需求而言,政治对写作艺术下了一个错误的定义。我们见证的不是这个时代,而是我们自己(能够做到这一点,已经很不错)。而且,我们不服务于任何人。(III, p.1277)

吉奥诺自己只能苦涩地否认"这个被人称为'孔塔杜尔'的东西"[①]。他把孔塔杜尔运动的重要性降到最低,把这场运动的经验仅仅归纳为年轻市民消遣旅行的现象,这些年轻人可能就是利用带薪假这一新近出现的社会

---

① Henri Godard, *Entretien avec Jean Amrouche et Taos Amrouche*, Gallimard, 1990, p.148.

福利,来到阿尔卑斯山区呼吸一下新鲜空气。他也否认《愿我的欢乐长存》中所营造的带有无政府主义色彩和田园牧歌气息的乌托邦。他否认自己有过创建学派的野心,否认给"信徒们"充当思想导师的角色。他拒绝使用"启示录"这类话语标签,而他在1938年创作的《写给农民的一封信》的系列宣传册中,使用的正是"启示录"这一总标题:

> 我正在写的书,根本不是启示录。"启示录"一词是在氛围之中。我们把这个称为"信息"。出于愚蠢或是出于不当心,我在我流传出去的文字里写下了"启示录"一词。(III, p. 156)

这些有关"主义"的斗争深深伤害了吉奥诺,此后,他在"社会方面采取完全不介入的态度,并放弃做精神导师的角色"①,把自己所有的精力全部投入在写作上面。他的写作事业因此迎来了转折。《向梅尔维尔致敬》标志着吉奥诺创作风格的巨大变化。吉奥诺如此定义自己"二战"前的作品:"从《山冈》到《人世之歌》,甚至到《大山里的战斗》,这些作品里很难找到一个无赖的形象。几乎所有人都是品格高尚之人,慷慨大方,心灵崇高,对生活有着非常深刻的认识,他们试图把世界改造成黄金时代的模样"②。相反,吉奥诺"二战"后创作的作品,里面明显充满了人性之恶。从《一个郁郁寡欢的国王》开始,作品里的很多人物会相互攻击、相互撕扯,而早期作品里的人物,他们直面的是大自然的恶意。此时,"恶"不再是人的外部的客观存在,而是与人融为一体。

值得一提的是,此时"二战"的硝烟刚刚散去,而经历过"二战"的这一代小说家从1945年起便在"法国文坛占据了重要的一席之地",因为"他们经历了多年的战争和痛苦",所以"二战"后的文学家大都打上了"介入的标志"。③ 而吉奥诺因为参加过"一战",所以他在二次世界大战之间的年代里便采取了"介入"的态度,但"二战"前和"二战"中因为自己的非暴力主张以及组织的"孔塔杜尔社团"而遭受到不公正待遇,一度被人误解成宣扬不抵抗的绥靖政策。这些人生中灰暗的岁月让吉奥诺痛苦地反思自己,拷问自己的内心。尽管我们已经无法知晓吉奥诺内心经历过何等的翻腾,但我们

---

① 郑克鲁:《法国文学史》(下卷),上海外语教育出版社,2003年版,第1354页。
② Henri Godard, *Entretien avec Jean Amrouche et Taos Amrouche*, Gallimard, 1990, p. 202.
③ [法]乔治·杜比:《法国史》(下卷),吕一民等译,中国出版集团、商务印书馆,2014年版,第1556页。

至少发现他在外在行为上做了很大的改变,即采取一定的出世态度,埋头文学创作,而不再像两次大战之间那样以"介入"和"行动"的姿态示人。

(二)"轻骑兵系列"

1945年2月2日,吉奥诺得到平反释放,所有笼罩在他上空的乌云终被驱散。他没有立刻回到故乡马诺斯克,而是去马赛在他的朋友加斯东·珀卢家住了四个月。在此期间,他开始构思"轻骑兵系列"。

吉奥诺一开始并没有把这个围绕着皮埃蒙特骑士安杰洛·帕尔蒂展开的创作计划称为"轻骑兵系列",而是称其为"浪漫曲"或"传奇故事",这一点可以在他的工作笔记上得到印证。从现存的作者手稿来看,安杰洛这一形象的构思始于1945年2月,不过吉奥诺却把这个日期往前推进了不少:"我在1934年回法国时便撰写了安杰洛的故事了。"[1]这样的辩解并不重要,它其实恰恰反映出作者希望减少两种风格转变的突然性,并借此暗示他创作的第二时期是植根于第一时期的,换言之,他创作的第一时期已经预示了第二时期的诞生。吉奥诺在第二时期的创作计划离《潘神三部曲》的牧羊人和农民相去甚远,骑士安杰洛这个形象本身就象征着风格的转变。总之,吉奥诺本人对于自己风格的转变是非常清楚的,他的许多笔记也可以证明这一点:

> 如果现在我还没有完成"传奇故事"和"伟大的征程"(这个名称与我那部同名小说毫无相干之处)系列就死去的话,那么大家就可能不会知道我作品中真正伟大的地方,也不会知道我的艺术究竟是什么。到目前为止,我所写的东西都只与我想创造的农民和自然世界有关。从现在开始,会有其他的事情发生。(IV, p. 1137)

按照吉奥诺原先制订的创作计划,"轻骑兵"系列由故事背景是19世纪的五部小说和背景是20世纪的五部小说共同组成。对于故事时代背景的选择,吉奥诺有着自己的想法。他认为"19世纪是大公无私的激情年代,对这一时代的描绘也正好可以凸显20世纪的社会弊病"[2]。他觉得"比较两个时代也是比较两种人性"[3]。安杰洛一世是前五部小说的主角,安杰洛三世是安杰洛一世的孙子,他是后五部小说的主角。安杰洛一世的故事会有

---

[1] Henri Godard, *Entretien avec Jean Amrouche et Taos Amrouche*, Gallimard, 1990, p. 292.

[2] Henri Godard, *Giono: Le roman, un divertissement de roi*, Gallimard, 2004, p. 64.

[3] Henri Godard, *Giono: Le roman, un divertissement de roi*, Gallimard, 2004, p. 64.

20 至 30 年的时间跨度，故事发展遵循时间顺序；而安杰洛三世的故事则仅仅发生在一天之中。吉奥诺意图在叙述中安排几条平行线，设置爷爷与孙子的对位主题：安杰洛一世和安杰洛三世，他们两个人都是拿起武器反抗侵略的抵抗者（前者抵抗奥地利侵略者，后者抵抗德国侵略者）。安杰洛一世体现了法国 1848 年革命精神的理想品质，而安杰洛三世则打上了一个强调冷酷的革命职业素养的时代烙印。

"轻骑兵"系列会在 19 世纪和 20 世纪中跳跃进行，这阐释了一种双重意愿。首先，这表达了一种论战的意图，因为 1840 年和 1940 年都是社会局势动荡、革命风起云涌的时候，作者通过两个时代具有体系特征的对位叙述来表达对现代社会的控诉。其次，这也表达了作者意图构筑传奇故事的宏伟计划——"传奇故事"一词本身就流露出作者的这一雄心——作者甚至有与 19 世纪现实主义文学大师们一比高下的凌云壮志："我要做巴尔扎克忽略了的事情，做司汤达刻意追求的事情，做福楼拜自以为做成功了的事情。"（Ⅳ，p.1137）

吉奥诺有关"轻骑兵"系列的创作计划并没有百分之百实现，但至少还是大体构成了系列小说。和原计划相比，这套系列小说的体系性不够完美，结构较为松散，主题思想不够突出，不过也因此不显得那么僵硬。这套叙事背景横跨 19 世纪和 20 世纪的系列小说，标志着吉奥诺文学创作风格的重大转变："前期风格"以非时间性的现在为叙述背景，准确地说，读者可以感知故事发生在"现在"，却无从知道究竟是哪个年代的"现在"，因为早期小说中几乎通篇没有可以参考的准确的历史年代。"前期风格"叙述作品里充满了神秘话语或史诗话语；到了"后期风格"阶段，这一系列小说探索的是横跨两个世纪的叙事空间，构筑作者意图表达的历史现在时，"后期风格"作品继承的是法国现实主义小说的悠久传统。

在文学中，"系列"指人物相同、主题相同的一组作品。自 19 世纪以来，法国文坛诞生了众多"系列作品"，比如：巴尔扎克的《人间喜剧》，左拉的《卢贡—马卡尔家族》，普鲁斯特的《追忆似水年华》，罗歇·马丁·杜伽尔的《蒂博一家》，朱尔·罗曼的《善良的人们》。而吉奥诺的"轻骑兵系列"也是一部在法国文学史上占有一席之地的系列作品。这套系列作品总共包括四部小说：《安杰洛》《一个人物之死》《屋顶上的轻骑兵》《疯狂的幸福》。有的法国文学专家还把短篇小说集《联队的故事》也算在内，里面包括 6 篇短篇小说：《圣诞》《爱情故事》《舞会》《任务》《美丽的女主人》《苏格兰人或英雄末路》。根据撰写时间、出版时间、故事时间的不同，我们可以把这些作品分为以下三类：

(1) 按照撰写时间顺序：
- 1945 年春　　　　　　　　《安杰洛》
- 1945 年 9 月—1946 年 3 月　《一个人物之死》
- 1947 年 10 月—1951 年 4 月《屋顶上的轻骑兵》
- 1953 年 2 月—1957 年 1 月　《疯狂的幸福》
- 1955 年 1 月—1965 年 1 月　《联队的故事》

(2) 按照出版时间顺序：
- 1949 年　　　　　　　　　《一个人物之死》
- 1951 年　　　　　　　　　《屋顶上的轻骑兵》
- 1957 年　　　　　　　　　《疯狂的幸福》
- 1958 年　　　　　　　　　《安杰洛》
- 1972 年　　　　　　　　　《联队的故事》

(《联队的故事》里面的六篇短篇小说于 1960 年 12 月至 1965 年 5 月在周刊 Elle 上发表，后在吉奥诺逝世后集结出版。)

(3) 按照故事时间顺序：
- 《联队的故事》
- 《安杰洛》
- 《屋顶上的轻骑兵》
- 《疯狂的幸福》
- 《一个人物之死》

(三)"编年体小说"

吉奥诺自 1944 年起开始构思"轻骑兵"系列小说，这显然是一项规模浩大的长期工程。然而，他当时的经济状况不容乐观：1937 年出版的《大山里的战斗》是他之前出版的最后一部小说。所以他当时就考虑在创作"轻骑兵"系列的同时，撰写一系列短篇小说，差不多一个月可以写完，然后在美国出版。之所以选择在美国出版，是因为当时的吉奥诺蒙受了不白之冤，上了法国作家委员会所谓的"黑名单"，因此他的书无法在法国本土出版：

> 安安静静地写我的书(指"轻骑兵"系列)，没必要急匆匆地出版。同时我想在美国每个月发表一篇短篇小说。这可以解决我在漫长等待时期中的生活问题。(1946 年 4 月 23 日的"工作日记")
>
> 我可以每年出版一部短篇小说，叙事风格里面有很多信息，所有的作品集结为"编年体"。《国王》(指《一个郁郁寡欢的国王》)就是"编年体"一号。

> 写每本书都像我写第一本书那样快(即《一个郁郁寡欢的国王》),在一个月时间里,每天写三页。如果一直这样的话,我十年就可以写十本书,可以写成一千页的鸿篇巨制。剩下的时间我便可以安心地撰写《屋顶上的轻骑兵》。十年里一直采用的这个方法,让我走到了六十岁,让我有了一部走在前端的作品。如果我继续采用这个方法,用到七十岁,那么这个作品从多样性、内容和分量而言,都堪称一部真正独具特色的作品。(1946年10月1日的"工作日记")

吉奥诺原本出于生计的目的而撰写的这些文本,很快便被他融入文学创作的基石中了,并给它们取了一个"编年体"的名字。

1962年,伽利玛出版社出版了插图版的"编年体小说",包括:《一个郁郁寡欢的国王》《诺亚》《波兰磨坊》《坚强的心灵》《伟大的征程》以及《联队的故事》(里面有两部短篇小说:《1926年平安夜》和《爱情故事》)。吉奥诺借此机会在全套书的前言里解释了他采用"编年体"这一表述的原因,"编年体"作为标题出现在自《一个郁郁寡欢的国王》起的每本书的封面上。

"编年体"的法语是"Chronique",它源于希腊语"khronos",本义是"时间"。这一术语主要出现在历史文献词汇中,它原本是中世纪历史学家所特有的叙事形式。这种叙事按照历史年代组织,通常由经历众多事件的当代人进行叙述。圣丹尼斯修道院的修道士撰写了《法国大编年史》,这是法国15世纪以前所有国王的正史。从延伸意义而言,"编年体"这个词还可以指一个家族的历史,正如我们看到的乔治·杜哈梅尔(Georges Duhamel,1884—1966)的《帕基耶家族编年史》。

吉奥诺使用"编年体"这一术语,有点让人费解。他使用该词作标题,那与现有词汇的意义仅存在表面上的类似关系。这个标题有什么指示意义吗?把它作为引题,是想把全套书统领起来吗?在吉奥诺的构思中,"编年体"指代一整套叙述作品。这一点从该套书的"前言"部分可见一斑:《编年体小说》的完整计划制订于1937年。它包括二十几个书名,其中几个已经确定下来,如《一个郁郁寡欢的国王》《诺亚》《坚强的心灵》《伟大的征程》《波兰磨坊》《苏兹的蝴蝶花》《错误的行为》等(III, p. 1277)。和"轻骑兵"系列一样,"编年体小说"的所有故事也定位于19世纪和20世纪。吉奥诺创作于30年代的小说,不折不扣地指向了"地理学",其重要性体现在表现的大自然。而"编年体小说"则指向历史:

> 我要构建一系列编年体小说,或是一整套编年体小说,换言之,书

写由逸事和回忆构成的"想象的南方"的整段往事,而这个"想象的南方"是由我以前小说中的地理和众多人物所构建的。我强调的是"想象的南方",而非纯粹和简单的普罗旺斯。总有一天要消除这种误解,这种误解的产生是因为我出生在马诺斯克,并且一直居住在马诺斯克。我用这里所有的细节来构建我小说中的乡土和人物。(III, p. 1277)

吉奥诺这句"想象的南方"非常著名,他这么说的目的是用来破除他固有的"地方文学作家"的形象。同时,这也让他为自己的文学创作寻觅到一个初衷:营造"想象的南方"这么一个具有统一性和一致性的传奇叙事的空间。吉奥诺颇具创世主的姿态,他从自己观察到的普罗旺斯出发,创造出一个想象的世界。正如上帝创世的两个阶段——先开辟天地,然后创造男人和女人来让这个自然世界具有生机——吉奥诺也是首先确立一个空间,再根据这个空间合理安排人物,使其具有生机。

就风格而言,吉奥诺构思的"编年体小说"具有叙事空白的特点,这也正是现代小说的重要特点,特别是和传统小说或古典小说相比而言。具有叙事空白的文本往往不会一下子就把故事的来龙去脉讲得清清楚楚,而是会让读者在合上书本之后依然具有"阅读饥饿感",需要自己参与文本叙事,提出可能的假设,从而促进读者参与文本意义的产生。法国小说受到诸如陀思妥耶夫斯基、史蒂文森、康拉德、亨利·詹姆斯等众多外国作家的影响,进而也越来越重视文本中的叙事空白。在《一个郁郁寡欢的国王》里有这样一句话:"永远都看不到事情的全貌。"这句话言简意赅地点明了吉奥诺"编年体小说"的美学思想内涵。在"编年体小说"中,旁观者往往身处主要场景之外。因此就产生了叙事空白,产生了暗示、谜语或秘密。吉奥诺知道如何精心设置这些缺失的、不明朗的叙事情节,这也正是作者的叙事艺术和作品的美学价值之所在。总的来说,"编年体小说"具有以下几个特点:

第一,"编年体小说"标志着吉奥诺文学创作的决定性转向,从抒情风格转向叙事风格。吉奥诺对自己的风格转向抒发过这样的感想:"我想摆脱冗余的意象,这些意象可能会让读者感到讨厌,可能也会让我自己感到讨厌。"他认为"编年体小说"在风格上必须更加冷酷、更加直率,要"少用意象,少用形容词"。此外,他还一直强调该系列小说的口语性,小说里的故事不是写出来的,而是通过人物讲述出来的,因而"编年体小说"是"用对话组成的文本,是大声讲述的故事。"

第二,"编年体小说"具有时间概念。吉奥诺早期创作的小说几乎没有时间标记,读者可以认为其中的故事发生在任何遥远的"以前",甚至是中世纪。而"编年体小说"具有了相对明确的时间,几部小说的情节均发生在 19 世纪到 20 世纪,它们如同年鉴一般,讲述着从 19 世纪向充满现代性的 20 世纪转换时的历史事件,体现着两个时间机制的转换意义。吉奥诺曾经说过:"编年体系列之前的所有小说都是没有时间性的……相反,编年体系列中的小说都有它们的年代,它们也因而具有了历史地位。"他的这一番话明确指出"编年体小说"具有时间标记的历史价值。

第三,"编年体小说"的主要情节都集中在"想象的南方",但是这个空间也是社会团体的空间,它更多地具有社会意义上的现实性,而非纯粹的地理意义上的现实性。

第四,"编年体小说"的情节里充满了各种社会逸闻。吉奥诺本人非常喜欢阅读警局的办案年鉴和社会重大的诉讼案件,因为那些文字里充满了奇闻逸事和个人回忆,社会新闻里夹杂着侦探的气息和谜团,给吉奥诺创作"编年体小说"提供了异常丰富的素材:"人类行为的动机通常比外在的表现要复杂得多,丰富得多,这些动机很难一下子清楚地勾勒出来。对于叙述者来说,有时最好的办法就是把事件原原本本地展示出来即可。"

第五,"编年体小说"与吉奥诺早期的小说不同,它们通常具有叙事元——都是第一人称叙事。第一人称的叙事视角使得对其他人物的认知不再是一览无余、清晰可见了,叙事的过程因此带上了假设的意味。

第六,在新的叙事体系中,"编年体小说"中的人物地位得到了提升。人的地位比大自然的地位重要,这与吉奥诺早期小说中的表现完全相反。吉奥诺曾经说过:"在先前创作的小说里,大自然置于前景,人物处于背景;而在马上就要诞生的小说中,人物置于前景,而大自然置于背景。"他还说过:"这整个系列的小说把人置于自然之前,所以我把这个系列取名为'编年体小说'。"实际上,"编年体小说"更加注重的是人的命运,小说中人物的性格往往模棱两可,他们的内心品质既近似犯罪行为,又颇似无聊时的消遣。所以小说最终想考量的正是人类在由各种事件包围的社会氛围中所展现的人性境遇问题。

纵观吉奥诺后期风格的"轻骑兵系列"和"编年体小说",我们可以发现地理与历史在传统的历史文献学和教科书上的内容显然不尽相同。20 世纪三十年代的小说中并不缺乏以人为核心构成的系列故事。但是,这种隐喻指向一些变化,它重新提及人与自然、时间与空间的二元对立。从词源学上来看,"编年体"一词在希腊语中的意义就是"时间",它同时要求秩序的改变:大自然成了背景,而人则成为前景。这也正是吉奥诺在一次交谈中向罗贝尔·里卡特所解释的那样:

……在先前创作的小说中,大自然置于前景,人物处于背景;而在马上就要诞生的小说中,人物置于前景,而大自然置于背景。这整个系列的小说把人置于自然之前,所以我把这个系列取名为"编年体小说"。(Ⅲ,p.1293)

"历史"与"地理"在隐喻上的对比可以让我们了解到"后期风格"小说的某些特征:首先,吉奥诺更多地借助描述展开叙事;其次,吉奥诺采用时间和历史的叙事背景,即使用19世纪作为叙事背景;最后,吉奥诺使用更多的口语体。在"编年体小说"中,对话和口语占据了十分重要的地位。叙事结构本身就体现为口语叙事的特征:读者看到的文本实际上是一个间断的叙述,是不完整的信息,有时甚至是矛盾的信息,某些地方还有信息的缺失、缩略或暗示。而故事的轮廓正是要求读者自己费劲地把这么多缺失、缩略或暗示的信息勾勒出来。在20世纪30年代的小说中,只有《一个鲍米涅人》采用第一人称的内聚集叙述(作品中的叙述者同时又是故事中的一个角色)。"二战"后流行的正是这种叙述视角,而全知视角消失了。于是,叙事受到主观性的影响:读者对于叙述者的所言永远无法完全相信,不知其真实性如何。

纵观吉奥诺的文学生涯,我们可以将其分为两个创作阶段,他的风格也因此分为"前期风格"和"后期风格"。在第一阶段,作家早期的作品主要以自然景色作为主要的内容,以外在的自然空间作为主要审美对象,着重表现人类肆无忌惮地毁坏大自然会给人类自身带来灾难性的后果,从而展现人与自然互动的关系。就创作的内容而言,吉奥诺第一阶段的"前期风格"流露出对传说、神话、民间故事等通俗题材的审美参照。而这些文学作品就是"人类和大自然直接接触的经验产生出的精神果实,具有原始野性、狂放不羁"的潘神风格。吉奥诺敏锐地抓住了这些特点,用艺术手法创作出一系列脍炙人口的故事,成名作《山冈》就是其中的杰出代表。这是作家以自己在法国南方乡村的生活经验为基础来表达具有神话维度的自然观和生态观。随着时间的推移,作家的创作随着生活经验的丰富而对人与自然的认识有了进一步的发展。在第二阶段,作家经历了两次世界大战并有两次被捕入狱的灰暗经历,他发现人类自相残杀的根源在于其内心世界。因此,作家由"撰写自传性的回忆录小说开始,一步步由个体推广至整个社会,进而推广至整个人类的内心世界"。作家自身经历的巨大事件导致了创作视角的转换、思想内容的变化和创作手法的革新。吉奥诺虽然在"二战"之中遭受到不公正的待遇,但没有自怨自艾或怨天尤人,而是始终保持着他悲天悯人的忧患意识,从人类社会的危机现象入手,"一步步探索内在的根源和发生的机制"①。吉奥诺从"前期风格"到"后期风格"的转变,从"抒情的维吉尔"到"批判现实的司汤达","人"和"自然"是他文学作品中贯穿始终的文学意象,看似激进彻底的风格嬗变其实体现了作家在创作过程中的丰富经历和深刻思索。或许,这样的风格区分并不重要,因为无论是"前期风格"还是"后期风格",都属于吉奥诺这位特立独行的普罗旺斯作家。他的两种风格也恰似"一个人的两副面容"②。

第二节 叙事美学的文学构建

一、语言符号的地域风格

吉奥诺一生都在普罗旺斯以天地为庐,虽然一生鲜有远游,但对脚下的每寸故土都了然于胸。所以吉奥诺的所有作品尽管分为两个看似截然不同的创作时期,但两个时期的作品空间基本在他生活的上普罗旺斯地区。吉奥诺之所以能成为法国20世纪的著名作家,与他对普罗旺斯的"出色描绘"无不关系。③ 吉奥诺被公认是"写故事的能手",他的作品情节"并不曲折",但他的小说"并不显得枯燥"④,反而让很多人读得津津有味,甚至入选法国中学语文教材,其中的奥妙可能就在于他高超的语言技巧。这尤其体现在写景方面,他时而把大自然写得生动活泼、惟妙惟肖,时而把大自然刻画得浩浩荡荡、磅礴大气,体现了他"叙事状物的过人之处"⑤。勒克莱齐奥称赞他会用"最亲近的方式"为读者讲述"如此漂亮的传奇和风景"⑥。吉奥诺对语言的感受和把握,一方面得益于小时候父亲对他进行希腊古典著作的启蒙,所以他的作品中往往会读出类似《伊利亚特》的史诗风格;另一方面也源自普罗旺斯文化对他的长久熏陶,使得他能够自由借鉴"普罗旺斯的方言土语",恰如其分地表现"当地的风俗人情"⑦。而正是他作品中颇似普罗旺斯方言土语的运用,使得他往往被人贴上普罗旺斯乡土作家的标签。下面,我

---

① 杨柳:《吉奥诺作品之和谐幸福真谛——虚的智慧》,武汉大学博士论文,2011年。
② Jacques Mény, *Jean Giono et le cinéma*, Paris: Éditions Ramsay, 1990, p. 178.
③ 郑克鲁:《法国文学史》(下卷),上海外语教育出版社,2003年版,第1355页。
④ 郑克鲁:《法国文学史》(下卷),上海外语教育出版社,2003年版,第1359页。
⑤ 郑克鲁:《法国文学史》(下卷),上海外语教育出版社,2003年版,第1359页。
⑥ Roland Bourneuf, *Les Critiques de notre temps et Giono*, Paris, Garnier, 1977, p. 176.
⑦ 郑克鲁:《法国文学史》(下卷),上海外语教育出版社,2003年版,第1360页。

们将着重探讨一下吉奥诺作品中的普罗旺斯方言的运用情况，以及这些语言所彰显的地域风格。

如果粗略地浏览吉奥诺的作品，我们会发现里面存在一些普罗旺斯用语，可能就是因此人们把他的作品归为地方文学一类。但我们很快就会发现真正的普罗旺斯用语其实只存在于非常稀疏的段落中，我们越是深入文本，越会发现这些用语的数量其实很少。因此，给吉奥诺的作品贴上"地方文学"的标签是不合适的。尽管他的作品中弥漫着普罗旺斯的气息，但地方主义显然不是吉奥诺意图表达的主旨。不过，要科学全面地剖析吉奥诺的作品，语言与风格显然是密不可分的两个方面。

吉奥诺说过："我与恐惧融为一体，我见证了所有的生命。我已经真的超越了边界。"[1]从这段话可以看出，吉奥诺的语言似乎远非地方文学的语言。当然，从某些角度来看，吉奥诺的作品描绘了一片大地，这片大地的范围非常有限。反观吉奥诺的老乡米斯特拉尔，他咏唱整个普罗旺斯，作品里既有普罗旺斯高原，又有罗讷河谷，更有蓝色海岸。而吉奥诺作品中的空间基本上都在他的故乡马诺斯克及其周边地区。另外，吉奥诺一生中除了"一战"奔赴前线参战，几乎从未远离故乡在其他城市生活过。在他的眼里，首都巴黎凶险丑陋，纯洁丧失殆尽，充满着矫揉造作，毫无人性可言，这一点他倒是和米斯特拉尔不谋而合。不过值得注意的是，像卢梭、杜哈梅尔、维尼等法国作家也都讨厌城市生活和现代文明，反对技术进步和机械主义，但人们从未把他们列为"乡土文学作家"。

此外，即便吉奥诺作品里偶有普罗旺斯方言，但他这样展现地方文化的目的绝不是出于追随某个文学流派或塑造某个哲学理念的需要。从这一点来看，吉奥诺不是米斯特拉尔的信徒。有一次，他的朋友弗雷德里克·勒菲弗问他："你在文学创作上的努力会不会一直局限在对小小故乡的描绘和展现上呢？"对此，吉奥诺回答道："不会的，而且我觉得并不存在一个小小故乡。"

实际上，吉奥诺本人对地方文学并没有蔑视之感，他瞧不起的是那种所谓"吹笛敲鼓"的虚伪的地方文学。这种文学往往与传统主义者的民俗运动交织在一起。相比这类文学，吉奥诺在作品中对时空元素的挖掘和表现显然更加深刻。吉奥诺颇受《奥德赛》《圣经》和惠特曼的《草叶集》的影响，从而在自己的作品中传递出大地的气息。对他而言，人类真正的财富就在大自然之中，他对读者说过："你被剥夺的，是风，是雨，是雪，是阳光，是大山，

---

[1] Jean Giono, *Les Vraies richesses*, Paris: Bernard Grasset, 1934, p. iv.

是河流,是森林,是你的故乡。"吉奥诺认为,阳光在哪儿照耀,风暴在哪儿肆虐,大雪在哪儿飘扬,这个其实并不重要,重要的是要让人感知到大自然这个美丽生物的气息。因此,吉奥诺在字里行间尤其关注大地的美德,关注自然的力量,关注宇宙的元素。他的极致理想是构思一部几乎没有人类在场痕迹的作品,而大地之歌逐渐悠扬地响起。只是这个世界已经有人栖居,在他的故乡上普罗旺斯同样如此,所以,他在现实中无法忽视这些人的存在,因而继续把人放在自己的作品空间里。吉奥诺说过:"要构思一部没有人的小说,这几乎是不可能的,这一点我很清楚,因为世界上一直就有人的存在。"[1]因此只有在吉奥诺想以现实的手法表现人类居住的大地时,他的作品才表现出某些地方文学的特征。

地方文学的作家通常会寻觅所谓的"深刻的真实性",和这些作家一样,吉奥诺也需要某种真实性。他想生动而自然地刻画法国南方的人物,不过这些人物通常是说方言或是地方法语,而不是学院式的正统法语,因此,作者在人物塑造时就面临着语言问题,如何阐释这样的语言真实性,正是许多作家遇到的难题。即便像乔治桑、莫泊桑、巴尔扎克等伟大的作家,也遇到过这样棘手的问题,并且不乏失败的案例。和这几位大作家一样,吉奥诺曾经一度杜撰过颇显人造感的语言,这些语言一般没有什么对应的内容,因此读者的反应就很一般,巴黎的读者觉得无趣,而外省的读者也会觉得乏善可陈。

我们知道,普罗旺斯的叙述者和小说家一般都醉心于秀美的风景和具有地方风格的色彩。像保尔·阿雷纳(Paul Arène)、都德和让·艾卡尔(Jean Aicard)等人,他们习惯用普罗旺斯语来装点他们的文本,行文时总会冒点具有地方色彩的词汇和俗语来。而吉奥诺对普罗旺斯语的借鉴和使用则完全不同,并且往往难以发现,因为有些段落仅仅是作者自己在那儿讲述。

在普罗旺斯地区,地方法语具有较为悠久的传统。根据使用者的职业、文化和思维习惯等会略有不同。这一地区的地方法语融合了标准法语(即学院派法语)和通俗法语,融合了古语和行话(特别是巴黎的俚语和军队中的行话),还夹杂有从普罗旺斯语转变过来的表达。这一法语在发音、词汇和句法上都与普通法语有所不同。法国其他地区的地方法语也具有这一特点。值得一提的是,意大利的加布里埃里伯爵(Charles de Gabrielli de Gubbio)在1837年发表了一本有关"普罗旺斯语"的使用手册,他在这本实

---

[1] Jean Giono, *Solitude de la pitié*, Paris, Gallimard, 1932, p. 215.

用著作中所指出的大部分普罗旺斯语依然是普罗旺斯地方法语的底色,而正是地方法语让吉奥诺的文本具有了生动的光泽。奥古斯特·布朗的专著也印证了加布里埃里伯爵陈述的这一语言现象。布朗的这本专著写于1931年,主要研究马赛以及周边地区的法语。经过观察分析,他认为马赛地区的普罗旺斯语经过百年的发展已经被许多人普遍使用,不仅包括一般的老百姓,还有经过教育的富裕阶层。加布里埃里伯爵和布朗的语言学专著在地方法语研究史上具有里程碑式的意义。

地方法语的成形与发展有时连使用者本人都觉察不到,对此菲力克斯·布瓦罗(Félix Boillot)有着这样的描述:"如果有人向大斜谷村庄里土生土长的村民问:'你讲什么语言?'那他肯定会很惊讶,他会回答道:'那当然是法语啦,我们这里不讲土话。"菲力克斯·布瓦罗继续说道:"如果我们向里尔、雷恩或图卢兹的人们问相似的问题,那得到的答案也是一样的。"①毫无疑问,我们在菲力克斯·布瓦罗的陈述中还可以加上这么一句:"如果向马赛和马诺斯克地区的人问,得到的答案也是一样的。"另外,我们注意到,吉奥诺笔下的人物往往会讲普罗旺斯语(都是在农村地区),而不说地方法语。他们说的"星期日的语言"是用来回答城里来的先生们的问题,这样的语言只是当地口语的文学翻译,这与那些先生们所说的地方法语截然不同。有时,吉奥诺把自己所听到的内容用自己的话翻译出来,然后传递给他的读者。当然,要从吉奥诺的作品中去区分哪些是纯粹的普罗旺斯语,哪些是地方法语,这样的工作似乎并没有特别大的意义。不过,我们可以观察他作品中所谓的"语法错误",而这些"语法错误"恰好是他语言的独特性所在。即便这些语言并不一定源自普罗旺斯语,那它们也至少是反映普罗旺斯地方法语特色的一面镜子。

上文对吉奥诺作品中的普罗旺斯语进行了简单的分类和剖析,这样可以清晰地勾勒出吉奥诺语言与风格的丰富意义和深刻内涵。这样的分析也可以帮助我们更好地区分语言的真实性和词汇短语的不自觉的使用。之所以会不自觉地使用它们,是因为这些本质上隶属于普罗旺斯语的词汇短语,它们的身影较为频繁地出现在普罗旺斯地区的地方法语之中。

一位法国作家在创作自己的作品时,往往会参照自己在故乡的生活或外省的生活经验。但除此之外,如果他在创作中还有其他的灵感来源的话,那么地方法语的痕迹就不太会显露在他的作品中。普罗旺斯的思想家、哲学家以及一些正统的文学家所使用的标准的学院派法语准确、精练、优雅,

---

① Félix Boillot, *Le Français régional de la Grand' Combe (Doubs)*, pp. 9 – 10.

与某些小说家或剧作家使用的地方法语相差较大。当我们再走近观察,会发现即便在小说家和剧作家内部,他们的语言风格也差异颇大。例如,吉奥诺的小说语言与都德、帕尼奥尔的语言就大不相同,后两者喜欢用生动的语言表现普罗旺斯,用饶有生趣的方式讲述普罗旺斯。而吉奥诺虽然也一直注重表现普罗旺斯背景下的人与自然,但他的语言更加质朴,甚至有种苍凉的粗糙感。因此,大部分读者所喜爱的都德或帕尼奥尔作品里的普罗旺斯风格,在吉奥诺作品中几乎是不存在的。我们还发现吉奥诺作品语言中有个矛盾的现象:作品中越是使用普罗旺斯语的某些段落,它们所营造的氛围就越是与真正的普罗旺斯相去甚远。他字里行间的语言风格,是他融合文学法语与"乡野"法语并进行艺术加工的结果。这样的语言是经过他精心打造的,与其他普罗旺斯作家笔下自然清新的生活法语有着巨大的差异。因此,我们也不难理解一些刻薄的文学批评家用"阴暗"和"晦涩"来定性吉奥诺的文学语言,指责他的风格是"虚假的""不合时宜的"[①]。

　　吉奥诺在《真正的财富》中说过这么一句话:"我永远需要完整的真实性。"(Les Vraies richesses, p. ix)在这种追求的指引下,吉奥诺塑造了一个灰暗苍凉的普罗旺斯,所以当普罗旺斯的读者读到他的作品时,他们恍惚间会有这样的错觉:"这还是我自己生活的普罗旺斯故乡吗?"要让读者明白这是作家经过丰富想象和艺术夸张之后的普罗旺斯,确非易事。我们可以说吉奥诺的风格是"忧伤"的,很少有欢歌笑语。尽管吉奥诺在作品里一直表现对幸福的追求,但他塑造的普罗旺斯意象与大众的印象几乎没有关联之处。吉奥诺的普罗旺斯属于上普罗旺斯,属于普罗旺斯山区,这一地区不同于罗讷河谷的普罗旺斯,与社会生活丰富多彩的海滨地区更是有着天壤之别。

　　为了体现与众不同的魅力,吉奥诺的作品显然不乏独特的标记。虽然我们在他的作品里很少发现普罗旺斯语的痕迹,甚至完全没有(有的也只是经过作家艺术加工过的词汇与表达),但透过他的小说——特别是早期的具有维吉尔风格的小说——我们可以发现他一直试图在用普罗旺斯的思维来思考、来感知,我们可以说他的思维活动和艺术创造是"普罗旺斯"式的,这让他的作品里充满了"自然之魅""文学之魅"和"语言之魅",他的多部作品成为法国学校必读的名篇也就不足为奇了。而这样的效果正是菲列布里什

[①] Voir: *Mercured e France*, 15 nov. 1933, p. 154; *Revueh ebdomadaire*, CC LXIV, 355 et suiv.; *Revue de Paris*, dec. 1929, p. 706.

派(Les Félibres)①孜孜不倦所追求的目标,他们想用原生态的普罗旺斯语获得新生,可惜这样的努力失败了。从这一点来看,吉奥诺的文学作品确实对普罗旺斯地区的语言文化的传播起到了积极的作用,他作品中非凡的语言魅力也得到了文学评论界和社会大众的广泛认可。

二、形象符号的文学构建

(一)自然元素的构建

吉奥诺在自己作品的生态空间内,惯于使用不同的文学形象不停地搅拌着植物界、动物界和人类世界,杂糅地、气、水、火、人这五大元素,表现它们之间联合、斗争、转换等互动关系。例如,《再生草》中的庞图尔最终与大自然融为一体:"他像一根柱子牢牢立在地里"(《潘神三部曲》,第 409 页)。大山也具有了人类的属性:在《山冈》中,我们可以看到"大地的躯体"(《潘神三部曲》,第 51 页)或"流血的驴食草"(《潘神三部曲》,第 23 页)这样的意象。

吉奥诺为了使感觉更贴切,使用真实的自然元素,如太阳、暴雨、狂风等,通过隐喻的手法把它们比作动物:"夏天,太阳像一头驴子,两三口就把井水喝得精光"(《潘神三部曲》,第 291 页)。他也使用"属于我们另一种感官的意象":"夜晚就像巨大的冻梨……"对于代表人类文明的空间元素,如房屋或城市,吉奥诺从没有对它们表示欣赏之情,但他也使用隐喻手法把它们转变成神奇的场所,五彩斑斓,与大自然相互渗透。正如我们在他的另一部作品《一个人物之死》中看到的马赛:

> 城市的外表像鱼鳞一样,上面浮动着瓦片、小酒吧、玻璃天棚和烟气那绿的、红的、蓝的的颤抖……大海像大蜥蜴的敏感肚皮,朝着撕裂的悬崖喘息着。(IV,p. 193)

在这段描述中,马赛的景象被完全转变成充满色彩和感觉的宏伟画卷,它用来反衬波利娜对泰于的漠然之情:她的心中只有她自己,从来没有图像,没有色彩的慰藉(IV,p. 193)。

在吉奥诺的眼里,生命无处不在。对于一些平常看似毫无生气的东西,他赋予它们以智慧和活动的能力,他还赞扬歌颂生物,特别是植物的生命,尽管这一生命早已存在。在他的世界观中,一切事物都拥有同等的生命力。我们可以把他的立场和世界观阐释为"感受生命和捍卫生命的敏锐需要"。

---

① 菲列布里什派是 1854 年在普罗旺斯成立的文学派别,主张用法国南方的奥克语写作。

为了表达对生命的渴望,他让生命无处不在。他显示生命存在的重要性,从而明示生命对于他的价值。他的观点也印证了人类的自然观从人类中心主义到生态中心主义的演变发展过程。

吉奥诺是描写地、气、水、火这四大自然元素的行家,不过他笔下的大地元素有时太过强盛,无形中缩减了其他元素的表现空间。厚重感和充实感是描绘气、水、火等其他元素的普遍特点。一朵云"沉重地贴在山脊上,宛似天上一座山,一个天上之国,一个辽阔而荒凉的国度,有暗影重重的峡谷,阳光斜照的圆丘和层叠的悬崖峭壁"(《潘神三部曲》,第64页);厚重的晨雾"宛似泥流"(《潘神三部曲》,第60页)……整个自然世界,如同加进了诗意的酵母菌一般在我们面前发酵膨胀着。作者不遗余力地用声音、色彩、味道来描绘世界的形象,但他的意图不在于向我们展示这个世界的物质价值。《愿我的欢乐长存》中,博比不仅是要农民"缩减耕地",而要让他们种上鲜花,鲜花的芬芳让耕地减少的农民反而心生更多的幸福。他在茹尔当的场地上播种,原本是想让鸟儿快乐,这一无意的举动却在整篇小说中激起思想的涟漪,如同茹尔当和卡尔所说:"小麦,人们总能这很重要。不,这不重要……当然,这是必需品。当然就像你呼吸的空气一样……我知道吃很惬意,这是一种快乐。它让我们有血有肉,这很重要。但是我想说的是,这不是对一切都是重要的……因为归根到底,我们有很多需要,不仅仅是小麦的需要。"(II, pp. 722 - 723)这很多"需要"究竟是什么? 是爱的需要,是梦想的需要。大地的食物并不足以满足人们;必须得有其他东西——"除了面包之外"的东西——每日得有些浪漫。

吉奥诺在早期作品中把各种自然元素杂糅成一个面貌多变的自然空间,虽然常露狰狞之态,不过最终会向觉醒而勤劳的人们表露善意。到了《屋顶上的轻骑兵》这部后期代表作中,自然几乎总对人们恶行相向,尤其是吉奥诺展现的末日般霍乱场景。他把"霍乱"这一微生物元素的表征与内涵挖掘得非常透彻,他对霍乱的描写以令人惊恐的形式进行,并且与自然的末日景象的展现联系在一起。随着季节变换,酷热也在加剧,空气变得稀薄。吉奥诺在这里用"石膏穹顶""平展展的天花板""关上炉门的烤炉"等词汇来描述酷热下的天空,空间缩小了,天空也在往地面上沉;色彩稀释在了空气中,一切都与白垩色的夏天融为一体。如果说吉奥诺此处的描写带给读者的视听感觉有所减弱的话,那么带给读者的嗅觉感受就增强了许多。"尽管没有一点风",但是鱼腥味、灯心草味、烂泥味、鸽子屎味、羊尿味、磷味等多种腐烂的气味却"扑面而来"(《屋顶上的轻骑兵》,第227页)。为了表现霍乱后果的非同寻常的超自然特征,作者在这里使用了比喻和隐喻:"浓烈的鱼腥味仿佛有人刚把一张渔网放到草地上""一种气味像是从没有关严的鸽子棚里发出来的""仿若置身一个紧闭的羊圈里"等。平铺直叙的文字描述似乎难以把这些复杂微妙、令人作呕的腐烂气味准确地传递给读者,但这些栩栩如生的比喻和隐喻让读者有如身临其境得以一闻之感。在一场雷雨之后,大自然也显现出它神秘的魅力,吉奥诺用色彩的变化强调了这一时期的景象变化,与先前的单一的白垩色夏天形成鲜明的对比:洪水是"黑色"的,太阳"金光烂烂",而天空的色彩绚烂夺目,作者在一页的篇幅中接连使用"蔚蓝""龙胆草蓝""靛青色""紫色""酒渣色""碧蓝""红得像丽春花"等多个颜色形容词来描绘天空的色彩变幻。在整部小说中,这样多姿多彩的自然景色描写并不多见,绝大多数都是白垩色的闷热。但在这样的景致中,霍乱并没有远离人们,它以一种超自然的迅捷在侵袭着人们:"死亡犹如一颗子弹击中了躯体。他们(霍乱病人)的血在血管里迅速分解,正如太阳落山时,阳光在天空中迅速分解一样"(《屋顶上的轻骑兵》,第 231 页)。"子弹"一词,既表明霍乱侵袭速度之快,也表明侵袭范围之广。"……子弹左撞右击,仿佛有个射手在暗中射击,枪就放在瞄准架上。时而是个男的……时而是个女的……"(《屋顶上的轻骑兵》,第 231 页);"有时,射手对这伙人紧追不放"。把"霍乱"比喻成"射手",这个拟人化的描述强调了疾病的残酷,人只是个被人操控的木偶,他们的命运取决于"射手"的怜悯。

  吉奥诺在小说中常常把自然元素构建景致与人物的情感发展相对应。比如在《屋顶上的轻骑兵》中,安杰洛与波利娜之间产生的默契情感与他们共同穿越普罗旺斯的坎坷路途是分不开的。这个普罗旺斯时而田园牧歌,时而枯燥乏味,时而轻松明快,时而愁云密布,还经常伴随着霍乱的蹂躏。在人物与周围环境之间构建起一种对应关系,马诺斯克市周围的青翠景色对应的是主人公的喜悦心情:太阳非常快乐,风儿追逐彩云。安杰洛宛如天空:通过太阳追逐影子,通过影子追逐太阳(《屋顶上的轻骑兵》,第 247 - 248 页);安杰洛和波利娜通过路障之后看到的蔚为壮观的景色,对应的是安杰洛那肆意汪洋的热情:……他的兴奋发自肺腑,……他开始像疯子那样游乐起来了。当他谈到在这地方发现的迷人风景时,他甚至用了几个非常意大利式的词语和手势(《屋顶上的轻骑兵》,第 255 页)。相反,他们在野外度过的第一晚就让波利娜产生不愉快的感觉,一大群鸟的盘旋和鸣叫给她留下了"深刻的印象",甚至让她起了"鸡皮疙瘩"(《屋顶上的轻骑兵》,第 265 页)。当他们来到巴伊翁时,"绕过一个个小山岗,一个比一个更美丽。每一次拐弯都把他们带入迷人的风景,在姹紫嫣红的小树林周围,稀疏地散布着松树,真是仪态万方,谁见了都觉得颇有王家气派",这一派自然美景也让他们"心旷神怡"(《屋顶上的轻骑兵》,第 280 页)。

自《屋顶上的轻骑兵》出版以来,尽管评论界对它有诸多不同的注解,但大家似乎都认同霍乱在这部小说中起着"揭示"的作用。事实上,它像"一块不断变大的镜片,让安杰洛看清人类的样子,不是他们在日常生活情境中所表现出来的样子,而是他们真实的样子"。因此,霍乱在把个人境遇推向极端的过程中揭露其本性。例如,第二章中的医生是个乐于助人的人,在霍乱蹂躏的情境中成为一名英雄;而在第五章中骡马店的一个陌生人,处在同样的情境之中,其无耻本性暴露无遗。同样,被恐惧占据心灵的"人群"变得歇斯底里,具有危险性。逃跑、暴力、迷信,这一切都有助于"驱散"焦虑和不安。这样,霍乱这种瘟疫通过揭露人类社会的虚情假意来曝光人的最原始本性。霍乱凝结着与生俱来的恐惧,它的作用如同法国著名戏剧理论家安托南-阿尔托所赋予戏剧的作用,他在他的著作《戏剧及其双重性》(*Le Théâtre et son Double*)中将其比作黑死病:"这样一个完整的社会灾害,这样一个有组织的无序,这个恶行的充分流露,这种压榨灵魂并将其推到底的彻底的驱邪,此时大自然会有基本的作为。"[1]

在这部小说中,霍乱是以恶的形象出现的,但这种恶的形象并非形而上学。事实上对吉奥诺而言,小说中的霍乱不是要表达人类的原罪,只是想体现自然对人类的惩罚,让人类体验肉体上的痛苦。人类的责任是要凭借自己战胜"大自然的黑暗力量",并且在面对这种黑暗力量时体现自身的勇敢和活力,而只有少数个人才具有这样纯洁高贵的品质,大部分人则在世俗力量、医学力量和信仰力量的日渐式微中丧失了这样的品质。霍乱通过它具有的毁灭性的暴力来间接再现第二次世界大战中尸横遍野的悲惨景象,再现仇恨的汹涌澎湃和极权主义的贪婪欲望。霍乱的意义还不仅于此,它既是身体的疾病,又是心灵的创伤,表达了人性的恐惧和怯懦,表达了波德莱尔式的烦恼,它们爱死亡的晕眩胜过爱生命。

吉奥诺描绘一个生物或一个元素时往往伴随着对另一个对象的描绘,事物之间彼此承认对方的存在,承认对方的特性;一切都有关联,真实的每个部分都是复合关系的中心。符号是体现局部与整体关系的表现方法,它让物体重新具有尊严,而这种尊严平时却被庸俗的用处剥夺了,于是一切等级观念都消失殆尽。吉奥诺在不同的物体中发现了我们难以发现的呼应关系。这正是对真实世界的纯真观察。在此基础上,吉奥诺把自然元素之间

---

[1] Marceline Jacob-Champeau: *Le Hussard sur le toit-Jean Giono*, France: Editions Nathan, 1992, p. 100.

的各种关系进行分类，这实际就是在表露作者的内心思想，因为所有生物和元素都相互关联，它们彼此都在保证着对方或他者的存在，使彼此都具有同样的存在价值。在吉奥诺的作品中，详尽叙述，生动表现，物质具化，象征主义的这些原则是如此显而易见，如此始终如一，以至于我们有时在思忖意象空间是否是一种文学手段。这位普罗旺斯作家的作品中经常有大段篇幅充满了一系列的象征符号，充满了一连串的表现意象，让我们应接不暇。我们可以说他是名"忠于自然的诗人"，他的象征主义实则也是由他个人的天赋所决定的，我们对他的感知更加拓展了一层——吉奥诺是名"预言家"。

因此，世界就是运动物质的循环，恐惧的情感往往笼罩着吉奥诺笔下的世界。但这并不意味着这个世界就是无趣的、物质化的，生命在这世界中依然爆发出活力，大地的力量是如此巨大，它穿越恐惧的氛围，让运动成为世界的意愿。所以，吉奥诺的诗学建立在物质化的动力之上；无论其意象如何丰富，其实都隐藏了一个最为重要的物质——大地。

吉奥诺从小就在父亲的陪伴下阅读希腊神话。到了自己创作文学作品，他就从这些神话中汲取不同的元素，将其纳入自己的世界中，并着重突出其中的某些方面。他作品中的潘神有时表现为神的形式，有时则带有人的行为特征。潘神的形象异常伟大，它是宇宙生命至高无上的主宰。"它手中掌控着世界的渴望"（III，p. 107），同样是这个渴望，定义了生命的动力。他在《生命的凯旋》中对"潘神"下了一个绝妙的定义：

> 我是潘神。她说道。我的名字就意味着万物（Tout），这比人类所能理解的东西要多得多。我是世界的物质，人类完全在我手中。他们的所作所为首先取决于我。我不参与他们的争执，他们总是向我来寻求和平。我经常在荒漠中出没，在那里，我把我的残暴和我的荣耀赐予那些尊敬我的人。（*Récits et essais*，p. 782）

在这段描述中，我们看到了伟大潘神的威力程度以及它泛神论的维度，即任何事物中都涉及它。吉奥诺的作品通过符号的多义性来发现大自然，并通过个性化的笔触来还原在真实世界中几乎难以察觉的特点：符号的多义性、语句的模糊性和文本的丰富性就是自然语言的语义现象——可能是基本现象。只要它们未被完全消除，它们的重要性就会在日常联系中被语用语境的手段缩减；在追求意义性的话语中，如科学话语，它们的重要性则被特殊的标准所缩减。① 在自然元素构建的空间中，"人"作为第五元素进行平等、互动的参与，这也成为这一空间虽然狂暴，但终究充满活力和魅力的原因所在。

（二）感官的构建

梅洛-庞蒂认为，自然世界是感觉间关系的形式。② 这说明自然世界不是一个不变关系的系统，它的构建除了与它的客观存在有关，实际上还与作为主体的人的感觉有关。在吉奥诺的作品中，我们可以看到与外部真实的关系是大自然借鉴了某些富有想象力的特征，这些特征是作者在感官感知基础上的智力活动的结果。

所有现象，作为可能的经验，都优先存在于知性之中。同样，通过吸收它们的可能性，作为简单的直觉，它们也存在于敏感性之中，并且在形式中只有借助敏感性才具有可能性。③

亨利·列斐伏尔也强调了人的感觉对自然空间认识的作用："我们对空间的审视越多，我们对空间的考虑就越佳，不只是靠眼睛和智力，还要靠所有的感官和整个身体。"④人要获得美的感受必须走向自然空间，大自然可以使人的感官舒适，使人身心愉悦。只有这样，才能提升对自然对象的审美境界，天地万物经由感官的愉悦和情感的欢欣建构成天人合一的自由境界。

吉奥诺作品中用于表现大自然的语言引起了有待挖掘的意义。如果说心理分析被定位为无意识的科学的话，那么就可以从作为语言结构的无意识出发。⑤ 从语言作品的层面上来说，文本蕴藏了意义；从透明因素的层面来说，意义模糊了文本。⑥ 意义让像吉奥诺这样的作家，可以根据写作的敏感性来构建自己适于表现自然母体的风格，用词汇与风格记录感官的世界，用多义的手法表达大自然的生命动机。当花草树木、飞禽走兽与心灵的契合通过文学文本加以表现时，人对自然空间的审美体验便升华到自觉、自醉、自迷的境界，人对自然的精神依托也上升到无限的范围，人的审美感受能力也得以凝练，人在大自然中的精神家园也得以建立，从而深化了人与自然的审美关系。

---

① François Rastier, *Sémantique interprétative*, Paris, P. U. F., 1987, pp. 210 - 211.
② [法]莫里斯·梅洛-庞蒂：《知觉现象学》，姜志辉译，商务印书馆，2005年版，第414页。
③ Franck Burbage, *La Nature*, Paris, Flammarion, 1998, p. 71.
④ Henri Lefebvre, *La Production de l'espace*, Paris, Anthropos, 1986, p. 450.
⑤ Jacques Lacan, *Les Quatre Concepts fondamentaux de la psychanalyse*, Le Séminaire Livre XI, Paris, Editions du Seuil, 1973, p. 227.
⑥ Jean Ricardou, *Nouveaux problèmes du roman*, Paris, Seuil, Collection poétique, 1978, p. 43.

复现吉奥诺作品的意义,这一方面与作家的心灵有关,另一方面与读者的心灵有关,而读者的心灵通过文本与他自己的脑力活动而延伸了表现。意义只是大脑的延伸;大脑通过这些延伸,以感觉的形式从外部获取它用来构思直觉表现的方式。① 大自然在我们面前并不表现场景:它首先是我们生活其间和行动其中的真实性。大自然正是通过我们的身体和感官感觉才进入我们的眼帘,感知总是保留着这一根源的印迹。②

吉奥诺在作品中用植物、动物、人以及地、气、水、火四大元素构建起复杂的自然界,这便是客观存在的世界,无论是谁感知,无论如何去感知,这样的世界都是一个可见的世界。万物的五彩缤纷搭建起一道视觉的饕餮盛宴。在当今世界,随着都市化的进程,整个社会大有变成技术庙宇的趋势。在效率优先的主导下,我们的教育突出强调了人的认识和知识上的功能,即理性上的功能,而忽略了基于自然景观的感官功能和审美功能。③ 吉奥诺恰恰用词汇、用文本激发了人们回忆中或想象中的感官体验,促使他们以敞开感官走向世界,享受自然。比如,在对普罗旺斯意象的描绘上,吉奥诺用不同的色彩词汇激发读者对普罗旺斯的认知与想象:"盛夏以黄色的稻草为主,冬天以蓝色为主,春天以玫瑰色为主。"(*Provence*,p. 273)吉奥诺还借用阳光与房屋的光影组合来展现普罗旺斯的阳光:"楼梯间里,阳光沿着台阶倾泻而下,一直洒在上过蜡的地砖上;阁楼上,阳光透过天窗斜射进来。百叶窗上,阳光穿过层层叶片照射进来,如万箭齐发;还有人们学会制造的各种光影组合。"(*Provence*,p. 279)这段对阳光形态的描写颇为生动,将文学性与视觉化的融合发挥到了极致。

触觉是人体的重要感觉之一,触摸植物可以感知自然,触摸肉体可以感知生命。肉体常常会遭受苦痛,而解除肉体痛苦的解药通常是很敏感的。药物无法解除肉体的疼痛,只有直接对感官产生影响的不同的手法形式才能缓解痛苦,如同身体的疾病对应感官满足的缺失,如同人物没有满足他肉欲的需要。肉体似乎觉得与它的环境发生暴力接触很有必要,这样身体才能舒展,人物才能感觉存在。为了身体的康复,小说中的人物甚至会用柏树枝鞭挞自己,比如《人世之歌》。

比起视觉和触觉,事物的本质更容易被嗅觉、听觉和味觉感知。事实

---

① Arthur Schopenhauer, *Le monde comme volonté et comme représentation*, Paris, P. U. F. , traduit par A. Burdeau, Collection«Quadrige»2006, p. 698.
② Maurice Blanchot, *L'espace littéraire*, Paris, Gallimard, Folio / Essais, 1955, p. 163.
③ [荷兰]托恩勒·迈尔:《以敞开的感官享受世界:大自然、景观、地球》,施辉业译,广西师范大学出版社,2009年版,第103页。

上，原始感官的特殊性在于它们只抓住本性短暂的形式。事物本质具有抽象价值，使这种价值接近具有模糊物质性的这些形式，便容易将这一抽象价值具体化。这也正是它们在吉奥诺作品中的主要作用。

吉奥诺使用嗅觉因素来表现大自然，如《一外鲍米涅人》中田园的芬芳所展现的那样："这音乐令人想起碧森森的玉米地，高高的玉米秆儿，宽阔的玉米叶子。这音乐散发着树脂、蘑菇和厚厚的苔藓的馨香。"（《潘神三部曲》，第215页）在所有气味中，作者对香味特别敏感。在《一个人物之死》中，他提到了"女人们……浓烈的香味"（IV，p. 162），吸引了当时正在街上闲逛的叙述者；作者还提到了"浓香扑鼻的糖果"，这些糖果让叙述者的祖母在她人生最后的时光中充满了快乐。此外，作者生前写的最后一篇短文名为《某些香味》（De certains parfums），讲述香水在一些历史事件中所发挥的作用。但总的来说，气味无论是否好闻，有时还是强烈得让人受不了。在《大畜群》中，"混杂着羊毛、汗水和压碎地面的味道"是如此强烈，以至于有人感觉"这味道让他像猫一样一跃而起"（I，pp. 542-543）。这气味来自从山上鱼贯而下的羊群，它们在象征性地宣告参战。气味的浓烈必定在表达这悲剧的强烈程度。《天堂的碎片》则展现了气味的有益面，吉奥诺在这部小说中使用海洋的单一景色，将其作为唯一可以进入人物内心的标记。因此，小说中所描写的海洋气味非常强烈，有时甚至"让人作呕""让人恶心""如此浓重""以至于有些人开始呕吐"（III，pp. 881-883）。但无论好闻不好闻，这气味总是"生命的气味"（III，p. 874），这是值得铭记的。气味的浓烈是一个活跃生命在场的表达，有时这生命代表着危险，有时这生命是知识和快乐的源泉。

听觉因素也是吉奥诺在作品中经常展现的因素，在对大自然表现的过程中，听觉时常与视觉相辅相成，共同组成了一副美妙的"视听"盛宴："将近黄昏，我听到骡子的铃铛声，接着看见车子沿着杜洛瓦尔门前的路，慢慢地驶了回来。"（《潘神三部曲》，第193页）

吉奥诺在表达视听方面还不仅于此，他利用某些动物与某些植物生长环境的依赖性和相邻性，从而隐含地将动物的声音能力赋予植物，如栖息在树上的鸟儿，视觉上的误差让人觉得似乎是树木在歌唱："阳光一越过山冈，就洒在那株山楂树上。树的枝叶间一只黄莺在歌唱，仿佛是树本身在歌唱。"（《潘神三部曲》，第329页）此外，声音还承载着事物的强烈程度。喊叫或吼叫，也属于这众多的声音。它本身就反映出这声音的强烈。在《风雨两骑士》中，马尔索被他弟弟打败后，发出了"可怕的叫声，像极了风的呼啸声"（VI，p. 180）。但是，叫声也可以是沉默的，同样在这部小说中，马尔索的弟弟"发出忧伤的喊叫,无声的,这声音没有发出来"(VI,p.166);叫声也可以迷失在虚无中,如《大畜群》中的奥里维埃,他身处战场,在孤独的处境中发出的叫声。他们的这些叫声都表达了痛苦情境的残酷,在这样的情境下,叫喊的愿望都是不可能的。因此,我们可以在叫声和空虚之间建立一种关联。一方面,叫声可以制造空虚,同样在《大畜群》中,一个男子的喊声"用尽他羸弱身体的全部力量,他叫得如此用力,以至于喊过之后他累得如同被掏空一般"。(I,p.687)另一方面,叫声也可以填补空虚,在《大畜群》中,"寂静和苍白构成了如此的空虚,人们想在上面加点红色、叫声以及随便什么东西"。(V,p.538)叫声与代表鲜血的红色相连,这很好地表明了叫声如何能表达暴力,抑或是犯罪,叫声的力量可以标记在场,自感空虚的人通过叫声来证实强烈情感的存在。填补空虚的叫声具有了具体现实性的外观,因为它与虚无相对。

在对自然世界的感知中,味道也可以以强烈的方式来体会事物。吉奥诺作品中常常出现美味佳肴,这让我们自然想到作者本人对美食的偏好。他作品中出现饮食场景的频率,已经相当引人注目。但是,食物并不是让味道因素介入的唯一因素。在《大山里的战斗》中,泥浆的气味富有"新鲜泥土的味道,非常强烈"。(II,p.820)在《愿我的欢乐长存》中,树枝具有"强烈的动物性味道"。(II,p.658)在《一个郁郁寡欢的国王》中,则是飘浮着鲜血的味道,味道将我们带至暴力的中心。即使这些例子中不总是有词语的字面意义,但是这些意义的使用再次证明了感官与事物本质的接近。当吉奥诺使用表明强度的词语时,如形容词"强烈的",或是当他谈及鲜血时,他总是暗指根本的原始物质,暗指从逻辑的角度对宇宙进行解释的纯粹的现实性。把吉奥诺典型的词汇与感官相连,这清晰地指明了这些感官所起的根本作用。它们是进入事物本质的通道和方法。

吉奥诺对大自然的表现是随着作品中对世间万物的感知而逐步施展的,并充分调动读者的感官来感知文字间的大自然。"任何生灵都无法做到忽视他者的庇护,肉体和精神没有独自感觉的力量;它们在运动中的联合与汇聚点亮了我们的内心,维系着我们所有感官中的感性之焰。"[1]拉丁诗人卢克莱修在《物性论》中的这一席话与吉奥诺的物质神秘主义颇为相似。[2]这正如梅洛-庞蒂所言:"因此,我的感知不是视觉数据、触觉数据和听说数据的总和,我以与我完整的生命共存的方式去感知,我懂得事物唯一的结

---

[1] Titus Lucretius Carus dit Lucrèce, *De la nature*, Paris, Garnier-Frères, traduit par Henri Clouard, 1964, p.95.
[2] Évelyne Amon, Yves Bomati, *Dictionnaire de la littérature française*, Bordas, 2005, p.230.

构,以及同时向我所有感官倾诉着的唯一的生命方式。"①自然空间不仅作为人们的物质环境而存在,而且作为精神环境而存在。这样的存在正是通过感官的调动获得物我的协调与共鸣,从而"让自然山水的感性物质以其充满活力的面貌感染着审美鉴赏者的耳目"。因此,"自然山水的感性风貌所激发的感官快适,是审美感受的基础"②。这正是吉奥诺写景抒情魅力的极佳概括。

吉奥诺在《山冈》的序言中,就这种恐慌的感知的起源写过这样的一段话:

> 这就是潘神形象的最初特点。在和善的小牧羊人……的时代,我被在山冈里流淌着的这种对神明的恐慌打上了烙印……似乎潘神就是由这种恐慌和残酷组成的,我已经看到了所有的作为,我想大家都像我一样被打上烙印,从一开始就被打上神的烙印。接着我必须谈一下那些懂得遵守伟大服从的人所争取来的和平,但依我的感觉,一切都必须打上既仁慈又可怕的潘神的印章。(I, p. 949)

所以我们在吉奥诺的思维中可以看到,神灵的世界从一开始就与"伟大服从"的物理法则混合起来。事实上,潘神的面容更具人性化,并且这人性化的面容一直延伸到畸形之中,延伸到宇宙力量之中,即使它的在场不由某个人物表现,而是由"汽"来表现,或是仅仅是由直觉在场或无形在场所表现。潘神的在场更多借助外观特征,通过痛苦所象征的感觉、情感而被感知。

霍尔巴赫说过,人在宇宙中看到的恶使之产生神的观念。因为自然界中的瘟疫、饥饿、地震、洪水等灾害使人类感到恐怖,恐怖于是就让人联想到强有力的众神。③ 所以在吉奥诺的作品中,自然界给人类造成的痛苦象征着潘神,通过潘神,世界经历着他的无序,经历着他的痛苦,遭受着他的蹂躏。痛苦代表着世界和生命的消极面,恐慌的意识符合对痛苦和生命残酷的逐渐接触和认识。

但正如吉奥诺在《真正的财富》的序言中所述,如果说潘神统治世界,那"这不能解释一切。这只是一个开始"(*Récits et essais*, p. 149)。这是对世界残酷现实的意识:人类要适应把这种现实纳入自己的生活之中。吉奥诺

---

① Maurice Merleau-Ponty, *Sens et Non-sens*, Paris, Les Editions Nagel, 1966, p. 88.
② 朱志荣:《审美理论》,敦煌文艺出版社,1997年版,第43页。
③ 霍尔巴赫:《自然的体系》(下卷),管士滨译,商务印书馆,1964年版,第350页。

笔下那些注定要生活在恐慌世界中的人物,他们面临的正是这种对生活的逐渐感悟。我们已经了解到潘神具有代表宇宙的两副截然不同的面容,尤其是它平素阳光面容下的恐惧脸庞。不过在吉奥诺的作品中,潘神并不是唯一具化这种暴力威胁的神灵。在他后期的作品中,潘神的恐惧被霍乱的恐怖替代。

大自然暴力的效果是制造惊恐,吉奥诺通过一些极其夸张的特征来表现这一暴力。矛盾的是,对大自然的人为表现符合真实性的需要。大自然的暴力并不力图符合对真实性的文字移调,事实上,它像是某一强烈程度的表达方法。作者试图通过暴力来阐释事物真实性给他带来的强烈的感觉。真实性被认为是首要价值,它与其他诸如"深度""根源"等概念交集在一起。最终产生的思想便是任何真实性都被包容在世界的起源中。大自然和各种生物自身就承载了这些宇宙和世界运作的原始性和解释性的真实,但是它们的承载方式非常隐藏,且上面覆盖了许多表面层次。从感觉器官的感知角度来看,对真实性的寻觅实际上可以被解释为对事物本质的判断。

对于吉奥诺的作品,读者可以任意发挥个人感官,随意欣赏其文本,可以凭直觉归纳出作者笔下大自然所传递的意义。"通过回忆意义的关系维度,我们强调的事实是意义被构建了。这种构建,是当说话者通过思考他所听所看的某些东西而将意义赋予句子时实施的劳动"。[1] 吉奥诺的人生经验就是他创作的源泉,他的回忆构成了小说中纷繁复杂的事件。实际上,带有浓厚体验和浓重回忆的吉奥诺式的超验,赋予作品一种矛盾的维度:既富于人性,又让人震惊。说它富于人性,是因为人类的生活通常接近这种超验性,并且这种超验性的神性通常具有人类的形象;说它让人震惊,是因为接近这种超验性对人类而言也构成了巨大的威胁。

让·吉奥诺充满活力的写作行为常常通过表达与环境自然或乌托邦自然之间关系的内在性的意愿表现出来,在加斯东·巴什拉看来,这也是在主宰作者的创作灵感:"我们想象的方式通常比我们想象的内容更让人获益良多。"[2]正是在这一层面上灵感得以介入,克洛德·鲁瓦(Claude Roy)强调灵感在作品中的表示以及对作品的最根本的贡献。"但是根本点不在于它(灵感)是什么,也不是喜爱灵感的人:它的邂逅所引起的正是这种幸福的体

---

[1] Georges Noizet, *De la perception à la compréhension du langage*, Paris, P.U.F., 1980, p. 130.
[2] Gaston Bachelard, *La psychanalyse du feu*, Paris, Gallimard, Collection Folio / Essais, 1949, p. 58.

验。"①另外,热罗姆·迪阿梅尔(Jérôme Duhamel)认为,灵感让人关注在表现大自然的过程中,经常出现的必然现象中的内在因果关系,在吉奥诺的作品中表现尤其如此:"于是作者把自己当作他作品的题材,从某种程度上来说,他是其唯一的主题"②。

要感知一个事物的本质,的确很不容易。但在对宇宙唯物主义认知的背景下,个人的超验成为一种理念,这对于作者的创作而言,正是作品的出发点或框架。吉奥诺是一边考量生命的概念和人生的境遇,一边创作自然世界和人类世界,这种自然与生命的影响深刻表现在大地暴力的表现上,尽管大部分时候都深藏不露,但始终占据着首要地位。大自然的本质随着表象和外形定义的变化而变化,具有不可见的东西。只有对它强烈程度的感觉才能标明它的在场。因此,暴力要符合能够阐释这些强烈程度的有效方法。在《人世之歌》中,安多尼奥窥伺着大自然可以传递给他的信息。他聆听着大自然隐藏很深但也很暴力的信息,因为在这些信息中存在着大自然真实性的符号。他听着"浅滩发出马嘶般的叫声"和"树木的震动声"。(II, p. 189)这些意象看上去很人为化,即使是以形象化的方式,还是很难设想一个浅滩可以发出如此富有力量的声音,一棵树可以引起如此迅速的震动频率。在这种情况下,自然要强化意象,以补偿水流和树木本质表达性的缺失。无法感知生命和大自然的特征并不意味着这种生命没有意义。相反,吉奥诺试图通过把这种生命比作强力的甚至是暴力的意象,从而提示这种生命的重要性,这些意图就如同是这一生命价值的衡量尺度。大自然安静印象与吉奥诺对大自然的再现之间存在距离,这种距离阐释了这种不公正,使得人类只关注对大自然表现的强烈程度,这也正是吉奥诺所要揭示的内容。他证明大自然虽然表现安静,但它拥有暴力,并且其本质就是暴力,从而赋予大自然与人类等同的甚至更高的价值和地位。

三、艺术风格的生成演化

吉奥诺的作品最让人印象深刻的,是作品的多样性:从早期的诗歌到晚期的叙事,他一生都在尝试各种文学体裁。体裁的多样性,也带来他创作风格的多样性。虽然评论界对于他的风格的划分至今仍存有争议,但大多数评论书籍或文学辞典已经把他的风格分为"二战"前和"二战"后来评述,将

---

① Claude Roy, *La Conversation des poètes*, Paris, Gallimard, 1993, p. 162.
② Jérôme Duhamel, *La Passion des livres. Quand les écrivains parlent de la littérature, l'art d'écrire et de la lecture*, Paris, Albin Michel, 2003, p. 8.

其分为孔塔杜尔时期的抒情风格和"轻骑兵"系列的讽刺现实风格。然而,风格的多样性并不排斥某种连续性,这种连续性体现在相同的自然主题网络和符号网络之中,体现了他对生态意识和美学价值的一贯把握。

早期的吉奥诺是感性的、充满田园牧歌情怀的人,他在他最早的诗歌《笛子伴奏曲》中把神和动物设为场景的主角。很快,他在自己的成名作《山冈》中展现了一个深受恐惧和迷信折磨的古老的普罗旺斯形象,这在法国文坛引起了不小的轰动。接着,吉奥诺又接连发表了《一个鲍米涅人》和《再生草》两本小说,和之前发表的《山冈》统称为《潘神三部曲》。这套三部曲的旨趣是赞美和敬畏大自然的力量,展示潘神时而恐怖时而温存的双重情感。我国著名的吉奥诺研究专家罗国林教授认为,吉奥诺这一时期的风格主要是"抒情",但他这几部所谓"田园风格"的小说"并不是一般地描写田园风光,而是把山川草木作为人,作为世间的'居民'来描写,赋予它们生命、灵性和喜怒哀乐的情感,从宇宙万物的生命规律揭示人与大自然的关系,而且把人以及与人一样具有生命的山川、草木、土地等放在整个宇宙空间来加以描写和歌颂"[①]。因此,我们看到在整部《潘神三部曲》中,自始至终贯穿着对"自然母亲"的赞美,对"宇宙快乐"的兴奋。

吉奥诺精心构建的自然空间继承发扬了古代传统,它不光对应自然的感觉,还对应于已经证明的文学技巧。森林、花园、小树林,这些地点自荷马和维吉尔起就已经存在,几乎贯穿整个中世纪文学。在乌托邦的文学世界里,中世纪的花园便是人间天堂。我们无意追寻其渊源,我们只是要确认,经过文学史的积淀,场所成了形式。自然再现的梦的维度经常唤起吉奥诺的梦,作者在梦中可以制造一个崭新的现实:"正是这一千个梦让我们置身世外,让我们置身于另一个世界,小说家用这些梦将我们移至这世界的彼岸,这是一个崭新的世界。"

不可否认的是,吉奥诺作品中的景物与人物之间联系密切。人物通过换喻与空间相连,并通过隐喻成为空间的象征。对空间的描写并不是叙事的准备程序,现实主义小说中描写和叙事的交替顺序被打破,空间介入了叙事。[②] 吉奥诺早期的作品就深刻反映了这一演变,维系人物与自然空间之间制造了另一种现象,颠覆了古典小说的固有视角:人物与空间之间的关系被颠倒了过来,空间自己可以成为主角,成为故事的因子,而人类成为空间

[①] 罗国林:《译后记》,见让·吉奥诺:《山冈》,罗国林译,上海文艺出版社,2014年版,第152页。

[②] 张新木:《法国小说符号学分析》,外语教学与研究出版社,2010年版,第142页。

的背景装饰。从这一点来说,吉奥诺众多作品虽然有着不同的故事和风格,但都拥有相同的"普罗旺斯"空间。普罗旺斯在某种意义上甚至成了吉奥诺的标签。为了更好地体现这一空间的美学价值,吉奥诺把独特生动的普罗旺斯自然世界,以感官为契机转化为个体生命的感觉以及由这种感觉而生发出的爱的情感,展开了一幅气势磅礴的山水长卷。普罗旺斯山峦叠翠,风景迤逦,吉奥诺用饱含情感的笔触,写出了故乡山川的壮美和灵性。在塑造普罗旺斯这一文学空间的过程中,吉奥诺运用他的各种感官去体验自然、领略自然,用各种感官去捕捉大自然的各种颜色、气味和声音,营造出一种和谐亮丽、清新静谧的艺术境界和美学天地。

除了对普罗旺斯大自然的表现,吉奥诺对于普罗旺斯农村风貌的描绘,也相当富有生活的情趣。《一个鲍米涅人》中对于马里格拉特的速写,明快、洗练,勾勒出法国南方乡村安定而宁静的生活画面:"马里格拉特这片土地,到处是金黄色的小麦,苍松翠柏掩映的低矮的农舍,还有那丛生的毛栎树,被太阳晒得枯黄的野草;干涸的小河里,流淌的不是水,而是大车的辚辚声、百里香的芬芳和牧羊女的欢笑。"(《一个鲍米涅人》,第29页)在这里,自然景物美不胜收,欢声笑语四处飘荡,无不使人神往而倾心。这是一个清澈明丽、不受任何污染的"人间仙境",是人与自然和谐统一的"世外桃源"。这旖旎的风光摄人魂魄、引人向往。当然,这幅画既描摹普罗旺斯的壮美风光,又注意刻画当地的古朴生活,并将两者有机地结合在一起,共同构成了一幅普罗旺斯的风情画卷。可以说,吉奥诺对普罗旺斯风情的描绘生动传神、引人入胜,成功的描写得益于作者对故乡山水的熟稔和热情,以及作者让人叹为观止的文字驾驭能力。

吉奥诺虽然"不喜大海",很少描绘大海意象,但他笔下的大自然有一种"海纳百川"的磅礴气势。在描写的时候,吉奥诺常常调动多个感官的感觉,把各种可视的颜色、可听的声音、可闻的气味杂糅在一起,把自然景物刻画得栩栩如生,具有了生动的气韵。这些景物并非只是站在远处、毫无关系的点缀,而是成为像人类一样的灵性之物,散发着蓬勃的生命气息,透露出作者浓郁的情感。下面这段景物就是这样的一个典型例子:当青年农民庞图尔夫妇走到奥比涅纳山沟时,"夜幕降临了,这古老的夜色,他们熟悉、喜爱的夜色,潮乎乎的,犹如一个洗衣妇张开的湿漉漉的双臂。夜色中,尘埃反射出极熹微的光辉,天空中映照着一轮明月……静谧中,他们融成了一体"。(《再生草》,第125-126页)暮色虽然已经降临,但从大自然生命中逸散的色泽与气息正从文字中袅袅升起,强烈地刺激着读者的感官,仿佛触手可及。这幅安宁恬静的乡村日暮图,浸润着吉奥诺温暖的关爱,流露出和谐宁静的神韵。

吉奥诺是描写风景的能手,但他在作品中绝对不是单纯地描绘风景,而是把风景与人性结合起来,以达到相互映衬的效果。大自然是心灵的寄托和映衬,在吉奥诺笔下,大自然并非是一个毫无知觉的非人类存在,而是被赋予了灵性,具有人一样品格的内在价值的生命个体。在他的普罗旺斯空间里,清澈的水、舒卷的云、狂啸的风,还有低矮的农舍、金黄的麦田,这一切无不是洋溢着生机和活力的生命存在。吉奥诺通过写景向读者展示的是人的心灵与自然万物相感应的美妙世界,山明水秀的景色映衬了普罗旺斯农民淳朴善良的人性美的光芒。另外,作者也依托景色描写来强调人与自然之间的关系,这些描写部分非但没有弱化叙事色彩,还增强、夸大了叙事效果。

马克思曾经说过:"人直接地是自然存在物……说人是有形体的、富有自然力的、有生命的、现实的、感性的、对象性的存在物,这就等于说,人有现实的、感情的对象作为自己的本质,自己生命表现的对象,或者等于说,人只是凭借现实的感性对象才能表现自己的生命。"[①]诚如马克思所言,人是自然的产物,必然会打上自然的印记。在普罗旺斯这个法国南方的生态空间里,博大美丽的自然孕育了人之善与人之美,人与自然是和谐的,甚至可谓达到了一个理想的天人合一的情境,在一种田园牧歌似的环境和单纯的文明中,人与自然都是健康而美丽的。

纵观吉奥诺"二战"前"抒情时期"的作品,充满了对大自然壮美的描摹与展现。所有这些自然风光,层峦叠嶂,沃野千里,字里行间充溢着作者对于自然美的热烈赞颂,为读者绘出了一幅幅天高云淡的自然壮美图。这种全景式的展现是一种印象式的呈现,作者没有加以理性的分析,只是偶见几句出于感性赞美的议论。所有这些对普罗旺斯自然风光的描绘,为吉奥诺的南方人生绘制了一个固定的自然地域框架。其实,吉奥诺并不是单单为了呈现普罗旺斯独特的自然风光,而是为了呈现活动在这个自然空间里的人物,因为"人物不是在纯然的社会形态中生活,而是在自然和社会结合一体的地域文化景观中生活"。普罗旺斯的山水和自然界的微妙变化都转化为个体敏锐的感觉和爱的情感,成为生命的有机组成部分,使主体的情感、心灵、气质和性情都具有了鲜明的生态特征和美学情趣。

很显然,吉奥诺的审美标准近似于经验派美学的观点,即引起感官愉悦

---

① 马克思:《1844年经济学哲学手稿》,《马克思恩格斯全集》(第42卷),人民出版社,1979年版,第122页。

的就是美。这些审美经验显然与他在普罗旺斯的生活密不可分。我们可以发现,但凡引起吉奥诺愉快体验的,都是自然的、真实的东西。鸟语花香、行云流水、山峦叠翠,这些是大自然,而人的生命力和个性的充分展示,生存欲望、火热情感的痛快淋漓的表现,以及纵马驰骋、无拘无束的英雄人生,这些也同样是自然。总之,未被人类文明压抑或扭曲变形的、率真、质朴的人性都是自然的,都是令人愉悦的,让人不由心生美感。吉奥诺拒绝所谓文明社会和城市空间里的物质文化和机械主义,明确反对这种"冷冰冰、有条理、自动化、有逻辑、强调技术"[1]的理念,同时他对所谓都市的精英圈子也不能认同。而在故乡马诺斯克几十年如一日的与世无争的生活,给吉奥诺的文学创作提供了丰富的资源。家乡的山水风情养育了他,熏陶了他,令人陶醉的普罗旺斯的自然美造就了他的人格品性和审美旨趣。

这一时期的创作也让吉奥诺的艺术技巧日趋成熟,他在对大自然的想象式的再现中使用了隐喻和比喻,它们通过文本组合中对词汇的布置编排从而勾勒、完善细节效果。"由于描写一定要根据写作主线序列记录任何选定的细节,阅读就必须通过每个人才能实现。无论我们如何谨慎,描写细节一定是将其置于首要地位的。细节一瞬间吸引了所有注意力,它经历了绝对的放大,在放大过程中产生它自身细节的可能性。"[2]具体而言,吉奥诺在小说中大量运用比喻来表现生态意象和人物形象。比如写农民若姆,说他身体灵巧,像"一条蜥蜴"(《山冈》,第 130 页),而野草会"瑟瑟抖动"(《山冈》,第 54 页),雨有"温暖的脚"(《山冈》,第 46 页)。这些比喻生动贴切,而所选来作比的意象都是常见的形象,读来很是亲切。另外,小说的描写叙述语言也很有特色,很少议论和直抒胸臆地抒情,而是继承传统的叙事传统,对普罗旺斯的风景、风俗和人情娓娓道来,使读者不知不觉进入一个特异的艺术境地,进而获得美的享受和教益。

在经历了战争和两次监禁的考验之后,崭新的吉奥诺诞生了:少了田园味,多了批判性。尽管他在创作上保持了一定的连续性,但变化依然是巨大的,体现在文体风格、主题表达、叙事手法等诸多方面。从文体风格方面来看,早期小说中的语言变得简洁明快;从主题表达方面来看,描述的主要对象从大自然变成了人;从叙事手法来看,吉奥诺开始注重不同寻常的"编年体",这样可以拓展各种观点。他的创作被分为不同的编年体小说,这些小

---

[1] Jean Giono, *Provence*, Paris, Gallimard, 1995, p. 266.
[2] Jean Ricardou, *Pour une théorie du nouveau roman*, Paris, Editions du Seuil, Collection «Tel Quel», 1971, p. 111.

说可以以不同的事实为角度来展现人:模糊的人,复杂的人,与外部世界产生冲突的人,与自己内心世界产生冲突的人,以及"轻骑兵"的姿态。"轻骑兵"系列继承了巴尔扎克的创作传统,以写实的手法全景式展现小说画卷,让所有的元素都充分在舞台上表演,在给予读者丰富信息的同时,也留给读者无尽的回味与思考空间。

　　吉奥诺在他后期的创作中,不再单纯追寻人与自然的和谐,开始注重思考人与人之间和谐关系的构建。由于他在"二战"中及"二战"后遭受许多不公正的待遇,这些心灵的创作让他觉得"自然可能要求一定量的残酷"[①]。他的这一表述并不意味着他想谴责谁,因为他知道"任何人身上都隐藏着至善和至恶"[②]。不过,他不再以同样的方式考量人性,他略带苦涩地意识到,他在自己的历程中发现的残酷与他自己的存在相去甚远,却见于普遍的人性之中。人性的凶残让他顿悟,他的话语于是具有讽刺的力量,洞穿一切却不失诙谐。他在一次采访中这样说道:"特别不要当真,努力待在人世。"虽要表现人世的残酷,但让人笑总胜过让人哭。他讽刺话语中的幽默性标志着他在"二战"后叙事风格的转变。讽刺是幽默隐秘的进攻,它要求读者全情地投入:扪心自问究竟从文字中读到了什么言外之意。在吉奥诺式的黑色幽默跟前,读者可以对疾病或死亡的描写发笑,其目的本身就是要让读者毫无顾忌地欢笑,这是去除人类境遇夸张成分的最佳方式。黑色的幽默,忘情的欢笑,这也是抵御人类生存的荒诞与痛苦的防卫方式。吉奥诺试图通过表现疾病与死亡的永恒恐惧,来让人类摆脱悲剧的沉重。这种欢笑是对生存的不公发起的挑战,它不是让人心生惧念,而是调和生死,构建平衡。

　　自投身文学创作以来,吉奥诺从早期舒缓的抒情风格慢慢转向了写实的讽刺手法,表现手法日趋精湛。他借鉴民众中丰富的通俗的表述,将其重新演绎并嵌入自己的文本结构中,以制造出更具爆发力和幽默性的效果。吉奥诺早期的文风是抒情主义的,悲壮而宏大,叙事辅以丰富的意象和生动的隐喻或比喻,他的比喻体系将人与自然这两大主体并置起来。从"编年体"系列开始,吉奥诺的风格开始发生转变,其文本中大量借鉴民间领域的词汇。叙事中具有丰富的口语调,其风格颇似民间叙事者的腔调。从中可以看出,吉奥诺想成为出色的叙事者。他有时使用司汤达式的间距,与叙事与人物拉开距离。"编年体"系列小说是对冒险的讲述,所以总是保留了某些口语的特征。他的语言来自大众,生动活泼又不失智慧。他的文本创作

[①] Béatrice Bonhomme, *Jean Giono*, Paris, Editions Ellipses, 1998, p. 77.
[②] Béatrice Bonhomme, *Jean Giono*, Paris, Editions Ellipses, 1998, p. 77.

其实也是在革新语言,他的文学表现手法新颖独特,从深层讲是将作品风格策略与民间语言的更新相融合。

在吉奥诺后期作品中,以动植物和各种自然元素为基础的隐喻和比喻没有消失。它们一直让文本充满意象,不过出现的频率比早期的作品略低,它们只在需要的时候才会出现,其具有的哲学意义也更宏大。在后期的作品中,隐喻和比喻不再是使两个相距遥远的世界相互接近,而是代表死亡世界。词汇的选用和句子的构建营造出嘲讽和颠覆的氛围,体现了强烈的表达性。作者在这一时期的审美观和道德观也发生了些许改变,死亡不再是一个宏大的主题,不仅仅关乎命运,而是一种由内心生发的自愿的选择。因此,隐喻和比喻也不再通过严肃的方式来增强死亡主题,从而将其变成抒情的人物;它们通常被一些人物自己的内心独白替代,将祖先的恐惧残余根除,从而将死亡主题去神秘化,以有力的表达来降低死亡的地位。说到道德观的变化,吉奥诺在这一时期真正意识到了人类境遇的荒诞性,连死亡也会来戏弄一番这样的荒诞。因此在这一时期,"人"成了吉奥诺写作的中心。在世界末日、自然灾害、战争、瘟疫等面前,人不再蜷缩,不再逃跑,而是走上前去,仔细观察,在世界的脚步中归结出哲学元素。之后,面对自然、宇宙的巨大玩笑和宏大喜剧,人甚至也可以开怀大笑。吉奥诺这一时期的作品看似语言平凡,不复前期优美精致的表达,实际上他创造了一种独特的风格,他的术语继承了狂欢表达的传统,成了新视野的载体。他的语言风格回归本真,词汇的意义从引申义回归本义,从而迸发出词汇本身最具张力的意义。

吉奥诺在"二战"前后那几年时间遭受了许多不公正的待遇,他的文学创作也经历了"罕见的风格更新",所以在他后期的作品中,没有放弃对"普罗旺斯乡村的长篇描写",没有放弃对"自然现象的仔细观察",但是"大自然与人之间的隶属关系被颠倒了过来"。大自然依然还存在,作为一个"框架"存在,但"悲剧是人类的"[①]。法国文学评论界大都也认为大自然不再处于他其后作品的中心位置,变成了一种装饰。"人"从此处于中心地位。这集中他在后期的"轻骑兵"系列中,尤其是代表作《屋顶上的轻骑兵》之中。法国评论家莫里斯·雷纳尔认为这部小说"不仅是吉奥诺的杰作,更是现代文学的杰作。它高度概括了普罗旺斯作家的人文精神:安杰洛这位流浪骑士,

---

① Michel Gramain, *Le Hussard sur le toit*: Réception du roman (1951 – 1952), *Revue Giono* (2010), p. 174.

举止优美而典雅,他驰骋的形象正是吉奥诺希望构建的典范"①。通过"轻骑兵"系列中举止非凡的司汤达式的主人公,吉奥诺希冀创造人性的理想形象,最终与自身融合的人性,"充满幸福",这也正是《屋顶上的轻骑兵》主题的升华。吉奥诺战前的小说通常是符号性的,充满了自然意象。而他的战后代表作《屋顶上的轻骑兵》则标志着风格的转变,表明他继承法国小说巨匠司汤达的传统,转向现实主义。

评论界把吉奥诺视为"大地抒情的伟大专家"。至于这些作品中所蕴含的哲理,经常被视为"毫无保留的泛神论"。不过这与纯粹的乌托邦还是有所差别。例如,在《愿我的欢乐长存》《大畜群》《人世之歌》《大山里的战斗》等作品中,由于与大自然事先达成了和解,人类之间才建立了这种和平状态。这些作品由于含糊的观念而并非完全纯粹的抒情性,反而达到了一种罕见的表达美。对于其后期作品,法国文学评论家戈达尔认为它们成功地将"景色与人物等同起来"②,同时描述与叙述也达到了平衡。例如,在《埃纳蒙德》中,高原上荒凉的景色呼应了高原上发生的残酷悲剧。景色的色彩似乎在漠视人物的非道德性,甚至是季节也反映了人物行为中隐藏的暴力:"夏天一闪而过。五天就挣脱了春天,二十天就完全盛开,十天就抽搐着,秋天来了"(VI, p. 272)。在《苏兹的蝴蝶花》中,自然场景不再是《星蛇》中牧羊人身处的田园牧歌式的景色,它更多是用于烘托人物的内心情感。它是避难的场所,也是谜一般的暴力激情的场所。吉奥诺在他后期的作品中确实将此种技巧掌握得相当完美,他将对大自然的描写与人物的情感变化始终关联在一起。大自然与人物之间存在交流关系,但这并不意味着两者达到了完美的融合。在一次与让·卡里埃(Jean Carrière)的交谈中,吉奥诺从写作根源本身的角度谈及了这种相互性:"这是一种类人的杂交,在这种杂交中,景色时常被一个人物激励,人物被一片景物激励。"无论是"大地的抒情""乡村的话语"还是"人类的境遇",其实都是吉奥诺对人与自然进行思考,进而进行叙事表达的语言与风格,体现了作者既继承传统又敢于创新的独特的审美价值观。

---

① Michel Gramain, Le Hussard sur le toit: Réception du roman (1951–1952), *Revue Giono* (2010), p. 159.
② Henri Godard, *D'un Giono l'autre*, Paris: Gallimard, 1995, p. 135.

第六章　电影美学

吉奥诺在自己近五十年的文学生涯中，创作出包括小说、诗歌、散文、新闻、戏剧等众多体裁的作品。在他那一代人中间，他是第一位对电影着迷的文学作家，意识到摄像机适合意义的传递。他甚至直言拍摄电影会带给他"导演的乐趣"，并声称自己"对所有可以用来讲故事的工具都感兴趣"①。他从1937年开始从事电影工作，为多部电影担任编剧、监制、导演，还一度成立过自己的电影公司。1961年吉奥诺受邀担任戛纳电影节评委会主席，达到其电影生涯的巅峰。

法国著名的阿歇特百科大辞典（Hachette）以"作家"和"电影编导"这两个称谓来对吉奥诺盖棺定论，从这一简洁的称谓中透露出今天法国的文艺界已经承认电影创作在吉奥诺文艺作品中的重要地位。事实上，吉奥诺用自己三十多年的电影工作给文学与电影的互动发展留下了注脚。文学与电影的关系是他后半生重点思考的内容，他甚至为此写过一篇《写作与电影》的纯理论文章。② 法国吉奥诺学会会长雅克·梅尼高度评价过吉奥诺的电影创作，认为他的电影创作与文学创作相辅相成，蕴含着自身的演变发展，从中可以映照出"电影史上的技术革新与审美变化"③。不过迄今为止，国内学术界对吉奥诺的研究仅限于文学领域，忽略了吉奥诺作为电影编导的理念与实践，因此现有的吉奥诺研究都没有对他的文学作品的电影改编进行系统梳理，没有从电影与文学的关系角度来把握这位普罗旺斯作家的创作理念，这无疑是我国在外国文艺研究方面的一大缺憾。下面我们将对比研究吉奥诺本人以及其他影人对吉奥诺作品的改编，探究吉奥诺作品改编

---

① Jean-Bernard Vray, *Littérature et Cinéma : écrire l'image*, PU Saint-Etienne, 1999, p. 39.
② Mireille Sacotte et Jean-Yves Laurichesse (dir.), *Dictionnaire Giono*, Paris, Classiques Garnier, 2016, p. 211.
③ Mireille Sacotte et Jean-Yves Laurichesse (dir.), *Dictionnaire Giono*, Paris, Classiques Garnier, 2016, p. 214.

呈现出的美学风格和技术特点,从吉奥诺的个案研究中一窥文学到电影跨度过程中的成败得失,也有助于我们整体性把握吉奥诺的美学思想。

第一节 电影与写作的矛盾对立

在吉奥诺一生的创作中,给他带来众多荣耀的都是文学作品。吉奥诺生前从事过电影领域的工作,编辑剧本,执导电影,开办电影公司,甚至当过戛纳电影节评审委员会主席,可见电影在他的工作和生活中曾经占据过相当重要的地位。但无论在评论界的专业眼光里,还是在普罗大众的日常感觉中,他的电影活动依然是小众的、次要的,是文学创作的附属品。他的个人荣耀和文学桂冠似乎与电影不太沾边。迄今为止,法国国内介绍吉奥诺文学作品的研究论文和专著不胜枚举,其他国家的学者也对这位"法国生态文学先驱"相当关注。值得一提的是,美国学者的吉奥诺研究,无论是数量上还是质量上都堪称一流。尽管如此,我们发现研究吉奥诺与电影关系的文章或专著凤毛麟角,这与吉奥诺电影编导的称谓极不相称。

文学原著与电影改编的关系历来是文艺批评家们津津乐道的话题。杜拉斯曾用"写作的失败"一语来描述过电影与文学的关系。学院派往往认为文学与电影之间存在隶属关系,电影从属于文学。法国当代著名作家保尔·福尔内尔(Paul Fournel)曾经说过:"今天,我们无法想象没有丝毫电影痕迹的文学,而且脱离文学创作电影的日子也一去不复返了。"[①]不可否认的是,电影改编取材于文学原著,所以它在很大程度上依赖于文学原著。换言之,文学原著为电影改编提供了前提和基础,电影改编则是文学原著的延伸与拓展。可以说,文学写作与电影创作彼此交织,互为补充。事实上,作为电影编导的吉奥诺,在电影领域内的创作成果不容忽视,它们题材丰富,数量不少,而且与吉奥诺的文学作品相辅相成、互为一体。

吉奥诺的电影创作活动十分活跃,成果也相当丰硕,不过他本人对于电影创作的态度是十分矛盾的。一方面,他乐于享受写作给他带来的快乐,一直不太承认电影在艺术殿堂上的重要地位,认为这种新的艺术形式缺乏美学发展的潜力,觉得这种由机器设备主导的艺术颇为沉重,无法和"笔"这一文学创作的轻盈工具相提并论。文学创作中文字的组合具有无限的巧妙,

---

[①] Jean-Bernard Vray, avant-propos in *Littérature et Cinéma : écrire l'image*, PU Saint-Etienne, 1999.

而电影艺术显然不具备这样的特点。另一方面，吉奥诺也担任编剧、电影导演和出品人，为许多电影撰写影评，改编不少名家的原著，比如儒勒·凡尔纳、胡安·拉蒙·希梅内斯。他甚至还担任过 1961 年戛纳电影节评审委员会主席。

在吉奥诺出生的 1895 年，卢米埃兄弟刚刚公映过他们制作的全世界第一部电影。伴随着电影诞生和发展的一些作家，他们或多或少也从事过电影领域的工作，但这些作家在电影领域的活跃度显然比不上吉奥诺。在法国，马尔罗导演过一部电影《希望》；吉拉杜为两部电影撰写过对白；纪德想开办一家电影制作公司，虽然没有成功。美国文坛的情况也大致相同，威廉·福克纳、弗朗西斯·斯科特·菲茨杰拉德等作家担任过电影编剧，但都只是零星的偶发行为。帕尼奥尔和吉特里的情况略有不同，他们在从事编导的时候都有过舞台剧导演的经验。从卢米埃兄弟发明电影到 20 世纪上半叶早期，电影与文学的关系在文艺界引起了热烈的争论，争论的焦点在于以文学作品作为基础的电影改编是否具有合理性。现在看来，这场旷日持久的争论没有解决问题，反而加深了文学界与电影界之间的误解。到了 20 世纪下半叶，尽管双方对对方依旧存有质疑之声，但从总的趋势来看，两者已然变成相互学习和彼此丰富的关系。越来越多的作家不再故步自封于自己的文学创作，而纷纷加入导演阵营。尽管法国文豪普鲁斯特十分瞧不起电影艺术，认为这种艺术"只是垃圾玩意儿，每个人从中获取的体验都差不多"[1]，但他的蔑视在"二战"之后那个年代已经成为过眼云烟，电影艺术以前所未有之势在社会和大众中确立了它的地位。

1965 年，法国《争鸣报》刊登了一篇关于吉奥诺的专访报道，标题是《吉奥诺将以批评电影来开始他的电影生涯》。在这篇报道中，吉奥诺认为大家对电影存在着巨大的误解，在他看来，电影只是一种次要的艺术。1960 年 4 月和 5 月，多位记者相继问过吉奥诺是否准备在《富豪》之后继续导演其他影片。吉奥诺 4 月给出的回答是："我不认为还会导演其他电影。但不管怎样，我目前在写两部小说，我感兴趣的还是小说。"到了 5 月，他则回答道："可能会的。但我必须完成两部小说。此外，《屋顶上的轻骑兵》可能是我下一个创作计划。"[2] 这两个回答反映了吉奥诺在文学创作和电影创作上的矛盾心态，他在逝世前几周向一位朋友承认，他很遗憾没有足够的精力去拍摄

---

[1] Jacques Mény, *Jean Giono et le cinéma*, Paris, Ramsay, coll. Poche-Cinéma, 1990, p. 30.

[2] Jacques Mény, *Jean Giono et le cinéma*, Paris, Ramsay, coll. Poche-Cinéma, 1990, pp. 31 - 32.

其他电影。但事实上电影从未影响过吉奥诺的文学创作。对他来说,电影确实是一种叙事工具,但不是属于他的叙事工具。在内心深处,吉奥诺不自觉地把小说和剧本混为一谈。他说过:"我想成为作家和电影编导。我不想成为电影作家。"

我们已经看到吉奥诺对待文学和电影存在很多矛盾之处,但这些矛盾并未有停止的迹象。七十岁时,吉奥诺以颇似"愤青"的愤怒口吻猛烈抨击电影,同时却在宣布自己的电影创作计划。他一方面宣称电影入不了他的法眼,另一方面却欣然接受戛纳电影节评审委员会主席一职。他说电影是他的"一种消遣方式",但当他改编《一个郁郁寡欢的国王》剧本以及拍摄《富豪》时,却将原著中原本幽默诙谐的桥段改变为悲剧情节。更矛盾的是,吉奥诺一边批评"新浪潮"电影"以丑为荣",一边却加入了新浪潮引领的电影运动,成了电影导演和制片人,并且受到许多年轻影人的热烈欢迎。吉奥诺的名字甚至被这些电影界的青年先锋写进了《电影手册》的新浪潮词典之中。

吉奥诺对待电影的矛盾心态还与他的一位普罗旺斯老乡有关,这位老乡就是赫赫有名的电影导演帕尼奥尔。吉奥诺之所以能够被广大电影观众熟知,客观上与帕尼奥尔有着密不可分的关系。帕尼奥尔改编吉奥诺原著而拍摄的电影,客观上促进了吉奥诺叙事作品在大众中的普及和推广,提升了吉奥诺的社会知名度。然而吉奥诺并不认可帕尼奥尔对自己作品的改编。在改编这一问题上,他与帕尼奥尔存在深刻的分歧,因为他觉得在帕尼奥尔的电影中看不到自己的痕迹。应该说在20世纪的法国电影史上,帕尼奥尔取得了卓尔不群的艺术成就。但他的电影风格与吉奥诺作品本身的格调、手法和内容是存在偏差的,吉奥诺在大众心目中的印象并不准确。但这些"并不准确的印象"反而在大众的脑海里根深蒂固,很难根除。因为帕尼奥尔的电影"对白写得很美,笔调恰如其分,背景(主要是大自然)真实,人物具有丰富的人情味,对演员演技指导得很出色"[①],所以他的电影在市场上获得了巨大的成功,甚至在美国也"大受欢迎"。此外,吉奥诺的大部分电影作品依然不为人知,甚至遭人误解误判。虽然帕尼奥尔等人的电影足以给吉奥诺带来盛名,但这并不能成为忽视吉奥诺本人电影工作的理由,不能成为忽视吉奥诺对电影倾注的热情的理由。

吉奥诺这位普罗旺斯作家,一直远离巴黎的文化圈,离群索居在南方的普罗旺斯高原上,他的生活和工作习惯也鲜有改变。然而他现在从事的电

---

① 萨杜尔:《法国电影史》,徐昭、胡承伟译,中国电影出版社,1982年版,第324页。

影工作,却是一项通常在巴黎进行的工作。吉奥诺喜欢待在他的书房,喜欢读书和写稿,喜欢做个孤独的"高原人",现在他需要加入不同的电影摄制组,适应团队工作和集体生活。电影摄制组其实是一个技术团队和经济组织,身处这样的组织内部,吉奥诺可能会感觉不太自在,因为这样的组织既是艺术表达的途径,也是艺术表达的障碍。不过这一切在当时的吉奥诺眼里显得不太重要,他珍惜每一次投身电影实践的机会,他觉得这是艺术的"再创作"。从现存的吉奥诺的日记和其他资料来看,吉奥诺对剧本创作或改编表现出浓厚的兴趣,如《活水》《富豪》等。他常常一连数月全身心地投入剧本撰写之中。

但是,一旦电影拍摄结束或是剧本写作完成,吉奥诺就义无反顾地回到他的书房,又开始安安静静地写作。从 1957 年到 1970 年这十几年时间,吉奥诺在电影领域做了许多实质性的工作,他把相当多的时间和精力花在了改编剧本、撰写对白上面。与此同时,吉奥诺的几部小说也在撰写或出版之中。

除了以上讲到的几处矛盾之外,吉奥诺文学作品的电影改编权也是造成其矛盾心态的原因。吉奥诺本可以利用自己积累的影视经验,却把自己文学作品的影视改编权拱手相让。显然,其他编剧的改编完全曲解了吉奥诺的原意,把他的作品改成了类似西部片的风格。他本人拒绝参与这些改编,也亮明了自己的观点,认为书籍和电影毫无相似之处。同时,对于任何由他文学作品改编而来的电影,他积极捍卫对这些电影作品评判的权利。吉奥诺创建的电影公司也在保护那些被人忽视的作品的改编。但总的来说,由于吉奥诺已经出让了改编权,所以他的文学作品的电影改编权实际上是由改编者所拥有。此时他真正的关注点还是聚集在小说创作上。如果他对自己作品进行电影改编的话,那他的目的并非将其改编成适合电影拍摄需要的作品,而是对其进行再创作。

平心而论,吉奥诺改编的电影作品大都不是商业上的成功之作,所以它们对原著几乎毫无影响。与之形成鲜明对比的是,帕尼奥尔改编吉奥诺文学作品的电影大都获得了观众的广泛认可。实际上,吉奥诺的叙事作品一直是电影编导关注的对象,也有相当数量的作品得到了改编,但它们中鲜有能拍摄到最后完成的。有时,吉奥诺的同一部作品有好几位编导进行了改编。但在吉奥诺那个年代,除了帕尼奥尔,其他拍摄吉奥诺作品的电影导演都算不上是所谓的"大导演",而且他们的这些作品只是在屏幕上充斥着一些吉奥诺作品中的情景、场面、人物,没有一部能真正体现吉奥诺的创作本意。在吉奥诺看来,能完全与自己文学作品相提并论的电影作品,似乎只有

《富豪》和《一个郁郁寡欢的国王》，而这两部作品恰恰是由他本人改编的。

自 1938 年起，吉奥诺就在日记里提到自己的"电影梦想"，他希望能够表达出形式上的独创性，要体现"电影的特点"，要与小说有所区别。这一思想在 1941 年《生命的凯旋》中又再次提及。吉奥诺对电影这一崭新的艺术形式抱有很大的期望，他的电影计划也非常宏大，但当他面对被自己称为"电影机器"的设备时，他又常常感到泄气。

从文学跨越到电影的过程中，吉奥诺感受到文字与图像之间根深蒂固的对立关系。文字可以让吉奥诺的想象得到尽情展现，而图像只会折断他想象的翅膀，让他屈从于电影的现实要求和技术限制。吉奥诺非常喜欢纸张这一特殊的空间，他觉得在上面洋洋洒洒书写自己漂亮的文字，感到非常享受。法国学者罗贝尔·里卡特这样评价吉奥诺对纸张的喜爱："显然，他很享受白纸黑字的感觉，似乎纸张这一作品的物质基础本身就是一件艺术品……吉奥诺手稿的美妙颇似农民在田间的日常耕作。"[1]在吉奥诺眼里，银幕空间无法与纸张空间相提并论，两个空间内的叙事符号也完全不同。

吉奥诺认为文学创作是消除虚无感的唯一手段，而虚无感正是威胁人性的一大恶因。正如罗兰·布尔纳夫所指出的那样，吉奥诺认为文字世界形成了"一种反世界，一种艺术创作，可以反抗抛弃我们的面目可憎、难以生存的现实世界"[2]。而参与电影制作只是他的一种人生体验，但这种体验抵御不了空虚和烦恼："经过长期养成的写作习惯，电影给予我的乐趣非常有限。"可能吉奥诺涉足电影领域的时间太晚了，但他对电影的热情与兴趣还是真实存在的，而且根据他本人的艺术实践，他觉得电影这种表达形式比戏剧产生的效果更好。

在电影改编、拍摄的过程中，吉奥诺还不得不面对资金、技术带来的约束甚至困难，这是他以前在文学创作中所不曾遇到过的。吉奥诺认为电影的艺术特质已经被金钱异化："写作是一门艺术，而拍摄电影则是一项产业。"他认为写作艺术更加纯粹、更加率真："参与写作的只有我们自己，我们绝不会经历经济破产的问题，我们无须为追讨资金头痛不已。"吉奥诺觉得拍摄电影总是要考虑预算问题，考虑每幅画面庞大的制作费用，这限制了想象力的肆意驰骋："如果我想在电影里拍摄凯撒大帝的军队，那你们想想看这到底要花费何等巨大的费用！而我用纸来写，一张纸就足够表现凯撒大帝的军队了。而且我无须任何人的帮助……如果我想表现十万具尸体，那

---

[1] Jacques Mény, *Giono et le cinéma*, Éditions Jean-Claude Simoën, 1978, p. 49.
[2] Jacques Mény, *Giono et le cinéma*, Éditions Jean-Claude Simoën, 1978, p. 40.

我用笔就可以写出来,只要我有想象力就行;而电影则完全是另一回事,它需要寻求资源,因为电影消耗金钱,也消耗时间。"[1]另外,吉奥诺觉得写作可以思考,可以涂改,可以修正。在电影中也可以思考、涂改或修正,但这些工作都需要花费时间,花费数量惊人的资金。

电影创作除了"资金困扰之外,还存在技术困难"[2],因为它需要各种中间媒介和拍摄设备,需要各种技术。

1958年,吉奥诺在一次访谈中这样说道:"我喜欢掌握适合我表达的各种必要技术。这也是写作给予我最大乐趣的原因……我不喜欢中间媒介。对于戏剧而言,在观众和作者之间就有中间媒介:演员。至于电影,它的中介媒介最多。这正是我离开电影领域的原因。"[3]"产业"和"机器"正是贴在现代电影身上的两大标签,也正是这两大标签让吉奥诺与电影渐行渐远。

1959年至1965年,吉奥诺经常在公众场合猛烈地批判电影,认为电影只是简单的小儿科玩意儿。他同时指出,当时的年轻人越来越喜欢电影而不太喜欢写作。他在自己的日记中这样写道:"笔头工作当然比摄像机工作要复杂。选择摄像机根本不是战斗力的表现,而是在走捷径。"在吉奥诺生活的那个年代,电影与电视正在逐渐冲击我们的生活,叙事主导的生活正逐渐转变成视听占主导的生活。不过对于吉奥诺而言,电影必须成为再写作的模板,成为一种叙事工具,而这种工具的内核依然是文本。1957年吉奥诺在自己的记事本中写道:"即使到了电视取代书籍、替代写作的时代,书籍的风格依然会让书籍拥有无可替代的地位。"值得一提的是,当时有位名叫罗贝尔·布雷松的电影编导也表达了同样的看法:"艺术正在灭亡,艺术正在被机械传播手段摧毁。"不过布雷松同时也认为艺术会在电影、广播、电视中得以复兴,不过会以"另一种方式复兴,可能艺术一词永远都不会再使用。"

吉奥诺经常说"电影不是艺术",是为了区分通俗电影与"能称得上影视艺术的电影",后者是一门独立的艺术,有着它自身的特点。在这方面,吉奥诺与罗贝尔·布雷松、科克托等人不谋而合。吉奥诺认为,年轻人之所以希望去拍摄电影,那是因为他们希望尽快获得成功,获得财富。

吉奥诺主要批判过好几部"新浪潮"电影,因为他觉得这些电影的主题或格调不符合他的品位。以今天的眼光来客观评价,"新浪潮"电影在世界

---

[1] Jacques Mény, *Giono et le cinéma*, Éditions Jean-Claude Simoën, 1978, p.41.
[2] Henri Godard, *Giono: Le roman, un divertissement de roi*, Gallimard, 2004, p.87.
[3] Entretiens avec J. et T. Amrouche, Gallimard, 1990, p.130.

艺术领域里产生了巨大影响,可能是"二战"后法国电影发展史中唯一一个重要的文化现象。从美学角度来看,"新浪潮"电影摈弃了僵化的"父辈电影",把更多"真实"和"生活"的元素带入了电影叙事。让·雷诺阿必定给20世纪60年代那些准备拍摄电影的导演以启发和鼓励:特吕弗、戈达尔、里韦特、罗齐耶,等等。其实吉奥诺对"新浪潮"电影的批评不无道理,而且后来特吕弗也以非常客观的角度评价了自己所代表的这一法国重要的电影潮流:①

> 为了让银幕上展现更多的真实性,新浪潮电影删除了次要角色。这对于雅克·普维的电影来说是不公正的行为。由于缺乏优秀的次要角色,新浪潮电影的风格就显得很自恋……由于电影里的戏剧化成分不断被去除,所以我们的作品显得很无聊,很生硬,缺乏想象力……我说这番话的意思并非要追根溯源,而是想指出一个事实:一部小说的情节发展非常任意,非常丰富,而原创剧本的线性叙事则显得很枯燥,很想去证明点什么,因而小说和剧本之间存在的反差非常巨大。

吉奥诺认为电影的本质是讲故事,如果电影无法实现讲故事的功能,则会面临消失的危险。在新浪潮的领军人物特吕弗眼里,电影是一门妥协的艺术。在电影里,必须得耍些花招。要成为一位优秀的作家,可以不用耍花招,但电影编导不行,否则他参与的电影就仅此一部了。吉奥诺在自己的文章《写作与电影》里也得出了相似的结论:②

> 如果我想要凯撒大帝的军队,那我刚才写下的那几个词显然是不够的。我得招募成百上千的人(至少一百人),给他们提供服装、武器,然后让他们在平原上列队。最后,由于我不是凯撒,那我还得耍些花招,构思特技,不是对事物的意义耍花招,而是对内容本身耍花招。

从事电影这项艺术创作,如果需要耍花招、需要妥协,那这似乎与吉奥诺的本性相违,他可能从中也体会不到乐趣。吉奥诺经常说自己的"艺术总是具有追寻欢乐的旨趣"。在拍摄电影的过程中,每天都会有工作上的争论,这并不适合吉奥诺的性格。他更喜欢安安静静地待在他的书房里当个

---

① Jacques Mény, *Giono et le cinéma*, Éditions Jean-Claude Simoën, 1978, pp. 48–49.
② Henri Godard, *Giono:Le roman, un divertissement de roi*, Gallimard, 2004, p. 89.

"写作工人"。对于他笔下虚构的人物和电影中由演员扮演的角色,吉奥诺感受到几许不快:"我不喜欢别人夺去我的人物。"正是因为这个原因,吉奥诺往往把他的手稿放在抽屉里好几年都不出版。也因为同样的原因,吉奥诺感觉自己离戏剧越来越远,因为在戏剧创作中,他得为观众而写,而且戏剧一旦上演,剧中人物便不再属于作者了。

总的来说,作家的想象力和电影世界的真实之间存在一种妥协,这种妥协对于文学作品的电影改编,对于电影的拍摄与制作是十分必要的,但这种妥协对于作家的想象力也产生了一定的限制。电影世界里的一切都很"真实",因为电影的拍摄需要真实的金钱,需要真实的技术,需要真实的演员,需要真实的摄影。在参与电影制作的过程中,吉奥诺不断对这种艺术的形式和手段,对这种艺术的可能性和局限性提出各种疑问,他实际上是在不断审视电影艺术的特性。

第二节 《一个郁郁寡欢的国王》:自我编导的独特体验

吉奥诺一生总共创作了 24 部小说及众多杂文集,其中被改编成电影作品的有 14 部。在 14 部作品中,吉奥诺亲自执导的有 1 部:《富豪》(1960);亲自改编的有 3 部:《活水》(1956),《富豪》(1960),《一个郁郁寡欢的国王》(1963)。从中我们可以看出,尽管电影对此时的吉奥诺而言是门"全新的艺术"[1],但他很想以积极的姿态参与这门艺术,这已经展露出他希望同时拥有"作家"和"电影编导"头衔的壮志雄心。

吉奥诺与电影的缘分其来已久,幼年时便在普罗旺斯的乡村里看过流动播放的电影,那时他已经表现出对电影的浓厚兴趣。实际上,吉奥诺首次接触电影领域正好是初涉文坛的时候。[2] 1929 年,纪德希望吉奥诺能够同意把《一个鲍米涅人》的电影改编权授权给马克·阿莱格雷(Marc Allégret)。可惜的是,这一提议并未真正得到实施。在吉奥诺看来,电影这个未知世界充满了他讨厌的元素:形式肤浅,商业气息浓重。20 世纪 30 年代,著名编剧、导演马塞尔·帕尼奥尔相继把吉奥诺的《再生草》《面包师之妻》《约伏娃》《天使》等几部小说搬上电影屏幕,获得了巨大的成功。吉奥

---

[1] 这是吉奥诺在 1961 年第 14 届戛纳电影节期间接受记者弗朗索瓦·沙莱的电视访谈时所说的话。

[2] Mireille Sacotte et Jean-Yves Laurichesse (dir.), *Dictionnaire Giono*, Paris, Classiques Garnier, 2016, p. 211.

第六章 电影美学

诺从中看到了电影对大众的深刻影响力,认识到电影虽然"很难",但它具有以"别样的方式讲故事"的能力,可以带给观众"期待的快乐和满足的快乐"①,遂开始涉足电影领域。吉奥诺第一次真正从事电影工作,是参与乔治·雷尼耶(Georges Régnier)拍摄的纪录片《马诺斯克:让·吉奥诺的故乡》,其文本源于吉奥诺创作的《高原上的马诺斯克》。1942 年,他尝试改编自己的小说《人世之歌》,不过并没有完成。1956 年,他和阿兰·阿利乌(Alain Allioux)一起撰写《活水》的电影剧本,这部电影由弗朗索瓦·维利耶(François Villiers)执导。吉奥诺和他在 1957 年一起拍摄了短片《斯米内的方巾》。1958 年,《活水》在戛纳电影节的展映单元中放映。1959 年吉奥诺成立了自己的电影公司:吉奥诺电影公司。这个公司投资拍摄了《富豪》(1960)和《一个郁郁寡欢的国王》(1963)。《富豪》一片由吉奥诺和克劳德·比诺多(Claude Pinoteau)、科斯塔·加华斯(Costa-Gavras)共同担任编剧,并由吉奥诺和费南代尔(Fernandel)共同执导。吉奥诺拍摄此片的目的在于表达他对马塞尔·帕尼奥尔的不同观点,在他看来,帕尼奥尔的电影歪曲了普罗旺斯和普罗旺斯人民。1963 年,吉奥诺在寒冷的奥伯拉克地区监制由他同名小说改编的电影《一个郁郁寡欢的国王》,该片由弗朗索瓦·勒泰里耶执导。虽然这部电影是由吉奥诺的同名原著改编而来,却也是吉奥诺在涉足电影领域之后,对自己文学作品的"二度创作"。电影上映后获得了观众和专业影评家的普遍好评,这显然是对吉奥诺的电影编导身份的最大认可。下面就透过《一个郁郁寡欢的国王》来感受吉奥诺担任编导工作的独特体验。

《一个郁郁寡欢的国王》是"二战"后吉奥诺"编年体"小说系列的开山之作,叙事结构新颖独特,是法国现代文学的经典,被选入法国高中语文教科书。② 这部有关谋杀的心理小说很具吸引力,具有纯粹的景观元素和电影元素。小说最后以警察队队长朗格鲁瓦点燃身上的炸药筒作为结局。这一结局与电影《狂人皮埃罗》似曾相识:影片以主人公皮埃罗点燃绑在身上的炸药结束。这实际上就是该片导演、法国新浪潮电影大师让-吕克·戈达尔(Jean-Luc Godard)在向吉奥诺的这部作品致敬。《一个郁郁寡欢的国王》结构复杂,人物众多,心理描写丰富,要在时长不到 2 个小时的电影中涵盖一部 300 页叙事作品中的所有事件和情节,几乎无法做到。正因为如此,吉

---

① Jacques Mény: *Jean Giono et le cinéma*, Paris, Ramsay, coll. Poche-Cinéma, 1990, p. 51.
② 杨柳:《略谈〈一个郁郁寡欢的国王〉中的叙事技巧》,载《法国研究》,2005 年第 1 期,第 302 - 303 页。

奥诺对于改编这部小说一直充满疑虑，改编工作进行得漫长拖沓。

《一个郁郁寡欢的国王》这部作品之所以值得研究，是因为在吉奥诺的文艺创作中，有两部作品都以这个名字命名：一部是发表于1947年的小说，另一部是为弗朗索瓦·勒泰里耶1963年拍摄的同名电影而撰写的剧本。吉奥诺的小说创作于战争时期的黑暗岁月，撰写速度非常迅速，从1946年9月到10月，仅仅花了一个月左右的时间便完成了《一个郁郁寡欢的国王》。由于吉奥诺当时被法国作家委员会列入了黑名单，所以他在法国被禁止出版任何作品。这项后来被证明是错误的举措却给吉奥诺带来了意想不到的结果。因为他无法在法国出版作品，迫于生计，他便与美国的一些报纸杂志签订出版合同。但对方要求的时间往往很短，这使得吉奥诺养成了迅速写稿的习惯，同时也让他萌发了撰写系列作品的念头，计划每年出版一部短篇小说，组成"编年体系列"，《一个郁郁寡欢的国王》也因此应运而生。

《一个郁郁寡欢的国王》出版十六年之后，由这部小说改编的同名电影也让世人惊讶不已。但两部作品的创作时间迥然不同。正如上文所言，这部小说的创作，吉奥诺仅仅花了一个月时间便一气呵成，而电影剧本的改编却耗费他数年之久。吉奥诺坚信"文本在电影改编中的重要性"[①]。从1958年到1962年，他改编的剧本数易其稿。吉奥诺认为，剧本的改编要做到"忠实"，不是"忠实于文学作品"，而是"忠实于电影艺术"[②]。所以他改编时努力遵循导演应该遵守的美学原则和技术准则。

法国吉奥诺学会会长雅克·梅尼指出："吉奥诺预备、决定和设想着所有与导演有关的工作：布景、拍摄场地、服装、颜色、音效、每幅图像的内容。"[③]这意味着这是一部伟大的作品，可能是吉奥诺编导生涯中最富成果的一次体验。吉奥诺1947年的小说与1962年的剧本，尽管它们拥有同一个标题，但它们之间的关系不局限于名称，而是饱含着作家撰写的创作作品（小说）与再创作作品（剧本）之间的不同写作策略、表达意图和表现意义。

一、叙事结构改编

在把小说改编成电影的过程中，吉奥诺面对的首要问题，就是如何从深层结构上改编他这部"编年体小说"原来的结构。由于原小说的结构本身较

---

① Jean Giono, Œuvres cinématographiques 1938–1959, Gallimard, 1980, p. 27.
② Jacques Mény, *Jean Giono et le cinéma*, Paris, Ramsay, coll. «Poche-Cinéma», 1990, p. 73.
③ Jean-Bernard Vray, avant-propos in Littérature et Cinéma: écrire l'image, PU Saint-Etienne, 1999, p. 41.

为复杂,所以在进行比较之前有必要对其做个简单的回顾。1947年出版的原著分为三个部分。第一部分的故事发生在19世纪,地点是在一个名叫希希里阿纳的小村庄。当时发生了一系列神秘的凶杀案和绑架案:遇难者神秘消失,狡猾的凶手也毫无踪迹。这在人们心里引起了巨大的恐慌。警察队队长朗格鲁瓦来到索茜斯经营的公路咖啡馆等地进行调查。最后他发现凶手是邻村的V先生。他朝"凶手的肚子里射了两枪,双手同时扣动扳机",结束了凶手的生命。朗格鲁瓦的上司却撤了他的职务。在第二部分里,朗格鲁瓦时隔一年又回到了村庄,但当时他的内心已经发生了些许变化。他此时的身份是捕狼队队长。他组织了一次规模较大的捕狼行动,在行动中,他朝"狼的肚子里射了两枪,双手同时扣动扳机",如同他射杀V先生一样。小说的第三部分较为复杂,主要讲述了朗格鲁瓦死前发生的几个事件:朗格鲁瓦拜访避居村中的一位神秘的绣花女工;蒂姆夫人组织的聚会;一只鹅被砍掉了脑袋,朗格鲁瓦看着它的血滴在雪地上,然后点燃了炸药,以这样的方式自杀作为自己人生的谢幕之举。

  小说以"痛苦不堪的人"作为结尾——这是法国著名数学家、物理学家、哲学家和散文家帕斯卡的一句名言。至于小说中的警察队队长朗格鲁瓦,他的身上几乎一直笼罩着神秘感,让人捉摸不透。这份神秘感也与吉奥诺试图从《一个郁郁寡欢的国王》开始创建的"编年体小说"体裁本身有关。按照吉奥诺本人的解释,他之前希望在自己的小说里构建一个"想象中的南方",之后他想用不同的社会现象与故事为这一虚构的文学地理搭建起框架来。"编年体小说"的另一个特点是它的"第一人称叙事",体现为"叙事元的在场"。因此,叙事体系也更复杂。此外,这些不同见证人的交替叙述打破了传统叙事的线性结构,颠覆了按时间顺序安排叙述的行为。当吉奥诺的好友罗贝尔·里卡特询问吉奥诺为何在"编年体小说"里这样操纵时间变化的时候,他回答道:"我心里十分清楚这是一种有趣的技巧,它给我带来了许多便利。到现在为止,我老早就写过那些从开头叙述到结尾的故事,我腻烦了。我常常想尝试着打乱叙述时间次序,这就好比在写作中加点辣椒,使我开心。"[①]里卡特对吉奥诺的这种叙事技巧进行了进一步的阐释,认为吉奥诺的叙事是"让故事显得不连续,并且留有空白",所以"叙事成了暗示的过程"[②]。

[①] 杨柳:《略谈〈一个郁郁寡欢的国王〉中的叙事技巧》,载《法国研究》,2005年第1期,第304-305页。

[②] Robert Ricatte, *Le Genre de la Chronique*, ORC, III, pp. 1294-1295.

总的来看,"编年体小说"很具吸引力,它有着纯粹的景观元素和电影要素,但又充满了无解的谜团。正因为如此,吉奥诺在改编这项工作上一直充满疑虑,对其进行重写也是漫长拖沓。那他最后是怎么做的呢?他采用消除法和简化法。他做编导的职责似乎就是要清晰明了:悲剧要清晰可见。他解构、消除了原先的叙事结构。他保留了这部共有三个部分的"编年体"小说的第一部分,因为这一部分结构相对完整和独立,风格上很像侦探小说;而且这一部分包含了小说的主要主题,囊括了凶手和朗格鲁瓦追寻的彼世意象:树木,洒在雪地上的鲜血,弥撒场景,捕猎行动。1947年4月,吉奥诺在《七星手册》上发表了《V先生,冬天的故事》,这只是他这部"编年体小说"的第一部分。既然是"V先生的故事",所以这个版本的故事就以朗格鲁瓦的辞职而告终。到了吉奥诺改编的电影剧本里,这部小说变成了一个全新的"冬天的故事",朗格鲁瓦辞职后就自杀了。这部单独出版的小说正如其名称所示,目的在于突出凶手的人物形象。他本人曾经对《一个郁郁寡欢的国王》有过这样的评论:"小说重心不在朗格鲁瓦身上,可能在V先生身上……"在剧本的改编中,吉奥诺实现了这样的目的。同时在改编中,吉奥诺着重保留了几个典型的场景和情节,特别是把第二部分中的捕狼行动和第三部分结局处的杀鹅场面和朗格鲁瓦自杀的场景搬移至第一部分,这样的搬移更加契合电影意图表现的主题。电影导演弗朗索瓦·勒泰里耶说道:"吉奥诺希望拍成一部半侦探片半西部片的电影。"因此,剧本的主要情节基本集中在原著的第一部分,这样改编的效果就是为了营造和烘托电影的侦探氛围。

作者还把某些情节的顺序进行了调整,比如把捕狼行动放在枪毙凶手之前,这样的调整实际上改变了相关情节意义和功能。捕狼的情节成为刑事调查的决定性阶段,因为它让凶手得以暴露。"它不再烦恼了。"捕狼队队长朗格鲁瓦在杀死狼之后说了这样一句话,这表达出他内心与这只动物有着深深的默契感,他这句看似是对这头狼的惺惺相惜之语,实际上暗示了自己当时内心的苦闷和烦恼。同时,捕狼情节也是心理调查的决定性阶段。作者显然是把凶手比作狼,比作"一头闷闷不乐的狼"。因为闷闷不乐,所以这些狼只好为了杀戮而杀戮。诚如剧本中的镇长所言:"这些畜生和每个人一样,得让它们有消遣娱乐的事儿。"我们看到,吉奥诺通过对自己原著的解构来改编剧本,改变了故事情节的铺陈方向,突出刻画凶手这一人物形象,着重阐释他的行为动机。值得一提的是,在电影放映之后的1969年,吉奥诺又再次出版了电影剧本,名为《一头闷闷不乐的狼》。这个细节也是对吉奥诺改编意图的最佳注脚。

二、空间处理

时间与空间是编剧操控的两大要素,它们促成了叙事和造型的内在统一,这一过程的结晶便是电影。在小说《一个郁郁寡欢的国王》里,如同在他大部分的小说作品里,吉奥诺营造了一个宏大的空间,主人公身处一个类似监狱的村庄,让这样一个封闭的空间与它背后广阔的天际、广袤的森林和巍峨的山脉形成强烈的对比。由此产生的逃避和消遣的欲望便在不断膨胀。寻觅广阔的空间是萦绕在小说字里行间的主题之一。空间的宽广便产生了景观,而在电影中,宽银幕则是吉奥诺必须考虑的实际空间条件。吉奥诺把剧本里的空间设定在奥伯哈克高原,取代了原著中的阿尔卑斯小山谷。这样改编的首要好处就是把空间扩大,便于在银幕上展现它一望无际的风貌。吉奥诺希望银幕上进入观众眼帘的空间影像除了广阔就是荒凉,从而使之后发生的悲剧显得很自然,显得真实可信。就这一点而言,吉奥诺选择一马平川的高原也是经过了一番考虑,他认为高原比大山更适合表现他笔下的悲剧,因为大山上有很多别致的景色和丰富的细节,这反而会让观众在观看时分心,进而可能忽略即将发生的悲剧。实际上在吉奥诺改编剧本的过程中,他对空间采取的是浓缩手法。在剧本里,原著中的多个地点被缩减为一个村庄,这样更加突出了空间元素。对于自然空间,他选择了荒无人烟的奥伯哈克高原,这比小说中的特里维夫更加荒凉偏僻。

电影情节的铺陈以两大空间为主:一个是阴暗狭小的内心空间(包括检察官、克拉拉、凶手、市长等人的内心);另一方面是浓雾迷漫、漫天飞雪的高原。原著中的故事情节在电影里被浓缩在几天内发生,吉奥诺希望通过这样的改编把内心的封闭空间与夸张广阔的雪地空间做个清晰明了的对比,希望文学层面的空间处理与电影技术手段实现的空间处理能够达成协调,实现等值。浮现在观众眼前的是一望无际又一成不变的外在的无限空间,这样的空间在观众心中激起了恐惧、惊慌和空虚。封闭空间与开放空间的对比预示着随后到来的悲剧事件,也暗含着主人公这样的内心独白:杀戮,就是打开空间,就是满足自己的空间欲望。

吉奥诺曾经说过:"纯粹状态的景观,就是鲜血的悲剧,就是生命被别人打开的悲剧。"吉奥诺把银幕空间作为充分表现或强调突出空虚感的载体。他利用"娱乐消遣"这一电影景观的首要目的来表现原著的基本目标:人因为意识到空虚而引发内心的担忧。硕大的电影银幕促使悲剧的发生,而悲剧反过来又打破了空间的单调和时间的沉闷。电影中对空间和时间的处理手段与原著很不相同,不过这些处理手段依然保留了原著情节非时间性的特征,保留了原著中对人性境遇的思索与拷问。

三、时间处理

吉奥诺认为电影展现了叙述技能的新方法,这种方法要求把文本压缩到适合电影表达的简洁形式。不过这种压缩也会"导致叙述时间的集中和接近,而浪漫的写作则是随心所欲地膨胀叙述的时间"[①]。从时间跨度来看,小说《一个郁郁寡欢的国王》中的主要情节发生在好几年时间里,而到了剧本里:"再过几天就是圣诞节了,朗格鲁瓦刚到不久。整个悲剧就发生在一个星期内。"这句话框定了电影情节发展的时间跨度。事实上,剧本的发展严格按照时间顺序来推进,没有采用原来小说中时间顺序的交错重叠。回忆、插叙式的手法本身就是电影常用的手法,但吉奥诺并没有采用这些手法,他想用非常传统的线性发展模式来讲述这则"冬天的故事"。因此,对原著的解构实现了电影剧本的重构,在悲剧非常传统的严密性上体现了多重协调与统一。

在"编年体小说"中,吉奥诺在叙事时间上花了很多心思,他觉得这样的构思让他乐此不疲。为此,他打破了常规的线性叙事,把各个桥段杂糅在一起。当他开始剧本改编时,他又重新建立起常规的线性叙事时间体系。不过在《一个郁郁寡欢的国王》里,这样的线性叙事被缩减为一系列事件,这些事件构成了故事推进的线索,"让我们在命运的密闭氛围中徘徊"。这样的改编技巧表明吉奥诺成了真正的电影编剧。

小说《一个郁郁寡欢的国王》采用的是碎片式的非常规叙事节奏,它的剧本则采用安静而稳妥的常规线性叙事。尽管电影中的朗格鲁瓦在几天之内就完成了原著中好几年才完成的心路历程,但整部电影的节奏还是非常缓慢的。而且电影中朗格鲁瓦的心路历程实际上是原著中两类叙事时间的混合体:朗格鲁瓦所处的故事情节的发生时间大约六至七年;叙述者的回忆叙事,大约一个世纪。叙事发生在叙述者所在的 19 世纪和 20 世纪之间,他试图通过当时掌握的证据来理解之前发生的悲剧。电影中打破了这两类叙事时间,删除了原著中给人留下的故事似乎是无头无尾的印象。

电影中的叙事只是聚集于悲剧发生的时间。原著中悲剧发生的时间较为漫长,总共有六七年之久,所以读者感受到的是年复一年、冬去春来的无情而单调的节奏。在电影里,吉奥诺为了突出故事的悲剧性,把故事时间改

---

① [法]莫尼克·卡尔科-马赛尔、让娜-玛丽·克莱尔:《电影与文学改编》,刘芳译,文化艺术出版社,2005年版,第85页。

成了缓慢得近乎停滞的冬季。在他看来,冬季是十足无聊的季节,是罪行滋生的季节,也是抛洒鲜血的季节。此外,冬天里纯粹的白色正巧被吉奥诺用来衬托电影的主题:从白色一步步迈向红色,借此打破冬天的单一性,从而揭示自己与其他人并无二致的内心世界,这正是主人公朗格鲁瓦的宿命。当然,电影剧本把原著中朗格鲁瓦经历的几年时间缩短为一个冬季,这让故事的结尾和朗格鲁瓦的自杀场景在观众眼里显得很随意,也很理论化。因为叙事时间的缩短并不意味着观众可以更加容易融入情节、评判主题。因此,吉奥诺在电影剧本中缩短时间的同时,还是要尽量表现原著中的主题思想。剧本中,朗格鲁瓦从抵达村庄到最后自杀总共有七天时间,吉奥诺用一个中心事件去表现每一天,展现朗格鲁瓦对红色和鲜血的发现,从而具化主人公的思想觉悟过程。

相较于原著中不合常规甚至荒诞不经的叙事节奏,吉奥诺在电影剧本中则构建了一种类似古典戏剧的原则:时间、地点和情节的一致性。从巴洛克风格的小说到古典主义韵味的剧本,吉奥诺在从小说叙事到电影叙事的改编过程中,成功取得了形式上的彻底改变。

四、色彩处理

吉奥诺虽然以文字创作起家,却对色彩有着独特的见解。他敏锐地意识到色彩可以在文学作品中发挥"悲剧功能"。在电影《一个郁郁寡欢的国王》中,雪地上泼洒的鲜血唤醒了人物内心不可言说的美感。难怪导演弗朗索瓦·勒泰里耶这样说道:"色彩是这部电影的真正明星。"他认为色彩在剧本改编和电影表现的过程中扮演了极其重要的角色,因为原著中只可意会的人物"内心的悲剧转化为色彩关系的表现",所以他觉得色彩是吉奥诺进行改编制作的重要一环。原作中的叙述者这样说过:"我说这很漂亮。我们是画家才说得出这话。"[①]到了电影中,吉奥诺终于找到了以画家的身份来言说的机会,这一点是毋庸置疑的。1963年改编的同名电影向我们展现了一部新作品,不过对于这部作品,他一再强调他的兴趣不大。他向罗贝尔·里卡特说过:"如果我要写作,那我肯定不能提前知道我写作的终点。认知的乐趣,认知的好奇心,这正是我写作的动力所在。"[②]正如电影中克拉拉所

---

① Jean-Bernard Vray, *Littérature et Cinéma : écrire l'image*, PU Saint-Etienne, 1999, p. 49.
② Robert Ricatte, Préface aux *Œuvres romanesques complètes : Vol. I.*, «Bibliothèque de la Pléiade», Paris, Gallimard. 1971, p. XXVII.

言:"让人沉醉的只有新奇。"①而吉奥诺电影改编工作的最成功之处,正是恰如其分地运用引人注目的色彩与画面。

吉奥诺在进行改编的过程中,清楚地知道如何根据小说的氛围来营造电影中的氛围,他的方法便是使用色彩来达成剧本改编的效果。在剧本里,景色、服装、物体的颜色非常丰富,并且主人公的人生轨迹就被勾勒成迈向红色的旅程。电影中所有红色的出现都有着极其精确的含义。正如克莱顿(A. J. Clayton)所评论的那样,这个电影剧本是一份真正的冬日景色的研究报告。吉奥诺想让观众感受到色彩的必要性,感受到色彩的消遣功能,"这股鲜血的红色可以让困在白雪之中的无聊心灵感受到快乐。"吉奥诺在《写作与电影》中也直截了当地点明了色彩的悲剧功能:"电影中的色彩只有在履行悲剧功能的时候才具有存在的意义。"

在电影中,观众看到了漫天飞雪,白得如同电影银幕本身,它象征着空虚与烦恼,恰好印证了吉奥诺在《伟大的征程》中的一句评述:"寂静和白色营造出如此这般的空虚,让人很想在上面填上一些红色和呐喊。"②同样,1969年出版的电影剧本《一头闷闷不乐的狼》中也提到:"对于受困于皑皑白雪和百无聊赖的思维而言,鲜血的红色可以带来快乐。"③1953年,吉奥诺在与让·安鲁什的谈话中又一次谈及自己的"编年体小说":"这是一幕有关伸张正义之士(指朗格鲁瓦)的悲剧,他想着去惩罚其他人身上的卑劣行径,但他自己身上其实也隐藏着这样的卑劣……当他意识到这一点时,他便通过自杀让自己从这些卑劣中解脱出来。"《一个郁郁寡欢的国王》讲述了一位伸张正义之士被传播和感染上道德疾病的故事,而这个疾病正是他所追捕的罪犯感染给他的。正如小说名称彰显的那样,吉奥诺意图表达的这个主题与帕斯卡尔的"消遣理论"紧密相连:V 先生杀人,是因为他感到无聊,而鲜血洒在雪地上形成的残酷而充满美感的图案让他感到很开心。鲜血的残酷意味在吉奥诺的作品中广泛存在,它所具有的景观意义极其重要:"纯

---

① Robert Ricatte, Préface aux Œuvres romanesques complètes: Vol. III., «Bibliothèque de la Pléiade», Paris, Gallimard. 1974, p. 1355.
② Jean Giono, Les Grands chemins, in Œuvres Romanesques Complètes V, Paris, Gallimard, «Bibliothèque de la Pléiade», 1972, p. 538.
③ Jean Giono, Un loup qui s'ennuie, Bulletin de l'Association des Amis de Jean Giono, Manosque, 1977, n° 9, p. 72.

粹意义的景观,就是鲜血的悲剧"①。吉奥诺还说过:"鲜血是最美丽的戏剧。"②

在电影中,吉奥诺成功用色彩营造出悬念,颜色代表了"电影中故事的发展和戏剧性情节的变化",特别是在"风景和背景的现实主义的单调乏味中引进了一种作为象征的事物"③——红色。这个颜色是吉奥诺在剧本中绝对突出的色调,除此之外,他不让电影画面中出现任何鲜艳的色彩。即便出现的话,他也要求色彩的强度必须降至最低。比如影片一开始就是漫天飞雪,观众看到的是白色与黑色的移动画面,有些人甚至以为电影是黑白片。正如弗朗索瓦·勒泰里耶所认为的那样:"色彩具有戏剧的作用,即便没有色彩,也具有意义。"吉奥诺用这样的缩减法减少色彩的使用,把主人公朗格鲁瓦——这位"郁郁寡欢的国王"塑造成毫无色彩烘托的形象,让观众感受到他的空虚感,进而感受到他内心强烈的渴望:渴望鲜血,渴望用红色来打破这份让人难以忍受的苍白和无聊。这一纯粹的白色强烈地烘托出主人公内心的无聊感。无聊的人准备随时干点什么,特别是准备干点最坏的事,好让最终有个色彩迸发出来,特别是像红色这样鲜艳的色彩,以打破沉闷无聊的白色。正如法国影评家博利所言(Jean-Louis Bory):"在这摊白色上出现红色,还有比这个更新奇更好玩的事吗?鲜血溅在雪地上,还有比这个更美丽、更震撼、更有趣的事吗?所以《一个郁郁寡欢的国王》这部电影,就是一部《红与白》。"

五、人物与风格处理

吉奥诺对小说的改编还体现在人物体系上。在原著中共有五位叙述者,他们分别是贯穿始终的第一叙述者、弗雷德里克二世、老头儿们、索茜斯以及安赛尔弥。他们的相继出现遮蔽了朗格鲁瓦这一本该处于叙事中心的人物。吉奥诺在谈及小说风格时做过这样的解释:"若想表达某样内容,一般采用两种方式:通过描绘对象来表达,这是正片(摄影术语);或是通过描绘除对象之外的其他内容来表达,对象会在缺失的部分显现出来,这是负

---

① Cité par Robert Ricatte, Préface aux Œuvres Romanesques Complètes I, Paris, Gallimard, «Bibliothèque de la Pléiade», 1971, p. XXIX.
② Jean Giono, Deux cavaliers de l'orage, in Œuvres Romanesques Complètes VI, Paris, Gallimard, «Bibliothèque de la Pléiade», 1983, p. 94.
③ [法]莫尼克·卡尔科-马赛尔、让娜-玛丽·克莱尔:《电影与文学改编》,刘芳译,文化艺术出版社,2005年版,第102页。

片。"①按照里卡特的说法,"一名叙述者就构成了屏幕"。事实上,朗格鲁瓦的神秘在于他内心的痛苦从未从内部被体会。这也正是他给所有人出的谜题。再深入一些,我们会发现小说中似乎只有朗格鲁瓦一个人知道其他人都不知道的事情。而在剧本里,吉奥诺彻底倒置了这种关系,也就是说在剧本里,有些事情只有朗格鲁瓦一个人不知道,但他周围的人都非常了解。电影中的对白也很好地证明了这一点。由于缺少标记,朗格鲁瓦的行动往往陷入错误的方向。他从一开始就承认自己的无知,比如他对克拉拉说过:"我什么都不知道。"他还对镇长说过:"您似乎很了解我所不了解的事情。"②在《一头闷闷不乐的狼》中,吉奥诺再一次重申了这种意图:"从调查一开始,朗格鲁瓦就面临着一种神秘感,而他周围的人似乎都觉得这种感觉毫无神秘之处。"大家都在"理解某些秘密,都在淡定自如地走向人性中最隐秘的世界"。总而言之,"农民们、检察官、克拉拉似乎都知道"。③ 在观影过程中,观众知道的比人物(朗格鲁瓦)要多,所以观众的观影如同在陪伴朗格鲁瓦,伴随他一同经历他对自己的身份确认。他以一种悲怆的讽刺口吻向检察官说:"您看,我很快就会知道的。"之后,他又向神甫承认:"我还不太清楚我想说的话。"④当悲剧落幕的时候,朗格鲁瓦说了句:"我知道了。"⑤观众好比是和朗格鲁瓦一起在做调查。观众通过自己的双眼,看到朗格鲁瓦时而"思考",时而"惊讶"。在捕狼行动中,作者终于达成了彻底的身份认证,因为观众观看的角度很有代入感,摄影机的画面好像就是朗格鲁瓦的眼睛,吉奥诺甚至将此定义为"摄影机-朗格鲁瓦"或"朗格鲁瓦-摄影机"。这很好地印证了杜拉斯的话语:"电影产生于观众的位置……就原著而言,编导的位置与作家的位置完全相背。编导是从观众的角度来观看电影,而作家则处在黑暗之中,暗得连一个作品都看不清楚。"

在《一个郁郁寡欢的国王》里,电影叙事的悲剧性进展明显混合着两项侦查:案件的刑事侦查与心理的侦查。这样的构建产生了双重效果。一方

---

① Jean Giono, *Préface aux Chroniques romanesques*, ORC III, Paris, Gallimard, «Bibliothèque de la Pléiade», 1974, p. 1278.

② Jean Giono, *Un roi sans divertissement*, scénario original, ORC III, Paris, Gallimard, «Bibliothèque de la Pléiade», 1974, pp. 1346 - 1374.

③ Jean Giono, *Un loup qui s'ennuie*, Bulletin de l'Association des Amis de Jean Giono, Manosque, 1977, n° 9, p. 72.

④ Jean Giono, *Un roi sans divertissement*, scénario original, ORC III, Paris, Gallimard, «Bibliothèque de la Pléiade», 1974, p. 1380.

⑤ Jean Giono, *Un roi sans divertissement*, scénario original, ORC III, Paris, Gallimard, «Bibliothèque de la Pléiade», 1974, p. 1384.

第六章 电影美学

面,吉奥诺通过改编剧本想明确阐释 1947 年发表的小说,阐明原本神秘而晦涩的原著。他把剧本改编视作对原著的注释和重新阅读。热奈特对这样的现象有过评述,指出超文本是一种元文本,认为这是再书写的特性,形成于对原文进行评论的时候。另一方面,吉奥诺借改编剧本之际,改变原著的美学价值取向:"没有一丝巴洛克风格的痕迹。这一切都是传统风格的。"不过,在吉奥诺 1946 年的创作笔记中可以看到,他受到歌剧的影响。后来,吉奥诺受到莫扎特歌剧杂糅风格的启发,意图让小说"具有特别的格调,兼有悲剧与喜剧的风格"。可以肯定的是,小说确实糅合了许多诙谐滑稽的元素,尽管小说本身的基调十分沉重。当吉奥诺改编原著时,他选择了最有戏剧效果的场景,同时删除了原著中含有的滑稽桥段。同时,基于电影拍摄的需要,他围绕着这几幕最具戏剧效果的场景来组织剧本。

通过以上分析,我们可以归纳出作为电影编导的吉奥诺在改编剧本时遵循的两点要素。一方面,吉奥诺解构了他的小说原著并将其重新组织,把某些场景删除,或是搬移某些场景并赋予其新义。有时甚至重新构思一些新场景。他借此重新书写或搬移变化它的美学价值取向:原著中有大段篇幅描写缤纷绚丽的秋日景色,颇为繁复厚重的巴洛克风格,这些景物描写也正是原著的一大特色。吉奥诺在改编剧本时,删除了这些秋景描写,取而代之的是充斥荒凉感的冬日雪景,这也正好让白色的电影银幕表现鲜血洒在雪地上的悲情效果。无论怎样,吉奥诺的剧本改编属于重新写作,他摒弃了原作中对充斥着原始与野蛮的巴洛克风格的秋天描写,转而展现冬天的荒芜,展现空虚的悲剧感。他用电影中白色的屏幕替代文本中的鲜血去表现悲剧。在深刻改变原作人物体系的同时,他也改变了小说的视角,把监察官的俯视视角置于电影的中心位置,这个人物在电影中就代表着作者。监察官这个角色和作者一样,他非常了解主角的遭遇和悲剧。实际上,电影所升华的内容正是剧本本身的创作方法。剧本的展现也是对原著的二次阅读,因而带来这一"二度文学"的双重乐趣。值得一提的是,在大多数情况下,从文学到电影的改编过程往往受到经济条件的制约,这也促使剧本必须精简:在有限的地点、人物和季节变换中将所言之物最大化。吉奥诺在电影改编的过程中也必须直面这样的客观条件的限制。

当然,对于吉奥诺的电影改编的理论与实践,也并非所有人都持正面意见。热拉尔·热内特认为,基于文学改编的电影创作只是"旧瓶装新酒"[1]。这说明吉奥诺对电影的理解可能还是停留在自己对文学创作的认识框架

---

[1] Gérard Genette, *Palimpsestes*, Paris, Seuil, coll. «Poétique», 1982, pp. 451－452.

内。法国学者朗佐尼在《法国电影》里的观点也印证了热内特的这句话,他认为这类似乎不太成功的电影都是"剧本作者的电影",这些电影的"片型和编剧技巧规则似乎固守着对文学、历史、滑稽歌舞剧构成因素的原定认识","尽管作品制作精巧,在纯理论方面令人耳目一新,但对电影本身的理解没有很大改变"①。吉奥诺在改编自己作品时,是否听到过热内特的意见,是否会对他的意见持批判态度,我们已经不得而知。但我们知道,吉奥诺无论是从事文学,还是投身电影,他都是在实现自己至高无上的乐趣:他的一生都在追求写作的幸福和"构建图像"的幸福。②

第三节 《种树的人》:他人演绎的全新发现

吉奥诺一生著述颇丰,在他生前就有许多导演要求取得他小说的电影改编权。在吉奥诺 14 部搬上电影屏幕的文学作品中,共有 11 部是由其他导演/编剧对其进行改编拍摄的,时间跨度达 70 余年,这也从侧面反映出吉奥诺文学艺术的恒久魅力,说明他的文本能够做到与电影艺术的"交互与融合"。在这些他人改编的电影中,以弗雷德里克·贝克(Frédéric Back)执导的《种树的人》(1987)和让-保罗·拉佩纽(Jean-Paul Rappeneau)执导的《屋顶上的轻骑兵》(1995)最为著名。

《屋顶上的轻骑兵》是法国当年投资最大的电影,1996 年上映后好评如潮,获得当年法国凯撒电影节最佳摄影奖和最佳音效奖,并获最佳电影、最佳导演、最佳服装设计、最佳原创音乐、最佳剪辑等 8 项提名。

比起《屋顶上的轻骑兵》,《种树的人》产生的国际影响力更为巨大。该片获得 1988 年奥斯卡最佳动画短片奖,同时还获得法国安锡国际动画影展最佳动画短片奖、福冈国际电影节大奖等其他多项国际大奖。下面就以《种树的人》为例,看一看经由他人改编的吉奥诺文学作品为何会在电影屏幕上获得如此令人瞩目的成功。

《种树的人》出版于 1953 年,是吉奥诺晚年创作的一部短篇佳作,原是作者应美国《读者文摘》的邀请而撰写的短篇小说,讲述了一个名为埃尔泽阿·布菲耶的牧羊人用了三十年时间将阿尔卑斯山上的一片荒芜之地变成

---

① [法]雷米·富尼耶·朗佐尼:《法国电影:从诞生到现在》,商务印书馆,2009 年版,第 136 页。
② Jean-Bernard Vray, *Littérature et Cinéma : écrire l'image*, PU Saint-Etienne, 1999, p. 39.

绿地的故事。这篇小说语言精致,情节朴素,感情隽永。今天,它已被视为环保事业的全球宣言而具有了世界级的影响,被译成多国文字,深受各国读者的喜爱。

1994年,《种树的人》①在动画片界专业人士评选的史上最优秀的50部动画片中名列第44位。影片目前还在IMDB上评选的最优秀的短片类电影中名列第4位。弗雷德里克·贝克生于法国,曾经在法国雷恩美术学校学习过,后移民加拿大蒙特利尔。此前他已经凭借《摇椅》(1981)一片获奥斯卡奖。贝克开创了"以动画片形式讴歌大自然、保护人类生存环境"②的先河,《种树的人》正是对他这一创作理念的最佳阐释。

一、重视文学价值:文本到动画的生态之旅

通常来说,动画的表现节奏快捷生动,场景变幻很多,很适合表现非现实的滑稽主题,但贝克始终认为动画是让大众直面严肃主题的最好方式,是给予叙事文本以独特风格的最佳载体。动画《种树的人》改编自被誉为"生态主义者先驱"③的法国作家让·吉奥诺的同名小说。小说发表于1953年,讲述了一个名为埃尔泽阿·布菲耶的牧羊人用了三十年时间将阿尔卑斯山上的荒芜之地变成绿地的故事。这位普罗旺斯牧羊人的形象几乎就是吉奥诺的缩影:经历了战争、杀戮、破坏、和平,却仍然一如既往地坚守自己默默无闻的工作。④ 1974年,贝克在《原始》杂志上第一次看到吉奥诺的这篇小说,深深地被主人公身上那种不求任何回报的慷慨精神触动,并认为这种行为就是"幸福的本质",因此觉得自己有责任把这篇发表在专业期刊上的小说搬上电影屏幕,希望借助动画中符号化的形象,以缓慢而柔和的节奏阐释原著中严肃的主题思想。

《种树的人》这部作品并没有扣人心弦的曲折情节,也缺乏恢宏广阔的社会背景,如何在动画中表现吉奥诺原著中风格简约而又意味深长的主题,贝克以十分恰当的方式给出了自己的答案。贝克的动画创作从来都不是以技术为先,而是注重文本价值和思想理念。他一直认为剧本的质量和信息的价值是电影最重要的元素。在动画史上,《种树的人》大概是第一部以动

---

① 贝克的动画取材于吉奥诺的同名小说。国内有译者把贝克的动画译为《种树的牧羊人》,把吉奥诺的小说译为《种树的人》。此处按照法语原文"L'homme qui plantait des arbres",把原著与电影统一译为《种树的人》。
② 薛锋、赵可恒、郁芳:《动画发展史》,东南大学出版社,2006年版,第192页。
③ Colette Trout et Derk Visser. *Jean Giono*[M]. New York: Éditions Rodopi B. V., 2006, p. 41.
④ 廖海波:《世界动画大师》,复旦大学出版社,2011年版,第174页。

画的方式表现文学的艺术作品。为了完美地实现动画与文学的融合,贝克亲赴法国,与伽利玛出版社和吉奥诺家人商讨版权问题,同时他也借此机会亲自考察了文本中描绘的风景和地点,观察了多位和小说虚构人物拥有相似经历、一辈子默默无闻植树造林的人。

  在改编文本的过程中,贝克一方面要谨慎面对吉奥诺花了二十多年创作、修改的原作。另一方面,他也要从动画而非文学的角度考虑剧本的需要。而且由于受到叙事方式、动画技术、时间容量等因素限制,文本到动画的改编不可能做到绝对的忠实,它实际上是动画导演根据对文学作品的理解而进行的二度创作,既包含了原著的思想内涵,又体现了动画导演全新的艺术创作,因此动画导演对文本适当的增删是改编中不可避免的现象。吉奥诺原作创作于"二战"之中,其中安排有"生态"和"和平"两大主题。贝克删去了"战争与和平"元素,结合20世纪80年代的发展现状全力刻画"植被破坏"这一全球性问题,凸显生态主题。另外,吉奥诺原文中有许多普罗旺斯的具体地名,但全球观众中能知道那些地名的人毕竟是极少数。于是贝克把这些地名统统删除,这样就把烦琐的地理细节简化为没有任何地点指称的自然空间,更有利于观众的理解与接受。

  动画作为一种视觉传达艺术,是用画面来传递形象信息,其直观性和确定性远甚于文字。在《种树的人》中,贝克用画面的流动去表现吉奥诺静止的文本,借助柔缓的画面更替营造出"印象主义色彩的诗意效果"[1]。电影开始时,观众看到的几乎都是单色画面,风格颇似黑白素描画。伴随着大自然的苏醒,画面颜色也逐渐丰富起来。图像于是成了运动中的印象派画布。导演使用印象派的技巧重现画面上丰富的色块,当观众观看时,不同色块的移动如同山脉的显现、树木的生长、骏马的奔跑,万物在一缕微风中不断变幻着面貌,让观众有如沐春风之感。画面上颜色的增加与色块的跳跃,生动地呈现了时间的流逝与自然的和谐。在画面的转换上,贝克使用了叠化镜头的技巧,大致每5至8幅画面的转换中就使用一次,叠化效果很像文本中"句子与句子的衔接"[2]。在动画中,文本中的时间本是难以捕捉的不可见物,但叠化镜头特有的淡入/淡出效果把时间表现为了可见的"奇特维

---

[1] [法]奥利维耶·科特:《奥斯卡最佳动画短片——幕后·手记》,王诗戈译,吉林美术出版社,2009年版,第116页。

[2] [法]奥利维耶·科特:《奥斯卡最佳动画短片——幕后·手记》,王诗戈译,吉林美术出版社,2009年版,第109页。

度"①,画面自然切换充分展现了影片的诗意风格。这一风格的形成既源自贝克长期从事插画和壁画的艺术实践,也源自他对著名画家如莫奈、夏加尔、塞尚、布吕赫尔和达·芬奇等人风格的吸收与再创造。不过,画面固然是动画创作与表现的主要元素,但贝克在创作《种树的人》时始终遵循一个原则:不滥用画面,不要让丰富的画面喧宾夺主。这样观众才能关注文本。"画得越多,听得越少。因为眼睛和耳朵总会有矛盾。"在印象主义风格的画面与吉奥诺风格的文本(旁白)之间,贝克成功地构建起了平衡感与和谐感。

除了画面之外,声音也是这部影片的一大亮点。动画的声音一般由"语言、音乐、音响"②三个基本元素组成,《种树的人》中的声音效果也正包括画外音(叙事旁白)、音乐和音效。通常来说,给画面配上旁白叙述确实会给影片的国际发行带来许多问题,并且会在动画导演和文本作者之间制作很多沟通与合作的困难,动画制作就要面临如何同步"文本—图像—声音",使之为同一主题思想的表达服务的难题。在《种树的人》一片中,旁白的录制与翻译确实遇到了一些小麻烦,但叙事本身和电影一样,都是垂直结构,不断推动画面和声音的单线进展,这部电影中的旁白和画面并不要求绝对平行的进展,而且画外音本身就有增加画面抒情性的效果。贝克邀请法国演员菲利浦·努瓦雷(Philippe Noiret)担任动画的旁白配音,一来是因为努瓦雷的法语非常纯正,没有加拿大法语的口音,便于动画打入法国、比利时、瑞士等重要的欧洲国家市场;二来是他本人与原作者吉奥诺年纪相仿,他讲述的口吻很能让人信服,而且他磁性的嗓音确实为动画平添了几分散文的味道。除了旁白,音乐也是动画中常用的创作元素,它常被用来支撑由图像和运动构建的故事情节,烘托人物的心情和故事的氛围。《种树的人》中的配乐是由贝克的老搭档、著名音乐家诺尔曼·拉热(Normand Roger)谱写,由古典管弦乐团演奏。音乐时而优美欢快,时而低沉浅吟,"饱满而富有张力"③,不同的乐器模拟出自然的音响,与画面色彩的变幻相互呼应,构成了一首浑然天成的"天籁之音"。在贝克看来,动画片正是因为美妙的音乐和合适的音效而拥有了生命,《种树的人》便是这一观点的最佳诠释。

纵观整部影片,菲利浦·努瓦雷用他那沉稳的男中音把一则诗意故事

---

① [法]奥利维耶·科特:《奥斯卡最佳动画短片——幕后·手记》,王诗戈译,吉林美术出版社,2009年版,第117页。
② 张岳:《浅谈动画片的声音元素及创作手法》,载《北京电影学院学报》,2001年第2期,第50页。
③ [法]奥利维耶·科特:《奥斯卡最佳动画短片——幕后·手记》,王诗戈译,吉林美术出版社,2009年版,第120页。

缓缓道来，诺尔曼·拉热担纲制作的配乐则恰到好处地协调了旁白与音效之间的空隙，使旁白、音乐、音效成为辅助画面效果的三大音效元素，与画面的变换互相映衬，让整部影片呈现出音乐散文诗般的效果。从接受效果而言，整部影片时长 30 分钟，观众既可以领略别样的视觉效果，感受艺术家表达的环境哲学，又不至于因为时间冗长而心生厌烦。从以上分析可以看出，贝克充分考虑电影艺术的技术要求，将吉奥诺短短 4 000 字的文字平面意象恰如其分地转换成旁白、音乐与画面构建的多维度立体意象，让原著的生态理念从文学延续到电影，从文本伸展到画面，进而传递给屏幕前的每位观众。

二、印象派画风和赛璐珞技法：艺术和技术相得益彰的贝氏风格

国际动画组织（ASIFA）在 1980 年南斯拉夫的会议中，将动画定义为"除真实动作或方法以外，使用各种技术创作的活动影像，即以人工的方式创作的动态影像，并由此形成的一门大众化艺术"。由此可见，动画已经真正上升到艺术的层次，艺术性是动画重要的特性之一。《种树的人》这部贝克动画电影的巅峰之作，集中体现了贝克数十年动画实践中所形成的艺术特性。贝克认为，大部分观众只会看一次电影，所以他在动画中尽可能使用观众熟悉和喜欢的画面。在《种树的人》的开端，我们可以看到荷兰文艺复兴时期著名的地景画家布吕赫尔和西班牙浪漫主义画派画家戈雅的影子。随后，画面中植物的蓬勃生长，向我们展现了一幅全景式的印象派景象。在影片结尾处，我们甚至能在主人公布菲耶垂暮之年的脸庞上辨识出达·芬奇的神情。有一点需要指出的，尽管《种树的人》的画风是印象主义，但主题的表现则是现实主义——反对战争，提倡环保——这些思想正是对"二战"后人类社会现实问题的回应。只有表达现实性的主题，观众才会相信动画传递的信息是可靠的、可信的，才能尽可能地透过动画的外表展开对现实问题的反思。

除了艺术特性之外，动画还兼有技术特性。因为艺术的表现力与技术的创造力息息相关，艺术创作的发展空间都仰仗技术革新。[1] 在《种树的人》中，贝克所展现出的独特的艺术魅力，正源自贝克在动画技术实践中的不断探索与创新。在多年的动画创作中，他发明了用油彩笔在冷冻过的醋酸纤维片上绘制原画片的创作方法。他在 1978 年设计的《或有或无》中尝试过这种绘画技法，觉得这种技法与自己的画风很贴切。后来便用此法制

---

[1] 薛锋、赵可恒、郁芳：《动画发展史》，东南大学出版社，2006 年版，第 7 页。

作了《摇椅》,其画面呈现出"温馨澄静"的"暖暖的黄褐色调"[1],一下子征服了1981年的奥斯卡评委而首获小金人。贝克发明的这一技法其实是一种革新的赛璐珞动画制作法。赛璐珞是一种合成树脂,也被称为醋酸脂,常用在乒乓球、人偶等日常物品中。贝克用彩色铅笔在醋酸纤维磨砂透明片的一面绘图,即在覆有赛璐珞涂层的一面绘制。他觉得这是一项非常实用的技法,因为在这种材质上绘画,动画的上色过程可以一次性完成。而且由于材质的透明特性,动画师便可以在恒定的背景上叠放不同层次,可以获得丰富的叠加层次感,动画因而变得富有质感,设计也更加自由。而用纸张就无法达到这种效果。如果用纸张绘画,每变换一次效果图,背景就需要重新绘制,十分费时费力。贝克发明的以醋酸纤维片为基质的赛璐珞动画绘制技法,可以融合铅笔画、粉笔画以及颜料画的多重风格,给动画创作带来了多重可能性。但这种技法也有两个问题:第一,为了恢复背景的彩色粉画效果,他就需要在动画完成后给醋酸纤维片上颜料。因为使用的快干颜料有毒,所以他总是独自一人做这项上色工作。但在长期的上色过程中,他的右眼还是不可避免地受到了损害而失明。第二,醋酸纤维片本身是用来满足工程师的需要而发明的,如果在粗糙的表面涂颜料,"画面就像被粉刷过一样"[2],色素在其表面的附着力不如普通纸张,会出现较大的颗粒状效果。所以贝克的动画创作对醋酸纤维片的要求很高,如果材质达不到标准,就会出现色彩表现力不够的现象。比如在《洪水之河》中,由于使用了材质欠佳的醋酸纤维片,最终画面效果就不够强烈,色彩不够跳跃。

在《种树的人》一片的创作过程中,除了醋酸纤维片之外,贝克还使用彩色铅笔作为创作工具。铅笔动画的意义在于既有质感又有风格,但用铅笔在大尺寸材质上绘制动画,其画面效果并不十分好。因此贝克便选择在10厘米×15厘米这样小规格的醋酸纤维片上绘画。这样在放映的时候,画面质感由于投映而会被放大,从而表现出铅笔画彩色点线的朴素风格。由于纤维片尺寸很小,所以贝克在绘制过程中得拿着放大镜工作,这对于一只眼睛已经失明的老人来说,确实是一项艰苦卓绝的工作。

从工作方式而言,当时许多大型动画公司都认为动画师应该集体工作,但贝克本人喜欢安静地独自创作。加拿大国家电影局动画部创始人诺曼·麦克拉伦(Norman McLaren)和贝克的制作人休伯特·蒂森都非常欣赏贝克的画风,也全力支持贝克的工作方式。他们认为单独工作是动画创作能

---

[1] 廖海波:《世界动画大师》,复旦大学出版社,2011年版,第173页。
[2] 张岳:《浅谈动画片的声音元素及创作手法》,载《北京电影学院学报》,2001年第2期。

否取得成功的重要因素之一。为了保证创作质量,《种树的人》中的 80% 的绘画都由贝克独立完成。不过时间问题还是迫使贝克得时常接受其他动画师的协助,但这种协助在贝克看来也非常棘手。因为他总是要想着给这些动画师安排任务,要向他们解释他的意图,还要在他们的画稿上再加修饰,使不同动画师的画稿风格变得整齐划一。对此,贝克也付出了更多额外的努力。

在五年时间内,贝克一共绘制了两万余张草图。自然风景是《种树的人》中的绝对主题,它的画面表现很符合许多观众的心理期待,印象主义风格的画风也让他们倍感亲切。有人因此认为贝克的动画是受到某些画家的影响,贝克对此并不否认:"我确实参考过这些画家,为的是让我的观众在几分钟时间内就能明白我要表达的意思……我画动画,就如同在我和观众之间搭建桥梁一样,希望他们能够和我一样明白画面的中心思想。"观众要理解动画导演的中心思想,那他们对画面的理解显然不能以强迫或填鸭的方式,而应符合循序渐进的自然节奏。对此,贝克认为"最为重要的是要在叙述中表现进展,而这种进展的表现又要不露痕迹。就像看树苗的生长,虽然起先看不大出,但最终它会长成参天大树"。贝克非常注重控制文本叙述与画面运动的节奏,他使用叠化镜头来控制画面推进与转换,使画面转换显得流畅自然,从而与旁白叙述实现无缝结合。为了从技术上实现这一效果,贝克在加拿大电影局的帮助下,主要采用了"双重曝光法"和"四重曝光法"[①],这样就把叠化镜头特有的淡入/淡出效果发挥得淋漓尽致,避免了一般剪切镜头常会出现的停顿感和生硬感。

《种树的人》是充满激情的个人杰作,弗雷德里克·贝克在这部动画里所表现出的哲理思想、文本内涵、叙事节奏、绘画风格、绘画技法等多方面都堪称动画电影的典范。他十分注重文学作品的内涵挖掘,努力促进文学内容与动画形式的融合。他的画风源自学院派的深厚根基,继承欧洲风景画的传统,博采画坛大拿之长,创造出连迪斯尼都叹为观止的"运动的印象派"[②];在注重艺术性与文学性的同时,他还非常注重动画技术的探索与革新,发明了基于醋酸纤维片的新型赛璐珞动画技法,以技术创新来实现动画的艺术性与文学性。《种树的人》以精致的画面、深刻的旁白、唯美的音乐和特有的"纪实性叙事方式"[③]向世界讲述了一则沁人心脾的哲理故事。它上

---

① [法]奥利维耶·科特:《奥斯卡最佳动画短片——幕后·手记》,王诗戈译,吉林美术出版社,2009 年版,第 116 页。

② 吕鸿雁、张骏:《动画大师的生平与作品》,中国传媒大学出版社,2007 年版,第 127 页。

③ 贾否、路盛章:《动画概论》,北京广播学院出版社,2002 年版,第 18 页。

映后在观众中的热烈反响远远超过了贝克的期待：看过此片的观众总共在世界五大洲种植了数百万棵树，全球刮起了一股植树造林之风。同时，这部动画也促使影音时代里的普通观众对文本阅读的回归，推动了青年一代对众多生态文学作品的品鉴。比如法国伽利玛出版社和加拿大拉孔布出版社便以彩色绘本的形式再版了吉奥诺的原著，贝克的动画作为插图夹在文本中间，让读者以图文并茂的形式重新品读大师的自然情怀。这样的良性循环对于今天电影与文学的互动发展依然有着强劲的现实借鉴意义。

  吉奥诺在其一生的创作中，不拘泥于某种固定的艺术体裁，敢于尝试新的创作形式，最好的佐证就是他对电影这门"小众艺术"的实践。虽然是电影艺术的"门外汉"，他对电影的认识却是相当内行，他认为"阅读是面向精英个体，电影则是面向群体大众的"[1]。他觉得电影也是一种叙述方式，可以用来讲述文学世界。但当他真正开始他的电影之旅后，他对电影的态度也发生了变化：早期他曾言对电影"有着强烈的好奇心"[2]，而后期则说电影"称不上艺术"[3]。究其原因，还是因为他对电影这种表现形式掌握不足：首先，文本语言与图像语言完全不同，因此文本中的叙述场景无法与电影中拍摄的画面场景完全对应。其次，一部好的文学作品往往来自作者孤独的遐想，而一部好的电影作品则不光得有好的剧本，还必须做好摄影、照明、音乐、洗印、剪辑等技术系列工作，更与演员素质、场面调度等人为因素有关。能够游刃有余地解决、协调这些电影中的技术问题和人为因素，恰恰是帕奥尼尔、拉佩纽、贝克等导演的过人之处：帕尼奥尔善于直白地表现普罗旺斯的历史，在寓教于乐的喜剧和滑稽可笑的情节剧之间进退自如；拉佩纽凭着流畅的摄影动作、强大的知性和悲剧营造，同时在视觉上用五彩缤纷的服饰、布景、照明，使影片呈现出恢宏的历史感；贝克则凭借其美术经验，将印象派的画风流动地串联起来，用色彩的变换凸显主题的纯粹。吉奥诺正是缺乏这些电影创作技巧和经验，才导致他在电影工作上的力不从心，以至于感叹要用"技术去表达诗意，实在是荒谬之极"[4]。因此在对电影领域短暂的涉猎之后，吉奥诺还是转向了文学事业。

---

[1] Michèle Reymes. Promenades en Provence，dans l'univers de Jean Giono [EB/OL]. http://jeangiono.blogspot.com/2013/09/cresus-cest-un-type-qui-beaucoup.html/，2013 - 09.

[2] Dominique Bonnet. «Jean Giono serait-il (aussi) dramaturge?» [J]. Anales de Filología Francesa，n. o 21，2013.

[3] Jean Giono. Journal de tournage du film *Un roi sans divertissement*，in Bulletin de l'Association des Amis de Jean Giono. Manosque，1979，nº 11，p. 72.

[4] Jean-Bernard Vray. Littérature et Cinéma：écrire l'image. Saint-Etienne：PU Saint-Etienne，1999，p. 39.

吉奥诺生前一直梦想拍摄一部充满激情的鸿篇巨制,但这一梦想至他去世都未实现。颇显悖论的是,真正帮助他实现这一梦想的,恰恰是他眼中的"他者":帕奥尼尔、拉佩纽和贝克。早年,吉奥诺因为不认同帕奥尼尔对自己作品的改编而投身电影界,这种不认同其实源自"他人改编后的电影影像与本人叙事作品所形成的影像之间的比较"。① 从文学到电影的改编过程无法做到绝对的"忠实",从本质而言,它是电影编导根据文学作品的理解而进行的二度创作,既包含原著的思想内涵,又体现电影编导全新的艺术创作。② 法国当代叙事学家热拉尔·热奈特认为,基于文学改编的电影创作只是"旧瓶装新酒",只是"粗制滥造的活儿"。③ 吉奥诺在改编自己作品时,是否听到过热奈特的意见,是否会对他的意见持批判态度,我们已经不得而知。但我们知道,吉奥诺无论是从事文学,还是投身电影,他都是在实现自己至高无上的创作乐趣,他这一行为本身就是对第七艺术的最大贡献。1958年,特吕弗在《艺术》杂志刊文,盛赞吉奥诺是"对第七艺术贡献最多的作家"。无论是吉奥诺本人的改编,还是他人对其作品的改编,它们都让吉奥诺的生命从文学延续到电影,从文本伸展到画面。文学到电影的移调也会帮助今天的电影观众回归文本阅读,看一看吉奥诺文学世界中的普罗旺斯,享受阅读带来的快感。诚如罗兰·巴特在《文之悦》中所言:从容消费一个文本和掌握一种文化的乐趣在于辨识代码,看电影时有,阅读文本时也有。④

---

① [法]瓦努瓦:《电影叙事书面叙事》,王文融译,北京大学出版社,2012年版,第20页。
② 管恩森:《文学的视觉:欧美文学与电影分析》,山东画报出版社,2009年版,第6页。
③ Gérard Genette, *Palimpsestes*, Paris: Seuil, 1982, pp. 451–452.
④ [法]瓦努瓦:《电影叙事书面叙事》,王文融译,北京大学出版社,2012年版,第21页。

结　语

　　纵观吉奥诺的一生,这位普罗旺斯作家总共完成了二十多部小说以及许多未完成的小说片段,除此之外,他的作品还包括新闻集、诗集、散文集、和平主义宣传册、新闻报道、翻译作品以及不可胜数的文章。在他那一代人中间,他是第一位对电影着迷的文学作家,他亲自为多部电影担任编剧、监制、导演工作,还一度成立过自己的电影公司。如果我们把两次世界大战撇在一边,那么这位自学成才并饱受传统文化熏陶的意大利移民的后代,他的生活与他的作品已经融合在了一起。让·吉奥诺一生很少离开他马诺斯克的书房,因此被称为"静止不动的旅行者"。他游离于所有文学运动之外,但他的文学理念时常领先于这些文学运动,因而他也被敬为法国20世纪最伟大的小说家之一。

　　一直以来,吉奥诺作品的文学表征由于不同的品读而呈现出色彩斑斓的面貌:"写散文诗的维吉尔""大自然的诗人""乡土作家""卢梭的门生",等等。毕竟"文学是美丽的谎言"[①],文学作品呈现出变化多端的面貌也就不足为奇。而且每一部文学作品"都有特殊的、由历史和社会决定的读者,每一个作家都依赖于他的读者的背景、观点和思想观念"[②]。吉奥诺的早期代表作《潘神三部曲》问世之时,正是机械主义论在西方世界被广泛怀疑的时候,大众开始对机械设备所标志的工业社会感到厌恶反感,他的作品在当时被理解成"乡土文学"也就不足为怪,这也反映当时人们对"田园牧歌"式的农村生活的眷恋和怀念之情。因而吉奥诺在这一时期的创作也被解读成维吉尔式的抒情风格。

　　在早期风格的代表作《潘神三部曲》中,吉奥诺首先以"叙事抒情诗"的手法描绘具有诗情画意的普罗旺斯山区的风景,为展开故事情节、刻画人物

---

① Philippe Hamon et Denis Roger-Vasselin, *Dictionnaire de littérature française*, Dictionnaire le Robert, 2000, p. 536.
② [英]拉曼·塞尔登编:《文学批评理论:从柏拉图到现在》,刘象愚、陈永国等译,北京大学出版社,2000年版,第219页。

关系创造氛围。同时还充分描绘了普罗旺斯的农村风俗,让风景之美与风俗之美完美融合在一起,交相辉映,把一个普罗旺斯的生态空间点缀得让人神往不已。除了对大自然丰富意象的展现与描绘,《潘神三部曲》已经充分展现出吉奥诺关注的三个焦点:文学创作,人与自然的关系,社会环境下的个人命运。值得一提的是,从1930年到1939年,吉奥诺特别喜欢使用"欢乐"(法语"joie")一词,这其中暗含了作者内心深处的美好憧憬:对于个人而言,当他(她)和谐地融入大自然的秩序中时,他(她)就会切身感受到自然的节奏和韵律,进而内心泛起宁静舒缓的感觉——这便是幸福。

吉奥诺前期作品关注人与自然的关系,而后期作品则更多聚焦于人际关系。他早期使用大量隐喻描绘自然世界各种生灵和元素,后期则用讽喻替代隐喻,用讽刺现实的手法去表现人际关系,并且在作品中不时使用留白叙事,让读者要充分调动自己的智慧去代入情节,寻觅线索,然后获得阅读的愉悦。从整体上讲,吉奥诺是一位传统型作家,但到了后期创作阶段,他越来越经常地采用现代小说的方法和技巧。例如,在《坚强的心灵》(1950)中就体现了这种方法和技巧的运用。《坚强的心灵》整个故事发生在一夜之间,但这一夜从时间和空间的概念讲,却充满了极其丰富和不断增加的回忆。所有事件、地点和时间,都被故意打乱了,只是隐隐约约能找到头绪。整部作品就像伦勃朗的一幅油画,运用了明暗对照的手法,明的部分即故事的主线,暗的部分是大量令人意想不到的插叙或对某一细节的发展。读者在阅读的过程中,只能跟着连续不断的、具有神秘色彩的细节走,走到读完之后掩卷思考,才看清油画的全貌,即整个作品所讲述的故事。[①]

由于亲身经历了战争和两次监禁,吉奥诺也在风格上发生了巨大的变化:少了田园味,多了批判性。尽管他在创作上保持了一定的连续性,但变化依然是巨大的,体现在文体风格、主题表达、叙事手法等诸多方面。从文体风格方面来看,早期小说中的语言变得简洁明快;从主题表达方面来看,描述的主要对象从大自然变成了人;从叙事手法来看,吉奥诺开始注重不同寻常的"编年体",这样可以拓展各种观点。他的创作就被分作不同的编年体小说,这些小说可以以不同的事实为角度来展现人:单纯的人,复杂的人,与外部世界产生冲突的人,与自己内心世界产生冲突的人,还有闪现英雄主义光芒的"轻骑兵"。"轻骑兵"系列继承了巴尔扎克的创作传统,以写实手法全景展现小说美学画卷,让所有的元素都充分在舞台上表演,在给予读者

---

① 罗国林:《译后记》,见让·吉奥诺:《山冈》,罗国林译,上海文艺出版社,2014年版,第164页。

最丰富信息的同时,也留给读者无尽的回味与思考空间。

吉奥诺使用"编年体"一词颇有讲究,它的含义包括典型的社会事件、独特的冒险行为和普遍的人性光芒。"编年体"小说的主人公都具有超凡脱俗的行为,性格也是非同一般,他们的内心世界常人一般难以理解。这些人物在小说中的言行不光塑造了他们自身的文字形象,更是作者拷问精神与道德的先行者。借助主人公的所见所闻所思所想,吉奥诺刻画了一个惨淡的社会,没有伟大,也缺乏宽容。但就是在这样的社会里,却冒出了像安杰洛这样英姿飒爽、举止不凡的年轻骑士,他的身上充满了自由意识和奉献精神。虽然作品中的人类社会总是蒙着一层灰色,但因为有了年轻骑士的人性光芒,因而作品的结局或是总体基调还是指向快乐与幸福。这是作品人物的快乐,是历经重重险境终获希望之路的快乐,这也是作者自己的快乐,是通过创作找寻自我的快乐。这一时期,吉奥诺甚至也借鉴起新小说的某些创作手法,在写作技巧上不断创新,特别是时常使用空白叙事。因为具有叙事空白的文本往往不会一下子就把故事的来龙去脉讲得清清楚楚,而是会让读者在合上书本之后依然具有"阅读饥饿感"。因此吉奥诺精心设置这些缺失的、不明朗的叙事情节,让读者自己参与文本叙事,对主要人物的言语动机和行为动机提出假设,这也正是作者的叙事艺术和作品的美学价值所在。

吉奥诺的文字质朴大气,源于生活而又高于生活,基本上形成了吉奥诺生活与艺术完美结合的语言风格。小说中存在大量口语成分和对话桥段,句子简短有力,呈现出单纯古朴的美,适合小说对"天地大美"和"人性光辉"的诗意表达。小说中还使用了一些普罗旺斯日常用语。这些语言是构成小说风俗画卷的重要形式,又使小说散发出浓烈的普罗旺斯的自然气息。

吉奥诺"二战"后除了从事文学创作,还积极尝试电影创作领域。他对"第七艺术"有着无穷的好奇心,但在直面电影技术要求的时候,也感到写作所不具有的压抑与局促。在从文本到电影的转换过程中,吉奥诺已经注意到叙事结构、时空表达、色彩处理、人物层次等多个方面的不同,并将其付诸实践,获得了自己独特的电影美学经验。不过,他在电影的理论与实践中还在存在一定的局限性,他在文学上的叙事价值并未在电影中获得完全地绽放,而这方面,他的普罗旺斯老乡帕尼奥尔则完美阐释了电影中的普罗旺斯意象,"使普罗旺斯民俗在国际上广为传播"[①]。从某种程度上说,帕尼奥尔

---

① [法]雷米·富尼耶·朗佐尼:《法国电影:从诞生到现在》,商务印书馆,2009 年版,第 55 页。

本人对吉奥诺文本的电影改编也是吉奥诺美学价值的延伸和拓展。

2008年诺贝尔文学奖得主、同样出生于普罗旺斯的法国作家勒克莱齐奥对吉奥诺有着高度的评价，他认为吉奥诺的创作就是"构建一种崭新的存在秩序，一种不依附任何物质性的绝对秩序"[1]，他的文字总是充满生命的张力，"既非缅怀过去，也非展望未来，它们就在当下，它们只对现在的人述说。它们是生命的过度，是身体的力量，是跳动的心脏，是呼吸的肺脏，是分泌的腺液，是每个细胞的震颤，也是每个细胞对它周围震颤的回应"[2]。因此，勒克莱齐奥认为，吉奥诺"所有的作品都与自然融为一体，所有的作品就是自然"[3]。从整体而言，吉奥诺所有的文学和电影创作均体现了尊重生命、敬畏自然的宏大的美学价值，是自然生命、精神要义与文字传奇的完美融合。

---

[1] Jean-Marie Gustave Le Clézio, *Les écrivains meurent aussi ...* , Le Figaro littéraire, 19 - 25 octobre 1970, pp. 15 - 16.

[2] Jean-Marie Gustave Le Clézio, *Les écrivains meurent aussi ...* , Le Figaro littéraire, 19 - 25 octobre 1970, pp. 15 - 16.

[3] Jean-Marie Gustave Le Clézio, *Les écrivains meurent aussi ...* , Le Figaro littéraire, 19 - 25 octobre 1970, pp. 15 - 16.

参考文献

让·吉奥诺文学作品著作

Giono, Jean. *Œuvres romanesques complètes*: Vol. I., Bibliothèque de la Pléiade, sous la direction de Robert Ricatte, Paris, Gallimard. 1971.

Giono, Jean. *Œuvres romanesques complètes*: Vol. II., Bibliothèque de la Pléiade, sous la direction de Robert Ricatte, Paris, Gallimard. 1972.

Giono, Jean. *Œuvres romanesques complètes*: Vol. III., Bibliothèque de la Pléiade, sous la direction de Robert Ricatte, Paris, Gallimard. 1974.

Giono, Jean. *Œuvres romanesques complètes*: Vol. IV., Bibliothèque de la Pléiade, sous la direction de Robert Ricatte, Paris, Gallimard. 1977.

Giono, Jean. *Œuvres romanesques complètes*: Vol. V., Bibliothèque de la Pléiade, sous la direction de Robert Ricatte, Paris, Gallimard. 1980.

Giono, Jean. *Œuvres romanesques complètes*: Vol. VI., Bibliothèque de la Pléiade, sous la direction de Robert Ricatte, Paris, Gallimard. 1983.

Giono, Jean. *Récits et essais*, Bibliothèque de la Pléiade, sous la direction de Pierre Citron, Paris, Gallimard. 1989.

Giono, Jean. *Journal- Poèmes- Essais*, Bibliothèque de la Pléiade, sous la direction de Pierre Citron, Paris, Gallimard. 1995.

Giono, Jean. *Colline*, Grasset, 1998.

Giono, Jean. *Le Déserteur et autres récits*, Paris, Gallimard, 1973.

Giono, Jean. *L'Homme qui plantait des arbres*. Paris, Gallimard, 2015.

Giono, Jean. *La Pierre* (in *Le Déserteur et autre récits*), Paris, Galiimard, 1973.

Giono, Jean. *Le Poids du ciel*, Paris, Gallimard, 1938.

Giono, Jean. *Le printemps* (in *Les Terrasses de l'île d'Elbe*), Paris, Gallimard, 1976.

Giono, Jean. *Provence*, Paris, Gallimard, 1995.

Giono, Jean. *Le Serpent d'étoiles*, Grasset, 1962.

Giono, Jean. *Les Vraies Richesses*, Grasset, 1972.

让·吉奥诺:《再生草》,罗国林译,北京:外语教学与研究出版社,1980年。

让·吉奥诺:《人世之歌》,罗国林/吉庆莲译,北京:外语教学与研究出版社,1982年/安徽文艺出版社,1994年。

让·吉奥诺:《庞神三部曲》,罗国林译,合肥:安徽文艺出版社,1994年。

让·吉奥诺:《一个郁郁寡欢的国王》,杨剑译,南京:译林出版社,1995年。

让·吉奥诺:《屋顶轻骑兵》,潘丽珍译,南京:译林出版社,1998年。

让·吉奥诺:《山冈》,罗国林译,上海:上海文艺出版社,2014年。

让·吉奥诺:《一个鲍米涅人》,罗国林译,上海:上海文艺出版社,2014年。

让·吉奥诺:《再生草》,罗国林译,上海:上海文艺出版社,2014年。

让·吉奥诺:《屋顶上的轻骑兵》,潘丽珍译,上海:上海译文出版社,2014年。

让·吉奥诺:《种树的人》,曹杨译,北京:人民文学出版社,2016年。

作品译介

期刊

《一个鲍米涅人》,罗国林译,刊登在1983年《译林》杂志第4期。

《让·季奥诺散文三篇》,罗国林译,刊登在1984年《当代外国文学》第1期。

《山冈》,方德义等译,刊登在1983年《外国文艺》第5期。

《逃亡者》,郭太初译,刊登在1995年《当代外国文学》第3期。

《种树老人》,陆泉枝译,刊登在2014年《外国文学》第1期。

《我想书写的普罗旺斯》(外二篇),陆洵译,刊登在2018年《世界文学》第4期。

书籍

《怜悯的寂寞》(后译作《世态炎凉》)收入《法兰西现代短篇集》,戴望舒选译,上海,天马书店,1934年。

《怜悯的寂寞》收入《法国短篇文艺精选—罗马之夜》,保尔·穆郎著,上海译文出版社出版,1940年。

《再生草》选入《名家名作中的情与爱》,鲍学谦、陈巧燕编,漓江出版社,

1985年。

《再生草》选入《名家名作中的情与爱》,林玮等选编,江苏人民出版社,1993年。

《世态炎凉》选入《世界短篇小说经典·法国卷》(叶水夫主编,张容选编,春风文艺出版社,1994年。

《世态炎凉》选入《世界短篇小说精品文库》,柳鸣九主编,海峡文艺出版社,1996年。

《特利埃夫之秋》选入《外国散文名篇赏析》,李文俊等编,中国青年出版社,1993年。

《特利埃夫之秋》选入《外国散文金库·咏物卷》,乔继堂主编,中国广播电视出版社,1993年。

《特利埃夫之秋》选入《世界名家经典美文百选》(夏风扬选编,四川文艺出版社,1995年。

《特利埃夫之秋》选入《人,可怜的怪物》,徐知免编,花城出版社,1998年。

《特利埃夫之秋》选入《人类的声音1:世界文化随笔读本》,严凌君编,商务印书馆,2003年。

《人世之歌》选入《二十世纪西方小说大观》(上),刘文刚等编著,吉林人民出版社,1989年。

《植树的人》选入《二十世纪外国散文经典》,陆建德主编,北京师范大学出版社,2004年。

《植树的人》选入《外国现代派作品选 D 卷:早期现代主义现代主义后现代主义》,袁可嘉,董衡巽,郑克鲁选编,北京燕山出版社,2005年。

《费勒蒙》选入《二十世纪外国短篇小说编年法国卷》(上)(余中先选编,人民文学出版社,2002年。

《莫桑村的若弗洛瓦》选入《世界短篇小说精品文库》,柳鸣九主编,海峡文艺出版社,1996年。

研究资料

中文期刊

毕宙嫔:《朱迪思·赖特生态思想研究》,《当代外国文学》,2009年第4期。

曾思艺:《现代生态文学的最早样本》,《天津市工会管理干部学院学报》,2007年第3期。

方仁杰、张捷频:《比喻的非凡魅力——季奥诺在〈一个波米涅人〉中朴实无华的比喻手法》,《法语学习》,2001年第5期。

方锡江:《大地生命神话——〈愿我的欢乐长存〉的艺术主题》,《晋东南师范专科学校学报》,1999 年第 4 期。

冯克红,刘菊媛:《生态批评视野下勒克莱齐奥的儿童形象书写》,《南昌大学学报(人文社会科学版)》,2013 年第 5 期。

高方、樊艳梅:《勒克莱齐奥作品中自然空间的构建》,《外国文学研究》,2013 年第 4 期。

高方,许钧:《亲近自然,物我合一——勒克莱齐奥小说的自然书写与价值》,《外国文学》,2016 年第 3 期。

姜依群:《让·齐奥诺生平及其创作思想》,《外国文学报道》,1982 年第 2 期。

李素杰:《当代文学批评中的动物研究》,《北京第二外国语大学学报》,2014 年第 10 期。

柳鸣九:《吉奥诺代表作二题》,《外国文学研究》,2000 年第 3 期。

陆泉枝:《让·吉奥诺短篇故事〈种树老人〉中的言语策略》,《外国文学》,2014 年第 1 期。

陆洵、张新木:《论吉奥诺作品中的空间构建》,《当代外国文学》,2014 年第 4 期。

陆洵:《绘出心中的大自然——重温动画大师弗雷德里克·贝克的〈种树的人〉》,《南京艺术学院学报》(美术与设计),2014 年第 3 期。

陆洵:《吉奥诺与卢梭:返璞归真的文学自然观》,《法国研究》,2012 年第 4 期。

陆洵:《普罗旺斯作家吉奥诺在中国的译介、传播与接受》,《法语学习》,2016 年第 5 期。

陆洵:《生态视域下吉奥诺小说的植物意象分析》,《法国研究》,2014 年第 4 期。

罗国林:《让·齐奥诺的创作道路》,《当代外国文学》,1984 年第 1 期。

沈杏培:《童眸里的世界:别有洞天的文学空间——论新时期儿童视角小说的独特价值》,《江苏社会科学》,2009 年第 1 期。

谭成春:《勒克莱齐奥的创作历程简述》,《当代外国文学》,2009 年第 2 期。

吴玲玲:《从 20 世纪法国小说看小说家对人的思索》,《外国文学》,1987 年第 4 期。

杨丽娟,刘建军:《关于文学生态批评的几个重要问题》,《当代外国文学》,2009 年第 4 期。

杨柳:《吉奥诺的"虚之爱"——虚之创生》,《法国研究》,2010 年第 3 期。

杨柳:《略谈〈一个郁郁寡欢的国王〉中的叙事技巧》,《法国研究》,2005 年第 1 期。

杨柳:《水波荡漾意悠长——吉奥诺笔下"水之道"》,《法国研究》,2013 年第 2 期。

杨柳:《由吉奥诺笔下的"气"说起——兼谈中西美学审美观照》,《湖北师范学院学报(哲学社会科学版)》,2010 年第 5 期。

张岳:《浅谈动画片的声音元素及创作手法》,《北京电影学院学报》,2001 年第 2 期。

周霞:《与自然为邻——季奥诺小说的创作视角研究》,《作家杂志》,2011 年第 3 期。

庄乐群:《法国发表著名作家吉奥诺的日记》,《译林》,1996 年第 1 期。

中文书籍

埃德加·莫兰:《方法:天然之天性》,吴泓缈、冯学俊译,北京:北京大学出版社,2002 年。

奥利维耶·科特:《奥斯卡最佳动画短片—幕后·手记》,王诗戈译,长春:吉林美术出版社,2009 年。

彼得·梅尔:《关于普罗旺斯的一切》,韩良忆译,海口:南海出版公司,2015 年。

布封,《动物素描》,刘阳译,南京:江苏人民出版社,2005 年。

布吕奈尔等:《法国二十世纪文学史》,郑克鲁等译,成都:四川文艺出版社,1991 年。

陈荷清、孙世雄:《人类对时间和空间本质的探讨》,郑州:河南人民出版社,1986 年。

陈敏豪:《生态文化与文明前景》,武汉:武汉出版社,1995 年。

陈振尧主编:《法国文学史》,北京:外语教学与研究出版社,1989 年。

方卫平:《法国儿童文学史论》,长沙:湖南少年儿童出版社,2015 年。

福柯:《不正常的人》,钱翰译,上海:上海人民出版社,2003 年。

福柯:《空间、知识、权力》,见《后现代性与地理学的政治》,包亚明主编,上海:上海教育出版社,2001 年。

格雷马斯:《论意义—符号学论文集》(上、下册),吴泓缈、冯学俊译,天津:百花文艺出版社,2005 年。

葛力:《十八世纪法国哲学》,北京:社会科学文献出版社,1991 年。

葛体标:《法则》,北京:北京大学出版社,2013 年。

耿占春:《失去象征的世界——诗歌、经验与修辞》,北京:北京大学出版社,

2008年。
汉斯·比德曼:《世界文化象征辞典》,刘玉红等译,桂林:漓江出版社,1999年。
黑格尔:《自然哲学》,北京:商务印书馆,1986年。
亨利·柏格森:《创造进化论》,姜志辉译,北京:商务印书馆,2004年。
胡志红:《西方生态批评研究》,北京:中国社会科学出版社,2006年。
霍尔巴赫:《自然的体系》(上卷),管士滨译,北京:商务印书馆,1964年。
霍尔巴赫:《自然的体系》(下卷),管士滨译,北京:商务印书馆,1977年。
加斯东·巴什拉:《火的精神分析》,杜小真、顾嘉琛译,长沙:岳麓出版社,2005年。
加斯东·巴什拉:《空间的诗学》,张逸婧译,上海:上海译文出版社,2009年。
贾否、路盛章:《动画概论》,北京:北京广播学院出版社,2002年。
江泽慧编:《生态文明时代的主流文化——中国生态文化体系研究总论》,北京:人民出版社,2013年。
拉曼·塞尔登编:《文学批评理论:从柏拉图到现在》,刘象愚、陈永国等译,北京:北京大学出版社,2000年。
勒克莱齐奥:《蒙多的故事》,顾微微译,长沙:湖南少年儿童出版社,2010年。
勒克莱齐奥:《树国之旅》,张璐译,北京:人民文学出版社,2016年。
廖海波:《世界动画大师》,上海:复旦大学出版社,2011年。
林语堂:《生活的艺术》,越裔汉译,西安:陕西师范大学出版社,2003年。
柳鸣九:《超越荒诞:法国二十世纪文学史观》,上海:文汇出版社,2005年。
柳鸣九选编:《萨特研究》,北京:中国社会科学出版社,1983年。
卢梭:《爱弥儿·论教育》(上卷),李平沤译,北京:商务印书馆,1996年。
卢梭:《卢梭散文选》,李平沤译,天津:百花文艺出版社,2009年。
卢梭:《漫步遐想录》,徐继曾译,北京:北京十月文艺出版社,2005年。
罗素:《西方哲学史〈下卷〉》,马元德译,北京:商务印书馆,1982年。
马尔库塞,《审美之维:马尔库塞美学论著集》,李小兵译,北京:三联书店,1989年。
苗力田主编:《古希腊哲学》,北京:中国人民大学出版社,1990年。
莫里斯·梅洛—庞蒂:《可见的与不可见的》,罗国祥译,北京:商务印书馆,2008年。
莫里斯·梅洛—庞蒂:《知觉现象学》,姜志辉译,北京:商务印书馆,

2005 年。

莫尼克·卡尔科—马赛尔、让娜—玛丽·克莱尔:《电影与文学改编》,刘芳译,北京:文化艺术出版社,2005 年。

乔治·杜比:《法国史》(上、中、下卷),吕一民等译,北京:中国出版集团,商务印书馆,2014 年。

让—伊夫·塔迪埃:《20 世纪的文学批评》,史忠义译,郑州:河南大学出版社,2009 年。

儒勒·米什莱:《鸟》,李玉民等译,上海:上海人民出版社,2011 年。

儒勒·米什莱:《山》,李玉民译,上海:上海人民出版社,2011 年。

萨杜尔:《法国电影史》,徐昭、胡承伟译,北京:中国电影出版社,1982 年。

塞尔日·莫斯科维奇,《还自然之魅——对生态运动的思考》,庄晨燕、邱寅晨译,北京:三联书店,2005 年。

塞奇·莫斯科维奇:《群氓的时代》,许列民等译,南京:江苏人民出版社,2003 年。

尚·布希亚:《物体系》,林志明译,上海:上海人民出版社,2001 年。

史成芳:《诗学中的时间概念》,湖南教育出版社,2001 年。

孙建江:《20 世纪中国儿童文学导论》,南京:江苏少年儿童出版社,1995 年。

托恩勒·迈尔:《以敞开的感官享受世界:大自然、景观、地球》,施辉业译,桂林:广西师范大学出版社,2009 年。

汪民安:《身体、空间与后现代性》,南京,江苏人民出版社,2006 年。

王诺:《欧美生态文学》,北京,北京大学出版社,2003 年。

薇依:《扎根:人类责任宣言绪论》,徐卫翔译,北京:三联书店,2003 年。

文森特·德贡布,《当代法国哲学》,王寅丽译,北京:新星出版社,2007 年。

吴岳添:《法国文学简史》,上海:上海外语教育出版社,2005 年。

吴岳添:《法国小说发展史》,杭州:浙江大学出版社,2004 年。

夏维耶·德贝瑟:《关于可持续发展的小册子》,L'Archipel,2009 年。

谢纳:《空间生产与文化表征——空间转向视阈中的文学研究》,北京:中国人民大学出版社,2010 年。

薛锋、赵可恒、郁芳:《动画发展史》,南京:东南大学出版社,2006 年。

亚里士多德:《天象论·宇宙论》,吴寿彭译,北京:商务印书馆,1999 年。

杨光正:《纪奥诺小说的想象空间——潘神三部曲的主题批评》,上海三联书店,2010 年。

张新木:《法国小说符号学分析》,北京,外语教学与研究出版社,2010 年。

张泽乾、周家树、车槿山:《20 世纪法国文学史》,青岛:青岛出版社,1998 年。

郑克鲁:《现代法国小说史》,上海:上海外语教育出版社,1998年。

外文资料

«Le fruit gratuit est toujours meilleur», *La République du Centre*, 21 novembre 1970.

Amon, Évelyne & Y. Bomati, *Dictionnaire de la littérature française*, Bordas, 2005.

Bachelard, Gaston. *L'Air et les songes*, Paris, José Corti, 1943.

Bachelard, Gaston. *La Poétique de la rêverie*, Paris, PUF, 1978.

Bachelard, Gaston. *La psychanalyse du feu*, Paris, Gallimard, Collection Folio / Essais, 1949.

Badiou, Alain. *The Century*, trans. Alerto Toscano, Cambridge: Polity, 2007.

Bate, Jonathan. *The Song of the Earth*, Harvard University Press, 2000, Cambridge.

Beaumarchais, J.-P. de, & D. Couty & A. Rey, *Dictionnaire des Littératures de langue française*, Paris, Bordas, 1984.

Blanchot, Maurice. *L'espace littéraire*, Paris, Gallimard, Folio / Essais, 1955.

Bonhomme, Béatrice. *Jean Giono*, Paris, Éditions Ellipses, 1998.

Bonhomme, Béatrice. *La mort grotesque dans les œuvres de Jean Giono*, Thèse de doctorat, Université de Provence, 1982.

Bourneuf, Roland. *Les Critiques de notre temps et Giono*, Paris, Garnier, 1977

Bouygues, Claude. «*Colline*: Structure et Signification», *The French Review*, Vol. 47, No. 1, 1973.

Burbage, Franck. *La Nature*, Paris, Flammarion, 1998.

Chabot, Jacques. *La Provence de Giono*, Provence, Édisud, 1980.

Chonez, Audine. *Giono par lui-même*, Paris, Seuil, 1959.

Citron, Pierre. *Giono*, Paris, Éditions du Seuil, 1995.

Claval, Paul. «Le thème régional dans la littérature française», *Espace géographique*, Tome 16 n°1, 1987.

Defoe, Daniel. *Journal de l'Année de la Peste*, Paris, Gallimard, 1982.

Duhamel, Jérôme. *La Passion des livres. Quand les écrivains parlent de la littérature, l'art d'écrire et de la lecture*, Paris, Albin Michel, 2003.

Eliade, Mircea. *Aspects du mythe*, Paris, Gallimard, Folio, Essais, 1963.

Fodor, Ferenc. «L'imaginaire de l'épidémie»

Fourcaut, Laurent. Avant-propos au 6e volume de la Série Jean Giono, *Revue des Lettres modernes*, éd. Minard, 1995.

Freud, Sigmund. *L'avenir d'une illusion*, Paris, P. U. F., traduit par Marie Bonaparte, 1971, 4e édition, 1976.

Gassman, Daniel. *The Scientific Origins of National Socialism*, London, McDonald, 1971.

Giono, Sylvie. *Jean Giono à Manosque*, Paris, Éditions Belin, 2012.

Glotfelty, C. & H. Fromm. *The Ecocritism Reader*, Athens and London, University of Georgia Press, 1996.

Gnayoro, Jean Florent Romaric. *La nature comme un cadre matriciel dans quelques œuvres de Giono et de Le Clézio*, Éditions EDILIVRE APARIS, 2009.

Godard, Henri. *D'un Giono l'autre*, Paris, Gallimard, 1995.

Godard, Henri. *Entretien avec Jean Amrouche et Taos Amrouche*, Paris, Gallimard, 1990.

Hamon, Philippe & D. Roger-Vasselin, *Dictionnaire de littérature française*, Dictionnaire le Robert, 2000.

Jacob-Champeau, Marceline. *Le Hussard sur le toit-Jean Giono*, France: Éditions Nathan, 1992.

Jung, Carl Gustave. *Les racines de la conscience, Etudes sur l'archétype*, Paris, Éditions Buchet / Chastel, traduit par Yves Le Lay, 1971.

Lacan, Jacques. *Écrits I*, Paris, Éditions du Seuil, 1966.

Lacan, Jacques. *Le séminaire, Livre V, Les formations de l'inconscient*, Paris, Éditions du Seuil, Champ freudien, 1998.

Lacan, Jacques. *Les Quatre Concepts fondamentaux de la psychanalyse*, Le Séminaire Livre XI, Paris, Éditions du Seuil, 1973.

Le Clézio, Jean-Marie Gustave. *Les écrivains meurent aussi …*, Le Figaro littéraire, 19 – 25 octobre 1970.

Lefebvre, Henri. *La Production de l'espace*, Paris, Anthropos, 1986.

Lombard, Jean. *L'épidémie moderne et la culture du malheur. Petit traité de chikungunya*, Paris, L'Harmattan, 2006.

Lucrèce, Titus Lucretius Carus dit. *De la nature*, Paris, Garnier-Frères, traduit par Henri Clouard, 1964.

Margaret, T. Phythian. « Les Alpes Françaises dans les romanciers contemporains», *Revue de géographie alpine*, Tome 26 n°2, 1938.

Mauriac, Claude. *Les espaces imaginaires*, Paris, Bernard Grasset, 1975.

Maxwell, A. Smith, «Giono's Cycle of the Hussard Novels», *The French Review*, Vol. 35, N°. 3, 1962.

Mennig, Miguel. *Dictionnaire des symboles*, Eyrolles, 2005.

Mény, Jacques. « Apocalypse neige », conférence prononcée lors des Journées Giono de Manosque en 2005, reprise dans *Bull.* 64, automne-hiver 2005.

Mény, Jacques. *Jean Giono et le cinéma*, Paris, Ramsay, coll. «Poche-Cinéma», 1990.

Merleau-Ponty, Maurice. *Sens et Non-sens*, Paris, Les Éditions Nagel, 1966.

Miquel, Pierre. *Mille ans de malheur. Les grandes épidémies du millénaire*, Paris, Michel Lafon.

Morzewski, Christian, ed. *Le Hussard sur le toit de Jean Giono*, Actes du colloque d'Arras du 17 novembre 1995, Artois Presses Université, 1996.

Morzewski, Christian. «Du zoophile au taxidermiste: les rapports de l'homme et de la bête chez Giono, de Colline à Dragoon», in *Giono Romancier*, volume 2, Aix-en-Provence, Publications de l'Université de Provence, 1999, pp. 371 – 392.

Mythes, rêves et mystères, Gallimard, collection«Idées».

Noizet, Georges. *De la perception à la compréhension du langage*, Paris, P. U. F., 1980.

Panofsky, Ervin. *L'œuvre d'art et ses significations. Essais sur les arts «visuels»*, Paris, Éditions Gallimard, Bibliothèque des Sciences Humaines, trad. de l'anglais par Marthe et Bernard Teyssèdre, 1969.

Pasquier, Emmanuel. «La première des passions», *L'admiration*, Paris, Éditions Autrement, Collection Morales n°26, 1999.

Poïna, Peter. «Le style apocalyptique de *Colline*», Série Giono n°6.

Posthumus, Stéphanie. «Une approche écologique: les lieux d'enfance chez Michel Tournier», *Voix plurielles* Volume 2, N° 1, mai 2005.

Poulet, Georges. «Giono et l'espace ouvert», *Revue des sciences humaines*, Lille III.

Pugnet, Jacques. *Jean Giono*, Paris, Éditions Universitaires, 1955.

Quignard, Pascal. *Vie secrète*, Paris, Gallimard, 1998.

Rastier, François. *Sémantique interprétative*, Paris, P. U. F., 1987.

Ricardou, Jean. *Nouveaux problèmes du roman*, Paris, Seuil, Collection poétique, 1978.

Ricardou, Jean. *Pour une théorie du nouveau roman*, Paris, Éditions du Seuil, Collection«Tel Quel», 1971.

Romestaing, Alain. «Jean Giono, l'instant: le néant, la plénitude», in Dominique Rabaté, *L'instant romanesque*, Presses universitaires de Bordeaux, 1998.

Rougerie, Gabriel. *Les cadres de vie*, Paris, P. U. F., 1975.

Roy, Claude. *La Conversation des poètes*, Paris, Gallimard, 1993.

Sabiani, Julie. *Giono et la terre*, Paris, Éditions Sang de la terre, 1988.

Sacotte, Mireille (dir.) et Laurichesse J. Y., *Dictionnaire Giono*, Paris, Classiques Garnier, 2016.

Schopenhauer, Arthur. *Le monde comme volonté et comme représentation*, Paris, P. U. F., traduit par A. Burdeau, Collection «Quadrige», 2006.

Simon, P.-H.. *Histoire de la littérature française au XXe siècle*, tome 2, Armand Colin, 1957.

Trout, Colette & D. Visser, *Jean Giono*, New York, Éditions Rodopi B. V., 2006.

Vaneigem, Raoul. *Entre le deuil du monde et la joie de vivre*, Paris, Gallimard, 2008.

Vignes, Sylvie. *Le Hussard sur le toit*, Éditions Bertrand-Lacoste, 1997.

Vitaglione, Daniel. *The literature of Provence-An introduction*, McFarland, 2000.

Von Kymmel-Zimmermann, Corinne. « Jean Giono ou l'expérience du désordre », Thèse de doctorat, Université d'Artois, 2010.

Vray, Jean-Bernard, *Littérature et Cinéma : écrire l'image*, PU Saint-Etienne, 1999.

Weil, Simone. *L'enracinement*, Paris, Gallimard, 1949.